LEN DEIGHTON

EISKALT

Roman

WILHELM HEYNE VERLAG
MÜNCHEN

HEYNE-BUCH Nr. 5390
im Wilhelm Heyne Verlag, München

Titel der englischen Originalausgabe
SPY STORY
Deutsche Übersetzung von Matthias Büttner

Genehmigte, ungekürzte Taschenbuchausgabe
Copyright © 1973 by Len Deighton
Copyright © der deutschen Ausgabe 1975 by
Marion von Schröder Verlag GmbH, Düsseldorf
Printed in Germany 1977
Umschlagfoto: Süddeutscher Verlag, Bilderdienst, München
Umschlaggestaltung: Atelier Heinrichs, München
Druck: Presse-Druck Augsburg

ISBN 3–453–00783–2

VORBEMERKUNG

Der Verfasser möchte an dieser Stelle seiner Dankbarkeit für die Hilfe und Unterstützung Ausdruck geben, die ihm von Major a. D. Berchtold, US-Army, und dem Stab des *Institute of War-Studies* in London zuteil geworden ist, und ganz besonders für die ihm zuteil gewordene Erlaubnis, Auszüge und Zitate aus privaten Aufzeichnungen sowie den bisher unveröffentlichten, vertraulichen Berichten des erwähnten Instituts in seine Arbeit einzubeziehen. Alle derartigen Auszüge unterliegen dem vollen Urheberschutz gemäß der Berner Konvention sowie dem *Copyright Act* von 1956. Ohne Erlaubnis des Urheberrechts-Inhabers dürfen sie weder ganz noch teilweise wiedergegeben sowie in einem zur Wiedergabe geeigneten System oder sonstwie in irgendwelcher Form oder Art gespeichert werden — sei es elektronisch, elektrisch, chemisch, mechanisch, optisch, durch Fotokopieren oder Tonaufzeichnung oder sonstige, beliebige Techniken.

›Doch ist der Krieg ein Spiel, an dem sich Könige —
wär'n ihre Untertanen klug genug — niemals versuchen würden.‹
William Cowper, 1731—1800

> Am Ende jeder Runde verlieren alle Einheiten ihren operativen
> Status bis zum Beginn der nächsten Runde.
> REGELN: FÜR ALLE SPIELE. STUDIEN-CENTER, LONDON.

KAPITEL EINS

Dreiundvierzig Tage ohne Nacht: sechs blaßblaue Neonwochen ohne einen Atemzug frischer Luft, ohne Himmel und ohne einen Blick auf die Sterne. Vorsichtig füllte ich meine Lungen zur Hälfte mit salzigem Dunst und roch das Jod zusammen mit dem der See eigenen Verwesungsgeruch, den die Pensions-Wirtinnen an der Küste als ›Ozon‹ bezeichnen.

H.M.S. *Viking*, ein Stützpunkt am tiefen Wasser vor der Westküste Schottlands, ist ganz bestimmt nicht der richtige Ort zur Rückkehr in die reale Welt. Die unbewohnten Inseln, eine Seemeile oder noch weiter draußen im Sund, wurden vom Dunst über dem Wasser fast verschluckt. Hoch darüber jagten dunkle Wolken über das Meer und warfen sich gegen die scharfkantigen Granitspitzen der Berge von *Great Hamish*. Und von dort, in Fetzen zerrissen, rollten und glitten sie die Hügel hinunter und verästelten sich zwischen den Steinen und Mauern, die einmal ein Hochländerdorf gewesen waren. Vier weitere Unterseeboote lagen neben dem, aus dem ich ans Licht kletterte. Auf der Reede draußen lagen noch mehr. Die Peitsche des Westwindes trieb sie noch näher an die Mutterschiffe mit ihren beruhigend singenden Generatoren heran. Gelbe Decklichter waren durch den Dunst erkennbar, und ebenso die Möwenschwärme, die kreischten und in weitem Bogen flatterten und schrille Schreie ausstießen, wenn sie sich auf die Küchenabfälle stürzten.

Der Wind brachte Regenböen mit sich, er peitschte Schaumkämme auf die Wogen, unter denen die U-Boote erwachten. Unter meinen Füßen spürte ich, wie der große, schwarze Rumpf an seinen Ankerleinen zerrte. Das Vorschiff neigte sich. Von der Stabilisierungsfläche des einen Bootes zu der des nächsten hinüberzuspringen war wesentlich leichter, wenn man nicht nach unten blicken mußte.

Jetzt knirschte und stöhnte der nächste Rumpf, als dieselbe

Woge um seinen Bug gurgelte und schmatzte. Dieses Mal war die Wettervorhersage ausnahmsweise einigermaßen richtig gewesen: bedeckt, niedrige Wolkendecke, Nieselregen und auf West drehender Wind. Der Regen kratzte über die Oberfläche der wie Spülwasser aussehenden See und drang mir in Ärmel, Stiefel und Kragen. Meine Gummisohlen brachten mich zum Rutschen, aber ich konnte gerade noch das Gleichgewicht bewahren. Ich schüttelte den Kopf, um das Wasser aus dem Gesicht loszukriegen, und fluchte sinnlos vor mich hin.

»Nur die Ruhe«, sagte Ferdy Foxwell hinter mir, aber ich fluchte weiter; nur schloß ich jetzt seinen Namen in einen der besseren Flüche ein.

»Wenigstens ist die Marine pünktlich«, sagte Ferdy. Auf der Pier stand ein orangeroter Ford. Seine Tür öffnete sich, und ein schlanker Mann stieg aus. Er trug einen modischen Regenmantel und einen Tweed-Hut, aber ich wußte, daß er nur der britische Marineoffizier von der Polizeistation sein konnte. Er senkte den Kopf, um sich gegen den Regen zu schützen. Der bewaffnete Posten der US-Marine am Ende des Landungssteges neigte sich kurz aus seinem Wachhäuschen heraus, um den Passierschein zu kontrollieren. Ich erkannte den Offizier, er hieß Frazer, ein Leutnant. Jetzt begab er sich auf den schlüpfrigen Weg in unserer Richtung, wobei er die Abstände zwischen den Booten mit belobigungswürdiger Geschicklichkeit übersprang.

»Lassen Sie mich das nehmen.« Er streckte eine Hand aus und lächelte verlegen, als er bemerkte, daß der glänzende Metallkoffer mit einem Vorhängeschloß an einer unter dem Mantel über meine Schulter laufenden Kette befestigt war.

»Helfen Sie lieber Mr. Foxwell«, sagte ich, »der schließt seinen nie an.«

»Und du würdest das auch nicht tun, wenn du nur ein bißchen Verstand hättest«, keuchte Foxwell. Der junge Mann drückte sich an mir vorbei, und ich hatte Gelegenheit, auf den öligen Schaum hinunterzublicken, den Dieselgestank einzuatmen und mir innerlich einzugestehen, daß Ferdy Foxwell recht hatte. Als ich die Stabilisierungsfläche — die horizontale Flosse — am Bug des nächsten Bootes erreichte, setzte ich meinen Metallkoffer ab und blickte zurück. Der junge Offizier ging gebeugt unter dem Gewicht von Ferdys Koffer, und Ferdy selbst streckte die Arme nach beiden Seiten aus, um mit seinen einhundert Kilo festen Specks das Gleichgewicht zu halten: Er schwankte auf der schmalen Planke daher wie ein Zirkuselefant, der auf einem Waschzuber belanciert. Sechs Wochen in einer engen Metallröhre waren schon eine lange Zeit, und Höhensonne konnte da genausowenig ändern wie tägliches Üben auf Trainingsfahrrädern. Ich nahm den Koffer voller Spulen und Tonbandaufzeichnungen wieder hoch und dachte daran, wie ich bei der Ausreise hier von Stabilisierungsflosse zu Stabilisierungsflosse gehüpft war.

Ein roter Pontiac-Kombiwagen kam die Pier entlang, verlangsamte vor den Torpedo-Depots seine Fahrt und rollte vorsichtig über die Doppelrampen. Dann setzte er seinen Weg am Wasser entlang fort, bis er schließlich an den Malerwerkstätten abbog und zwischen den langen Reihen der Schuppen verschwand, deren halbrundförmige Dächer im Regen glänzten. Danach war nirgendwo mehr eine menschliche Bewegung zu sehen, und die Gebäude wirkten so alt wie die Granithügel, die über ihnen in der Nässe schimmerten.

»Alles in Ordnung?« fragte Frazer.

Ich nahm den feuchten Koffer wieder auf die Schulter und kletterte den Steg hinunter auf die Pier. Die Schiebeluke des Wachhäuschens öffnete sich um ein paar Zentimeter. Ich konnte das Radio hören, das drinnen Musik von Bach spielte. »Okay, Kumpel«, sagte der Matrose. Er knallte die Luke wieder zu, während ein Windstoß den Regen gegen die Seitenwand der Hütte hämmern ließ.

Hinter dem Ford stand ein geschlossener Lieferwagen. Ein schlechtgelaunter Militärpolizist von der Admiralität knurrte, daß wir uns um zwei Stunden verspätet hätten und daß die Amerikaner hier nicht einmal anständigen Tee machen könnten. Er machte ein finsteres Gesicht, während er für die beiden Koffer quittierte und sie dann in den Safe des Lieferwagens einschloß. Ferdy streckte spielerisch einen nikotinfleckigen Finger nach ihm aus, als wollte er ihm einen Genickschuß verpassen. Frazer sah es und erlaubte sich ein dünnes Lächeln.

»Wie wär's mit einem kleinen Drink?« fragte er.

»Ich wünschte, ich hätte Ihren Job«, sagte Ferdy Foxwell.

Frazer nickte. Wahrscheinlich sagten das alle von uns bei jeder Gelegenheit zu ihm.

Eine Stahltür dröhnte. Ich blickte hinüber zu dem Atom-U-Boot, das uns in die Arktis und zurück gebracht hatte. Wir Zivilisten durften immer als erste von Bord gehen. Jetzt trat eine Gruppe von Seeleuten an Deck vor dem Kommandoturm an, beziehungsweise vor dem Teil des Bootes, den ich inzwischen als ›Sail‹ zu bezeichnen gelernt hatte. Sie hatten noch ein paar Stunden Arbeit vor sich, ehe die zweite Mannschaft zur Ablösung eintraf und das Boot wieder auslief.

»Wo sind denn alle Leute hier?«

»Wahrscheinlich schlafen sie. Würde mich nicht wundern«, sagte Frazer.

»Sie schlafen?«

»Ein russisches Unterseeboot kam durch den *North Channel* am Mittwochmorgen und lief weiter in die Irische See . . . gewaltige Panik — U-Jäger, Schallbojen, Zerstörer der *County*-Klasse, was Sie nur haben wollen. Meterweise Fernschreiben. Zweiundsiebzig Stunden höchste Alarmstufe. Und erst gestern abend kam die Entwarnung. Sie haben eine ganze Zirkusvorstellung verpaßt.«

»Haben die Angst gehabt, daß die Russen vielleicht illegal Waffen in Ulster landen wollten?« fragte Ferdy.

»Wer will das schon sagen?« sagte Frazer. »Außerdem lagen noch zwei sowjetische Spionage-Fischdampfer und ein Zerstörer vor Malin Head. Man kann also verstehen, daß sie sich Sorgen gemacht haben.«

»Also?«

»Wir haben den gesamten Funkverkehr der Kategorie ›A‹ für fünfeinhalb Stunden unterbrochen.«

»Und das U-Boot?«

»Das haben wir elektronisch bis über Wexford hinaus verfolgt, als es wieder auf dem Wege nach draußen war. Sieht aus, als ob sie nur mal unseren Puls fühlen wollten.« Er lächelte, während er die Tür seines Wagens aufschloß. Das Fahrzeug war sorgfältig gepflegt und ganz mit schwarzem Vinylleder ausgeschlagen, es hatte im Rückfenster eine Jalousie im Lamborghini-Stil und sogar einen Spoiler.

»Sie sind schon gerissene Hunde«, sagte Ferdy resigniert. Er hauchte sich zwischen die Finger, um sie zu wärmen. »Hat da gerade jemand was von ›Besanschot an‹ gesagt?« fragte er dann.

Frazer zwängte sich auf den Fahrersitz und drehte sich nach hinten, um die Türen zum Rücksitz zu öffnen. »Möglicherweise war das sogar ich«, sagte er.

Ich griff unter meinen Ölzeugmantel und suchte nach einem trokkenen Taschentuch, um mir die Regentropfen von der Brille abzuwischen. Frazer startete den Wagen.

Ferdy Foxwell sagte: »Nichts gegen Dollars, gegen Zimttoast und gegen Steaks aus dem Fleisch garantiert weizengefütterter Rinder — aber sechs Wochen ohne einen einzigen Drink: Das ist schlicht und einfach unnatürlich.«

Frazer erwiderte: »Nicht alle Kapitäne sind so schlimm wie der ›Feuerfresser‹.«

Ferdy Foxwell ließ sich in den Rücksitz des Wagens zurückfallen. Er war ein gewaltiges Mannsbild, über 1,80 Meter groß und von einer dieser Größe voll und ganz entsprechenden Breitschultrigkeit. So um Anfang 50, hatte er doch immer noch genügend braunes, welliges Haar, um einmal im Monat einen smarten Modefriseur aufzusuchen. Dennoch war der Zustand seiner Frisur ebensowenig eine Empfehlung für den Friseur wie seine zerknitterten Anzüge für den Schneider aus der *Savile Row*, von dem sie stammten, oder wie seine merkwürdige Unfähigkeit, Worte richtig zu buchstabieren, für die berühmte Privatschule, auf die er später auch seine beiden Söhne geschickt hatte. »Ein Drink«, sagte Ferdy. Er lächelte. Seine krummen, lückenhaften Zähne hätten nur noch eine goldblitzende Korrekturspange gebraucht, um den Eindruck eines Unfug und dumme Streiche planenden kleinen Jungen zu vervollständigen.

Der Admiralitäts-Transporter, in dem sich unsere Tonbänder befanden, fuhr genau mit der vorgeschriebenen Geschwindigkeit von 15 Meilen in der Stunde. Wir folgten ihm in demselben Schneckentempo bis zum Tor. Das war eine gewaltige Doppelanlage, die eigentlich aus zwei Toren bestand, mit einer großen Kontrollstelle an jedem Ende und fünf Meter hohen Drahtzäunen ringsum. Neuankömmlingen wurde immer wieder erzählt, HMS. *Viking* sei während des Krieges ein Gefangenenlager gewesen — was nicht stimmte, denn in Wirklichkeit hatte sich hier eine Torpedo-Versuchsanstalt befunden. Aber es hätte schon dafür gepaßt, es hätte ganz ohne Zweifel gut dafür gepaßt ...

Die Hundeführer tranken unten im Wachtturm heißen Kaffee. und ihre Hunde heulten wie die Werwölfe. Der Posten ließ uns mit einem Wink passieren. Wir bogen auf die Küstenstraße ein und fuhren an den Unterkünften, dem Offiziersklub und dem Kino vorbei. Die Straßen waren leer, der Parkplatz vor dem Kaffeehaus dafür dicht an dicht besetzt. Die Lichter der Unterkünfte verloren sich hinter den Schwaden des auf uns zurollenden Seenebels. Der Lieferwagen der Admiralität fuhr weiter die Küstenstraße entlang, auf dem Weg zum Flughafen. Wir wandten uns dem Hochland zu und ließen den Wagen die steile, schmale Straße emporklettern, die zu den Mooren und dem Paß über den *Hamish* führt.

Schon seit der Eisenzeit von den Bauern abgeholzt, gedeiht auf diesem Land heutzutage nichts mehr als nur ein paar kümmerliche schwarze Schafe. Diese uralte, geneigte Kante Schottlands besteht aus hartem Granit, der niemals verwittert und nur von einer dünnen, wie hingestreuten Schicht unfruchtbarer Erde bedeckt ist. Ich spürte, wie die Räder auf einer vereisten Stelle zögerten, und vor uns war die ansteigende Landschaft grau vom Schnee der letzten Woche. Nur das rote Waldhuhn kann sich noch in dieser moorigen Gegend ernähren, indem es unter dem Heidekraut Schutz sucht, sich von seinen frischen Trieben ernährt und ständig in Bewegung bleibt, um nicht vom Schnee begraben zu werden.

Von unserem Standort aus gesehen, bildete das Tal eine Art von riesigem Stadion, dessen Dach die eilig ziehenden schwarzen Wolken waren. Auf der anderen Seite, auf halbem Wege nach oben zum Kamm der Hügel, lag ein Häuflein grauer Steinhütten zusammengeduckt; Rauch von offenen Kaminfeuern lag wie Schmutzflecken über ihnen. Eine der Hütten war eine enge, kleine Kneipe.

»Also, machen wir einen Stop für einen Drink im *Bonnet*?«

»Sie werden mich an dem Laden auch nicht mit Gewalt vorbeikriegen«, sagte ich.

»Mein Gott, ist das kalt«, sagte Ferdy und rieb mit der Hand über die beschlagene Scheibe, um zu sehen, wie weit es noch bis zu der Kneipe war.

»So einen werde ich mir nächstes Jahr anschaffen«, sagte Frazer. Ein großer, hellblauer BMW war auf der Straße hinter uns aufgetaucht. Er war linksgesteuert. »Natürlich nur gebraucht«, fügte Frazer entschuldigend hinzu. »Sollte eigentlich auch nicht mehr kosten als ein neuer Wagen wie der, den ich jetzt fahre. Mein Nachbar hat einen. Er wird sich nie wieder einen englischen Wagen kaufen, sagt er.«

Autos, Politik oder Wetter — für einen Schotten war alles englisch, wenn es nichts taugte, und britisch, wenn es gut schien. Vielleicht spürte Frazer meine Gedanken. Er lächelte. »Es ist die elektrische Anlage«, sagte er.

Jetzt konnte ich es ganz deutlich hören — er hatte einen leichten schottischen Hochland-Akzent. Es war ja auch nur vernünftig von der Marine, wenn sie für diese Art von Job einen Mann direkt aus der Gegend auswählte. Fremde konnten hier immer noch gegen Mauern des Schweigens anrennen, wenn sie einmal aus den großen Städten heraus waren.

Mit fast übertriebener Vorsicht fuhr Frazer durch die Haarnadelkurven. An einer von ihnen stoppte er sogar und setzte noch einmal zurück, um auch ganz sicher an dem schneeverwehten Straßengraben vorbeizukommen. Aber der blaue BMW blieb immer hinter uns, folgte mit schier endloser Geduld; folgte uns geduldiger, als es eigentlich natürlich schien für jemanden, der einen solchen Wagen fährt.

Frazer blickte wieder in den Rückspiegel. »Ich glaube, wir sollten doch . . .«, sagte er und drückte damit unsere eigenen unausgesprochenen Gedanken aus. Ferdy schrieb die Nummer in sein Krokodilleder-Notizbuch. Es war eine Düsseldorfer Nummer, und während Ferdy noch schrieb, hupte der BMW plötzlich und setzte zum Überholen an.

Was er auch immer vorhatte — der Moment war genau der richtige. In einem aus den Schneewehen auf der linken Straßenseite aufgewirbelten, pulvrigen weißen Schauer drängte sich der BMW an uns vorbei, und Frazer reagierte instinktiv, indem er vor dem hellblauen Aufblitzen und dem intensiven Blick des bärtigen Mannes auf dem Beifahrersitz ruckartig nach der anderen Seite hin wegsteuerte.

Die Straße fiel steil ab, und hier oben auf den Höhen des *Hamish* war das Eis noch immer hart und glänzend. Frazer kämpfte mit dem Steuerrad, während wir uns langsam drehten — so langsam wie ein vor Anker liegendes Boot — und dann fast seitwärts die schmale Gebirgsstraße hinunterrutschten.

Langsam wurden wir schneller. Frazer tippte immer wieder auf die Bremse und versuchte vergeblich, die Bodenhaftung wiederzugewinnen. Ich hatte nur noch Augen für den fast senkrecht abfallenden Hang, auf dem dreihundert Meter weiter unten eine Gruppe von Kiefern nur darauf zu warten schien, uns aufzufangen.

»Dreckschweine, Dreckschweine«, murmelte Frazer. Ferdy hatte im Moment das Gleichgewicht verloren und hielt sich an Rückenlehne, Dach und Sonnenblende fest, um nicht instinktiv bei Frazer Halt zu suchen und uns damit wahrscheinlich alle umzubringen.

Es gab einen Ruck, als die Hinterräder über ein paar Steine am Straßenrand holperten, und dann fanden die Reifen für einen Moment wenigstens so viel Halt, daß das Differential aufheulte. Frazer hatte inzwischen auf den ersten Gang heruntergeschaltet, und an der nächsten Stelle mit blankgefegten Steinen jammerte das Getriebe, während der Wagen sich Frazers Bremsanstrengungen immerhin soweit fügte, daß er nun wieder fast geradeaus rutschte. Aber die Straße war inzwischen noch steiler geworden, und auch der erste Gang hatte unsere Geschwindigkeit nicht ausreichend für die scharfe Kurve direkt vor uns verlangsamt. Frazer drückte noch auf die Hupe, und mit zweimaligem lautem Tuten fuhren wir direkt in die zusammengewehten Schneehaufen, die sich wie Zuckerguß auf einer Geburtstagstorte am Straßenrand der Haarnadelkurve aufhäuften. Mit einem hohlen Geräusch von Stahl auf Stein blieb der Wagen stehen und wippte in seiner Federung auf und ab.

»Mein Gott«, sagte Ferdy. Einen Augenblick lang blieben wir ganz still sitzen. Beteten, seufzten innerlich erleichtert oder fluchten wortlos vor uns hin — jeder nach seinem Geschmack.

»Ich hoffe, Sie machen das nicht jedesmal, wenn uns jemand überholen will«, sagte ich.

»Nur bei Wagen mit ausländischen Nummern«, antwortete Frazer. Dann startete er den Motor wieder, kuppelte vorsichtig ein, und der Wagen watschelte rückwärts aus der Schneewehe. Immer in der Mitte der Straße bleibend und nicht schneller als vierzig Stundenkilometer fuhren wir dann den ganzen Weg bis hinunter zur Brücke, auf der anderen Seite wieder den Berg hinauf und bis hin zum *Bonnet*.

Dort bog Frazer in den Parkplatz ein. Kies knirschte, und Eis splitterte mit leisem Klingen. Der BMW stand schon da, aber keiner von uns machte eine Bemerkung über die Art, in der uns sein Fahrer beinahe umgebracht hätte.

»Ich bin nicht so sicher, ob mir das Spaß machen würde«, sagte Frazer und sprach von der Reise, die hinter uns lag. Aber gleichzeitig studierte er unsere Gesichter, als ob er ergründen wollte, was für eine Wirkung dieser Beinahe-Unfall auf uns gehabt hatte. »Ich selbst bin ein Zerstörer-Mann — möchte lieber den Kopf über der Wasseroberfläche haben.«

Mir wäre Frazer eher wie ein Bürobote vorgekommen, aber wenn er jetzt den Piraten Long John Silver spielen wollte, dann war's mir auch recht.

»Schließlich ist Frieden«, erklärte Ferdy, »und eine U-Bootfahrt nach Norden ist auch nicht viel anders, als den Russen im Mittelmeer mit einem Fischdampfer vom Geheimdienst hinterherzufahren.«

»Nur ist jetzt im Winter die See im Mittelmeer wesentlich unruhiger«, sagte ich.

»Wie recht hast du doch«, sagte Ferdy. »Sterbensübel war mir, also wirklich, und die ganze Zeit mußte ich auf diesen russischen Kreuzer blicken, der so ruhig lag wie ein Fels im Meer.«

»Das war Ihre zweite Reise, nicht wahr?« fragte Frazer.

»Richtig.«

»Na also — ihr Brüder macht ja sonst nie mehr als eine Reise im Jahr. Und das heißt, daß es jetzt erst einmal aus und vorbei ist, wie?«

»Laden Sie uns ein?« fragte Ferdy.

»Dann gibt es natürlich nur kleine Drinks«, sagte Frazer. Der Wind war schneidend, als wir aus dem Wagen stiegen — der Rundblick dafür aber um so schöner. Die Hügel am anderen Ende des Tales verbargen den Ankerplatz des Stützpunkts, aber zu beiden Seiten der Gipfel konnte ich die Bucht sehen, und dahinter die dunstverschleierten Inseln, bis hinaus zur grauen Brandung des offenen Atlantik. Der Wind sang in der Radioantenne des Wagens und zerrte an den Rauchwolken aus dem Schornstein. Wir waren immerhin so hoch, daß die Unterseiten der schnellfliegenden Sturmwolken um uns herumwehten. Ferdy hustete, als die kalte, feuchte Luft in seine Lungen drang.

»Das kommt vom Leben in Räumen mit Klimaanlage«, sagte Frazer. »Aber Sie sollten lieber Ihre Aktentasche mitnehmen — Sie wissen ja, Geheimhaltung und so.«

»Da ist nur schmutzige Unterwäsche drin«, sagte Ferdy. Er hustete noch einmal. Frazer ging um den Wagen herum, prüfte jedes Türschloß und dann auch noch den Kofferraum. Einen Augenblick lang sah er nach unten auf seine Hand, um festzustellen, ob sie zitterte. Sie tat es, und er versteckte sie rasch in der Tasche seines Regenmantels.

Ich ging hinüber zu dem BMW und blickte ins Innere. Ich sah einen kurzen Ölzeugmantel, einen abgeschabten Rucksack und einen kräftigen Spazierstock: die Ausrüstung eines Wanderers.

Die Hütte war winzig. Eine Art Gastzimmer, mit Bar — das heißt einer von der Feuchtigkeit verquollenen, von brennenden Zigaretten versengten und mit den spielerischen Schnitzspuren unzähliger Schäfermesser bedeckten kleinen Holztheke. An den weißgekalkten Wänden hingen ein rostiges Hochländer-Messer, die Radierung eines Schiffes unter vollen Segeln, eine blitzblank polierte Schiffsglocke und ein Metallstück von einem deutschen U-Boot, das sich 1945 hier in der Gegend ergeben hatte. Der Wirt war ein zottelhaariger Riese, komplett mit Schottenrock und bierbeflecktem Hemd.

Zwei Gäste saßen schon da und tranken, aber sie hatten sich auf die Bank in der Nähe des Fensters zurückgezogen, so daß wir uns vor den offenen Kamin mit dem Torffeuer stellen konnten, wo wir uns die Hände rieben und mit selbstzufriedenem Grunzen unserer Freude über die angenehme Wärme Ausdruck gaben.

Das Bier war gut: dunkel und nicht zu süß, und auch nicht ›kristallklar‹ wie das Spülwasser, das die Brauereien in ihrer Fernsehreklame empfehlen. Es hatte ein Aroma wie frisches, gutes Weizenbrot. Frazer kannte den Wirt recht gut, aber mit der unter den Männern des Hochlands üblichen Förmlichkeit nannte er ihn stets nur ›Mr. MacGregor‹. »Es wird wohl noch einmal schneien, Mr. MacGregor, ehe der Tag zu Ende geht.«

»Und Sie sind auf dem Weg nach Süden, Mr. Frazer?«

»So ist es.«

»Die Hauptstraße über die Berge ist schon jetzt kaum noch befahrbar. Auch der Ölwagen ist da nicht durchgekommen: Er mußte die Strecke unten am *Firth* entlang nehmen. Dort gibt es niemals Frost. Aber es ist eine böse, lange Fahrt für den Jungen.« Er stocherte mit dem Schürhaken in seinem Torffeuer und versuchte, dem Rauch auch Flammen zu entlocken.

»Sie haben viel zu tun?« fragte Frazer.

»Reisende, Touristen. Die Leute machen Wandertouren, sogar mitten im Winter. Ich verstehe das nicht.« Er gab sich keine Mühe, seine Stimme zu senken, und nickte ungerührt hinüber in Richtung auf die beiden Gäste am Fenster. Die waren in eine große Wanderkarte vertieft und maßen Entfernungen mit Hilfe eines kleinen, mit einem Rädchen versehenen Instruments, das sie über die Wanderpfade rollen ließen.

»Reisende, Wanderer und Spione«, sagte Frazer. Der Wind trommelte gegen die winzigen Fensterscheiben.

»Ah — Spione«, sagte der Wirt. Es war das einzige Mal, daß ich ihn fast lachen sah. Die beiden Männer am Fenster sahen wirklich aus, wie sich ein schlechter Filmregisseur vielleicht russische Spione vorstellt. Sie trugen schwarze Mäntel und dunkle Tweed-Hüte, dazu bunte Seidenschals um den Hals. Einer von ihnen hatte einen kurzgeschorenen Bart.

»Wie wäre es mit noch einem Halben, Herr Wirt?« sagte Ferdy.

Mit unendlicher Geduld und Vorsicht füllte der Wirt noch einmal drei Gläser mit seinem Spezialbier. In der Stille hörte ich, wie einer der Männer sagte: ». . . wenn es uns zupaß kommt.« Seine Stimme war gedämpft, aber sie hatte die harten, stachligen Konsonanten der englischen *Midlands*. Nach unseren Bemerkungen hing der Satz in der Luft wie der Rauch des Feuers im Kamin. Wenn ihnen was zupaß kommt, überlegte ich.

»Nun, und was ist inzwischen hier draußen in der wirklichen Welt passiert?« fragte Ferdy.

»Nicht viel«, antwortete Frazer. »Es scheint, daß die deutschen Wiedervereinigungs-Verhandlungen Fortschritte machen, jedenfalls sind die Zeitungen voll davon. Dann ein neuer Streik in der Automobilindustrie. Die Araber haben in der Börse von Tokio eine Bombe gelegt, aber sie ist beizeiten entschärft worden. Und Aeroflot hat eigene Jumbo-Flüge nach New York aufgenommen.«

»Wir haben zwar immer die wichtigsten Weltnachrichten durchbekommen«, sagte Ferdy, »aber daneben dann nur noch amerikanische Provinzneuigkeiten. Ich könnte euch mehr über das Wetter, die Lokalpolitik und die Footballergebnisse im amerikanischen Heimatland erzählen als jeder andere Engländer. Habt ihr gewußt, daß eine Frau in Portland im Staate Maine Sechslinge zur Welt gebracht hat?«

Es hatte zu schneien begonnen. Frazer sah auf seine Uhr. »Wir dürfen das Flugzeug nicht verpassen«, sagte er.

»Wir haben immer noch genug Zeit für einen Schluck aus dem Steinkrug dieses Herrn«, sagte Ferdy.

»Aus dem Steinkrug?« fragte MacGregor.

»Jetzt kommen Sie schon, Sie struppiger Hundesohn«, sagte Ferdy, »Sie wissen ganz genau, wovon ich rede.«

MacGregors Gesicht blieb völlig unbewegt. Man hätte sich leicht vorstellen können, daß er jetzt auf das tiefste beleidigt war, aber Ferdy kannte ihn zu gut dafür. Ohne einen Blick von Ferdys Gesicht zu nehmen, zog MacGregor jetzt eine Packung von Rothmans-Zigaretten aus der Tasche und zündete sich eine an. Dann warf er das Päckchen auf die Theke, ging in sein Hinterzimmer und holte einen Krug, aus dem er großzügig einschenkte.

»Sie haben einen wählerischen Gaumen — für einen Angelsachsen.«

»Wer das hier einmal getrunken hat, Mac«, sagte Ferdy, »der kann das Zeug aus der Fabrik nicht mehr ausstehen.« MacGregor und Frazer tauschten einen Blick aus.

»So ist es — hier und da habe ich die Gelegenheit, ein wenig von dem wirklich Guten zu ergattern.«

»Aber wie denn, MacGregor«, sagte Ferdy, »wir sind doch hier unter Freunden. Glauben Sie, wir hätten das Malz und das Torffeuer unter dem Brennkessel nicht gerochen?«

MacGregor lächelte ganz schwach, aber er ließ sich auf nichts festlegen. Ferdy hob das Glas mit dem Malzwhisky und probierte behutsam und mit voller Konzentration.

»Noch immer gut?« fragte MacGregor.

»Sogar besser geworden«, sagte Ferdy.

Frazer trat vom Kaminfeuer zurück und setzte sich auf seinen Platz an der Theke. MacGregor schob ihm seinen Malzwhisky hin. »Das wird Ihnen helfen, die bösen Wirkungen des Westwinds zu ertragen«, sagte er.

Das war sicherlich schon die Begründung für viele Drinks dieser Art hier oben auf den kahlen Hängen am hinteren Ende des Grampiangebirges gewesen. Eine verzweifelt einsame Gegend: Im Sommer war das Heidekraut mit strahlenden Blüten übersät und wuchs so hoch empor, daß ein Wanderer in den Hügeln eine kräftige und lange Klinge brauchte, um sich seinen Weg zu bahnen. Ich drehte den Kopf um ein paar Zentimeter. Die Fremden in der Ecke hatten aufgehört zu sprechen. Ihre Gesichter waren dem draußen fallenden Schnee zugewandt, aber ich hatte das Gefühl, daß sie in Wirklichkeit uns beobachteten.

Noch einmal nahm MacGregor drei fingerhutgroße Gläser und füllte sie, mit übertriebener Vorsicht, bis obenhin. Während wir ihm zusahen, bemerkte ich, daß Frazer nach dem Zigarettenpäckchen griff, das der Wirt auf der Theke liegengelassen hatte. Er bediente sich selbst. Irgendwie schien mir die Freiheit, die er sich da herausnahm, eine gewisse Intimität anzudeuten.

»Kann ich eine ganze Flasche davon kaufen?« fragte Ferdy.

»Sie können nicht«, sagte MacGregor.

Ich nippte. Ein weicher, rauchiger Geschmack von der Art, die man ebensosehr riecht wie schmeckt.

Frazer goß seinen Whisky in das Bier und trank das Gemisch einfach hinunter. »Sie verdammter Heide«, sagte der Wirt. »Und dabei habe ich Ihnen sogar noch meinen zwölf Jahre alten Malzwhisky gegeben.«

»Im Magen kommt sowieso alles zusammen, Mr. MacGregor.«

»Sie sind ein verfluchter Barbar«, grollte der Wirt und ließ mit sichtlicher Freude die R's rollen. »Sie haben mein gutes Bier ruiniert, und meinen Whisky noch dazu.«

Mir wurde klar, daß es sich um einen Scherz zwischen den beiden handelte, und zwar um einen, mit dem sie sich nicht zum erstenmal amüsierten. Ich wußte, daß Leutnant Frazer vom Sicherheitsdienst der Marine war. Jetzt überlegte ich, ob der Wirt nicht vielleicht auch dazu gehörte. Denn die Bar wäre ja wirklich ein ausgezeichneter Platz, um Fremde im Auge zu behalten, die sich vielleicht die Atom-U-Boote im Stützpunkt betrachten wollten.

Und dann war ich sicher, daß es so sein mußte — denn Frazer steckte die Zigarettenschachtel ein, aus der er sich bedient hatte. Ganz langsam und unauffällig war sie in seinen Besitz gelangt, aber ich war sicher, daß hier noch etwas anderes als nur Zigaretten von Hand zu Hand gegangen war.

> Bei Spielen, in denen das Zufallschancen-Selektorprogramm nicht verwendet wird und in denen zwei einander feindliche Einheiten von genau gleicher Stärke und identischer Charakteristik die gleiche *Hex* (oder Raumeinheit) einnehmen, siegt diejenige Einheit, welche den betreffenden Raum zuerst besetzt.
>
> REGELN: ›TACWARGAME‹. STUDIEN-CENTER, LONDON.

KAPITEL ZWEI

Der Flug nach London hatte Verspätung.

Ferdy kaufte eine Zeitung, und ich las die Abflugtafel mindestens viermal. Dann ließen wir uns in einem parfümierten Gefängnis aus abgestandener Luft treiben, das von gähnenden Mädchen mit Armbanduhren von Cartier und von Marineoffizieren mit Aktentaschen aus Plastik beherrscht wird. Aus Rhythmen, die besonders dafür geschaffen sind, tonlos zu bleiben, versuchten wir, Melodien herauszuhören, und bemühten uns, im Knarren der Ansagen Worte wiederzuerkennen — bis sich endlich das Wunder des Fliegens auch für uns bewahrheitete.

Während wir hinauf in die grauen Wattebäusche stiegen, erklärte uns eine Stimme wie die des großen Bruders, daß sie unser Kapitän sei, daß es nichts mehr zu essen geben könne, weil wir so spät dran wären, Feuerzeuge mit dem Namen der Fluglinie drauf könnten wir aber noch kaufen, und wenn wir jetzt auf der linken Seite nach unten blickten, dann sei dort Birmingham zu sehen — leider wäre es nur völlig von Wolken zugedeckt.

Es war früher Abend, als ich in London ankam. Der Himmel sah aus wie mit Geschwüren bedeckt, und die Wolkendecke reichte herunter bis zu den obersten Stockwerken der Bürohochhäuser, in denen alle Lichter brannten. Die Autofahrer waren schlechter Laune, und der Regen strömte ohne Unterlaß.

Wir erreichten das Studien-Center in Hampstead gerade um die Zeit, zu der die Tagschicht das Gebäude verlassen wollte. Die Tonbänder waren mit einer Militärmaschine angekommen und erwarteten mich bereits. Immer wenn eine solche Sendung eintrifft, werden aus Sicherheitsgründen sämtliche Aus- und Eingänge gesperrt, und daher mußten wir jetzt unter den mißvergnügten Blicken der

Leute im Auswertungsblock ausladen, die dort saßen und warteten und ständig auf die Uhr blickten. Ich war ernsthaft versucht, die im Center vorhandene Übernachtungsmöglichkeit auszunutzen: Das Badewasser war immer heiß, und die Kantine würde schon eine warme Mahlzeit für mich finden. Aber Marjorie wartete, und daher meldete ich mich so schnell wie möglich ab.

Ich hätte mir eigentlich denken sollen, daß mein Wagen nach sechs Wochen unter freiem Himmel im Londoner Winter kaum starten würde, nur weil ich ihn brauchte. Der Motor stöhnte erbärmlich, stemmte sich gegen das kalte, dicke Öl und hustete über die jämmerlichen Zündfunken. Ich zerrte am Starter herum, bis die Luft dick mit Benzindünsten aufgeladen war, und zählte dann bis hundert, damit der abgesoffene Motor sich vielleicht wieder etwas fassen konnte. Beim dritten Versuch danach sprang er an. Ich trat auf das Gaspedal, es gab ein Stakkatokonzert von Fehlzündungen, und der ganze Wagen erzitterte vom unrunden Lauf der Maschine. Die alten Zündkerzen wollten nicht so recht mitmachen. Aber schließlich vereinten sie sich alle im gemeinsamen Lied, und ich ließ den Wagen vorsichtig in den abendlichen Verkehr von Frognal hinausrollen.

Wenn ich etwas schneller vorangekommen wäre, hätte ich vermutlich ohne Schwierigkeiten Haus und Hof erreicht — aber die Art von Stauungen, in die man an einem feuchten Winterabend in London hineingerät, können einem alten Schlitten wie dem meinen schon den Gnadenstoß versetzen. Ganz in der Nähe meiner früheren Wohnung in Earl's Court ereilte ihn der Tod. Ich riß ihm den Bauch auf und versuchte festzustellen, wo man vielleicht noch ein Pflaster hinkleben könnte, aber ich sah nichts als Regentropfen, die auf dem heißen Motorblock verzischten. Aber bald taten sie nicht einmal mehr das, und ich wurde wieder auf den ständig vorbeifließenden Verkehr aufmerksam gemacht: Große, teure M+S-Reifen füllten meine Schuhe emsig mit dem schmutzigen Wasser, das sie emporschleuderten. Ich stieg wieder in den Wagen und starrte auf eine ausgetrocknete Packung Zigaretten, die schon seit langem im Handschuhfach lag. Aber ich hatte vor sechs Wochen das Rauchen aufgegeben und war entschlossen, diesmal ernst damit zu machen. Ich knöpfte meinen Mantel zu und ging auf die Straße hinunter bis zu einer Telefonzelle, aber jemand hatte den Hörer abgeschnitten und mit nach Hause genommen. Und in der letzten halben Stunde war auf der Straße kein einziges Taxi vorbeigekommen. Ich versuchte, einen Entschluß zu fassen: Sollte ich den restlichen Weg

21

nach Hause laufen oder mich einfach mitten auf der Straße schlafen legen? Und in dem Moment fiel mir ein, daß ich noch einen Schlüssel für meine alte Wohnung hatte.

Das Studien-Center würde die Wohnung erst im nächsten Monat aufgeben — so lange lief der Vertrag noch. Und vielleicht war sogar das Telefon noch angeschlossen. Der Weg zu Fuß war zwei Minuten.

Ich drückte auf die Klingel; keine Antwort. Ich wartete noch ein paar Minuten, weil ich mich erinnerte, wie oft ich die Klingel überhört hatte, wenn ich hinten in der Küche war. Dann nahm ich meinen Schlüssel und öffnete. Das Licht ging sogar noch. Ich habe Nummer achtzehn eigentlich immer gemocht, irgendwie entsprach sie eher meinem Geschmack als die ölgeheizte Betonwabe in schlechtem Spekulantengeschmack, die ich dafür eingetauscht hatte. Aber ich bin andererseits auch kein Mensch, der rein ästhetischen Prinzipien den Vorrang vor weichen Spannteppichen aus synthetischer Wolle und zugluftdichten Doppelfenstern gibt, selbst wenn sie als Stilfenster getarnt sind.

Die Wohnung war nicht mehr in demselben Zustand, in dem ich sie hinterlassen hatte. Das heißt, der Fußboden war nicht mehr mit Zeitungen und Magazinen bedeckt, und es standen auch keine strategisch plazierten Tragetüten mehr herum, die vor Abfällen überquollen. Sie sah genauso aus wie an den Tagen dreimal in der Woche, wenn die freundliche Dame von nebenan zum Saubermachen dagewesen war. Die Möbel waren nicht schlecht, jedenfalls nicht für eine möblierte Wohnung, meine ich. Ich setzte mich in den bequemsten Lehnstuhl und griff mir das Telefon, wählte die Nummer der hiesigen Mini-Taxi-Firma und wurde öffentlich versteigert. »Jemand da für eine Fahrt von Gloucester Road nach Fulham?« Und dann: »Will jemand eine Fahrt von Gloucester Road nach Fulham mit fünfundzwanzig Pence Vorgabe übernehmen?« Schließlich ließ sich irgendein Ritter der Straße herab, Gloucester Road nach Fulham mit einer Extravorgabe von fünfundsiebzig Pence zu machen, wenn ich noch eine halbe Stunde warten könnte. Ich wußte, daß das mindestens fünfundvierzig Minuten bedeutete, und sagte ja. Dann überlegte ich, ob ich jetzt wohl noch immer ein Nichtraucher wäre, wenn ich die Packung Zigaretten im Wagen zufällig in die Tasche gesteckt hätte.

Wenn ich nicht so erschöpft gewesen wäre, dann hätte ich schon im ersten Augenblick bemerkt, daß an der Wohnung irgend etwas komisch war. Aber ich war todmüde, konnte kaum meine Augen offenhalten. Fast fünf Minuten lang saß ich in dem Lehnsessel, ehe mir das Foto auffiel. Und zunächst schien auch gar nichts Seltsames daran zu sein, außer der Tatsache, daß ich mir nicht erklären konnte, wieso ich es hiergelassen hatte. Erst als ich meinen Verstand dazu zwang, wieder richtig zu funktionieren, wurde mir klar, daß es gar nicht mein Foto war. Der Rahmen schien derselbe wie der, den ich 1967 im Weihnachts-Sonderangebot bei Selfridges gekauft hatte, und das Bild war auch — fast — dasselbe: ich selbst mit Tweedjacket, wash-and-wear-Hosen, einem doofen Hut und zweifarbigen Schuhen, von denen einer auf den Chromteilen eines Alfa-Romeo-Spider-Cabriolets abgestellt war. Und doch war ich es nicht. Alles andere stimmte genau, einschließlich des Auto-Nummernschilds. Aber der Mann auf dem Bild war älter als ich, und dicker. Bitte, ich mußte ziemilch genau hinsehen. Wir hatten beide keinen Schnurrbart, keinen Backenbart, keine Koteletten und ein etwas unscharfes Gesicht — aber ich war es nicht, das hätte ich beschwören können.

Zunächst regte ich mich nicht weiter auf. Man weiß ja, wie verrückt manchmal bestimmte Dinge klingen können, und dann kommt jemand mit einer völlig logischen, vernünftigen Erklärung — meistens eine Frau, die einem sehr nahesteht. Ich brach also nicht sofort in Panik aus, sondern begann einfach, den ganzen Laden systematisch zu untersuchen. Und dann erst war ich soweit, daß ich am liebsten geschrien und auf meine eigene freundliche, völlig unneurotische Art durchgedreht hätte.

Wieso kam dieser Drecksack dazu, genau dieselben Kleidungsstücke zu besitzen wie ich auch? In einer anderen Größe, und hier und da ein paar kleine Änderungen — aber ich kann nur sagen: genau alles das, was ich selbst auch besaß. Und dazu noch ein Bild von diesem Mr. Niemand zusammen mit Mason, diesem unangenehmen Knaben, der bei den Kriegsspielen das Ausdrucken der Wetterberichte unter sich hatte. Jetzt wurde ich wirklich nervös. Und es war überall in der gesamten Wohnung das gleiche: meine Krawatten. Mein Geschirr. Mein Guinness-Flaschenbier. Meine Hi-Fi-Anlage von Leak, und meine Mozart-Klavierkonzerte, gespielt von meiner Ingrid Haebler. Und neben seinem Bett — das mit derselben grünen Tagesdecke zugedeckt war wie mein eigenes — in einem silbernen Rahmen noch ein Bild: mein Vater und meine Mutter. Mein Vater und meine Mutter im Garten. Das Bild, das ich an ihrem fünfundreißigsten Hochzeitstag aufgenommen hatte.

Ich setzte mich auf — mein — Sofa und redete mir selbst gut zu.

Hör zu, sagte ich zu mir, du weißt, was das hier nur sein kann — nämlich einer von den komplizierten Scherzen, die reiche Leute in Fernsehspielen miteinander treiben und für die der Drehbuchautor dann keinen Schluß finden kann. Aber ich habe keine reichen Freunde, und auch keine, die stupide genug sind, um mich selbst als Doppelgänger auftreten zu lassen, nur um mich zu verwirren. Ich will sagen, ich lasse mich schon sowieso viel zu leicht verwirren. Ich brauche solche Scherze gar nicht erst.

Ich ging in das Schlafzimmer und machte den Schrank auf, um noch einmal die ganze Garderobe durchzugehen. Ich sagte mir, daß das nicht meine Sachen sein konnten, obwohl ich mir selbst nicht sicher war. Damit will ich sagen, ich besitze keine Anzüge, die ein anderer nicht auch haben könnte. Aber diese bestimmte Kombination von Etiketten von *Brooks Brothers, Marks* und *Sparks* und *Turnbull* und *Asser* findet sich ganz bestimmt nicht in jedermanns Kleiderschrank. Ganz besonders nicht, wenn alle Sachen schon seit mindestens fünf Jahren aus der Mode sind.

Aber wenn ich nicht so im Kleiderschrank herumgewühlt hätte, dann wäre mir auch nicht aufgefallen, daß der Krawattenhalter versetzt war. Und ich hätte auch nicht bemerkt, daß jemand hier anscheinend ziemlich schlampige Schreinerarbeit verrichtet hatte. Wie zum Beispiel die völlig neue Rückwand.

Ich klopfte gegen sie, und es klang hohl. Es war nur eine dünne Sperrholzplatte, und sie ließ sich ziemlich leicht zur Seite schieben. Dahinter war eine Tür. Die ließ sich nur ziemlich schwer bewegen, aber nachdem ich die Kleider alle ein bißchen beiseite geschoben hatte, konnte ich mich mit voller Kraft dagegenstemmen. Nach den ersten paar Zentimetern ging es dann leichter.

Durch den Kleiderschrank hindurch kletterte ich in einen dunklen Raum. Wie Alice im Wunderland durch den Spiegel. Ich zog die Luft ein. Sie roch sauber, mit einer leichten Beimischung von Desinfektionsmitteln. Ich zündete ein Streichholz an. Der Raum war fast quadratisch, wie eine Schachtel. Im Licht der Streichholzflamme fand ich einen Schalter und drehte ihn um. Ich befand mich in einem kleinen Büro: Schreibtisch, Lehnstuhl, Schreibmaschine und poliertes Linoleum. Die Wände waren frisch gestrichen und weiß. An ihnen hingen eine farbige Illustration des Luft-Thermoskops von Otto von Guericke — eigentlich ein Werbekalender einer Fabrik für chirurgische Instrumente in München —, ein billiger Spiegel und ein leeres Blatt mit Wocheneinteilungen zum Eintragen von Terminen, das mit Heftpflaster an die Wand geklebt war. In den Schubladen des Schreibtisches fanden sich ein Stoß weißes Schreibpapier, ein Päckchen Büroklammern und zwei Mäntel aus weißem Nylon, die wie frisch aus der Wäscherei in Plastiktüten verpackt waren.

Die aus dem Büro weiterführende Tür ließ sich gleichfalls leicht öffnen. Jetzt befand ich mich schon ziemlich weit in der Nachbarwohnung. Neben dem Flur war — entsprechend meinem eigenen Wohnzimmer — ein ziemlich großer Raum, der von einem halben Dutzend Deckenleuchten hinter Mattglasscheiben erhellt wurde. Die Fenster waren mit lichtdichten hölzernen Blenden verschalt, wie man sie auch in Dunkelkammern verwendet. Auch dieser Raum war weiß gestrichen — Wände, Decke und Fußboden, alles fleckenlos rein und ohne ein einziges Stäubchen. In einer Ecke befand sich ein neu eingebautes Spülbecken aus rostfreiem Stahl. Und mitten im Raum stand ein Tisch mit blendend-frischem Baumwollbezug, überspannt mit durchsichtigem Plastik. Die Art, von der sich vergossenes Blut leicht abwischen läßt. Es war ein merkwürdiger Tisch, mit vielen Hebeln zum Schwenken, Heben und Einstellen. Fast so eine Art von einfachem Operationstisch. Die Bestimmung der großen Apparatur daneben entzog sich meinem medizinischen Fassungsvermögen. Röhren, Zifferblätter und Gurte — jedenfalls sah sie sehr teuer aus. Und obwohl ich ihren Zweck nicht erraten konnte, wußte ich doch, daß ich eine solche Apparatur irgendwo schon einmal gesehen hatte. Nur gelang es mir nicht, aus dem Schlamm meiner Erinnerung heraufzubaggern, wo und wann das gewesen war.

Auch dieser Raum hatte eine Tür. Ganz vorsichtig versuchte ich die Klinke, aber es war abgeschlossen. Und während ich so stand, den Kopf nach vorn in Richtung auf die Tür gebeugt, hörte ich eine Stimme. Ich beugte mich noch weiter vor, und nun konnte ich hören, was gesagt wurde: ». . . und dann nächste Woche nehmen Sie die mittlere Schicht, und so weiter. Die scheinen noch nicht zu wissen, wann es wirklich losgeht.«

Die Antwort — sie kam von einer Frauenstimme — war fast unhörbar. Dann sprach wieder der Mann ziemlich nahe hinter der Tür: »Natürlich, wenn die Dienstälteren eine bestimmte Schicht auf Dauer vorziehen, dann ändern wir das Ganze wieder und richten es so ein.«

Wieder das Murmeln der Frauenstimme, und dazu das Geräusch von fließendem Wasser, begleitet von einem Plätschern, als ob jemand beim Händewaschen wäre.

Der Mann sagte: »Da haben Sie völlig recht. Typisch für den verdammten Geheimdienst, wenn Sie mich fragen. Ob meine Großmutter in Großbritannien geboren wäre. Verdammter Blödsinn! Ich habe überall einfach ›ja‹ hingeschrieben.«

Als ich das Licht ausschaltete, hörte die Unterhaltung plötzlich auf. Ich wartete im Dunkeln und rührte mich nicht. Im kleinen Büro war das Licht noch an. Wenn sie jetzt die Tür öffneten, hinter der ich stand, dann mußten sie mich ohne Zweifel sehen. Ich hörte das Geräusch eines automatischen Handtuchspenders — ein Streichholz wurde angezündet —, und dann wurde die Unterhaltung fortgesetzt. Aber jetzt schien sie weiter entfernt. Ganz langsam und auf Zehenspitzen zog ich mich zurück. Ich schloß die zweite Tür und betrachtete die Änderungen an dem Kleiderschrank, während ich durch seine Rückwand kroch. Diese Geheimtür hier gab mir noch mehr Rätsel auf als der merkwürdige, kleine Operationssaal. Wenn jemand schon hinging und geheime Räume einrichtete, einschließlich der Mühe, noch unauffällig die Nachbarwohnung zu mieten, wenn dieser Jemand insgeheim große Löcher in dickes Mauerwerk schlug, eine Schiebetür konstruierte und sie in die Rückwand eines Einbaukleiderschranks einpaßte — würde er dann normalerweise nicht auch noch weitergehen und das Ganze so herrichten, daß es wirklich schwer zu finden war? Dieser Geheimgang konnte selbst vom unerfahrensten Anfänger bei der Zollfahndung nicht übersehen werden, auch wenn er sich nur ganz flüchtig umsah. Die Sache ergab einfach keinen Sinn.

Das Telefon klingelte, und ich nahm den Hörer auf. »Ihr Taxi wartet jetzt draußen, Sir.«

Es gibt heutzutage nicht mehr viele Taxi-Dienste, die einen mit ›Sir‹ anreden. Das hätte mich mißtrauisch machen müssen. Aber ich war eben müde.

Ich ging nach unten. Auf dem Treppenabsatz im ersten Stock, vor der Wohnung des Hausmeisters, standen zwei Männer.

»Verzeihung, Sir«, sagte einer von ihnen. Ich dachte zuerst, daß sie vielleicht auf den Hausmeister warteten, aber als ich vorbei wollte, stand mir einer von ihnen plötzlich im Weg. Der andere redete weiter. »Es hat hier in letzter Zeit eine Menge Einbrüche gegeben, Sir.«

»Tatsächlich?«

»Wir sind von der Wach- und Schließgesellschaft, die sich um das Haus hier zu kümmern hat.« Es war der größere der beiden Männer, welcher sprach. Er trug einen kurzen Wildledermantel mit Schafspelzfutter. Die Art von Mantel, die ein Mann gut gebrau-

chen kann, wenn er viel Zeit in zugigen Hauseingängen verbringt.
»Sind Sie Mieter hier, Sir?« fragte er.
»Ja«, sagte ich.
Er knöpfte den Kragen seines Mantels zu, und es schien fast so, als wolle er sich mit dieser Beschäftigung selbst davon abhalten, mir ohne weiteres an die Kehle zu fahren. »Wären Sie vielleicht so liebenswürdig und würden sich irgendwie identifizieren, Sir?«

Ich wollte innerlich bis zehn zählen, aber ehe ich noch bis fünf gekommen war, hatte der kleinere der beiden schon auf die Klingel des Hausmeisters gedrückt. »Was wollen Sie denn jetzt schon wieder?«

»Ist das hier einer Ihrer Mieter?« fragte der größere.

»Ich wohne in Nummer achtzehn«, half ich nach.

»Den hab' ich noch nie im Leben gesehen«, sagte der Mann.

»Und Sie sind nicht der Hausmeister«, sagte ich. »Der heißt nämlich Charlie Short.«

»Charlie Short ist früher manchmal hiergewesen, um mich auf ein paar Stunden abzulösen . . .«

»Erzählen Sie mir keine Geschichten«, sagte ich. »Charlie ist der Hausmeister. Und *Sie* habe ich noch nie hier gesehen.«

»Ein verdammter Schwindler«, erklärte der Mann im Eingang der Hausmeisterwohnung.

»Aber ich wohne hier schon seit fünf Jahren«, protestierte ich.

»Hörense auf«, sagte der Mann. »Ich kenne Sie nicht.« Er lächelte, als ob ihm mein Ärger auch noch Spaß machte. »Der Gentleman in Nummer achtzehn wohnt wirklich seit fünf Jahren hier — aber er ist viel älter als dieser Kerl da, auch dicker, und größer. So in der Menschenmenge könnte man die beiden vielleicht verwechseln, aber nicht hier, und bei der Beleuchtung.«

»Ich weiß nicht, was Sie beabsichtigen . . .«, sagte ich. »Ich kann schließlich beweisen . . .« Ganz unvernünftigerweise konzentrierte sich mein Zorn auf den Mann, der sich als Hausmeister ausgab. Einer der Wachmänner ergriff mich beim Arm. »Aber bitte, Sir, wir wollen doch hier nicht ausfällig werden, nicht wahr?«

»Ich beschäftige mich lieber weiter mit ›Krieg und Frieden‹«, sagte der Mann vor der Hausmeisterwohnung, und er schloß die Tür mit einem Nachdruck, der sich jede weitere Störung verbat.

»Ich hätte niemals gedacht, daß Albert ein Typ ist, der liest«, sagte der größere Mann.

»Er meint ja auch die Serie im Fernsehen«, sagte der andere.

»So —«, damit wandte er sich wieder an mich, »— und Sie kommen jetzt mal lieber mit und weisen sich ordentlich aus.«

»Das ist nicht der Hausmeister«, sagte ich.

»Ich fürchte, da irren Sie sich, Sir.«

»Ich irre mich nicht.«

»Es dauert nicht länger als zehn Minuten, Sir.«

Ich ging die Treppe hinunter und hinaus auf die Straße. Draußen stand mein Taxi. Zum Teufel mit diesen Kerlen. Ich öffnete die Tür und hatte schon einen Fuß im Wagen, als ich den dritten Mann sah. Er saß ganz hinten in der Ecke auf dem Rücksitz. Ich erstarrte. »Steigen Sie doch ein, Sir«, sagte er. Ich hatte ein Mini-Taxi bestellt — dies hier war ein reguläres. Mir gefiel das ganz und gar nicht.

Zufällig hatte ich eine Hand in der Tasche. Ich richtete mich auf und streckte unter dem Mantel meinen Zeigefinger aus, in Richtung auf den Mann. »Kommen Sie heraus«, sagte ich mit dem passenden drohenden Unterton. »Kommen Sie heraus, und zwar ganz langsam.« Er rührte sich nicht.

»Lassen Sie doch diese Kindereien, Sir. Wir wissen ganz genau, daß Sie nicht bewaffnet sind.«

Ich hob meine andere Hand und krümmte den Zeigefinger in stummer Aufforderung für ihn, auszusteigen. Der Mann auf dem Rücksitz seufzte. »Wir sind drei, Sir. Entweder steigen wir alle ein, so wie wir jetzt sind, oder wir kriegen wahrscheinlich alle drei ein paar Beulen. Aber einsteigen werden wir — so oder so.«

Ich blickte zur Seite. Ein weiterer Mann stand neben dem Hauseingang. Der Taxifahrer hatte sich bis jetzt noch nicht gerührt.

»Wir werden Sie bestimmt nicht lange aufhalten«, sagte der Mann im Rücksitz.

Ich stieg in das Taxi. »Was soll das Ganze?« fragte ich.

»Sie wissen ganz genau, daß dies hier nicht mehr Ihre Wohnung ist, Sir.« Er schüttelte den Kopf. Der Fahrer prüfte nach, ob die Tür auch richtig geschlossen war, und dann fuhr er mit uns die Cromwell Road hinunter davon. Der Mann sagte: »Wie sind Sie nur auf die Idee gekommen, hier mitten in der Nacht einzudringen? Wir drei mußten extra deswegen unser Bridgespiel unterbrechen.« Der größere der beiden Männer von vorhin saß jetzt auf dem Notsitz. Er knöpfte seinen Schafsfellmantel auf.

»Das beruhigt mich nun wieder sehr«, sagte ich. »Von Polizisten, die gewohnheitsmäßig Poker spielen, wird man leicht 'reingelegt. Und wenn sie Siebzehn-und-Vier-Spieler sind, dann schlagen sie einen vielleicht auch tot. Aber wer braucht schon Angst vor Polizisten zu haben, die sich ihre Zeit mit Bridge vertreiben?«

»Sie sollten es doch wirklich besser wissen«, sagte der große Mann nachsichtig. »Sie kennen doch die Sicherheitsvorschriften und wie streng sie seit dem letzten Jahr geworden sind.«

»Sie unterhalten sich alle mit mir, als ob wir miteinander verwandt wären. Ich kenne Sie nicht. Wir arbeiten auch nicht miteinander. Wer, zum Teufel, sind Sie — Versandhauspolizisten, Anruf genügt?«

»Aber so naiv können Sie doch gar nicht sein, Sir.«

»Wollen Sie vielleicht sagen, daß das Telefon ständig abgehört wird?«

»Sagen wir eher — überwacht.«

»Schon immer? Jeder Anruf?«

»Es handelt sich um eine leere Wohnung, Sir.«

»Sie meinen — ›Jemand da für eine Fahrt von Gloucester nach Fulham mit 50 Pence Vorgabe‹ —, das waren Ihre Leute?«

»Weil Barry gerade so knapp vorm Gewinnen war«, sagte der zweite Mann.

»Ich bin nur in die Wohnung gegangen, um zu telefonieren.«

»Und ich glaube Ihnen das«, sagte der Polizist.

Das Taxi hielt an. Wir waren über die Hammersmith-Brücke gefahren und befanden uns jetzt in irgendeinem gottverlassenen Loch in Barnes. Auf der linken Seite war ein weites, offenes Gelände, über das der Wind durch die Bäume heulte und an unserem Wagen rüttelte, so daß er sich leise hin- und herwiegte. Es war sehr wenig Verkehr, aber in der Ferne bewegten sich Lichter, und manchmal auch ein Doppeldeckerbus, hinter den Bäumen entlang. Ich nahm an, daß dort wahrscheinlich die Upper Richmond Road verlief.

»Worauf warten wir denn jetzt?«

»Wir werden Sie nicht mehr lange aufhalten, Sir. Zigarette?«

»Nein, danke«, sagte ich.

Ein schwarzer Ford *Executive* kam von hinten heran, schob sich vor uns und parkte. Zwei Männer stiegen aus und kamen zurück zu unserem Wagen. Der Mann im Schafsfellmantel drehte das Fenster herunter. Einer der zwei Männer aus dem anderen Wagen leuchtete mir mit der Taschenlampe ins Gesicht. »Ja, das ist er.«

»Sind Sie das, Mason?«

»Ja, Sir.« Mason — das war der Mann, der die Wetter-Printouts betreute und sich mit Fremden fotografieren ließ, die meine Kleider trugen.

»Sie gehören hier also auch dazu?«

»Wozu?« fragte Mason.

»Verarschen Sie mich nicht, Sie lächerlicher Wurm«, sagte ich.

»Ja, das ist er«, wiederholte Mason und schaltete die Taschenlampe aus.

»Nun ja, eigentlich wußten wir das ja auch schon«, sagte der erste Polizist.

»Sicherlich — natürlich«, sagte ich. »Sonst hätte ich Sie bestimmt mit nur 25 Pence Vorgabe bekommen.« Wie hatte ich nur so dumm sein können. Wenn man bei dem Telefon die Zeitansage anrief, hörte man wahrscheinlich die Taschenuhr des Polizeipräsidenten persönlich ticken.

»Wir werden Sie jetzt besser nach Hause bringen«, sagte der Polizist. »Und vielen Dank, Mr. Mason.«

Mason ließ sich vom Fahrer des *Executive* die Türe öffnen, als ob ihm das schon an der Wiege gesungen worden wäre. Eines Tages würde er der große Chef im Center sein, das schien mal sicher.

Sie brachten mich nach Hause, den ganzen Weg bis fast vor die Tür. »Das nächstemal«, sagte der Polizist, »lassen Sie sich doch ruhig von der Fahrbereitschaft nach Hause bringen. Nach der Rückkehr von einer Reise sind Sie dazu berechtigt, das wissen Sie ja.«

»Sie könnten nicht einen Ihrer Leute dazu veranlassen, meinen Mini-*Clubman* aufzusammeln — ich meine, so vielleicht zwischen zwei Bridge-Spielen?«

»Ich werde ihn als gestohlen melden. Dann bringen ihn die Bobbies vom zuständigen Polizeirevier zurück.«

»Ich wette, daß Sie sich manchmal wegen Ihrer eigenen Ehrlichkeit Vorwürfe machen.«

»Gute Nacht, Sir.« Es regnete immer noch in Strömen. Ich kletterte aus dem Taxi. Sie hatten mich auf der falschen Straßenseite aussteigen lassen: Wenden war an dieser Stelle polizeilich verboten.

> Zeit ist immer Spielzeit ...
> REGELN: FÜR ALLE SPIELE. STUDIEN-CENTER, LONDON.

KAPITEL DREI

Ich schloß die Tür zur Wohnung so leise auf wie möglich. Wenn ich nicht da war, drehte Marjorie immer die Heizung ganz weit auf, und jetzt überfiel mich die schale Luft, schwer von den Gerüchen frischer Farbe und zu grünen Holzes, wie Kater-Kopfschmerzen aus zweiter Hand. Es würde noch lange dauern, bis ich mich hier eingewöhnt hatte.

»Bist du das, Darling?«

»Ja, Liebes.« Ich stocherte in dem Haufen von angesammelter Post herum und schob alle Drucksachen-Umschläge beiseite, bis nur noch eine Postkarte aus einem Wintersportort, ein Exemplar des *Cross and Cockade*-Magazin und ein antiquarisches Buch über die Schlacht von Moskau zurückblieben. Auf dem versilberten Halter für Toastscheiben — dem Aufbewahrungsort für dringende Nachrichten — lag ein abgerissenes Stück Krankenhaus-Briefpapier mit: ›Bitte Colonel Schlegel am Sonntag besuchen. Er holt dich um zehn Uhr am Zug ab‹; in Marjories säuberlicher Handschrift. Ich wäre sicherlich erst am Montag gefahren, aber ›Sonntag‹ war dreimal unterstrichen mit dem roten Stift, den sie für ihre Diagramme benutzte.

»Darling!«

»Ich komme schon.« Ich ging ins Wohnzimmer. Wenn ich fort war, betrat sie es selten: Schnell mit der Bratpfanne hantiert, und dann mit einer Aktentasche voller medizinischer Forschungsunterlagen zum Tisch neben ihrem Bett — das war so ihre normale Routine. Aber heute hatte sie das Zimmer sorgfältig aufgeräumt und für meine Rückkehr hergerichtet: Streichhölzer neben dem Aschenbecher, und Hausschuhe vor dem Kamin. Sogar ein großer Blumenstrauß stand da, hübsch mit Farnwedeln dekoriert, in einem Krug auf dem Tisch neben der Couch zwischen ihren *House and Garden*-Magazinen.

»Du hast mir gefehlt, Marj.«

»Hallo, fremder Seemann.«

Wir umarmten uns. Der schwache Geruch von gebratenem Speck draußen im Flur verwandelte sich jetzt in einen Geschmack auf ihren Lippen. Sie fuhr mir mit der Hand auf den Kopf und zerzauste mir liebevoll das Haar. »Das geht nicht mehr so leicht ab«, sagte ich. »Man knotet es jetzt direkt in die Kopfhaut.«

»Kindskopf.«

»Tut mir leid, daß ich so spät komme.«

Sie wandte den Kopf und lächelte scheu. Sie war wie ein kleines Mädchen: diese großen, grünen Augen und das kleine weiße Gesicht, fast wie verloren unter dem wirren, schwarzen Haarschopf.

»Ich habe ein Stew gemacht, aber inzwischen ist es ein bißchen zu sehr eingekocht.«

»Ich bin nicht hungrig.«

»Du hast die Blumen noch gar nicht bemerkt.«

»Arbeitest du wieder mal in der Leichenhalle?«

»Dreckskerl«, sagte sie, aber sie küßte mich mit weichen Lippen.

In der Ecke bombardierte der Flimmerkasten seine Umwelt immer weiter mit oberflächlicher Hysterie: Britischer Gerechtigkeitssinn überlistet fette, deutsche, »Schweinehund!« brüllende Statisten.

»Die Blumen sind von meiner Mutter. Mit Glückwünschen.«

»Du feierst doch in diesem Jahr nicht etwa schon wieder deinen neunundzwanzigsten Geburtstag?«

Sie boxte mich zwischen die Rippen, und soviel verstand sie von Anatomie, um zu wissen, wo es weh tat.

»Bitte mäßige dich«, japste ich, »das war doch nur Spaß.«

»Also, solche faulen Späße solltest du dir lieber für die Jungs auf dem U-Boot aufheben.«

Aber sie legte die Arme um mich und zog mich dicht an sich. Und sie küßte mich, streichelte mein Gesicht und versuchte, aus meinen Augen ihr Geschick zu lesen.

Ich küßte sie wieder. Diesmal schien es schon eher das Wahre.

»Ich habe schon fast angefangen, mir Sorgen zu machen«, sagte sie, aber ihre Worte verstummten unter meinem Mund.

Eine Kanne voll Kaffee stand auf einem elektrischen Wärmer, mit dem man Sachen stundenlang heiß halten kann. Ich goß etwas davon in Marjories Tasse und nippte davon. Es schmeckte wie Eisenfeilspäne mit einem Schuß Chinin. Ich verzog das Gesicht.

»Ich mache gleich neuen.«

»Nein.« Ich konnte sie gerade noch am Arm packen. Mit dieser liebenden Fürsorge machte sie mich geradezu neurotisch. »Setz dich doch hin, um Himmels willen, setz dich doch einfach hin.« Ich langte hinüber und nahm mir ein Stück von der Schokolade, die sie gerade gegessen hatte. »Ich möchte nichts essen jetzt, und auch nichts trinken.«

Die Helden in der Glotzkiste hatten inzwischen einem Gestapomann mit Schweinsaugen den Zündschlüssel für ein geheimes neues Flugzeug abgenommen, und jetzt war da dieser fette, kurzsichtige Wachtposten, der heranstampfte und den Hitlergruß zelebrierte. Die beiden englischen Typen heilhitlerten zurück, aber sie tauschten ein gewisses Lächeln aus, während sie in das Geheimflugzeug kletterten.

»Ich weiß auch nicht, warum ich mir das ansehe«, sagte Marjorie.

»Wenn man solche Filme sieht, dann weiß man wirklich nicht, warum wir sechs Jahre gebraucht haben, um diesen verdammten Krieg zu gewinnen«, antwortete ich.

»Zieh doch deinen Mantel aus.«

»Laß nur, ich bin schon okay.«

»Hast du getrunken, Darling?« Sie lächelte. Sie hatte mich noch nie betrunken gesehen, aber hegte immer wieder den Verdacht, daß ich es vielleicht doch wäre.

»Nein.«

»Du zitterst ja.«

Ich hätte ihr gerne von der Wohnung erzählt, und von den Bildern mit dem Mann, der nicht ich war — aber ich wußte, daß sie nur skeptisch sein würde. Sie war ein Doktor: Die sind alle so. »Hast du Schwierigkeiten mit dem Wagen gehabt?« fragte sie schließlich. Sie wollte nur ganz sicher sein, daß ich ihr jetzt nicht vielleicht mit Geständnissen über eine andere Frau kam.

»Die Zündkerzen. Genau wie beim letztenmal.«

»Vielleicht solltest du dir doch den neuen schon jetzt kaufen und nicht mehr warten.«

»Klar. Und ein zwanzig Meter lange Hochsee-Rennjacht noch dazu. Hast du Jack gesehen, während ich weg war?«

»Er hat mich zum Mittagessen eingeladen.«

»Der gute, alte Jack.«

»Im Savoy-Grill.«

Ich nickte. Ihr getrennt lebender Ehemann war ein modischer junger Kinderarzt. Der Savoy-Grill gewissermaßen seine Kantine. »Habt ihr über die Scheidung gesprochen?«

»Ich habe ihm gesagt, daß ich kein Geld haben will.«

»Das hat ihn gefreut — darauf möchte ich wetten.«

»Jack ist nicht so.«

»Und *wie* ist er eigentlich, Marjorie?«

Sie gab keine Antwort. So nahe daran waren wir schon öfters gewesen, uns seinetwegen zu streiten, aber Marjorie war klug genug, männliche Unsicherheiten richtig zu beurteilen. Sie beugte sich vor und küßte mich auf die Wange. »Du bist müde«, sagte sie.

»Du hast mir gefehlt, Marj.«

»Wirklich, Darling?«

Ich nickte. Auf dem Tisch neben ihr lag ein Stapel Bücher: *Schwangerschaft und Anämie, Puerperale Anämie* von Bennett, *Eine klinische Studie* von Schmidt und *Die Geschichte eines Anämiefalles* von Combe. Unter dem Stapel, halb verdeckt, lag ein Stoß von Notizblättern, die über und über mit Marjories winziger Handschrift bedeckt waren. Ich brach ein Stück von der Schokoladentafel ab, die neben den Büchern lag, und steckte es Marjorie in den Mund.

»Die Leute aus Los Angeles haben sich wieder gemeldet. Jetzt bieten sie noch ein Auto, ein eigenes Haus und alle fünf Jahre ein Jahr frei bei voller Bezahlung für eigene Studien.«

»Ich habe nichts...«

»Also, laß dich nicht zum Schwindeln verleiten. Ich weiß genau, wie deine Gedanken funktionieren.«

»Ich bin ziemlich müde, Marj.«

»Jedenfalls, irgendwann werden wir mal über diese Sache reden müssen.« Das war die Ärztin, die jetzt sprach.

»Ja.«

»Mittagessen Donnerstag?«

»Ausgezeichnet.«

»Ganz genauso klingst du.«

»Sensationell, wundervoll, ich kann es kaum erwarten.«

»Manchmal frage ich mich, wieso wir es überhaupt so lange miteinander ausgehalten haben.«

Ich gab keine Antwort. Hin und wieder fragte ich mich dasselbe. Sie wollte, daß ich zugab, nicht ohne sie leben zu können. Und ich hatte das häßliche Gefühl, daß sie mich auf der Stelle verlassen würde, sobald ich das tat. Also machten wir weiter wie bisher: ineinander verliebt, aber entschlossen, es keinesfalls zuzugeben. Oder noch schlimmer: Wir erklärten einander unsere Liebe auf solche Weise, daß der andere niemals sicher sein konnte.

»Fremde in der Eisenbahn«, sagte Marjorie.

»Was?«

»Wir sind — Fremde zusammen in einem Eisenbahnabteil.«

Ich zog eine Grimasse, als ob ich nicht verstünde, worauf sie hinauswollte. Sie strich ihr Haar zurück, aber es fiel gleich wieder nach vorn. Deshalb zog sie eine Haarnadel heraus und steckte es von neuem fest. Es war eine nervöse Handbewegung, eher dazu bestimmt, ihr etwas zu tun zu geben, als wirklich das Haar in Ordnung zu bringen.

»Es tut mir leid, Liebes«, sagte ich, beugte mich vor und küßte sie sanft. »Es tut mir wirklich leid. Wir werden alles besprechen.«

»Am Donnerstag . . .«, lächelte sie, weil sie genau wußte, daß ich alles tun würde, um die Art von Diskussion zu vermeiden, die sie sich vorstellte. »Dein Mantel ist ganz naß. Du solltest ihn lieber aufhängen, sonst verknittert er völlig und muß in die Reinigung.«

»Oder auch jetzt. Wir können auch jetzt miteinander reden, wenn dir das lieber ist.«

Sie schüttelte den Kopf. »Wir sind auf dem Weg zu verschiedenen Zielen, das wollte ich eigentlich sagen. Und wenn du dort anlangst, wo du hinwillst, dann wirst du aussteigen. Ich kenne dich. Ich kenne dich nur allzugut.«

»Du bist es, der Angebote bekommt . . . mit fantastischen Gehaltsangeboten von Forschungsinstituten in Los Angeles. Dann liest du alles über Anämie und verschickst höfliche Absagen, die nur dazu führen, daß schließlich ein noch besseres Angebot kommt.«

»Ich weiß«, gab sie zu und küßte mich distanziert und wie in Gedanken verloren. »Aber ich liebe dich, Darling. Ich meine, wirklich . . .« Sie ließ ein anziehendes kleines Lachen hören. »Du bringst es dazu, daß ich mich wie — wie ein *Jemand* fühle. Die Art, mit der du es einfach als selbstverständlich nimmst, daß ich *wirklich* nach Amerika gehen und diesen verdammten Job schaffen könnte . . .«

Sie zuckte die Achseln. »Manchmal wünschte ich mir, du wärst nicht so irre ermutigend. Sondern eher diktatorisch sogar. Es gibt Zeiten, in denen ich wünschte, du würdest mich einfach zwingen, zu Hause zu bleiben und mich um den Abwasch zu kümmern.«

Nun, man kann Frauen einfach nicht glücklich machen — das ist eine Art von fundamentalem Gesetz des Universums. Man kann es natürlich versuchen — aber dann werden sie einem nie verzeihen, daß man sie ihrer eigenen Unfähigkeit zum Glücklichsein bewußt gemacht hat.

»Also, dann kümmere dich um den Abwasch«, sagte ich und legte den Arm um sie. Ihr Wollkleid war nur dünn. Ich konnte fühlen, wie heiß ihre Haut darunter war. Vielleicht hatte sie Fieber — oder vielleicht war es Leidenschaft? Oder ich war nur ganz einfach eiskalt im Vergleich zu ihr — der eiskalte Dreckskerl, der zu sein sie mich so oft beschuldigte.

»Bist du ganz sicher, daß du nicht noch ein Schinken-Sandwich möchtest?«

Ich schüttelte den Kopf. »Marjorie«, sagte ich, »erinnerst du dich an den Hausmeister in Nummer achtzehn?« Ich ging zum Fernsehgerät und schaltete es aus.

»Nein. War er erinnerungswert?«

»Jetzt sei mal einen Augenblick ernst ... Charlie, der Hausmeister. Charlie Short ... Schnurrbart, Cockney-Akzent, und ständige Witze über die Hauseigentümer.«

»Nein.«

»Denk doch mal einen Augenblick nach.«

»Deswegen brauchst du nicht gleich zu schreien.«

»Kannst du dich nicht an diese Abendeinladung erinnern ..., wo er dann hinterher zum Fenster hineingestiegen ist, weil du deinen Schlüssel vergessen hattest?«

»Das muß eins von deinen anderen Mädchen gewesen sein«, sagte Marjorie mit Würde.

Ich lächelte, aber ich schwieg.

»Du siehst nicht sehr gut aus«, sagte Marjorie. »Ist auf der Reise irgend etwas passiert?«

»Nein.«

»Ich mache mir Sorgen um dich. Du machst einen ziemlich erschöpften Eindruck.«

»Ist das eine ärztliche Diagnose, Frau Doktor?«

Sie zog ihr Gesicht in Falten, wie ein kleines Mädchen, das Ärztin oder Krankenschwester spielt. »Ja — ganz ehrlich, Darling.«

»Und wie lautet die Diagnose genau?«

»Nun, also Anämie ist es jedenfalls nicht.« Sie lachte. Sie war sehr schön. Und wenn sie lachte, sogar noch schöner.

»Und was verschreiben Sie so im allgemeinen für Männer in meinem Zustand, Frau Doktor?«

»Bettruhe«, sagte sie. »Auf jeden Fall — erst einmal ins Bett.« Sie lachte noch einmal und knotete meine Krawatte auf. »Du zitterst ja wirklich.« Sie sagte diese Worte mit wirklichem Erschrecken in der Stimme. Und sie hatte sogar recht. Ich zitterte. Die ganze Reise, die Rückfahrt, das Wetter, diese verdammte Nummer achtzehn, wo jemand eine Massenproduktion von mir angekurbelt hatte — alles das packte mich jetzt plötzlich. Aber wie soll man das erklären — ich meine, wie soll man das einer Ärztin erklären?

> Der dienstälteste Offizier im Kontrollstab-Raum bei Beginn des Spieles wird als CONTROL bezeichnet. Eine Auswechslung von CONTROL muß dem Rotstab-Raum und dem Blaustab-Raum (und allen sonstigen Kommandeuren) im vorhinein und schriftlich mitgeteilt werden. Alle von CONTROL getroffenen Entscheidungen sind endgültig.
>
> REGELN: ›TACWARGAME‹, STUDIEN-CENTER LONDON.

KAPITEL VIER

Man mag vielleicht denken, daß man seinen Chef kennt, aber das stimmt nicht. Es sei denn, man hat ihn an einem Sonntag in seinem eigenen Haus erlebt.

Sonntags gibt es nur drei Züge nach Little Omber. Der, mit dem ich fuhr, war fast leer — abgesehen von ein paar vom Samstag übriggebliebenen Nachteulen, drei Ehepaaren, die Oma ihre Babies vorführen wollten, zwei Priestern auf dem Weg zum Seminar und einem halben Dutzend Soldaten, die einem Schnellzuganschluß entgegenfuhren.

Little Omber liegt nur fünfunddreißig Meilen von der Stadtmitte Londons, aber es ist dennoch sehr still und auf eine elegante Weise ländlich: Fischstäbchen aus der Tiefkühltruhe und reihenweise Landhäuser mit Panoramafenstern für den jungen Manager.

Ich wartete an der menschenleeren Bahnstation. Charles Schlegel den Dritten, Colonel a. D., US-Marine-Corps Air Wing, kannte ich so gut wie überhaupt nicht, und daher war ich auf alles gefaßt — vom psychedelisch dekorierten Mini bis zum Rover mit Chauffeur. Er hatte das Studien-Center erst zehn Tage vor dem Beginn meiner letzten Seereise übernommen, und unsere Bekanntschaft beschränkte sich auf ein Preisringer-Händeschütteln sowie einen flüchtigen Blick auf einen Nadelstreifen-Anzug mit Weste aus der Savile Row, verziert mit der Klubkrawatte des *Royal Aero Club*. Aber das hatte ihn nicht daran gehindert, inzwischen das halbe Personal in Angst und Schrecken zu versetzen, von der alten Dame in der Telefonzentrale bis zum Nachtportier. Es ging ein Gerücht um, daß er nur auf seinen Posten gesetzt worden war, um das Center zu schließen. Dieses Gerücht wurde dadurch genährt, daß überall glaubhaft versichert wurde, er hätte gesagt, wir seien ›ein vorsintflutlicher Wohlfahrtsverein, der nur pensionierten englischen Admiralen dazu dient, am Sandkasten diejenigen Seeschlachten zu gewinnen, die sie in der Wirklichkeit vermurkst haben‹.

Wir alle ärgerten uns über diese Bemerkung, denn sie war unbegründet, unhöflich und warf auf uns alle ein schlechtes Licht. Und wie er so schnell die Wahrheit herausgefunden hatte, das fragten wir uns natürlich auch.

Knallrotes XKE-Exportmodell — na, das hätte ich mir ja auch denken können. Er sprang aus dem Wagen heraus wie ein Hürdenläufer bei den Olympischen Spielen, packte mit festem Griff meine Hand und hielt gleichzeitig auch meinen Ellbogen fest, so daß ich ihn nicht einmal abschütteln konnte. »Der Zug muß zu früh angekommen sein«, sagte er verärgert. Er blickte auf eine große Armbanduhr mit vielen Zifferblättern von der Art, mit der man auch unter Wasser einen Hundertmeterlauf präzise stoppen kann. Er trug anthrazitgraue Hosen, handgenähte Golfschuhe, ein hochrotes Wollhemd, das genau zu seinem Wagen paßte, und eine strahlend-grüne Fliegerjacke mit gewaltigem Stoffabzeichen- und Aufnähersalat auf Ärmeln und Körper.

»Jetzt habe ich Ihnen Ihren Sonntag versaut«, sagte er. Ich nickte. Er war klein und kräftig, mit dieser Haltung des ständigen In-die-Brust-geworfen-Seins, die man manchmal bei kleinwüchsigen Sportlern sieht. Das rote Hemd und dazu die Art und Weise, mit der er seinen Kopf zur Seite legte, gaben ihm das Aussehen eines riesigen, raubgierigen Rotkehlchens. Er stolzierte um den Wagen herum und öffnete mir die Tür, wobei er freundlich lächelte. Sich zu entschuldigen — daran dachte er ganz bestimmt nicht.

»Sie kommen doch mit hinauf zum Haus — auf ein Sandwich?«

»Ich muß ziemlich schnell zurück«, erklärte ich ohne große Überzeugung.

»Nur auf ein Sandwich.«

»Jawohl, Sir.«

Er fuhr an mit Zwischengas und Zwischenkupplung wie ein Rallyefahrer. Auf seinen Wagen verwandte er ebensoviel Aufmerksamkeit wie wahrscheinlich früher auf seine F-4, seine B-52 oder seinen Schreibtisch, oder womit er auch durch die Lüfte gesegelt sein mochte, ehe sie ihn auf uns losließen. »Ich bin froh, daß gerade Sie heute hier herausgekommen sind«, sagte er. »Und wissen Sie, warum?«

»Um mich auf Vordermann zu bringen?«

Er lächelte ein bißchen, was so viel bedeutete wie: Das wirst du schon noch herausfinden, lieber Freund.

»Ich bin froh, daß Sie es sind«, erklärte er dann langsam und geduldig, »weil ich noch keine Gelegenheit zu einer kleinen Unterhaltung mit Ihnen oder Foxwell hatte, wegen der Unternehmung.«

Ich nickte. Er war also froh, daß gerade ich herausgekommen war. Der Mann gefiel mir. Als ob er gnädig öffentlich gesagt hätte, daß alle, die mal umsonst mit dem Zug fahren wollten, heute nach Little Omber kommen dürften.

»Gottverdammter Schwachkopf«, murmelte er, während er einen Sonntagsfahrer überholte, der genau am Mittelstrich entlangtuckerte und sich mit seinen Kindern auf dem Rücksitz unterhielt.

Während ich so dicht neben ihm saß, konnte ich erkennen, daß seine Höhensonnen-Bräune hauptsächlich dem Zweck diente, die Spuren irgendeiner komplizierten Operation zu überdecken, die er am Kinn hinter sich haben mußte. Denn was aus der Ferne wie das Erbe einer jugendlichen Akne aussah, entpuppte sich aus der Nähe als ein Muster aus winzigen Narben, die der einen Seite seines Gesichtes ständig einen fast finsteren Ausdruck verliehen. Manchmal zogen sie sich zusammen und entblößten seine Zähne zu einem merkwürdig schiefen, humorlosen Lächeln. Wie gerade eben. »Ich kann mir schon vorstellen«, sagte er, »da kommt ein Yankee-Troubleshooter mit hundert Feindflügen in Vietnam, und alle sagen wahrscheinlich, daß ich als Henker geschickt worden bin.« Er machte eine Pause. »Stimmt das nicht?«

»Ich habe so was flüstern gehört.«

»Und was noch?«

»Es heißt, daß Sie den Stab einen nach dem anderen einzeln beiseite nehmen und bearbeiten.« Das hatte zwar noch niemand gesagt — meines Wissens jedenfalls nicht —, aber ich wollte gern seine Reaktion sehen.

»So wie jetzt?«

»Das möchte ich erst noch abwarten.«

»Hmm.« Wieder das schiefe Lächeln. Er wurde langsamer, um durch das eigentliche Dorf zu fahren. Hier war alles richtig so, wie es im ländlichen Herzen des Vaterlandes sein soll: sechs Läden, und fünf davon waren Immobilienhändler. Die Art von echtem englischem Dorf, die sich nur Deutsche, Amerikaner und die Immobilienhändler selbst leisten können. Am Ende der Dorfstraße standen vier Ureinwohner in ihren Sonntagskleidern. Sie wandten sich um und blickten zu uns herüber, während wir vorbeifuhren. Schlegel salutierte mit steifem Arm, wie in den alten englischen Kriegsfilmen. Sie nickten und lächelten. An einem Plastikschild mit der Aufschrift *Golden Acre Cottage. Schlegel* in wunderhübsch putzigen altenglischen Buchstaben bogen wir von der Straße ab. Schlegel gab wieder Gas, jagte den Wagen einen steilen Weg empor und verspritzte mit seinen Luxus-Spezialreifen Kies und lose Erde in alle Richtungen.

»Hübsche Lage«, sagte ich, aber Schlegel schien meine Gedanken zu lesen. Er sagte: »Als ich meine Instruktionen bekam, hieß es, ich müßte mich praktisch in Rufweite der NATO-Stellen in Longford Magna niederlassen — das ist dort die Straße entlang. Aber ihre Regierung erlaubt einem Yankee nicht, sich einen eigenen Besitz zu kaufen — das steht im Gesetz, jawohl, im Gesetz! Und der halbe Bezirk gehört sowieso demselben Lord, der jetzt auch seine Finger in meiner Brieftasche hat.« Er trat heftig auf die Bremse, und nur ein paar Zentimeter vor seiner Haustür kamen wir rutschend zum Stehen. »Ein gottverdammter Lord!«

»Sie haben doch hoffentlich Chas nicht dazu gebracht, sich schon wieder über den Hauswirt aufzuregen«, sagte eine Frau von der Eingangstür her.

»Das ist Helen, meine angetraute Braut. Irgendwo im Haus sind noch zwei Töchter und ein Sohn.«

Er hatte den Wagen vor einem großen, reetgedeckten Landhaus mit schwarzem Fachwerk und frischgeweißtem Putz geparkt. Auf dem Rasen vor dem Haus stand ein sehr alter, einschariger Pflug, und über der Eingangstür hing noch ein weiteres landwirtschaftliches Gerät, dessen Zweck ich jedoch nicht bestimmen konnte. Die Töchter erschienen, ehe ich auch nur halb aus dem Wagen war. Schlank, mit frischen Gesichtern, in Jeans und farbige Wollpullover gekleidet — es war schwierig, die Hausfrau von ihren Teenager-Töchtern zu unterscheiden.

»Was für ein fabelhaft sauber gelegtes Reetdach«, sagte ich.

»Plastik«, sagte Schlegel. »In echtem Reet sammelt sich doch nur Ungeziefer an. Plastik ist sauberer, läßt sich schneller verarbeiten und hält länger.«

Mrs. Schlegel meinte: »Hör mal, du hättest mir wirklich etwas sagen können, Chas. Jetzt habe ich nur S.S.T.'s zum Lunch vorbereitet.«

»S.S.T.'s! Möchtest du, daß er uns am Schock stirbt? Diese Briten tun es nicht unter Roastbeef mit allem Drum und Dran, sonntags zum Lunch.«

»Ein Sandwich mit Schinken, Salatblättern und Tomaten reicht völlig für mich aus, Mrs. Schlegel.«

»Helen. Nennen Sie mich Helen. Ich kann nur hoffen, daß Chas sich nicht allzu unhöflich über unseren englischen Hauswirt geäußert hat.«

Der Süden der Vereinigten Staaten — dessen Landschaft so geeignet ist für die Ausbildung von Infanteristen und Piloten — hat eine wesentliche Rolle bei der Herausbildung des typisch amerikanischen Soldaten gespielt. Und dort unten ist es auch, wo unverhältnismäßig viele dieser Soldaten ihre Frauen kennenlernen. Mrs. Schlegel jedoch war keine Schönheit aus dem Süden. Sie stammte aus New England und verfügte voll und ganz über die frischgemute Selbstsicherheit des umsichtigen Stammes, der dort lebt.

»Er müßte schon noch wesentlich gröber werden, ehe er damit rechnen könnte, mich zu beleidigen ... äh ... Helen.« Im Wohnzimmer brannte ein gewaltiges Holzfeuer im Kamin und parfümierte die zentralgeheizte Luft.

»Einen Drink?«

»Was immer Sie gerade haben.«

»Chuck hat einen Krug mit Bloody Marys gemacht, ehe er zum Bahnhof fuhr, um Sie abzuholen.« Sie war nicht mehr jung, aber die Stupsnase und das sommersprossige Gesicht hätten auch direkt aus einer Coke-Reklame kommen können. Das fröhliche Teenager-Lachen, die ausgefransten Jeans und die entspannte Haltung mit den Händen in den Taschen griffen auf mich über, und ich begann, mich regelrecht wohl zu fühlen.

»Das klingt genau wie das Richtige.«

»Ihr Engländer ... und dieser hübsche Akzent. Der geht mir richtig durch und durch. Weißt du das, Chas?« wandte sie sich an ihren Mann.

»Wir gehen rauf in mein Zimmer, Helen. Er hat mir einen Stapel Zeugs aus dem Büro mitgebracht.«

»Nehmt die Drinks mit«, sagte Helen. Sie goß ein aus einem riesigen, frostbeschlagenen Glaskrug. Ich nahm einen kleinen Schluck aus meinem Glas und mußte husten.

»Chas hat sie gerne stark«, meinte Mrs. Schlegel. In diesem Augenblick erschien ein kleiner Junge im Wohnzimmer. Er trug ein Hemd mit dem Bild von Che Guevara und bröckelte mit ausgestreckten Armen Gartenerde auf den Teppich, wobei er ein ununterbrochenes, schrilles Geheul ausstieß.

»Chucky!« sagte Mrs. Schlegel mit mildem Vorwurf in der

Stimme. Sie wandte sich wieder an mich. »Ich nehme an, hier in Großbritannien würde jede Mutter ihren Sohn ordentlich verhauen, wenn er so etwas tut.«

»Nein — ich glaube, da gibt es doch noch ein paar, die das auch nicht täten.« Wir lauschten dem Geheul, während es hinaus in den Garten wanderte und sich dann an der Hinterseite des Hauses entlang fortsetzte.

»Wir sind also oben«, sagte Schlegel. Er hatte inzwischen sein Glas zur Hälfte ausgetrunken, füllte nach und gab auch mir noch etwas mehr. Ich folgte ihm quer durch das Wohnzimmer. Unter der Decke liefen schwarze Kiefernholzbalken entlang, an denen zur Dekoration Zaumzeugteile und Pferdehalfter hingen. An einem der größeren Stücke stieß ich mir den Kopf an.

Wir stiegen eine enge Holztreppe hinauf, die bei jedem Schritt laut knarrte. An ihrem oberen Absatz lag ein kleines Zimmer mit einem aus dem *Hilton*-Hotel in Istanbul gestohlenen Schild ›Bitte nicht stören‹. Schlegel schob die Tür mit dem Ellbogen auf. Das kindliche Geheul kam wieder näher. Sobald wir im Zimmer waren, schob er den Riegel vor.

Er setzte sich schwer nieder und seufzte. Sein Gesicht wirkte wie aus Gummi, und das paßte sehr gut zu seiner Angewohnheit, immer mit den Händen daran herumzukneten — entweder seine Backen zu massieren oder sich an der Nase zu ziehen oder auch plötzlich seine Zähne zu entblößen —, als wollte er sich überzeugen, daß alle Muskeln noch richtig funktionierten. »Ich kann Lords nicht ausstehen«, sagte er und starrte mich an, ohne ein einziges Mal zu blinzeln.

»Mich brauchen Sie deswegen nicht so anzusehen«, sagte ich.

»Ach was, so meine ich das doch nicht«, antwortete er. »Zum Teufel, Sie würde doch ganz bestimmt kein Mensch für einen Lord halten.«

»Nun ja — so so«, sagte ich und versuchte, gleichgültig zu klingen.

Von Schlegels Fenster aus hatte man eine gute Aussicht auf die ländliche Umgebung. Eine Pappelgruppe stand leer und nackt, abgesehen von den schmarotzenden Mistelbüschen zwischen den Ästen und den vielen Vögeln, die sich ausruhten, ehe sie wieder herunterstießen und sich an den Beeren der Stechpalmen-Hecken gütlich taten. Das Gatter zum naheliegenden Feld stand auf, und in den Karrenspuren schimmerte das Eis, so daß man sie bis um den Hügel herum verfolgen konnte, hinter dem die Kirchturmspitze der Kirche von Little Omber sichtbar war. Die Glocke der Turmuhr schlug zwölf. Schlegel blickte auf seine Armbanduhr. »Also — diese verdammte Dorfuhr geht doch tatsächlich auch vor«, sagte er.

Ich lächelte. Aber diese Zeitbesessenheit war Schlegels Wesenskern — wie ich später noch feststellen sollte.

»Haben Sie gutes Material mitgebracht diesmal?«

»Das kann ich Ihnen erst sagen, wenn ich die Auswertungen gesehen habe.«

»Läßt sich so was nicht schon in etwa vorher beurteilen — während man noch draußen ist und abhört?«

»Bei einer Unternehmung im letzten Jahr stellte jemand fest, daß die russische Nordflotte mit einer neuen Frequenz arbeitete. Der Chef der Überwachung ließ sich einen neuen Kurs genehmigen, um Kreuzpeilungen vorzunehmen. Die Unternehmung kehrte zurück mit genauen Unterlagen über die Position von dreiundvierzig ortsfesten russischen Funkstationen. Es wurde sogar von Auszeichnungen geredet.«

»Und . . .?« fragte Schlegel.

»Schwimmbojen. Meteorologische Stationen. Die meisten davon unbemannt.«

»Aber Sie waren es nicht, der das gemacht hat?«

»Ich bin schon immer eher vorsichtig gewesen.«

»Im Marine-Corps sähe eine solche Feststellung in Ihrer Personalakte gar nicht gut aus.«

»Aber ich bin nicht im Marine-Corps«, sagte ich.

»Und ich auch nicht mehr — war es das, was Sie vielleicht noch hinzufügen wollten?«

»Ich hatte nicht die Absicht, noch etwas zu sagen, Colonel.«

»Trinken Sie aus. Wenn Ihr neues Material sich in etwa mit dem vergleichen läßt, was ich bis jetzt an Analysen gelesen habe, dann möchte ich die Ergebnisse als Kriegsspiel programmieren und für die NATO-Manöver im nächsten Sommer einreichen.«

»Solche Vorschläge habe ich schon früher gehört.«

»Es ist eine etwas riskante Sache, das weiß ich. Aber ich glaube, ich werde es trotzdem tun.«

Wenn er jetzt Beifall erwartet hatte, dann mußte er wohl enttäuscht sein.

Er fuhr fort: »Wenn dieser Plan durchgeht, dann können Sie damit rechnen, daß einiges an Geld in das Center gepumpt wird.«

»Nun, das wird den Leiter der Finanzabteilung sicher freuen.«

»Und den Direktor des Studienprogramms etwa nicht?«

»Wenn wir das Material, das wir auf diesen Fahrten sammeln,

jemals als Grundlage für ein NATO-Flottenmanöver verwenden, dann werden Sie erleben, daß es bei den Russen wirklich klingelt. Dann knipsen sie ein Leuchtschild an und auf dem steht ›TILT‹.«

»Wieso?« Er biß von einer Zigarre die Spitze ab und bot mir auch eine an. Ich schüttelte den Kopf.

»Wieso? Zunächst einmal wird ihr Oberkommandierender feststellen, daß die Schiffsbewegungen der NATO seinem eigenen Alarmplan entsprechen, und daran wird er merken, daß diese U-Boot-Unternehmungen offensichtlich recht erfolgreich sein müssen. Er hämmert also auf dem stellvertretenden Minister herum, der seinerseits den Verteidigungsrat in Aufruhr versetzte, daß es nur so schäumt ... ganz schlechte Sache, Colonel.«

»Sie wollen sagen, daß wir solche Sachen unter allen Umständen vermeiden sollten.«

»Genau das meine ich. Denn dann haben sie die Bestätigung, daß unsere U-Boote auf dem Meeresgrund vor Archangelsk liegen, und die Amderma- oder Dikson-Patrouillen können sie sich leicht entsprechend ausrechnen. Und vielleicht erraten sie sogar, was wir in der Ob-Mündung tun. Wirklich eine schlechte Sache, Colonel.«

»Hören Sie, liebster Freund, glauben Sie nicht, daß die das alles schon längst wissen?« Er zündete seine Zigarre an. »Meinen Sie, diese Schätzchen sitzen nicht ihrerseits vor Norfolk in Virginia auf unserem eigenen Meeresgrund und nehmen unseren gesamten Funkverkehr auf Band?«

»Colonel, ich habe daran nicht den geringsten Zweifel. Was weiß ich – vielleicht sitzen sie sogar ganz oben in der Themse, vielleicht bei Stratford, und schicken gelegentlich Urlauber an Land, die das Haus von Shakespeares Geliebter besichtigen. Nur, bis jetzt haben beide Seiten über alle diese Unternehmungen fein den Mund gehalten. Aber wenn Sie ein NATO-Manöver auf einem echten russischen Alarmplan aufbauen, dann wird die russische Nordflotte von ihrem eigenen Oberkommando am Spieß geröstet. Und um wieder in die Gemeinschaft anständiger Menschen aufgenommen zu werden, bleibt ihr dann nur eine Wahl: eine von unseren Unterwasser-Archen festzunageln und möglichst zu schnappen.«

»Und Sie möchten lieber ein ruhiges Leben führen?«

»Wir sammeln das Material ja schon, Colonel. Wir brauchen es ihnen doch nicht auch noch um die Ohren zu schlagen.«

»Über die ganze Geschichte brauchen wir uns sowieso nicht zu streiten. Entscheidungen dieser Art werden auf höherer Ebene getroffen und nicht bei uns.«

»Das hätte ich auch gedacht.«

»Glauben Sie, ich bin zum Center gekommen, um mir ein eigenes kleines Weltreich aufzubauen?« Er machte eine abwehrende Handbewegung. »... doch, doch. Leugnen Sie nicht. Ich kann in Ihnen lesen wie in einem aufgeschlagenen Buch. Auch Forwell ist dieser Meinung, und das ist es, was ihn wurmt. Dabei könnten Sie sich nicht noch mehr irren. Dies ist kein Posten, nach dem ich mich gedrängt habe, mein Freund.« Der sportliche Colonel des Marine-Corps rutschte einen Augenblick in sich zusammen, um mir den müden, alten Puppenspieler vorzuführen, der gegen seinen eigenen Willen die Fäden ziehen und dazu noch immer lächeln muß. »Aber jetzt, wo ich einmal da bin, werde ich mich auch entsprechend in die Sache reinknien — das sollten Sie mir lieber glauben.«

»Nun ja — wenigstens haben wir eines gemeinsam: Wir können beide keine Lords ausstehen.«

Er beugte sich vor und versetzte mir einen Schlag auf den Arm. »Genauso ist es, Junge!« Dann lächelte er. Es war eine unfrohe, anstrengende Grimasse, wie man sie im Gesicht eines Mannes sehen kann, der in das blendende Licht einer vereisten Landschaft blinzelt. Es würde vielleicht schwierig werden, ihn sympathisch zu finden — aber er war jedenfalls niemand, der es nur mit Charme schaffen wollte.

Er schwenkte seinen Stuhl herum und rührte in dem Glaskrug, daß die Eiswürfel klapperten. Er benutzte dazu einen Plastiklöffel, an dessen oberem Stielende ein neckisches Bunny-Köpfchen prangte. »Wie sind Sie denn eigentlich zum Studien-Center gekommen?« fragte er, während er sich ganz darauf konzentrierte, die Gläser wieder zu füllen.

»Ich war mit Foxwell bekannt«, sagte ich, »und ich traf ihn zufällig in einem Pub, als ich gerade nach einem Job suchte.«

»Also, jetzt seien Sie mal ehrlich, Söhnchen«, sagte Schlegel. »Niemand geht heutzutage mehr herum und sucht nach einem Job. In Wirklichkeit hatten Sie sich ein Jahr freigenommen, um Ihre Magisterarbeit zu schreiben, und nebenher beschäftigten Sie sich schon mal mit einer ganzen Reihe von recht guten Stellenangeboten.«

»Wenn das so gewesen wäre — dann müßten diese vielen Angebote schon finanziell recht traurig gewesen sein, damit der Posten beim Studien-Center als der attraktivste erschien.«

»Aber schließlich haben Sie Ihren Magistertitel und dazu noch alle die anderen Qualifikationen in Mathematik und Wirtschaftswissenschaften. Eine potente Mischung!«

»Damals jedenfalls nicht potent genug.«

»Aber Foxwell hat die Sache arrangiert?«

»Er kennt eine Menge Leute.«

»Das habe ich schon gehört.« Wieder sah er mich mit starrem Blick an. Foxwell und Schlegel! Das mußte unweigerlich einen Zusammenstoß geben. Schwer zu sagen, wer dabei zuerst weiche Knie bekommen würde. Und dann noch diese Sache mit dem Haß auf die Lords ... Ferdy war natürlich keiner, aber zweifellos war er ausgezeichnet als vorläufige Zielscheibe für Schlegels große Haß-Kampagne geeignet, bis vielleicht ein echter Lord in einer goldenen Kutsche vorbeigefahren kam. »Ferdy hat es also arrangiert?«

»Er erklärte der Planungsabteilung, daß ich jedenfalls genug Erfahrung mit Computern hätte, um nicht mit den Fingern in die Maschine zu geraten. Und dann sagte er mir alles, was ich wissen mußte, um einen guten Eindruck zu machen.«

»Ein echter Meisterarrangeur.« In seiner Stimme war keinerlei Bewunderung.

»Ich habe mich für das Center schon bezahlt gemacht.«

»Das meine ich nicht«, sagte Schlegel. Er schenkte mir ein großes, vom Gesundheitsministerium genehmigtes Lächeln der Kategorie ›A‹. Es wirkte nicht besonders beruhigend.

Aus dem Nebenzimmer klangen Kinderstimmen herüber, zusammen mit dem Lärm des Fernsehers. Dann das Trippeln zarter Kinderfüßchen, während jemand mit schrillem Geheul durch das Haus lief, die Küchentür zweimal zuknallte und dann anfing, die Deckel der Aschentonnen auf den Komposthaufen zu werfen. Schlegel rieb sich das Gesicht. »Wenn Sie und Ferdy diese historischen Studien machen, wer bedient dann eigentlich den Computer?«

»Wir machen diese Studien nicht am Lagetisch, mit einem Dutzend Leuten als *Plotter*, Telefonverbindungen, erleuchteten visuellen Anzeigegeräten und allen diesen Sachen.«

»Nein?«

»Ein großer Teil davon sind einfache Additionen, die wir eben nur in der Maschine schneller machen können als mit der Hand.«

»Sie benutzen den Computer einfach nur so als Rechenmaschine?«

»Nein, das ist wieder zu extrem ausgedrückt. Ich entwerfe zunächst ein verhältnismäßig einfaches Symbolprogramm, mit aller Sorgfalt natürlich. Das lassen wir dann mit verschiedenen Datenvariationen durchlaufen und analysieren das Ergebnis in Ferdys Büro. Die benötigte Computerzeit ist gering.«

»Sie schreiben das Programm?«

Ich nickte und kippte mir einen großen Schluck von meinem Drink in die Kehle.

Schlegel fragte: »Wie viele Leute in der Studien-Abteilung können das eigentlich — Programme entwerfen, und so weiter?«

»Mit ›und so weiter‹ meinen Sie wahrscheinlich, daß man auch alles Gewünschte aus dem Speicher in den Rechner bringen, dann die Daten bearbeiten und auswerten kann?«

»Genau das.«

»Nicht viele. Die Personalpolitik war immer . . .«

»Oh, ich weiß, wie die Personalpolitik immer war. Es ist ihr Ergebnis, daß ich jetzt hier bin.« Er stand auf. »Würde es Sie überraschen, wenn ich Ihnen sage, daß ich selbst von dem verdammten Ding überhaupt nichts verstehe?«

»Es würde mich im Gegenteil überraschen, wenn es anders wäre. Direktoren werden im allgemeinen nicht deswegen ausgewählt, weil sie einen Computer bedienen können.«

»Das meine ich auch. Okay, also ich brauche jemanden, der weiß, was in der Abteilung los ist, und der das Ding bedienen kann. Wie wär's, wenn Sie mein Assistent würden? Was sagen Sie dazu?«

»Weniger Arbeit und mehr Geld?«

»Kommen Sie mir nicht mit solchen Reden. Wo Sie doch schon jetzt fast jeden Samstag hereinkommen, um Ferdys Sachen zu machen — und ganz umsonst. Also — mehr Geld vielleicht, aber nicht viel.«

Mrs. Schlegel klopfte an die Tür und wurde hereingelassen. Sie hatte sich umgezogen und trug jetzt ein Hemdblusenkleid, englische Schuhe und eine Kette um den Hals. Ihr dunkles Haar war zu einem Pferdeschwanz gebunden. Schlegel stieß einen leisen Pfiff aus. »Na, das ist mal ein Kompliment, alter Freund. Und wetten Sie lieber nicht darauf, daß meine Töchter nicht inzwischen auch Röcke und feine Kleider anhaben.«

»Stimmt«, sagte Helen Schlegel und lächelte. Sie trug ein Tablett in den Händen, das mit Sandwiches vollgepackt war, belegt mit Schinken, Salatblättern und Tomatenscheiben. Dazu Kaffee in einem großen, silbernen Thermoskrug. »Es tut mir leid, daß es nichts als ein paar Sandwiches gibt«, sagte sie noch einmal.

»Glauben Sie ihr kein Wort«, sagte Schlegel. »Wenn sie nicht da wäre, dann hätten Sie überhaupt nur Erdnußbutter und altbackene Crackers bekommen.«
»Aber Chas!«
Sie wandte sich wieder an mich. »Auf denen hier ist sehr viel scharfer englischer Senf. Chas mag das so gern.«
Ich nickte. Es überraschte mich gar nicht.
»Er wird mein neuer persönlicher Assistent«, sagte Schlegel.
»Da muß er wohl verrückt sein«, antwortete Mrs. Schlegel. »Möchte jemand Sahne?«
»Ich verdiene dann aber auch sehr viel mehr Geld«, sagte ich eilig. »Ja, bitte Sahne. Und ja, auch Zucker. Zwei Stück.«
»Ich würde gleich den Schlüssel für den ganzen Staatstresor verlangen«, meinte Mrs. Schlegel.
»Sie ist nämlich der Meinung, daß ich den hätte«, erklärte Schlegel.
Er biß in ein Sandwich. »Hey — das schmeckt ja ausgezeichnet, Helen. Stammt der Schinken von diesem Kerl unten im Dorf?«
»Da jemals wieder hinzugehen — dazu geniere ich mich zu sehr.« Sie ging hinaus. Es handelte sich offensichtlich um ein Thema, bei dem sie nicht verweilen wollte.
»Jemand mußte es ihm mal sagen«, behauptete Schlegel. Er wandte sich wieder zu mir. »Ja — also erledigen Sie noch alles, was Sie im Blaustab-Raum angefangen haben...« Er bohrte ein Stück Schinken zwischen seinen Zähnen hervor und warf es in einen Aschenbecher. »Ich wette, sie hat den Schinken doch bei diesem Gauner im Dorf gekauft«, sagte er, »... und inzwischen lassen wir das Büro, in dem früher die Bänder gelagert wurden, neu anstreichen. Suchen Sie sich die Möbel selber aus. Ihre Sekretärin kann vorläufig erst einmal da bleiben, wo sie ist. Okay?«
»Okay.«
»Dieses historische Zeug, das Sie mit Foxwell machen — Sie sagen, es wäre ein einfaches Symbolprogramm. Aber warum benutzen wir dann Autocode für unsere tägliche Arbeit?«
Mir ging ein Licht auf. Mein Job als Schlegels Assistent sollte anscheinend darin bestehen, ihn für Explosionen in sämtlichen Abteilungen zu trimmen. Ich sagte: »Es macht viel mehr Arbeit als sonst, das Programm für die historischen Studien auf diese Weise zu erstellen. Aber es hält die eigentliche Computer-Benutzungszeit niedrig. Und damit wird eine Menge Geld gespart.«
»Großartig.«

»Auch benutzen wir bei den historischen Sachen fast immer dieselbe Schlacht und lassen sie nur mit verschiedenen Datenvariationen durchlaufen, um zu sehen, was passiert wäre, wenn ... Aber Sie kennen solche Sachen ja.«

»Erzählen Sie nur.«

»Die Luftschlacht über England, mit der wir uns jetzt beschäftigen ..., also, da lassen wir zuerst die ganze Schlacht durchspielen — nach den *Reavley Rules* ...«

»Was heißt das?«

»Der Zeitraum zwischen den einzelnen Zügen liegt fest und richtet sich nach grundsätzlichen Regeln. Eine Zeitverlängerung ist ausgeschlossen. Wir spielen das also dreimal durch und benutzen nur die historisch verbürgten Daten über die Schlacht. Wiederholungen machen wir meistens, um zu ergründen, ob das Ergebnis einer Schlacht mehr oder weniger unvermeidlich war, oder ob es von einer Kombination von Zufallsfaktoren abhing, oder vom Wetter, das vielleicht plötzlich verrückt spielte, und was es sonst noch alles gibt.«

»Und welche veränderten Fakten haben Sie dann mit einprogrammiert?« wollte Schlegel wissen.

»Bis jetzt haben wir nur mit Brennstoffkapazitäten gearbeitet. Zum Zeitpunkt der Luftschlacht verfügten die Deutschen zwar über abwerfbare Zusatztanks für ihre einsitzigen Jagdmaschinen, aber sie haben sie nicht eingesetzt. Aber wenn man eine verdoppelte Treibstoffreserve für die Begleitjäger einprogrammiert, dann ergeben sich auch zahlreiche neue Permutationen für die Bombenangriffe selbst. Man kann zum Beispiel die Anflugroute über die Nordsee variieren. Oder die Reichweite verdoppeln, wodurch mehr Städte vom Angriff bedroht sind und die Verteidigung geschwächt wird, weil sie sich von vornherein verzetteln muß. Oder auch die bisherigen Flugrouten und Angriffsziele beibehalten, dafür aber die Zeit, welche die Begleitjäger zum Schutz der Bomberverbände über dem Ziel verbringen können, um fast eine Stunde verlängern. Wenn man es mit so vielen Variationen zu tun hat, dann lohnt es sich schon, vorher ein genaues Programm zu entwerfen. Denn gegenüber der Verwendung von Autocode verringert sich die tatsächliche Arbeitszeit für den Computer um Dreiviertel.«

»Und wenn man alles zusammen nimmt und es nur einmal durchlaufen läßt?«

»Das machen wir nur sehr selten. Ein- oder zweimal haben wir auf die Art eine Schlacht wie ein Schachspiel durchgespielt, aber dabei hat Ferdy immer gewonnen. Und da ist mir schließlich die Begeisterung abhanden gekommen.«

»Klar«, sagte Schlegel und nickte, als wolle er mir nachträglich die Vernunft meiner Entscheidung bestätigen.

Im Haus herrschte jetzt Schweigen, und auch draußen war es ganz still. Die Wolken waren abgezogen und hatten einen großen Fleck blauen Himmels hinterlassen. Im plötzlichen Sonnenlicht konnte man den Staub des Winters auf dem spartanischen Stahlschreibtisch erkennen, an dem Schlegel saß. An der Wand dahinter hing eine Sammlung von eingerahmten Fotografien und Schriftstücken, in denen seine militärische Karriere verewigt war: hier ein selbstbewußter, kurzgeschorener Flugschüler im Pilotensitz eines *Stearman*-Doppeldeckers auf irgendeinem sonnenüberfluteten Flugplatz Amerikas im Zweiten Weltkrieg; dort ein lächelnder Jagdflieger neben zwei kleinen Hakenkreuzen, die gerade als Siegessymbol an den Rumpf gemalt worden waren. Dann ein Luftwaffen-Hauptmann, der sich nach irgendeinem Feindflug in der Hitze der Tropen mit einem Wasserschlauch abspritzen läßt, und daneben ein abgemagerter, hohlwangiger Mann, der gerade noch im letzten Augenblick gerettet worden ist und sich von anderen Männern aus dem Hubschrauber helfen lassen muß. Auch ein halbes Dutzend Gruppenbilder waren zu sehen: Marineflieger, und Schlegel immer dabei. Auf jedem Bild war er dem Stuhl ganz vorne in der Mitte des Bildes etwas nähergerückt.

Während ich mir alle diese Bilder ansah, ertönte in der Luft ein entferntes Dröhnen. Ein Verband von F-4's — wir konnten die Maschinen als kleine Punkte am blauen Himmel nach Norden ziehen sehen.

Schlegel äußerte die Vermutung, daß sie auf dem Wege zum Bombenziel-Übungsplatz in der Nähe von King's Lynn sein müßten. »Sie werden gleich nach Nordwesten drehen«, sagte er, und kaum hatte er ausgesprochen, als der Verband auch schon seine Richtung änderte. Ich wandte mich wieder den Sandwiches zu, um ihm jetzt nicht auch noch ein Kompliment machen zu müssen. »Ich hab's Ihnen ja gesagt«, teilte er mit.

»Ferdy wollte sich keinesfalls dem Vorwurf aussetzen, daß die von ihm beanspruchte Computerzeit zuviel Geld kostet.«

»Ich verstehe Sie schon — aber diese historischen Ottos ... sind die überhaupt *irgendwelche* Computerzeit wert?«

Auf diese Provokation ließ ich mich nicht ein. Man verwendet seine Freizeit schließlich nicht dafür, an etwas zu arbeiten, das man selbst für wertlos hält. Ich sagte nur: »Sie sind der Chef — Sie werden das entscheiden müssen.«

»Ich werde feststellen, was es wirklich kostet. Wir können uns schließlich nicht dauernd auf Kosten der Steuerzahler einfach den Bauch vollschlagen.«

»Das Studien-Center ist eine Stiftung, Colonel Schlegel. Und nach den Richtlinien dieser Stiftung sind historische Studien, zumindest teilweise, der Zweck des Centers. Niemand verlangt, daß wir am Ende des Finanzjahres einen Profit vorweisen können.«

Er kniff mit den Fingern seine Nasenflügel zusammen wie ein Pilot, der den Druck in seinen Ohren ausgleichen will. »Essen Sie noch ein Sandwich, junger Freund. Und dann fahre ich Sie zur Bahnstation, damit Sie den Zug um zwozweiundzwanzig noch erreichen.«

»Foxwell ist Historiker, Colonel, und er hat schon eine ganze Reihe von Jahren in seine Forschungsarbeiten investiert. Wenn sie ihm jetzt gestrichen werden, dann wird das einen schlechten Einfluß auf die gesamte Studien-Abteilung ausüben.«

»Ihrer Meinung nach?«

»Meiner Meinung nach.«

»Gut, ich werde daran denken, wenn ich die Kosten überprüfe. Und jetzt nehmen Sie endlich noch ein Sandwich.«

»Diesmal eins ohne Mayonnaise«, sagte ich.

Schlegel stand auf und wandte mir den Rücken zu, während er zum Fenster hinausstarrte und dem entschwundenen Echo der *Phantom*-Düsenjäger nachlauschte. »Ich will Ihnen lieber erklären, worum es hier geht, mein Sohn«, sagte er, ohne sich umzudrehen. »Eine Unbedenklichkeitserklärung für Sie auf dieser Geheimhaltungsstufe liegt zwar noch nicht vor, aber in großen Umrissen werde ich Ihnen dennoch die Lage erläutern. Der Stiftungsrat hat sich von der Leitung des Studien-Centers zurückgezogen, obwohl er im Impressum unserer wissenschaftlichen Zeitschrift noch erscheint und auch bei den Jahresabrechnungen weiterhin auftreten wird. Aber die eigentliche Kontrolle über das Center wird von jetzt an über mich durch dasselbe Komitee für Seekriegführung ausgeübt, das auch hinter den USN-TACWAR-Analysen steht, ebenso wie hinter Ihrer britischen Marinestabsakademie für Unterwasserkriegführung und der NATO-Gruppe Nord in Hamburg.«

»Ich verstehe.«

»Oh — und mit Ihren historischen Spielereien können Sie weitermachen, wenn Sie unbedingt wollen —, aber die Zeiten der gemütlichen Pferdebahn sind endgültig vorbei, und Sie sollten vielleicht dafür sorgen, daß auch Foxwell das erfährt.«

»Ich bin sicher, Colonel, daß sich das ganz von selbst herumsprechen wird.«

»Darauf, verdammt noch mal, können Sie sich verlassen«, sagte Schlegel. Dann blickte er auf seine Uhr. »Vielleicht sollten Sie lieber schon Ihren Mantel anziehen — Sie wissen ja, diese verdammte Bahnhofsuhr geht ein paar Minuten vor.«

> Während des Spiels sind keine Entscheidungen und keine Züge gültig, die nicht innerhalb der Spielzeit schriftlich niedergelegt werden.
>
> REGELN: FÜR ALLE SPIELE. STUDIEN-CENTER, LONDON.

KAPITEL FÜNF

Ferdy Foxwell hatte in seinem Büro einen ganz gewöhnlichen Kanonenofen. Wenn es um Feuer ging, entwickelte er irgendwie eine seltsame Schwärmerei, und er hatte nacheinander schon fünf Büroboten bestochen, damit sie von nebenan Kohle ohne den vorgeschriebenen Materialschein besorgten. Ich hatte das Gefühl, daß sich die Büroboten absichtlich abwechselten, um das Bestechungssystem in Gang zu halten — aber Ferdy erklärte, das sei nur ein Auswuchs meiner schmutzigen Fantasie.

Jedenfalls hatte er also diesen Ofen, und ich ging im Winter immer besonders gerne in sein Zimmer, denn auf meine eigene bescheidene Art habe ich auch einen Feuer-Fimmel.

Als ich eintrat, las Ferdy den *Red Star*, das sowjetische Fachblatt für Verteidigungsfragen — vom Geheimdienst *Smersh* zu dem Zweck entworfen, feindliche Leser zu Tode zu langweilen.

»In Rußland gibt es einhundertzwanzig Militärakademien«, sagte Ferdy. »Und dabei sind die technischen Stabslehranstalten noch nicht einmal mit eingerechnet.« Er blätterte um und faltete die Zeitung wieder zu einem kleinen, schmalen Paket, das er beim Lesen zwischen den Händen drehte. Als er fertig war, blickte er auf. »Ist Schlegel eigentlich irisch?«

»Erraten«, sagte ich. »Er stammt aus der berühmten Familie O'Schlegel in Boston.«

»So was Ähnliches habe ich mir gedacht«, meinte Ferdy.

»Der letzte Programm-Durchlauf ist schiefgegangen, Ferdy. Jemand hat beim Einfüttern einen verdammten Fehler gemacht, und als ihn einer der Jungs korrigierte, ist der Computer zwar zunächst weitergelaufen, aber dann hat er das Programm doch gestoppt. Die vorläufigen Ausdruckbogen sind schon auf dem Weg.«

»Mhhm-mmhm.«

»Jemand muß heute abend hierbleiben.«
»Wozu denn?«
»Wenn wir heute nicht fertig werden, dann haben wir bis Donnerstag keine Computerzeit mehr. Es sei denn, du kannst das Computergebührenkonto irgendwie manipulieren.«

Unsere Programme waren in FORTRAN (Formelübertragungs-Sprache) ausgedrückt und wurden auf Band in den Computer eingegeben, zusammen mit einem zweiten, dem ›Prozessor-Band‹, das die Formelsprache in Instruktionen überträgt, denen die Maschine folgen kann. Die Verwendung von FORTRAN bewirkt nun, daß auch bestimmte, öfters vorkommende Fehler (wie in diesem Fall eine doppelt gedruckte Information — und das war Ferdys Schuld) derart mit einprogrammiert sind, daß sie auf dem Print-Out, dem Ausdrucksbogen mit den Ergebnissen, beanstandet werden. In diesem Falle hatte der Computer geschrieben: »Ich bin zwar nur eine blöde Maschine, aber ich weiß wenigstens, daß man Daten nicht doppelt druckt.«

Ich hatte eigentlich gedacht, daß Ferdy lachen würde, als ich ihm den Bogen über den Tisch zuschob. Vielleicht konnte er sich diese Belehrung sogar an die Wand hängen. Aber Ferdy starrte nur düster auf diese Nachricht aus der Welt der Maschinen, knüllte sie dann zusammen und warf sie in Richtung auf seinen Papierkorb.

»Der verdammte Bomben-Schlegel wird davon ja auch hören, nehme ich an.«
»Er sieht jeden Tag die Ausdruckbögen durch.«
»Aber nur, weil du sie ihm immer hinaufbringst.«

Ich zuckte die Achseln. Es bestand kein Grund, warum Ferdy den Computer selber programmieren mußte. Aber diesmal hatte er es getan, deswegen war das hier sein Fehler, und ein ziemlich dummer noch dazu. Es gab keine Möglichkeit, ihn vor Schlegel zu verbergen.

Es gab eigentlich keinen Grund, aus dem es zwischen Ferdy und dem Boß zu einem Zusammenstoß kommen müßte — und dennoch steuerte alles darauf zu, mit einer Unvermeidbarkeit, die ihnen offensichtlich beiden bereits klar war. Foxwell betrachtete meine Tätigkeit als Schlegels persönlicher Assistent beinahe wie eine Art von Verrat an der arbeitenden Klasse; und Schlegel war davon überzeugt, daß ich die Hälfte meiner Arbeitszeit darauf verwendete, meine ›Kumpel‹ in ihrer totalen Unfähigkeit ihm gegenüber zu decken.

Ferdy warf die zusammengerollte Zeitung in den Postausgangs-Korb auf seinem Schreibtisch und seufzte. Eigentlich hatte er auch gar nicht richtig gelesen, sondern nur darauf gewartet, daß ich vom Computer zurückkam. Ächzend und stöhnend stand er auf. »Lust auf einen Drink?«

»In der *Leuchtturm*-Bar?«

»Ganz gleich — wo du willst.«

Normalerweise verfuhr Ferdy bei seinen Einladungen wesentlich diktatorischer mit seinen Gästen. Ich nahm das Ganze also als eine Art Hilfeschrei und sagte nur: »Ich möchte aber nicht so spät nach Hause kommen.«

Es war ein kalter Spätnachmittag. Der ›Leuchtturm‹ war überfüllt: Stammgäste meistens, dazu ein paar Medizinstudenten und ein Rugbyklub aus Wales, der von einigen trinkfesten Australiern unterwandert worden war. »Ich habe gleich gewußt, daß er sich als eine miese Type herausstellen würde«, sagte Ferdy und zog sich seinen Kaschmir-Schal enger um den Hals. Die bestellten Drinks kamen, und er schob eine Pfundnote über die Theke. »Trinken Sie doch einen mit uns, Herr Wirt.«

»Vielen Dank, Mr. Foxwell — vielleicht einen kleinen Bittern«, sagte der Mann hinter der Bar. Ferdy suchte sich — typisch für ihn — eine geschützte Ecke an der Theke aus, nämlich einen Platz neben einem der riesigen, die ganze Seitenwand bildenden Sherry-Fässer.

»Aber du bist schließlich der einzige, der die russische Sektion leiten kann«, erklärte ich ihm. »Warum redest du nicht morgen mal mit Schlegel? Sag ihm einfach, wenn er dir deine beiden Mädchen und deinen Programmierer nicht wiedergibt, dann wirst du drastische Dinge tun.«

»Drastische Dinge?« fragte Ferdy. »Du meinst sicher so etwas wie Karate: Zap! Pow! Peng!«

»Wenn du einfach aufhören würdest, dann dauert es mindestens ein paar Wochen, bis er jemanden anders finden kann. Und schließlich können sie die Sektion doch kaum so lange unbesetzt lassen, nicht wahr? Aber, zum Teufel, im Grunde genommen brauchst du das Geld doch eigentlich gar nicht. Ich verstehe sowieso nicht, warum du es überhaupt so lange hier ausgehalten hast.«

»Zap, pow, peng — Schlegel«, sagte Ferdy wie probehalber. »Nein — ich glaube doch nicht, daß das meinem Stil entsprechen würde.«

»Willst du damit sagen, eher meinem?«

»Das habe ich nicht gemeint, alter Junge.«

Ferdy verzog sein Gesicht zu einer Grimasse und begann, Schlegel nachzuäffen. »Und lassen Sie gefälligst diese Zap-pow-peng-Scheiße bleiben, Foxwell. Zeigen Sie mir, wie ein guter Verlierer aussieht, damit ich Ihnen sagen kann, wer hier verloren hat.« Am Ende des Satzes ließ er ein wenig von Schlegels sorgfältig unterdrücktem, singendem Südstaaten-Tonfall einfließen, und die Wirkung war verheerend. Ich wollte lieber nicht daran denken, wie Ferdy vielleicht mich in meiner Abwesenheit nachmachte.

Ich sagte: »Vielleicht solltest du an irgendeinem Wochenende ein paar von deinen adligen Verwandten einladen ...«

»... und dazu Schlegel und seine ›angetraute Braut‹. Sogar daran habe ich schon gedacht, weißt du.«

»Große Köpfe haben eben die gleichen Gedanken.«

»Aber es wäre doch irgendwie ein bißchen kümmerlich als Rache — meinst du nicht?«

»Du kennst deine Verwandten natürlich besser als ich.«

»Ja, natürlich, auch das — aber selbst meine vertrottelten, titelbehängten Verwandten haben es nicht verdient, daß man sie ein ganzes Wochenende lang Schlegel ausliefert. Trink aus, alter Knabe, es kommt gleich noch mehr.«

Ferdy hatte noch eine Runde bestellt, indem er dem sonst so mürrischen Barmixer einfach ein vertrauliches Signal mit den Augenbrauen gib. Er behandelte den Mann mit der Achtung, die man einem schon seit langem in der Familie befindlichen Haushofmeister zollt. Ich zahlte diesmal, und Ferdy stürzte sich auf seinen Brandy mit Soda, als ob er befürchtete, es könne ihm jeden Augenblick jemand das Glas umwerfen. »Was soll's«, sagte er, nachdem er ausgetrunken hatte, »die verdammten Yankees werden uns sowieso das Center zumachen.«

»Da irrst du dich aber«, teilte ich ihm mit.

»Es wird sich schon erweisen«, sagte er mit unheilverkündender Stimme.

»Darauf brauchst du gar nicht erst zu warten. Ich kann dir jetzt schon sagen, daß sie in den nächsten sechs Monaten ein paar Millionen allein in die Studien-Abteilung pumpen werden. Unsere Computerzeit wird auf fünf Stunden pro Tag erhöht, einschließlich Samstag und Sonntag.«

»Das kannst du doch nicht ernst meinen.«

Aber gleichzeitig wußte Ferdy, daß meine Informationen sicherlich zuverlässig waren. »Szenarios«, sagte ich. Und das bedeutete, daß wir statt unserer derzeitigen Studien Zukunftsprojektionen machen würden: strategische Voraussagen über das, was vielleicht zukünftig passieren könnte.

Ferdy ist nur ein paar Zentimeter größer als ich, aber wenn er sich über mich beugt und mir etwas ins Ohr murmelt, dann komme ich mir unter seiner massiven Gestalt wie ein Zwerg vor. »Aber dazu brauchen wir doch auch die gesamten amerikanischen Daten — die echten, meine ich«, sagte er.

»Ich glaube, wir werden sie kriegen, Ferdy.«

»Das ist eine ganz schön brisante Sache. Szenarios — das heißt höchste Geheimhaltungsstufe. Oberste Kommandoebene der Vereinigten Stabs-Chefs! Ich meine, da werden ja die Gestapo-Typen wie die Läuse auf uns herumkrabbeln! Identitätskarten aus Plastik mit Bild für jeden, wie Scheckkarten, und aus Sicherheitsgründen schnüffelt Schlegel sogar in unseren Bankkonten herum.«

»Ich will ja nichts gesagt haben, aber ...« Ich zuckte die Achseln.

Ferdy wandte sich seinem nächsten Brandy mit Soda zu. »Okay«, knurrte er, »dann werde ich also in die Industrie abwandern müssen.«

Wie auf ein Stichwort erschien Schlegel in der Bar. Ich sah, wie er nach uns suchte. Systematisch liefen seine Augen an der langen Theke entlang, und dann kam er zu uns herüber. »Was bin ich froh, daß ich Sie gefunden habe«, sagte er. Und lächelte dabei, um anzudeuten, daß er uns verzieh — obwohl eigentlich noch Bürostunden waren.

»Ich trinke einen Brandy mit Soda«, sagte Ferdy, »und der hier ein Gerstenbier.«

»Okay«, sagte Schlegel; er winkte ungeduldig mit der Hand, um zu zeigen, daß er die versteckte Aufforderung schon verstanden hatte. »Können Sie morgen den Admiral Rot machen, für ein paar hohe Besucher von CINCLANT?«

»Zap, pow, peng«, sagte Ferdy.

»Wie war das?« fragte Schlegel und krümmte die Hand um eine Ohrmuschel.

»Ein bißchen überstürzt, das«, sagte Ferdy. Er schob seine Füße hin und her und schürzte die Lippen, als ob er über eine Menge Probleme nachdächte, die da erst noch zu lösen waren. Dabei wußten wir alle, daß ihm gar nichts anderes übrigblieb, als die Sache zu machen — wenn Schlegel es von ihm erwartete.

»Pearl Harbour war auch überstürzt«, sagte Schlegel. »Ich brauche ja auch nur einen ganz einfachen ASW-Durchlauf, um diesen Idioten zu zeigen, wie wir arbeiten.«

»*Anti-Submarine-Warfare*, also U-Boot-Abwehr, und nur einen einfachen Durchlauf«, sagte Ferdy bedächtig, als ob er diese Ausdrücke zum erstenmal hörte. Man konnte schon verstehen warum Schlegel ärgerlich wurde.

»Richtig — einen ASW-Durchlauf«, wiederholte er, ohne zu verbergen, wie sehr er sich beherrschen mußte. Er sprach mühsam und wie mit einem kleinen Kind. »Sie übernehmen die Rolle des Oberkommandierenden der russischen Nordflotte, und die NATO-Leute sitzen im Blaustab-Raum als ihre Gegner.«

»Welches Spiel-Schema?«

»Das Nordkap-Taktikspiel. Aber wenn es eskaliert, dann lassen wir es ruhig laufen.«

»Wie Sie wünschen«, sagte Ferdy schließlich nach einem langen, fast bis zur Ungehörigkeit gehenden Schweigen.

»Großartig!« sagte Schlegel, und die Begeisterung in seiner Stimme war so ansteckend, daß ein paar Mitglieder der walisischen Rugby-Mannschaft vor Schreck mit dem Singen aufhörten.

Dann blickte er uns beide an und setzte ein strahlendes Lächeln auf. »Admiral Cassidy kommt, und Admiral Findlater auch: ganz hohe Tiere bei CINCLANT. Oberkommando der Atlantischen Flotte! Na, ich habe noch eine Menge zu tun bis zu ihrer Ankunft.« Er sah sich in der Bar um, als wolle er prüfen, mit was für Leuten wir uns hier gemein machten. »Seien Sie pünktlich, morgen früh.«

Ferdy sah ihm nach, bis er zur Tür hinaus war. »Na, wenigstens wissen wir jetzt, wie man den Bastard schnell wieder los wird«, sagte er dann. »Man braucht ihm nur vorzuschlagen, eine Runde auszugeben.«

»Jetzt hör aber mal auf, Ferdy.«

»Ach, glaub nur nicht, daß ich nicht merke, was hier gespielt wird. Du hast mir nur deswegen einen Drink gezahlt, um mich für ihn weich zu machen.«

»Okay, Ferdy«, sagte ich. »Wie du willst.« Einen Augenblick lang war ich nahe daran, einfach zu explodieren, wie ich das in früheren Zeiten bestimmt getan hätte. Aber ich mußte zugeben: ich war nun mal Schlegels Assistent, und dadurch konnte die

Sache leicht so aussehen, wie Ferdy behauptete. Und so sagte ich nur: »Laß mal die Kirche im Dorf, Ferdy, ja?«

»Tut mir leid«, erwiderte er. »Aber diese ganze Woche ist einfach scheußlich gewesen.«

»Warum?« fragte ich.

»Ich bin sicher, daß sie wieder das Haus beobachten.«

»Wer denn?«

»Dieser Einbruch im letzten Mai; es könnten wieder dieselben Leute sein.«

»Ach so, Einbrecher.«

»Ja. Und ich weiß, daß ihr mich alle für einen Spinner haltet, weil ich so viel davon rede.«

»Aber nein doch, Ferdy.«

»Warte nur ab, bis bei dir auch mal eingebrochen wird. Das ist gar nicht spaßig, glaub mir.«

»Hab' ich ja auch nie behauptet.

»Gestern abend stand ein Taxi vor dem Haus, fast drei Stunden lang. Mit einem Fahrer drin.«

»Ein Taxi?«

»Nehmen wir mal an, er mußte auf einen Kunden warten. Wenn du mich fragst, ob sein Taxameter eingeschaltet war, jawohl, es lief. Aber das bedeutet noch nicht, daß es nicht vielleicht doch ein Einbrecher war. Denn was macht ein Taxi bei mir draußen um drei Uhr früh?«

Jetzt war ein günstiger Augenblick, um Ferdy von meinem Besuch in Nummer achtzehn zu erzählen. Mit irgend jemandem mußte ich ja früher oder später mal darüber sprechen, und bis jetzt hatte ich noch nicht einmal Marjorie etwas gesagt. Und da fiel mir ein, daß ich diesen Mason — der mich an jenem Abend identifiziert hatte — in der letzten Zeit gar nicht mehr im Büro gesehen hatte. »Kannst du dich an dieses kleine Würstchen erinnern, das Mason hieß? Er machte die Wetter-Printouts. Hatte manchmal so einen winzigen Hund in seinem Büro, der einmal auf den Flur schiß, und dieser italienische Admiral trat dann versehentlich rein.«

»Mason hieß er.«

»Das sag ich ja: Mason.«

»Der ist nicht mehr da«, sagte Ferdy. »Hat sich verbessert und verdient jetzt das Doppelte, habe ich gehört. Bei irgendeiner deutschen Computerfirma ... in Hamburg oder irgendwo ... nicht schade drum jedenfalls, wenn du mich fragst.«

»Und seit wann?«
»Während wir unterwegs waren. Seit einem Monat oder so ähnlich. Du hattest ihm doch nicht etwa Geld gepumpt?«
»Nein.«
»Dann ist es ja gut. Ich habe nämlich gehört, daß er nach seiner Kündigung innerhalb von vierundzwanzig Stunden weggegangen ist. Die Personalabteilung war wütend.«
»Das kann ich mir denken.«
»Zu uns kam er seinerzeit von der Zollbehörde«, sagte Ferdy, als ob damit alles zu erklären wäre.
Es war sicher am besten, die Geschichte mit Nummer achtzehn gleich jetzt zu erwähnen, bei einem Drink und ganz nebenher. Denn was war schließlich die Alternative? Ich würde am Ende alle und jeden verdächtigen — und dann blieb nur noch Wahnsinn, Verzweiflung, plötzlicher Tod: König Lear in seiner großen Szene.
»Ferdy«, sagte ich.
»Ja.«
Ich blickte ihn eine volle Minute lang an, aber ich sprach kein Wort. Vertraulichkeiten sind nicht meine Sache; vielleicht liegt das daran, daß ich das einzige Kind meiner Eltern war. Jedenfalls ist das Marjories Theorie. »Noch einen Brandy mit Soda, Ferdy?«
»Richtig — noch einen Brandy mit Soda.« Er seufzte. »Du möchtest nicht zufällig mit mir zurückkommen und warten, während ich mir das Programm noch einmal ansehe?«
Ich nickte. Ich hatte Marjorie schon gesagt, daß ich länger bleiben würde. »Vielleicht geht es schneller, wenn wir es einfach zusammen machen.«

Als ich schließlich das Center verließ, fuhr ich nicht sofort nach Hause, sondern erst hinüber nach Earls Court. Ganz langsam rollte ich an meiner ehemaligen Wohnung vorbei. Am Ende der Straße parkte ich und dachte ein paar Minuten nach. Einen Augenblick lang wünschte ich, daß ich mich doch Ferdy anvertraut und ihn vielleicht mit hierhergebracht hätte — aber jetzt war es zu spät.
Auf der anderen Straßenseite ging ich zurück in Richtung auf das Haus. Es war eine wunderschöne Nacht. Über den schiefen Giebeln flimmerte ein Teppich von Sternen. Die kalte Polarluft, welche die niedrigziehenden Wolken vertrieben hatte, ließ gleichzeitig den Verkehrslärm und meine Schritte doppelt laut erscheinen. Ich trat vorsichtiger auf und ging wie zögernd an den ge-

parkten Autos entlang, als ob ich nach meinem Wagen suchte. Aber so viel Mühe hätte ich mir gar nicht zu geben brauchen — ich sah sie schon aus fünfzig Metern Entfernung, und lange, ehe sie mich hätten sehen können. Sie saßen in einem orangefarbigen Ford: schwarzes Vinylverdeck, Jalousie im Rückfenster und hinten diese absurde, Spoiler genannte Flosse, die bei Geschwindigkeiten über Mach 1 die Hinterrräder am Abheben hindern soll. Es gab sicher viele Wagen dieser Art, aber dieser hier gehörte ganz ohne Zweifel Frazer. Die lange Peitschenantenne und dann schließlich das im Umriß sichtbare, dreieckige Identitätsschild der Admiralität auf der Windschutzscheibe bestätigte das noch. Es war typisch für Frazer, sich lieber Kilometergeld zu verdienen, als einen Dienstwagen zu benutzen.

Neben ihm saß ein Mädchen. Sie rauchten und unterhielten sich, aber der Wagen stand genau so, daß sie den Eingang zu Nummer achtzehn immer im Augen hatten.

Man sagte von Voltaire, daß er auf dem Totenbett aufgefordert wurde, dem Teufel abzuschwören, und darauf die Antwort gab: »Jetzt ist nicht der Zeitpunkt, sich neue Feinde zu machen.« So etwa kam ich mir im Augenblick Frazer gegenüber vor und ebenso denen, die hinter ihm standen — wer oder was das auch immer sein mochte. Ich drehte in meinem Wagen den Zündschlüssel und dachte an zu Hause.

Eigentlich wollte ich dass Ende der Konzert-Direktübertragung auf Kanal drei hören, aber statt dessen geriet ich an die Nachrichten auf Kanal vier. Ab Montag wollten die Arbeiter der Automobil-Industrie streiken — sie forderten fünfunddreißig Prozent Lohnerhöhung und sechs Wochen bezahlten Urlaub. Die Russen hatten die Namen der sechsköpfigen Delegation bekanntgegeben, welche für die Gespräche über die deutsche Wiedervereinigung nach Kopenhagen entsandt werden sollte. Zwei von ihnen waren Frauen, einschließlich der Delegationsleiterin, welche gleichzeitig gute Aussichten hatte, zur Vorsitzenden des gesamten Zirkus ernannt zu werden. (Ein Vorschlag, der von den Frauenrechtlerinnen energisch unterstützt wurde — sie planten deswegen am Sonntagnachmittag einen Demonstrationszug nach Westminster.) In einem Friseursalon in Finsbury Park war Feuer ausgebrochen, und jemand hatte ein Lohnbüro in Epsom überfallen. Die Wettervorhersage sprach von Frost, bedecktem Himmel und nachfolgendem Regen. Und den besten Teil des Konzerts hatte ich auf jeden Fall verpaßt.

> Die Zahl der Stabsoffiziere oder Berater auf beiden Seiten ist nicht beschränkt, und sie braucht auch für Rotstab-Raum und Blaustab-Raum nicht gleich zu sein.
> REGELN: ›TACWARGAME‹. STUDIEN-CENTER, LONDON.

KAPITEL SECHS

Das Studien-Center — jetzt STUCEN LONDON genannt — war ein besonders abschreckendes Beispiel neogotischer Architektur, das überall außer in Hampstead viel zu auffällig gewesen wäre, als daß man geheime Dinge darin hätte verbergen können.

›Caledonia‹, denn so lautete der über dem Portal eingemeißelte Name des Gebäudes, war von einem Eisenhüttenbesitzer des 19. Jahrhunderts zur Feier des Beschlusses der Königlichen Marine gebaut worden, die schwimmende Wehr Englands von Holzschiffen zu solchen aus Stahl umzurüsten.

Das Haus war ein dreistöckiger, braun- und senffarbener Klotz, versehen mit Türmen, Kuppeln und Schießscharten für Bogenschützen. Das Treppenhaus genügte auch den allergrößenwahnsinnigsten Ansprüchen, und das auf den Mosaiken in der Halle dargestellte Meeresgetier hätte selbst Walt Disney mit Stolz erfüllt.

Der Geruch von billiger Metallpolitur und warmem Öl drang sogar bis in Ferdys ofenbeheizte Bude, und die Karbolsäure, mit der die Flure gewischt wurden, war vermutlich schuld daran, daß meine Salatzüchtungs-Versuche im Wintergarten ohne Erfolg blieben.

Aber es war vermutlich der Ballsaal mit seinem verglasten Kuppeldach, welcher den Männern, die ›Caledonia‹ für das Studien-Center aussuchten, am besten gefiel. Seine Holztäfelung war noch fast völlig intakt. Und trotz der Beschädigungen, die durch militärische Fußbekleidungen in einem oder zwei Jahrzehnten entstanden waren, hätte auch der eingelegte Parkettfußboden noch den Ansprüchen des einen oder anderen Ballettabends genügt. Die Musik-Galerie war vergrößert und mit Glasscheiben vom Rest des Raumes abgetrennt worden, um einen langen Kontrollraum zu schaffen — auch die ›Loge Gottes‹ genannt —, von dem aus der

Direktor mit seinem Stab hinunter auf den Lagetisch blicken konnte.

Dieser Tisch nahm den größten Teil des Ballsaales ein. Er war über sieben Meter breit und mindestens zwölf Meter lang. In der unteren linken Ecke konnte man die winzige Insel Jan Mayen sehen. Der Nordpol war gleichfalls links, etwa in der Mitte der Längsseite, während man rechts die zerklüftete nördliche Küste der Sowjetunion von der Laptev-See und den neusibirischen Inseln bis hinunter nach Murmansk erblickte, und dazu noch ein Stückchen von Norwegen.

Der ganze Tisch ließ sich zusammenklappen und durch Darstellungen anderer Weltgegenden und Breiten ersetzen, aber diese hier war sozusagen unser tägliches Brot. Einzelne Teile waren in Scharnieren schwenkbar, damit die ›Plotter‹, die Leute, welche die Spielfiguren zu setzen hatten, auch über Lappland hinweg bis in die Barentsee reichen konnten. Sehr bequem erreichbar jedoch, am unteren Ende des Tisches, befand sich das fast völlig von Land umschlossene Weiße Meer mit der geschützt liegenden Stadt Archangelsk. Dort hatte das sowjetische Oberkommando für Unterwasserkriegführung ein großes unterirdisches Befehlszentrum mit einer Reihe von starken Sendern gebaut, mit deren Hilfe die U-Boote der Nordflotte geleitet wurden.

Nur ein paar hundert Meilen entfernt in Murmansk war der Befehlsstab der Nordflotte selbst, und noch weiter entlang am Kola-Fjord lag Poliarnyi, fast das ganze Jahr über eisfrei. Von hier kamen die Tupulov-16-Maschinen der russischen Marine: die gigantischen ›Badgers‹, wie ihr NATO-Kodename lautete, mit Leitradar in der Rumpfnase und allen möglichen elektronischen Spürgeräten, die in stromlinienförmigen Behältern unter den Tragflächen hingen. Sie waren derart mit Elektronik und Raketen überladen, daß man die Startbahn des Flugplatzes extra um fünfhundert Meter verlängert hatte, um sie überhaupt in die Luft zu bringen. Das waren die Knaben, die im Hamish Sound herumschnüffelten, sogar bis in die Themsemündung hereinkamen und weit hinaus auf den Atlantik flogen: Sie spionierten die Abwehrsysteme aus, hörten den Funkverkehr ab und beobachteten den Schiffsverkehr bis hinunter zur kanadischen Ostküste.

Gleichfalls von hier kamen die großen Düsen-Flugboote, vollgestopft mit Lenktorpedos und Wasserbomben, welche im Sommer über den Schiffahrtsrouten im Nordmeer patrouillierten, und im Winter über dem Eis der Arktis. Auch Hubschrauber aller Formen und Größen gab es hier, vom Zweisitzer bis zum Fliegenden Kran. Die Piloten waren sicherlich alle ganz furchtbar nette Leute, aber es wäre natürlich ein großer Irrtum, etwa anzunehmen, daß sie ihre Allwetterpatrouillen nur deshalb flogen, um vielleicht in Seenot geratene russische Sportmotorbootfahrer vor dem nassen Tod zu bewahren.

»Sind wir alle da?« fragte Ferdy und wartete, bis die letzten beiden Besucher uns eingeholt hatten.

Es war eigentlich nicht Ferdys Aufgabe, Besuchergruppen im Center herumzuführen, aber da ich nun Schlegels persönlicher Assistent war, betrachtete ich es aber auch nicht mehr als meine. Wir schlossen einen Kompromiß: Während Ferdy die Gruppe durch das Gebäude führte, blieb ich immer in der Nähe.

Sie hatten den Blaustab-Raum gesehen, wo sie eine Woche lang sitzen und die Schlacht im Nordmeer schlagen sollten: Ein sehr schönes Zimmer im Erdgeschoß mit einem Kristallkronleuchter und molligen Engeln, die sich rechts und links um den Kamin wanden. Der Kronleuchter hatte alle drastischen Veränderungen überlebt, mit denen die einstmals elegante Bibliothek in eine Kommandozentrale verwandelt worden war, wie man sie vielleicht auf einem Lenkwaffenzerstörer findet — nur gab es hier mehr Bewegungsfreiheit als an Bord. Ein kleines Zimmer nebenan beherbergte eine Sonar-Schallortungs-Zentrale, die wir für bestimmte taktische Spiele benutzten, welche an bestimmten Stellen in den großen Handlungsrahmen eingefügt wurden. Heute waren die Fensterläden offen, und Tageslicht erhellte die Blau-Zentrale. Morgen aber würde es hier dunkel sein, mit Ausnahme der erleuchteten Sichtanzeigegeräte und den von der Seite her erhellten Plastikfolien, welche Zug um Zug den Fortgang der Ereignisse zeigten.

Die Bibliothek — wie wir den Raum immer noch nannten — hatte eine Tür, die auf die obere Balustrade hinausführte. Von ihrem reichgeschnitzten Mahagonigeländer aus blickte man hinunter auf den buntfarbigen Mosaikboden der Eingangshalle. Es war nicht schwer, sich diese Halle erfüllt von Menschen vorzustellen — Männern im Gehrock, die über Panzerkreuzer sprachen, und Frauen in Straußenfedern und Seide, die sich flüsternd über das Liebesleben Edwards VII. unterhielten.

Ein weiterer, sich an die Bibliothek anschließender Raum — früher ein kleines Schlafzimmer — war mit Fernsehmonitoren ausgestattet, welche ständig die wichtigsten Daten aus der Blau-

Zentrale zusammenfaßten. Hier würden die Besucher wohl den größten Teil ihrer Zeit verbringen, auf die Bildschirme starren und unter seelischen Qualen um die Frage ringen, ob sie nun in letzter Verzweiflung atomare Wasserbomben werfen oder ihre vorgeschobenen U-Boote lieber aufgeben sollten. Im gleichen Trakt des Gebäudes befanden sich noch Bade- und Schlafzimmer, eine mit reichlichen Vorräten versehene Bar und ein Posten. Der hatte dafür zu sorgen, daß keiner der Besucher vielleicht einmal nachsehen ging, was unten auf dem großen Lagetisch alles zu sehen war. Denn nur der Tisch im Ballsaal zeigte die wahre und vollständige Situation. Der Blaustab-Raum, genau wie der Rotstab-Raum im Keller, erhielt nur die Ergebnisse von Berichten und Analysen. Was praktisch bedeutete, daß sie auf Vermutungen angewiesen waren.

»Für die Ausgangslage des großen strategischen Spiels nehmen wir oft von vornherein an, daß die nordnorwegische Küste bereits von den Sowjets besetzt ist«, sagte Ferdy. »Im Falle eines Krieges wäre das nicht zu verhindern — und wir glauben, daß es sehr rasch geschehen würde.«

Einmal hatte er, gegenüber einer Gruppe von Stabsoffizieren von AFNORTH in Kolsaas, diese These mit noch direkteren Worten vertreten. Verwunderlicherweise war niemand aus der betreffenden Gruppe bereit gewesen, Ferdys Blitzstrategie so ohne weiteres zu akzeptieren. Besonders die Norweger nicht.

Aber heute waren keine Norweger dabei. Ich sah mir die Männer an, die jetzt um den Lagetisch herumstanden. Neben den beiden amerikanischen Admiralen und ihren Adjutanten drängte sich die übliche Mischung: selbstsichere Dreißigjährige, ernsthafte Vierzigjährige, verzweifelte Fünfzigjährige — Karriereoffiziere, die in ihren schlechtsitzenden Anzügen eher wie Versicherungsvertreter aussahen. Bei diesen Gruppen gab es kaum jemals irgendwelche Überraschungen. Daneben war ein etwas älterer, mit leiser Stimme sprechender neuseeländischer Kapitän aus dem Verwaltungsdienst, ein kahlköpfiger holländischer Sicherheitsoffizier, zwei amerikanische U-Boot-Kapitäne, die gerade von einem Stabskommando bei CINCPAC zurückkehrten, ein ziviler Kriegsspielspezialist von SACLANT, ein paar Leute aus dem diplomatischen Dienst, die sich mit angehängt hatten, und ein einäugiger Deutscher, der uns schon zweimal anvertraut hatte, daß er über einhunderttausend Tonnen alliierten Schiffsraum versenkt habe.

»Während des Krieges, natürlich«, fügte er hinzu, aber wer weiß — mehr als sein Wort hatten wir für diese Behauptung ja nicht.

»Bei allen diesen Spielen gibt es ein wesentliches Problem«, warnte ein Botschaftsattaché aus Kanada, »wenn man nämlich nicht das Element des Zufalls einführt — mit Würfeln, oder auf elektronische Weise —, dann bekommt man überhaupt kein Bild davon, wie es im Kriege zugeht. Rechnet man aber den Zufall mit ein, dann ist schließlich das Ganze nichts weiter als ein Glücksspiel.«

Ich blinzelte Ferdy zu, aber der mußte gerade ein ernstes Gesicht machen, weil der kanadische Schnelldenker ihn direkt ansah. Wir hatten schon oft darüber gesprochen — ganz gleich, wie langsam und sorgfältig man alles erklärt, irgendwann stellt einer von diesen künftigen Feldherren diese Frage immer.

»Wir veranstalten hier kein Kriegsspiel in diesem Sinne«, sagte Ferdy. Er glättete seine zerzausten Haare. »Sie täten besser daran, eher an eine historische Rekonstruktion zu denken.«

»Ich verstehe Sie nicht«, sagte der Kanadier.

»Geschichte kann manchmal sehr lehrreich sein, und manchmal auch nicht. Wenn Sie hier aus früheren Erfahrungen etwas lernen können, dann ist das natürlich wunderbar. Aber es wäre gefährlich, den Spielablauf hier von vornherein als eine Kette von möglichen zukünftigen Ereignissen zu betrachten.«

»Ist das der Grund, weshalb der ganze Betrieb hier von einem zivilen Stab geleitet wird?«

»Vielleicht«, sagte Ferdy. Nervös nahm er einen der Plastikspielsteine in die Hand, die noch vom Probedurchlauf des Morgens auf dem Tisch lagen. »Machen wir das doch einmal ganz klar. Wir befehligen von hier aus keine Flottenverbände, und wir sagen auch nicht voraus, was sie bei irgendwelchen zukünftigen Unternehmungen vielleicht tun würden. Es gab einmal eine Zeit, da haben wir angestrengt versucht, das Wort ›Spiel‹ als Bezeichnung für das abzuschaffen, was wir hier tun — ›Studien‹ ist eigentlich der richtige Ausdruck —, aber das hatte alles keinen Zweck: Die Leute fanden das Wort ›Spiel‹ eben schöner.«

»Hängt das alles vielleicht damit zusammen, daß Ihr Material bereits veraltet ist, wenn es schließlich hier zum Einsatz kommt?« fragte der Holländer.

»Das Material, das wir hier verwenden, wird von elektronischen Spähschiffen und Flugzeugen eingesammelt. Wir könnten es natürlich durch Funk hierher übermitteln lassen und hätten damit immer verhältnismäßig frische Daten — aber solange wir das Spiel nicht auch mit derselben Geschwindigkeit ablaufen lassen wie eine wirkliche Schlacht, ergäbe das so gut wie keinen Vorteil.«

»Ich will Ihnen etwas sagen, Mr. Foxwell«, erklärte der deutsche Kapitän zur See, »wenn wir — was Gott verhüten möge — irgendwann einmal anfangen müßten, in der Barentsee aufgefangene geheime elektronische Daten sofort über unsere eigenen Sender weiter vermitteln, dann ...«, und er klopfte mit dem Knöchel auf den Lagetisch, »... dann gebe ich Ihnen nicht mehr Zeit, als Sie für ein Dutzend Fünferzahlengruppen brauchen, ehe die drüben die nuklearen Minenfelder hochjagen und Ihr Spiel für immer beenden.«

Der neuseeländische Offizier fragte: »Die Spielzeit läuft also immer sehr viel langsamer als die wirkliche Zeit?«

»Ja, und das ist aus vielen Gründen nötig. Wenn Sie morgen im Blaustab-Raum sitzen und versuchen, diesen Ozean voller Schiffe, U-Boote und Flugzeuge in den Griff zu bekommen, wenn Sie sich um den Nachschub sorgen und um die Luftherrschaft über Ihren Stützpunkten, und wenn Sie immer wieder beurteilen müssen, bei welchen Sichtmeldungen es sich um einen sowjetischen Angriffsverband handelt und bei welchem um Phantomradarreflexe — da werden Sie sich noch wünschen, daß sie doppelt soviel Zeit für jeden Zug hätten, als Ihnen sowieso schon zugestanden wird.«

»Aber Sie nehmen es ganz allein mit uns allen auf?« fragte der Deutsche.

»Nein«, sagte Ferdy. »Mein Stab hat genau dieselbe Größe wie der Ihre.«

Ich unterbrach ihn. »Mr. Foxwell ist jetzt sehr bescheiden«, sagte ich. »Dem Kommandostab Rot zugeteilt zu sein, ist für uns alle ein begehrter Posten — man hat nämlich so gut wie nichts zu tun.«

»Ich bin im Laufe der Zeit schon sehr oft der Rote Admiral gewesen«, sagte Ferdy. »Ich weiß viele der Reaktionen des Computers auf meine technischen Probleme einfach aus dem Kopf. Und ich kann mir auch das Gesamtbild der Lage viel leichter vor Augen halten als Sie. Dazu kenne ich so gut wie sämtliche taktischen Tricks, die Sie aus Ihrem Zylinder hervorzaubern könnten. Übrigens — haben Sie schon beschlossen, wer von Ihnen zu mir auf die Seite des Siegers übertritt?«

»Ich«, sagte einer der amerikanischen U-Boot-Kapitäne.

»Dieses Selbstvertrauen, das Sie da an den Tag legen, Mr. Foxwell —«, der Deutsche lächelte säuerlich, »— kommt das daher, daß der Ausbildungsstand der Sie hier besuchenden Stabsoffiziere zu niedrig ist, oder sind Sie einfach ein allen überlegener Experte?« Er leckte seine Lippen, als wolle er der Zitronensäure in seinen Worten nachschmecken.

»Ich werde Ihnen mein Geheimnis verraten«, sagte Ferdy. »Die meisten von Ihnen sind erfahrene Seeoffiziere, die viele Jahre Borddienst hinter sich haben. Alle Seeleute sind Romantiker. Sie blicken auf den Tisch hier, und Sie sehen vor ihrem inneren Auge Fregatten, Kreuzer und Atom-U-Boote. Sie hören die Brecher rauschen, riechen den Dunst warmen Dieselöls und vernehmen die Stimmen alter Freunde. Diese Schiffe rücksichtslos einzusetzen — und damit die Männer, die sie an Bord haben — ist für Sie eine traumatische Erfahrung. Sie zögern, Sie werden unsicher — und schon sind Sie tot.«

»Und Sie sind kein Seemann, Mr. Foxwell?« fragte der Deutsche.

»Was mich anbetrifft —«, sagte Ferdy, »für mich sind Sie alle weiter nichts als ein Säckchen voller Spielfiguren aus Plastik.« Er hielt einen der Spielsteine hoch, auf dem Stärke, Kurs und Identität eines Flottenverbandes vermerkt waren, der an der Insel Jan Mayen vorüberdampfte. Lässig warf er ihn in die Luft und fing ihn wieder auf, ehe er ihn plötzlich in eine entfernte Ecke des Raumes schleuderte, wo er mit dem Geräusch zersplitternden Plastiks landete.

Im Ballsaal war es ganz still. Die beiden Admirale blickten Ferdy unverwandt mit dem gleichen höflichen Interesse an, mit dem Boxchampions bei der Wiegezermonie vor dem Kampf ihren zukünftigen Gegner betrachten.

»Also, dann bis morgen, meine Herren«, sagte Ferdy. »Und wehren Sie sich ruhig tüchtig Ihrer Haut.«

> Erfolg und Mißerfolg bei ALLEN Spielen werden ausschließlich
> daran gemessen, was bei der Post-Game-Analyse (POGANA)
> nach dem Spiel an Lernresultaten erarbeitet werden kann. Inso-
> fern ist der Sieg nicht Zweck dieser Spiele.
>
> ANMERKUNGEN FÜR TEILNEHMER AN KRIEGSSPIELEN,
> STUDIEN-CENTER, LONDON.

KAPITEL SIEBEN

Während eines Spieles war die Atmosphäre im Studien-Center völlig anders als sonst. Das Kasino servierte vierzig Mittagessen, und in der Bar oben bekam man nicht mal einen Stehplatz. Meine neue Stellung als Schlegels persönlicher Assistent brachte es mit sich, daß ich eine ganze Menge Zeit im Kontrollraum verbrachte und vom Balkon hinunter auf den großen Lagetisch blickte. Außerdem war ich einer der wenigen Leute, die während des Spiels sowohl den Rotstab-Raum als auch den Blaustab-Raum betreten durften.

Ferdy und seine fünf Gehilfen saßen in der roten Zentrale im Keller. Den auch bei ihm nebenan liegenden Konferenzraum mit den Fernsehmonitoren benutzte er selten und nur dann, wenn es wirklich eine ernsthafte Krise gab. Ferdy saß viel lieber in der verdunkelten Befehlszentrale, beobachtete die Sicht-Anzeigegeräte und stritt sich mit den Plottern herum. Und sogar das wurde ihm manchmal zu langweilig, weshalb er hin und wieder komplizierte Streitfragen erfand — nur damit Schlegel mich zu ihm in den Keller schickte, um die Sache wieder auseinander zu sortieren. Wobei es vorläufig keinerlei äußere Anzeichen für das wilde Durcheinander gab, das in den Köpfen der Spielteilnehmer herrschte. Am ersten Tag waren im allgemeinen auch im Blaustab-Raum alle ruhig, gesammelt und umsichtig, lasen Daten-Ausdrucke oder ließen sich von einem der technischen Unparteiischen Erklärungen geben.

Wie bei der Eröffnung in einem Schachspiel waren auch hier die ersten Züge voraussehbar. Der Springer-Eröffnung — und der aus dem entsprechenden Gegenzug resultierenden Offensiv- und Defensivlage — entsprach ziemlich genau die Situation nach den ersten Maßnahmen beider Seiten, die ihre eigenen nuklearen Unterseeboote so nah wie möglich an die Küstenstädte des jeweiligen Gegners heranmanövrierten. Ein derartiger Zug erschwert nämlich Angriffe auf die Boote außerordentlich (weil man fürchten muß, daß die Atomraketen des feindlichen U-Bootes durch Wasserbomben zur Explosion gebracht werden könnten und dann die eigenen Städte vernichten). Das Vorziehen der Läufer könnte man danach mit dem Kampf um die arktische Küste Norwegens vergleichen, denn die russische Flotte brauchte eisfreie Häfen, um ihre gesamte Kampfkraft im Atlantik zum Tragen zu bringen.

Das winterliche Ringen um Häfen unterhalb der Treibeisgrenze war eher eine Sache des Glücks als der Beurteilungsfähigkeit. Die Invasion Norwegens durch russische Landstreitkräfte wurde nicht im Rotstab-Raum geplant. Ferdy mußte sie aus dem Computer ablesen. Ihr Fortschritt richtete sich nach strategischen Simulationen der NATO und der amerikanischen Marine an anderen Orten und zu anderen Zeiten. Ein aus der Luft versorgter russischer Vorstoß durch den Teil Finnlands, der wie ein länglicher Finger auf Tromsö zeigt, belastete die eigenen Marineverbände nicht und ermöglichte ihnen eine unabhängige Kriegführung. Ergibt sich aber statt dessen ein auf Narvik gerichtetes amphibisches Lande-Unternehmen, dann haben die U-Boote nur noch rein defensive Aufgaben, und der Rotstab-Raum muß sich mit verzwickten Problemen wie Eisbrecher-Einsatz, Aufklärung über den nördlichen Schiffahrtsrouten und Geleitzugschutz befassen; außerdem bedeutet es, daß die gesamte verfügbare Luftstreitmacht für Abwehrschirme herhalten muß.

Ferdy hatte Glück: Die derzeitige strategische Theorie ging von der Annahme aus, daß Finnland und Schweden sich einer Truppenbewegung auf ihrem Gebiet widersetzen würden. Damit lag der Schwerpunkt des Landkrieges zu weit östlich, als daß seinetwegen Kräfte von der Nordflotte abgezogen werden mußten. Ferdy atmete erleichtert auf, als er diese Lagevorgabe vom Teleprinter ablas.

Er bot mir eine seiner besten Zigarren an. Ich winkte ab. »Wo ich mir doch gerade das Rauchen abgewöhne«, sagte ich.

»Da hast du dir einen schlechten Zeitpunkt ausgesucht«, erwiderte Ferdy. Er schnitt der *Punch Suprema* sorgfältig die Spitze ab und bot auch dem amerikanischen U-Boot-Fahrer eine an, der als sein Adjutant fungierte. »Eine Stinkwurzel, junger Mann?«

»Nein, danke, Genosse.«

Ferdy zog vorsichtig an der Zigarre, deren Spitze zu glühen begann. »Und dann brauche ich noch Luftaufklärung der genauen Treibeisgrenzen.«

»Die haben wir schon«, sagte der U-Boot-Fahrer.

»Wir haben die Durchschnittswerte für die einzelnen Jahreszeiten. Ich will es aber ganz genau wissen.« Er kritzelte seine Anforderung von Aufklärungsmaschinen auf ein Stück Papier, und ein Schreiber tippte sie in den Teleprinter, der direkt mit Schlegels Kontroll-Balkon verbunden war.

»Wettervorhersage zwo Meilen und Wolkendecke bei viertausend Fuß«, sagte der Wetterbeobachter.

Der Schreiber am Teleprinter wartete auf die Antwort des Kontrollraums und las sie dann vor. »Sie geben uns zwei BE-10-*Mallow*-Flugboote von der Basis in Murmansk.«

Ferdy fuhr mit einem roten Stift über die Karte und zog eine Linie, welche das Weiße Meer an seiner engsten Stelle von der Barentsee abgrenzte. Der Schreiber am Teleprinter nahm die Lochkarte für die BE-10-Maschinen und fragte beim Computer Einzelheiten über die Bewaffnung der Düsenflugboote ab, die Ferdy einsetzen wollte. Sie verfügen über Raketengeschosse, Lenktorpedos und Wasserbomben. Ferdy nickte und reichte die ausgedruckten Daten an den U-Boot-Mann weiter.

»So schnell wie möglich in Position bringen«, sagte er. Dann wandte er sich an mich. »Schlegel wird nämlich die Wolkendecke weiter herunterkommen lassen und die Flugboote abschreiben, verstehst du?«

»Sei doch nicht blöd, Ferdy. Das Wetter kommt aus dem Computer, das weißt du schließlich ganz genau.«

Ferdy lächelte nur grimmig.

Für persönliche Sachen benutze ich immer noch meinen Spind in der Rotzentrale, eigentlich weniger wegen der Bequemlichkeit, sondern um Ferdy nicht durch einen völligen Auszug zu verletzen. Ich ging also jetzt in den schmalen Schrankraum und ließ die Tür hinter mir zufallen, ehe ich das Licht einschaltete.

Acht Spinde waren hier, einer für jeden Angehörigen des Stabes und dann noch ein paar zur Reserve. Bei meinem war ein nacktes Mädchen aus ›Playboy‹ auf die Tür geklebt — das Erbe eines früheren Besitzers. Der erotische Effekt wurde nicht unbedingt dadurch erhöht, daß Ferdy ein Porträt Beethovens ausgeschnitten und sorgfältig über das Gesicht des Mädchens gepaßt hatte. Und auch die Fußballschuhe halfen nicht viel, die ein unbekannter Collagen-Künstler eine Woche später noch hinzufügte.

Zu diesem Zeitpunkt spätestens gab es keinen mehr, der nicht wußte, wessen Spind da so hübsch dekoriert war. Und deswegen neigte ich dazu, es sehr persönlich zu nehmen, daß die obere Ecke der Tür mit einem stumpfen Instrument fast waagrecht nach vorn gebogen und der Inhalt des Schranks durchsucht worden war.

»Mein Spind ist aufgebrochen worden, Ferdy.«
»Das habe ich schon bemerkt.«
»Vielen Dank«, sagte ich.
»Herumschreien hilft da gar nichts.«
»Hast du vielleicht einen Vorschlag zu machen, was in einem solchen Fall eine Hilfe sein könnte?«
»Fehlt etwas?« fragte der Amerikaner.
»Nein«, sagte ich. »Soweit ich das jedenfalls beurteilen kann.«
»Na also«, sagte Ferdy.
»Ich muß jetzt gehen.«
»Sagst du vielleicht Schlegel, daß ich das Wetter brauche?«
»Gern«, antwortete ich. »Aber er wird es einfach aus dem Computer nehmen, wie ich dir schon gesagt habe.«
»Sorg dafür, daß ich meinen Wetterbericht bekomme«, sagte Ferdy, »oder die Einladung zum Essen für heute abend wird zurückgenommen.«
»So leicht kommst du nicht davon«, erwiderte ich. »Heute abend um acht sind wir da.«
Ferdy nickte. »Jetzt legen wir ein paar Horchbojen in das Kara-Meer, und dann beginnen wir unser Suchunternehmen mit den Flugbooten. Sehen Sie sich den Wetterbericht gut an, und bringen Sie dann die Maschine entsprechend in Position.«
Der junge amerikanische U-Boot-Mann hatte seine Uniformjacke ausgezogen, und jetzt lockerte er auch noch seine Krawatte. Er schob die Plastik-Spielsteine, die die Flugboote darstellten, am Rand der Treibeiszone entlang. Der Ozean, der ihm immer so leer vorgekommen war, schien jetzt auf einmal wie ein ganzes Netz von Suchstationen und Schallpeilern auf dem Meeresboden. Die wirksamsten Waffen waren aber immer noch diese Flugboote hier, denn sie konnten auf dem Wasser landen und ihre Suchfühler bis unter die reflektierenden Grenzflächen zwischen den einzelnen Wasserschichten absenken. Danach konnten sie noch ihre Detektorgeräte für die Feststellung magnetischer Anomalien im Nahbereich einsetzen, um sich zu bestätigen, daß da tatsächlich ein großes Metall-Unterseeboot schwamm, und nicht etwa nur ein Wal oder eine kleine Zone anderer Wassertemperatur.

»Was ist jetzt mit der Eisgrenze?« fragte der junge Mann.

»Kümmern Sie sich nicht mehr um sie — lassen Sie Ihre Flugboote einfach dort herunterkommen, wo es ihnen für den Beginn des Suchunternehmens am vorteilhaftesten erscheint.«

»Auch auf dem Eis?«

»Sie haben ja schließlich auch Räder — entweder ist das Eis dick genug, um sie zu tragen, oder sie brechen eben ein und schwimmen.«

Der Junge wandte sich zu mir um. »Haben die Russen das schon jemals versucht?«

»Nein«, sagte ich. »Aber es würde ganz bestimmt die taktischen Seekarten völlig ändern, wenn es möglich wäre.«

»Es würde die ganze Elektronik durcheinanderschütteln«, sagte der junge Mann. »Die Maschinen wiegen ungefähr vierzig Tonnen — da bleiben ja unter Umständen nur noch über das ganze Eis verstreute Nieten und Radioröhren übrig, wenn man so etwas mit ihnen macht.« Unschlüssig hielt er seine Plastik-Spielfiguren über dem Meereskanal, in den die amerikanischen Unterseeboote vermutlich einschwenken würden, um die sowjetische Küstenlinie zu erreichen.

»Jetzt bringen Sie diese verdammten Dinger doch endlich in Position«, sagte Ferdy. »Das hier ist Krieg, und keine Unfallverhütungs-Woche.«

»Lieber Gott«, flüsterte der junge Offizier, und jetzt war er selbst mit da draußen im eiskalten Ozean, über sich die beiden mit Anti-U-Waffen beladenen *Mallows*. »Wenn man das so macht, dann gibt's ja überhaupt keinen Platz mehr, an dem man sich verstecken kann.«

Es ist schon ein Ereignis, wenn ich einmal so früh nach Hause komme, daß ich mich um die Parkvorschriften vorm Haus kümmern muß. Marjorie war noch früher dagewesen, sie hatte sich bereits umgezogen und stand schon bereit, um zu Ferdys Dinner-Party heute abend zu gehen. Sie war völlig entspannt, sah wunderschön aus und schien entschlossen, mich zu bemuttern. Sie kochte eine große Kanne Kaffee und stellte noch einen Teller mit klebrigen Florentiner-Keksen auf das Tablett, welches in bequemer Reichweite neben meinem Lieblingsstuhl plaziert war. Dann bot sie mir an, ihren eigenen Wagen zu dem bewachten Parkplatz um die Ecke zu bringen, damit ich für meinen einen Platz an der Parkuhr hatte. Und ehe sie hinunterging, um selbst beide Wagen umzurangieren, sagte sie mir noch zum drittenmal, daß mein Anzug auf dem Bett läge und die sauberen Hemden in der Schublade wären. Und sie war einfach wunderschön und klug, und sie liebte mich.

Kaum zwei Minuten, nachdem sie gegangen war, klingelte es an der Tür. Ich lachte auf jene herablassende Weise vor mich hin, die Männer an den Tag legen, wenn Frauen Schlüssel vergessen, an Konservendosen scheitern oder mitten im Verkehr den Motor abwürgen.

»Häng doch deine Türschlüssel an denselben Schlüsselring...«, fing ich an, aber dann war die Tür inzwischen weit genug auf, und ich konnte draußen zwei Männer in schwarzen Mänteln erkennen, von denen der eine einen brünierten Metallkoffer in der Hand trug, in dem vielleicht Seifenmuster oder so etwas Ähnliches waren.

»Nein danke«, sagte ich.

Aber die Art von Verkaufsausbildung, die diese beiden hinter sich hatten, war schon von der ersten Unterrichtsstunde an auf Leute abgestellt, die ›nein danke‹ sagten. Beide waren sie Schwergewichte mit zu großen Hüten, die ihnen die Ohren verbogen, und mit der Art von Zähnen, welche im Wert steigen, wenn die Notierungen für Papiergeld abrutschen. Jetzt schoben sie jeder eine Schulter nach vorn, und ich hatte die Tür schon fast wieder zu, als der Aufprall von zweihundert Kilogramm tierischen Proteins die Füllung fast zersplittern ließ und mich zurück in den Flur wirbelte.

Im Licht, das durch die Flurfenster hereinfiel, konnte ich die beiden jetzt besser erkennen. Den einen — den mit der bräunlichen Gesichtsfarbe, dem sauber gestutzten Bart und den Schweinslederhandschuhen — hatte ich schon einmal gesehen: Er hatte im Vordersitz des blauen BMW gesessen, der uns von der Straße am *Great Hamish* abdrängen wollte.

Er war es auch, der mich jetzt wie ein Bär zu umklammern versuchte und dabei sein Gesicht so niedrig hielt, daß ich meinen Ellbogen einsetzen konnte. Er konnte der vollen Wucht des Stoßes nur entgehen, indem er seinen Kopf abwandte, während ich ihm gleichzeitig so heftig gegen den Knöchel trat, daß er vor Schmerz ein Grunzen hervorstieß. Er stolperte rückwärts und stieß mit seinem Freund zusammen, aber mein Sieg war nur von kurzer Dauer. Wir wußten alle drei, daß ich nur wenig Chancen hatte, wenn sie mich irgendwie in das große Wohnzimmer bringen und dort mit mehr Bewegungsfreiheit angreifen konnten. Einen Augenblick lang hielten sie inne, dann senkten sie die Köpfe und ließen mir mit vereinter Kraft dieselbe Behandlung zuteil werden, die bei der Wohnungstür so erfolgreich gewesen war. Ich verlor den Boden unter den Füßen und flog bis hinter die Rückenlehne des Sofas. Als ich auf dem Teppich aufschlug, riß ich den Kaffee, die Kekse und einen Wirbelsturm splitternden Porzellans mit mir zu Boden.

Ich lag immer noch lang ausgestreckt da, als der andere, glattrasierte Mann auch schon durch die Trümmer herbeigewatet kam. Mit Mühe konnte ich noch schnell reagieren, daß sein großer, schwarzer, auf Hochglanz polierter Militär-Schnürstiefel mit doppelt verknoteten Schuhriemen mich nur am Ohr streifte, anstatt mir den ganzen Kopf abzureißen. Ich rollte mich von ihm weg und richtete mich auf den Knien auf. Dann packte ich die Teppichkante, hielt sie fest und ließ mich wieder nach vorn fallen. So mit einem Fuß noch in der Luft war seine Positon geradezu ideal: Er fiel um wie ein Fabrikschornstein. Es gab einen dumpfen Ton, als sein Kopf gegen die Glasvorderseite des Fernsehgeräts schlug, und plärrende Liedfetzen drangen aus dem Kasten, während sein Ärmel an den Regelknöpfen vorbeiwischte. Einen Augenblick bewegte er sich überhaupt nicht mehr. Auf der Mattscheibe waren singende Kasperlepuppen zu sehen, brutal zusammengedrückt und in horizontalen Scheiben über den Bildschirm verteilt.

Der Bärtige ließ mir keine Zeit, meine Arbeit zu bewundern. Ehe ich wieder voll aufgerichtet war, ging er schon auf mich los. Er hielt die eine Hand bereit zum Karateschlag und versuchte mit der anderen, mich beim Handgelenk zu packen. Aber ein Anhänger der Kampfweisen des Fernen Ostens befindet sich nie ganz im Gleichgewicht, wenn er einen Griff anzusetzen versucht. Ich stieß heftig zu. Das reichte aus, um ihn einen Schritt rückwärts machen und vor Schmerz aufschreien zu lassen; obwohl die Wirkung vielleicht nicht so stark gewesen wäre, wenn ich nicht die Messingkohlenzange in der Hand gehalten hätte, die Marjories Mutter uns zu Weihnachten geschenkt hatte.

Außer Gefecht gesetzt hatte ich jedoch keinen von beiden. Sie waren nur ein bißchen langsamer geworden. Schlimmer noch: Mit meinen kleinen Überraschungen war es jetzt zu Ende, denn nun wurden sie vorsichtig. Der Bursche unter dem Fernsehgerät war bereits wieder zu sich gekommen und starrte auf die flimmernden Puppenfragmente, als hätte er Angst um seine Sehkraft.

Dann drehte er sich um, und nun griffen sie mich von zwei Seiten an. »Also, jetzt wollen wir doch lieber erst einmal miteinander reden«, sagte ich. »Ich habe zwar schon viel von harten Verkaufsmethoden gehört, aber das hier scheint mir doch ein bißchen lächerlich.«

Der Bärtige lächelte. Er konnte es kaum noch erwarten, seinen weltberühmten rechten Konterhaken bei mir anzubringen. Ich konnte das an der Art erkennen, wie er sich in Position zu manövrieren suchte. Ich täuschte zweimal und schlug dann sofort nach, um ihn aus dem Konzept zu bringen. Sein Haken traf meinen Unterarm, wo er zwar auch scheußlich weh tat, aber bestimmt nicht so sehr wie der rechte Schwinger, mit dem ich an seinen Kinnbakken landete. Er knickte beim Fallen in sich zusammen, und ich konnte sehen, daß er anfing kahlköpfig zu werden.

Einen Moment lang schämte ich mich, aber dann fiel mir ein, daß Joe Louis und Henry Cooper sicherlich auch kahle Stellen auf dem Hinterkopf hatten. Und im übrigen schlug inzwischen der andere bereits mit kurzen Körperhaken zwischen meine Rippen, so daß ich Geräusche von mir gab wie eine alte Konzertina, die jemand auf den Fußboden fallen läßt.

Ich wehrte ihn schließlich ab, aber da kam von hinten auch schon das Kahlköpfchen und packte mein Handgelenk mit solchem Schwung, daß ich mit der Nase auf meine eigenen Knie stieß. Und dann war die ganze Welt in horizontale Scheiben geschnitten und sang wie die Kasperlepuppen, und ich hörte diese Stimme, die schrie: »Was hab' ich euch im Wagen gesagt — was hab' ich euch im Wagen gesagt!«

Die Stimme klang sehr verändert.

Es war nicht etwa Marjorie. Es war ein breitschultriger, nicht mehr ganz junger Oberst des sowjetischen Sicherheitsdienstes namens Stok. Er fuchtelte mit einer Pistole in der Luft herum und drohte seinen Freunden auf russisch schreckliche Dinge an.

»Er hat uns angegriffen«, sagte der mit dem haarigen Gesicht.

»Geht an die Arbeit«, sagte Stok. Der Mann mit dem Bart hob seinen Metallkoffer auf und ging damit ins Nebenzimmer. »Und schnell«, sagte Stok. »Sehr, sehr schnell.«

»Das gibt Ärger«, bemerkte ich.

»Wir hatten gedacht, Sie wären alle beide in den Wagen gestiegen.«

»Sie sollten sich lieber eine neue Brille kaufen, ehe Sie hier den Dritten Weltkrieg anzetteln.«

»Wir hatten so gehofft, daß Sie nicht da wären«, sagte Stok. »Das hätte alles so viel einfacher gemacht.«

»So ist es ja auch nicht gerade kompliziert eingefädelt«, erwiderte ich wütend. »Sie lassen Ihre Gorillas aus dem Käfig, ölen Ihre Kanone und prügeln Bürger — wenn Sie so weitermachen und auch noch oft genug sämtliche Möbel zerschlagen, dann wird das Leben hier bald auch so schön und einfach sein wie in der Sowjetunion.«

Durch die Tür konnte ich sehen, wie die beiden Männer Bohrmaschinen und einen Hammer aus dem Koffer nahmen. »Dort werden Sie überhaupt nichts finden«, erklärte ich Stok.

»Es ist eine Verschwörung im Gange«, erwiderte er. »Ein hoher sowjetischer Würdenträger ist in Gefahr.«

»Warum gehen Sie damit nicht zur Polizei?«

»Und wie sollen wir sicher sein, daß es nicht die Polizei selbst ist, die das Ganze angezettelt hat?«

»In Ihrem Land können Sie das natürlich nie sein — das ist richtig«, antwortete ich.

Stoks Lippen bewegten sich, als ob er mit mir Streit anfangen wollte, aber dann überlegte er es sich anders. Er beschloß, statt dessen zu lächeln, obwohl das keine besonders herzerwärmende Wirkung hervorrufen konnte. Er knöpfte seinen Mantel auf und suchte nach einem Taschentuch, um sich die Nase abzuwischen. Sein Anzug war gut geschnitten und stammte aus dem Westen. Er trug dazu ein weißes Hemd und einen silbergrauen Schlips. Seine nervösen Hände und der bohrende Blick rundeten den Gesamteindruck ab, der an den ›Paten‹ erinnerte. »Nur fünf Minuten, und wir sind schon wieder fort«, sagte er.

Aus dem Nebenzimmer kamen rasche Sätze auf russisch, so schnell gesprochen, daß ich nicht einmal den Sinn erfaßte. »Ein Arztköfferchen?« fragte mich Stok. »Was machen Sie denn mit einem Arztköfferchen?«

»Marjorie«, antwortete ich. »Das Mädchen. Sie ist Ärztin.«

Stok wies seine Leute an, mit der Suche fortzufahren. »Wenn es sich herausstellt, daß das Mädchen keine Ärztin ist, dann müssen wir Sie möglicherweise noch einmal besuchen.«

»Und in dem Fall wollen Sie mich wahrscheinlich dann auch gleich ganz umbringen.«

»Sie sind doch überhaupt nicht verletzt«, sagte Stok. Er trat näher heran und betrachtete die kleine Schwellung, die der Stiefeltritt verursacht hatte. »Das ist gar nichts«, sagte er.

»Nach Ihren Maßstäben nichts weiter als eine freundliche Begrüßung — natürlich.«

Stok zuckte mit den Achseln. »Sie werden überwacht«, sagte er. »Ich warne Sie.«

»Immer nur zu«, antwortete ich. »Zapfen Sie doch auch noch das Telefon an, wenn es Ihnen Spaß macht.«

»Das ist kein Scherz.«

»Ach was — nein? Ich bin froh, daß Sie mir das gesagt haben, ehe ich vielleicht vor Lachen erstickt wäre.«

Von nebenan konnte man die zwei Freunde Stoks auf der Suche nach Geheimfächern klopfen und hämmern hören. Einer brachte den Aktendeckel herein, in dem ich meine Kostenabrechnungen aufbewahre. Stok legte die Pistole beiseite und setzte seine Lesebrille auf, um Seite nach Seite zu studieren. Aber ich wußte, daß da nichts drin war, was unter die Geheimhaltungsvorschriften fiel. Ich lachte; Stok blickte auf, lächelte und legte den Aktendeckel auf den Tisch.

»Da ist nichts drin«, sagte ich. »Sie verschwenden nur Ihre Zeit.«

»Wahrscheinlich«, stimmte er zu.

»Fertig«, rief eine der Stimmen von nebenan.

»Augenblick mal«, sagte ich, denn mir wurde plötzlich klar, was die beiden vorhatten. »Ich will Ihnen das gerne erklären — die Wohnung hat früher einem Buchmacher gehört. Jetzt ist da nichts mehr drin. Überhaupt nichts.«

Ich schob Stok beiseite, um in das Nebenzimmer zu gelangen. Seine beiden Freunde hatten unseren Birmingham-Teppich an die Wand gehängt, wo er das eingebaute Safe bedeckte, an dem sie sechs kleine Sprengladungen befestigt hatten. Sie zündeten, während ich noch in der Tür stand. Der Teppich blähte sich auf wie ein riesiger Luftballon, ehe ich noch den gedämpften Knall hörte. Dann kam ein heißer, nach Kordit riechender Luftstoß, der mich wie nach einem Hammerschlag rückwärts stolpern ließ.

»Leer«, sagte der mit dem Bart. Er war bereits dabei, sein Gerümpel wieder in den Blechkoffer zu werfen.

Stok sah mich an und putzte sich die Nase. Die anderen beiden verschwanden eiligst durch die Wohnungstür nach draußen, aber er zögerte noch einen Moment und hob die Hand, als ob er sich entschuldigen oder etwas erklären wollte. Aber die Worte versagten ihm; er ließ die Hand wieder fallen, drehte sich um und eilte den anderen hinterher.

Von draußen kamen dumpfe Geräusche, als die Russen im Treppenhaus auf Frazer stießen. Aber er war ihnen genausowenig gewachsen wie ich, und als er durch die Wohnungstür trat, tupfte er mit einem Taschentuch an seiner blutenden Nase. Ein Mann von der Sonderabteilung begleitete ihn: ein ganz neuer, junger Spritzer, der darauf bestand, mir seinen Ausweis zu zeigen, ehe er den Schaden fotografierte.

Nun ja, wer denn sonst als die Russen, dachte ich. Irgendwie waren sie unnachahmlich. Genau wie dieser Versuch, uns von der Straße abzudrängen. Und dann auch noch im ›Bonnet‹ auf uns zu warten, um uns zu zeigen, wer sie waren. Oder auch wie die Spionage-Fischdampfer, die sich an NATO-Schiffe anhängten. Nicht zu reden von den ganzen Flottenverbänden, mit denen sie gelegentlich auf hoher See unsere Manöver behinderten. All das war gedacht als Demonstration ihrer Fähigkeiten und ihrer Stärke und stellte gleichzeitig einen ständigen Versuch dar, den Gegner zu unbedachten Handlungen zu verleiten.

Es war auch typisch, daß der Oberst vom Sicherheitsdienst getrennt gefahren war, um nicht zu riskieren, mit Einbrecherwerkzeugen und Sprengstoff im Wagen angetroffen zu werden. Und dann diese halbherzige Entschuldigungsgeste — sie waren schon harte Typen, und mir gefiel das Ganze überhaupt nicht. Ich meine, man geht gewissermaßen im Stadtbad schwimmen, und mit einemmal begegnet man dort menschenfressenden Haien.

Als Marjorie zurückkam, waren inzwischen alle wieder weg. Zunächst blickte sie gar nicht durch die offene Schlafzimmertür, hinter der die Tür des von dem früheren Mieter eingebauten Safes mit zu Stahlwolle zerspleißtem Schloß von der Wand herunterbaumelte. Und sie sah auch die Papierfetzen von den Verpackungen der Sprengladungen nicht, die zwischen verknäulten Drahtstücken und ein paar Trockenbatterien überall herumlagen. Und auch nicht die dicke Schicht von herabgefallenem Putz, die das Bett, meinen Anzug und ihren Toilettentisch bedeckte. Oder den Teppich, der in der Mitte einen großen, runden Brandfleck aufwies.

Sie sah nur mich, wie ich die Scherben des chinesischen Tee-Service einsammelte, das Jack und sie einst von ihrer Mutter zum Hochzeitstag geschenkt bekommen hatten.

»Aber ich habe dir doch von dem alten Mann mit der ausgerenkten Hüfte erzählt«, sagte Marjorie.

»Was?« stieß ich hervor.

»Das ist ihm beim Turnen passiert. Und dir wird es genauso ergehen. Warte ab! Du wirst dann neben ihm in der Unfallstation liegen: Denn um noch Kopfstand zu üben, bist du ein wenig zu alt.«

Ich warf die Porzellanscherben auf das Tablett zu der zerbrochenen Teekanne.

»Also — wenn es nicht bei akrobatischen Turnübungen passiert ist«, sagte Marjorie, »was war denn dann los?«

»Ein Oberst von der russischen Gesandtschaft war los, dazu ein Sprengstoffexperte und ein Autofahrer mit Bart und Goldzähnen. Und später auch noch die Marine und die Sonderabteilung, mit einem Fotoapparat.«

Sie starrte mich an und versuchte herauszufinden, ob ich vielleicht Witze machte. »Und was haben die alle hier gemacht?« fragte sie dann vorsichtig. Sie zog die nach Brand riechende Luft durch die Nase und blickte im Zimmer umher.

»Bei einer solchen Starbesetzung«, sagte ich, »wozu braucht man da auch noch ein Stück?«

> Zugverweigerung: *freiwillig einen Zug aussetzen. Die Spielteilnehmer werden jedoch daran erinnert, daß Treibstoff- und Nachschubgüter-Verbrauch sowie der allgemeine Verschleiß auch in dieser Situation in normaler Höhe weitergehen. Vorher erteilte, auf einen längeren Zeitraum bezogene Instruktionen (wie Aufklärungsflüge usw.) werden weiter ausgeführt. Auch die Schiffsverbände laufen auf ihren Kursen weiter, wenn sie nicht durch spezifische Instruktionen gestoppt werden. Es ist daher ratsam, genaue Überlegungen anzustellen, ehe man einen Zug verweigert.*
>
> KOMMENTAR ZU: ›ANMERKUNGEN FÜR TEILNEHMER AN KRIEGSSPIELEN‹. STUDIEN-CENTER, LONDON.

KAPITEL ACHT

Es gibt ein großes Stück eleganter Parklandschaft, die aussieht wie Campden Hill, obwohl sie auf der falschen Seite der Holland Park Avenue eingeklemmt liegt. Und dort wohnen die Foxwells. An der Polizeiwache vorbei läuft eine Straße mit zerbröckelnden viktorianischen Villen, die von ihren westindischen Bewohnern pistaziengrün, kirschrot und johannisbeerrosa gestrichen worden sind. Am Tage sieht das Ganze aus wie eine riesige Portion Eiscreme in allen Farben mit Banane und Schokoladensoße.

An der Ecke am Ende dieser Straße liegt ein Pub: freitags Oben-ohne-Tänzerinnen, samstags Massenschlägereien der Iren unter sich, Sonntagmorgen eine Runde von Leuten aus der Werbebranche und ein Motorsport-Klub. Neben dem Pub liegen die ehemaligen Marstallgebäude, und an ihrem Ende öffnet sich ein Tor und gibt einen völlig unerwarteten Blick frei auf Haus und Garten der Foxwells, im Familienbesitz seit drei Generationen.

Es schien fast unglaublich, daß man hier mitten in London war. Die Bäume standen kahl, und vertrocknete Rosen ließen ihre eingeschrumpften Köpfe hängen. Hundert Meter hinter der Einfahrt lag ein großes Haus, in der Dämmerung des Winters gerade noch sichtbar. An seiner Vorderseite, in sicherer Entfernung von den großen Platanen, verbrannte der Gärtner das letzte Herbstlaub. Mit großer Vorsicht harkte er das Feuer zusammen, fast wie ein Mann, der es mit einem kleinen, feuerspeienden Drachen zu tun hat: Eine Rauchwolke stieg auf, brennende Zweige knisterten rotglühend und zornig.

»n'Abend, Sir.«

»n'Abend, Tom. Gibt's Regen?« Ich ging um den Wagen herum und öffnete die Tür für Marjorie. Sie konnte die Tür zwar auch ganz ordentlich allein aufmachen, aber wenn sie auf fein hergerichtet war, dann ließ sie sich gern wie eine angejahrte Invalidin behandeln.

»Das ist Schnee, was da oben hängt«, sagte Tom. »Schauen Sie lieber, ob Sie genug Frostschutz im Kühler haben.«

»Der ist noch vom letzten Jahr drin — ich hab' vergessen, ihn abzulassen.« Marjorie fühlte sich vernachlässigt, steckte die Hände in die Taschen und fröstelte.

»Das ist schlimm«, sagte Tom. »Da gibt es Rost im Kühler.«

Ferdys Haus steht auf achttausend Quadratmetern besten Londoner Baulands. Dadurch werden die Äpfel in seinem Obstgarten eine etwas teure Delikatesse, aber so ist Ferdy eben.

Ein paar Wagen waren schon da; Ferdys Renault, ein Bentley und ein ganz erstaunlicher Oldtimer: knallgelb, und für Al Capone vielleicht ein bißchen zu auffällig — aber auf jeden Fall groß genug. Ich stellte meinen Mini-*Clubman* direkt daneben.

Einen Augenblick zögerte ich noch, ehe ich auf die Klingel drückte. Diese intimen, kleinen Dinnerpartys der Foxwells waren immer mit jenem besonderen Geschick geplant, das Ferdys Frau in allem bewies, was sie tat: bei ihrer Mitarbeit in Komitees für die Unterstützung junger Musiker, in Gesellschaften für Neue Musik und sogar, wenn man Ferdy Glauben schenken durfte, bei einer Stiftung für die Restaurierung alter Orgeln. Aber neben derartigen Society-Scherzen verwandte Ferdy auch Zeit und Geld für wirklich gute Zwecke auf demselben Gebiet. Ich wußte, daß uns nach dem Essen ein kurzer Vortrag irgendeines jungen Sängers oder Musikers erwartete. Und ich wußte auch, daß es Mozart, Schubert, Beethoven oder Bach sein würde, was wir zu hören bekamen, denn Ferdy hatte einen Eid geleistet, mich nie wieder zu einem jener Abende einzuladen, welche die Foxwells der modernen Musik widmeten. Das war ein Ausschluß, für den ich von Herzen dankbar war, und ich nahm an, daß die anderen mit uns zusammen eingeladenen Gäste sich wahrscheinlich auf ähnliche Weise selbst entehrt hatten.

Die Foxwells nahmen ihre musikalischen Soirees todernst: Sie hatten mich gewaltig unter Druck gesetzt, um mich in meinen aus zweiter Hand angeschafften Abendanzug zu zwingen. Ich sah darin aus wie ein Kapellmeister, der auf die Wiederkehr der dreißiger Jahre wartet — aber ich war zweimal einfach in meinem dunkelgrauen Anzug erschienen, und darauf hatte Teresa Foxwell einem gemeinsamen Bekannten erzählt, ich wäre ein Mann aus Ferdys Büro und hätte etwas abgeliefert, und sie wollte nicht unhöflich erscheinen und mich wieder wegschicken. Tätige Demokratie! Ich meine, ich mag die Foxwells sehr gern, aber jeder hat anscheinend seine spaßigen kleinen Angewohnheiten, nicht wahr?

Ich drückte auf den Knopf.

Marjorie mochte das Haus. Sie hatte die Vorstellung, daß wir eines Tages, wenn wir erwachsen waren, in verkleinerten Modellen gleichen Stils aus Plastik und Sperrholzplatten leben würden. Sie strich mit der Hand über die Tür, deren Rahmen von einer reichverzierten Fassung aus Muschelornamenten umgeben war. Rechts und links hing je eine matt leuchtende Kutschenlaterne. Das brennende Laub parfümierte die nächtliche Luft, und der Verkehrslärm von Notting Hill war nicht lauter als ein sanftes Summen. Ich wußte, daß Marjorie diesen Augenblick gerade jetzt in ihrer Erinnerung speicherte, und ich neigte mich zu ihr hinüber und gab ihr einen Kuß. Sie umklammerte meinen Arm.

Die Tür öffnete sich. Vor uns standen Ferdy und seine Frau Teresa, umflossen von einem klingenden Strom aus Musik, Gelächter und dem Klirren von Eiswürfeln in edlen Waterford-Gläsern. Es gab einfach alles in diesem Haus: Ritterrüstungen, Hirschgeweihe, düstere Familienporträts und Bediente mit diskret niedergeschlagenen Augen, die sich beim Weggang der Gäste stets unfehlbar erinnerten, wer einen Hut oder einen Regenschirm mitgebracht hatte.

Es gibt eine besondere Art von in sich ruhender Schönheit, die man nur bei den ganz, ganz Reichen findet. Teresa Foxwell hatte erwachsene Kinder, war über die Vierzig hinaus und bewegte sich immer rascher in Richtung auf das Matronenalter — aber sie besaß immer noch jene melancholische Schönheit, derentwegen ihr Bild seit ihrer Mädchenzeit nicht mehr aus den Gesellschaftsspalten der Zeitungen wegzudenken war. Sie trug ein langes, gelb- und orangefarbenes Kleid aus marmoriertem Satin. Ich hörte, wie Marjorie der Atem stockte. Teresa wußte, wie man Geld ausgab — daran bestand kein Zweifel.

Ferdy nahm mir meinen Mantel ab und reichte ihn an irgendeinen Statisten hinter der Bühne weiter.

Teresa nahm Marjories Arm und zog sie mit sich fort. Sie spürte wahrscheinlich, daß ein Sturm heraufzog.

»Ich bin so froh, daß du da bist«, sagte Ferdy.

»Ja...«, sagte ich. »Ich meine... also gut.«

»Du bist früher weggegangen, heute. Und gleich danach gab es gewissermaßen eine kleine Szene.« Er wandte sich an einen Diener, der bewegungslos mit einem Tablett gefüllter Champagnergläser hinter ihm stand. »Stellen Sie das Tablett hier auf der Garderobe ab«, sagte er.

»Ein ganzes Tablett voller Champagner«, meinte ich. »Da kann man wahrhaftig von Gastfreundschaft sprechen.«

Ferdy nahm zwei Gläser und drückte mir eins davon in die Hand. »Schlegel war einfach unverschämt«, sagte er. »Verdammt unverschämt und taktlos.«

Ich trank einen tiefen Schluck, um mich auf das Kommende vorzubereiten. »Was ist denn passiert?« fragte ich dann.

Und da brach es aus ihm hervor: sämtliche Spannungen und sämtlicher Ärger, den Ferdy seit Gott weiß wie lange in sich angesammelt hatte. Eine anklagende, konfuse Flut von Worten schlug über mir zusammen.

»Er muß doch nicht gleich über den Lautsprecher damit kommen, oder?«

»Nein«, antwortete ich. »Aber vielleicht fängst du am besten mal ganz von vorn an.«

»Schlegel meldete sich über das gelbe Telefon, kaum daß ich die beiden Flugboote im Kara-Meer auf Position gebracht hatte. Ferdy, Junge, sagte er, und ob ich nicht vielleicht die Barentsee gemeint hätte. Ich sagte nein, das Kara-Meer wäre schon richtig. Aber Sie wissen doch, Ferdy-Jungchen, wo das Kara-Meer ist, sagte er. Das wissen Sie doch ganz genau, nicht wahr?«

Ferdy nahm einen Schluck von seinem Champagner, lächelte und wechselte in seine vernichtende Imitation von Schlegels Sprechweise über: »Und die *Mallow*-Flugboote — Schätzchen, sie produzieren da draußen doch weiter nichts als einen großen Haufen kleingehacktes Eis, das ist doch alles, was sie tun! Prüfen Sie noch mal ihre Treibeisgrenzen nach, Jungchen, und werfen Sie dann wieder einen Blick auf das Kara-Meer! Tun Sie mir den Gefallen, ja?«

Wieder nippte Ferdy an seinem Champagner, während ich inzwischen mein Glas fast ausgetrunken hatte. Dann fuhr er fort:

»Ich gab keine Antwort. Und da kam Schlegel plötzlich über den Lautsprecher, und er schrie geradezu: ›Hören Sie mir auch zu, Foxwell, und kommen Sie mir nicht mit der alten hochnäsigen Engländer-Masche, sonst fliegen Sie so schnell und mit dem Arsch vorneweg aus Ihrem Stuhl da unten raus, daß Ihre zarten Füßchen nicht einmal den Boden berühren, verstehen Sie?‹

Ich sagte: »Schlegel bekam wahrscheinlich Zunder von diesen zwei CINCLANT-Admiralen.«

Aber Ferdy und seine Idee, die riesigen Flugboote einfach auf dem Eis zu landen —, das war es wahrscheinlich, was Schlegel in Wirklichkeit Sorgen machte. Denn wenn der große Computer das Landemanöver durchkalkulierte und entschied, es wäre geglückt, dann mußte ein beachtlicher Teil der arktischen Strategie neu überdacht werden. Und inzwischen konnte Ferdy in jedem Fall mit Schlegels hohen Gästen den Fußboden aufwischen.

»Was hättest du in meinem Fall getan?« fragte er.

»Ich hätte ihm in die Eier getreten, Ferdy.«

»Zap! Pow! Peng!« sagte Ferdy zweifelnd. »Ja, also sieh mal — aber jetzt trink erst aus.« Er nahm ein zweites Glas Champagner vom Tablett und hielt es mir hin.

»Auf gute Gesundheit, Ferdy!«

»Cheers. Also — eigentlich war das kleine Schwein wohl deshalb wütend, weil wir mit den Instrumenten der Flugboote sofort Feindkontakt hatten. Und weil er sich so wie ein kleinlicher Drecksack aufführte, habe ich dann auch erst mal drei nukleare Wasserbomben vor der Küste von Novaya Semlja abgesetzt, schön in Dreiecksform plaziert. Zwei U-Boote habe ich damit vernichtet. Schlegel war so wütend, daß er den Ausdrucksbogen mit den Ergebnissen geradezu aus der Maschine fetzte und dann aus dem Kontrollzentrum wegrannte, ohne gute Nacht zu sagen.« Ferdy verschüttete ein wenig von seinem Champagner, ohne es zu merken. Mir wurde klar, daß er ein wenig angetrunken war.

»Und was passiert jetzt, Ferdy?«

»Das ist es eben. Keine Ahnung. Und ich erwarte den kleinen Schweinehund jeden Augenblick.« Er bückte sich, um den Dackel zu streicheln. »Guter Boudin! Braver kleiner Kerl!« Aber der Hund verkroch sich unter dem Tisch der Garderobe und zeigte die Zähne, während Ferdy fast das Gleichgewicht verloren hätte.

»Du erwartest ihn — hier?«

»Bitte — was hätte ich denn tun sollen, ihm hinterherlaufen und die Einladung zurücknehmen?« Etwas Champagner tröpfelte aus dem Glas auf seine Hand, und er saugte die Feuchtigkeit mit dem Mund auf.

»Also — dann Achtung auf fliegende Gläser.«

»Kleines Schwein.« Er hielt das randvolle Glas steifarmig vor die Brust und senkte vorsichtig den Kopf, um es mit den Lippen zu erreichen. Wie ein großer, etwas zerzauster Bär wirkte er und hatte auch die ganze ungeschickte Stärke dieses so oft verleumdeten Tieres.

»Überhaupt — was haben sich denn die Leute im Blaustab-Raum gedacht? Zwei U-Boote so nah beieinander!«

Ferdy lächelte wissend und fuhr sich mit einem schwarzen Seidentaschentuch aus seiner Brusttasche über den Mund. »Eben Schlegel. Schmeißt sich an die Admirale ran und sagt ihnen, wie sie das Spiel gewinnen können.«

»Ferdy — jetzt tu dir mal selbst einen Gefallen und mach es halblang. Was da heute passiert ist, das war nur der Blaustab mit seiner typischen Unfähigkeit am Anfang. Passiert jedesmal und hat nichts mit Schlegel zu tun. Wenn der die Regeln umgehen wollte, um dich reinzulegen, dann würde er es nicht so dumm anstellen.«

»Also — technisches Versagen?« fragte Ferdy. Er gestattete sich sogar ein Grinsen dazu.

»So ungefähr, Ferdy.« Ich trank noch mehr Champagner. ›Technisches Versagen‹ war unser Ausdruck für einen Fehler besonders dummer Art, den jemand gemacht hatte. Ferdy zuckte die Achseln und streckte eine Hand aus, um mich in den Salon zu komplimentieren. Als ich an ihm vorbeigehen wollte, berührte er meinen Arm und hielt mich zurück. »Mir ist diese verdammte Mappe mit der Gefechtsordnung der Nordflotte abhanden gekommen.«

»Na und? Du kannst dir jederzeit eine neue geben lassen.«

»Meiner Meinung nach hat Schlegel sie gestohlen. Ich weiß genau, daß er während der Mittagspause in der Rotzentrale war.«

»Aber er hat doch seine eigene. Und er kann sich noch ein Dutzend dazugeben lassen, wenn er will.«

»Ich wußte ja, daß ich das dir gegenüber besser nicht erwähnt hätte.« Er strich sich über das Haar, ergriff dann sein Glas und stellte es erst wieder zurück, als es leer war.

»Ich verstehe überhaupt nichts mehr«, sagte ich.

»Boudin, Boudin!« Er bückte sich wieder und lockte den Dakkel, aber der wollte immer noch nichts von ihm wissen. »Merkst du nicht, daß das nur ein gerissener Trick ist, um mich rauswerfen zu können?« Seine Stimme klang hohl unter dem Garderobentisch hervor.

»Du meinst — indem er sich irgendeine Tour mit Geheimhaltungsvorschriften und so weiter ausdenkt?«

»Richtig — und das wäre ja auch kein Problem, oder?« Er spie diese Worte geradezu aus sich heraus, und mir wurde klar, daß er immer noch den Verdacht nicht aufgegeben hatte, ich könnte an irgendwelchen Verschwörungen beteiligt sein. Vielleicht erzählte er mir das alles nur, weil es seiner Meinung nach die einzige Möglichkeit war, sich indirekt bei Schlegel zu beschweren.

»Das Leben ist so kurz, Ferdy. Schlegel ist ein rücksichtsloser Hund, und das weißt du. Aber wenn er dich loswerden wollte, dann würde er dich in sein Büro bitten und dir das Ding genau zwischen die Augen verpassen.«

Ferdy nahm noch ein Glas Champagner, reichte es mir und nahm mir dafür mein leeres Glas ab. Dann sagte er: »Das versuche ich ja auch die ganze Zeit zu glauben.«

Es klingelte. Beunruhigt blickte Ferdy in Richtung auf die Haustür. »Ihm in die Eier treten, hast du gesagt?«

»Aber paß auf, daß er dir dabei nicht den Fuß abreißt.«

Ferdy lächelte. »Schon in Ordnung, ich mach auf«, rief er laut in den Raum zurück. Dann trank er den Cocktail aus, den er vorhin mit zur Tür gebracht hatte. »In der Bibliothek werden vor dem Essen Drinks serviert. Gehst du schon mal vor? Ich brauche dich ja nicht vorzustellen — ich glaube, du kennst alle.«

Es war ein merkwürdiger Abend, und dennoch wäre es nicht leicht, die Atmosphäre zu beschreiben, die sich allmählich entwickelte. Man hätte sich gleich denken können, daß Schlegel allgemeine Aufmerksamkeit erregte. Nicht etwa deswegen, weil er Ferdy Foxwells Chef war — ein großer Teil der Anwesenden war sich darüber gar nicht im klaren, denn Ferdy stellte seine Gäste einander nur so nebenbei vor —, sondern eher aufgrund seiner persönlichen Wirkung. Und auch da war es nicht unbedingt nur sein geradezu verschwenderischer Aufwand an Energie. Und auch nicht seine dröhnende Stimme, die er gar nicht zu heben brauchte, um in allen Ecken gehört zu werden. Sondern es war vielmehr eine Atmosphäre der allgemeinen Unsicherheit, die er um sich verbreitete — was er geradezu zu genießen schien. Wie zum Beispiel die Sache mit der Holzschnitzerei.

Schlegel ging in der Bibliothek umher und betrachtete mit

Sorgfalt die Radierungen an der Wand, die Möbel, die Verzierungen und die Bücherregale. Als er zu der mittelalterlichen, hölzernen Pilgerskulptur kam, die unübersehbar anderthalb Meter hoch in der Ecke stand, klopfte er mit dem Fingerknöchel dagegen.
»Verdammt hübsch, das Ding«, sagte er mit einer Stimme, die niemand überhören konnte.

»Erlauben sie, daß ich Ihnen einen Drink anbiete«, sagte Ferdy.

»Ist die echt?«

Ferdy gab Schlegel eilig einen neuen Drink.

Schlegel nickte dankend und wiederholte seine Frage: »Die ist doch echt, nicht wahr?« Er klopfte der Pilgerfigur mit der Hand auf den Arm, wie er das auch bei mir schon so oft getan hatte, und neigte lauschend den Kopf. Vielleicht hatte er bei mir auch nur ausprobieren wollen, ob ich echt war.

»Ich glaube schon«, sagte Ferdy wie entschuldigend.

»Jaa? Nämlich, in Florenz verkaufen sie die auch aus Gips — und wenn man sie einfach so ansieht, dann merkt man keinen Unterschied.«

»Tatsächlich?« meinte Ferdy. Er war richtig rot geworden, so als ob es schlechter Stil wäre, nur eine echte Statue zu besitzen — wo die anderen aus Gips doch so viel mehr Lob verdienten.

»Fünfzig Dollar das Stück, und man sieht es ihnen nicht an.« Schlegel blickte auf die beiden Foxwells.

Teresa kicherte. »Nein, also was machen Sie nur für Scherze, Colonel Schlegel.«

»Also gut, vielleicht auch hundert. Aber wir haben da ein paar prima Engel gesehen — achtundneunzig Dollar pro Paar. Ganz toll, sage ich Ihnen.« Er wandte sich ab und begann, das Gehäuse der Chippendale-Standuhr zu betrachten. Und die Leute nahmen ihre Unterhaltung wieder auf — in dieser gedämpften Weise, die anzeigt, daß alle auf irgendein Ereignis warten.

Marjorie nahm meinen Arm. Mrs. Schlegel lächelte uns an. »Ist das hier nicht ein wundervolles Haus?«

Marjorie sagte: »Aber von Ihrem wunderhübschen reetgedeckten Landhaus habe ich auch schon viel gehört.«

»Wir sind auch ganz verliebt in unser Häuschen«, antwortete Mrs. Schlegel.

»Übrigens«, sagte ich, »das Reetdach ist wirklich ganz fabelhaft gemacht. Und es ist gar nicht aus Plastik, sondern völlig echt.«

»Das möchte ich auch annehmen«, lachte Mrs. Schlegel. »Chas

hat fünfundneunzig Prozent davon mit seinen eigenen Händen gelegt; der Dachdecker am Ort arbeitet die ganze Woche in einer Fabrik.«

Und in diesem Augenblick kam der Butler, um Teresa mitzuteilen, daß serviert werden könne.

Ich hörte Schlegel noch sagen: »Aber wie es auf den Coke-Plakaten so schön heißt — das Echte läßt sich nicht übertreffen, Mrs. Foxwell.« Sie lachte, während die Diener die Türen zum Speisesaal öffneten und die Kerzen anzündeten.

Schlegels mitternachtsblauer Abendanzug mit dem paspelierten Kragen ließ seine sportliche Figur recht vorteilhaft erscheinen, und Mrs. Foxwell war nicht die einzige Frau, die ihn attraktiv fand. Marjorie saß während des Essens neben ihm, und sie hing geradezu an seinen Lippen. Mir wurde klar, daß ich von jetzt an bei ihr kaum noch auf Sympathie für meine Schlegel-Horrorgeschichten rechnen konnte.

Die vielen Kerzen auf dem Tisch ließen das Silber blinken, verwandelten alle Frauen in Schönheiten und ermöglichten es Schlegel, in ihrem Licht die dunklen Trüffelstücke aus dem Rührei zu picken und sie als Abfall wie Trophäen am Tellerrand aufzureihen.

Es stand immer noch eine gefüllte Weinkaraffe auf der Tafel, als die Damen nach dem Essen traditionsgemäß in den Salon verbannt wurden. Die Herren füllten ihre Gläser und rückten rings um den Tisch näher an Ferdy heran. Ich kannte sie alle, oder ich wußte wenigstens ihre Namen. Da war Allenby, ein junger Professor für neuere Geschichte aus Cambridge, in einem spitzenbesetzten Smokinghemd mit Samtkrawatte. Er hatte bleiche, makellose Haut und begann jede seiner tiefernsten Erklärungen mit dem Satz: »Selbstverständlich glaube ich nicht an den Kapitalismus als solchen...«

»Der Kommunismus ist das Opium der Intellektuellen«, hatte uns Mr. Flynn vorher bereits im weichen Tonfall Südirlands mitgeteilt. »Angepflanzt und zusammengekocht in der Sowjetunion, und dann von dort zu uns exportiert.«

Die Flynns beschäftigten sich in einem restaurierten Pfarrhaus in Shropshire mit dem Bau von edlen Cembalos. Und dann war da noch der schweigsame Mr. Dawlish, der mich mit einem stählernen Raubvogelblick anstarrte, den ich von einer früheren Zeit her noch sehr gut kannte. Er war ein hoher Regierungsbeamter, der nie seinen Wein austrank.

Der elegante Dr. Eichelberger hatte sein literarisches und finanzielles Glück gemacht, nachdem er eine wissenschaftliche Arbeit über das Thema ›Die Physik der Wasserschichten und ihrer Temperaturschwankungen in nördlichen Breiten‹ geschrieben hatte. Auf Ruhm hatte er jedoch verzichten müssen: Jede Zeile, die er danach schrieb, wurde zwar gedruckt — aber auch sofort zur Geheimsache erklärt und von der Forschungsabteilung für Unterwasserkriegführung der US-Marine nur einem sorgfältig ausgewählten Kreis von Leuten zugänglich gemacht.

Und schließlich war da noch der lärmende Ehrengast des Abends: Ben Tolliver, Parlamentsmitglied, Geschäfts- und Lebemann.

Seine gemessene Stimme, sein gewelltes Haar, seine durchdringenden blauen Augen und sein ausgezeichnet sitzendes Maßkorsett hatten ihm eine Star-Rolle im englischen politischen Leben der späten fünfziger und frühen sechziger Jahre eingetragen. Wie so viele ehrgeizige britische Politiker benutzte er von John F. Kennedy stammende Schlagworte als Legitimation für seine Verbundenheit mit dem zwanzigsten Jahrhundert und verkündete ständig seinen Glauben an die Technologie sowohl als auch die Jugend. Er hatte schon früh erkannt, daß eine im richtigen Moment gesagte Banalität in Verbindung mit einem Tag, an dem in der Welt sonst nichts Aufregendes passiert, recht gute Möglichkeiten bietet, in die Schlagzeilen der Morgenblätter zu kommen. Und er stellte sich jederzeit für jedes beliebige Programm zur Verfügung — von ›Noch irgendwelche Fragen?‹ bis zu ›Jazz vor dem Schlafengehen‹. Und wenn er mal zufällig nicht zu Hause war, dann wußte irgend jemand ganz bestimmt eine Nummer, unter der er erreicht werden konnte. Und bitte keine Sorge um seine Frisur bei den Aufnahmen — er trug immer eine Büchse Haarspray in der Aktentasche mit sich herum.

Ich nehme an, daß die unzähligen Ansteck-Plaketten mit ›B. T. zum M. P.‹ inzwischen mit den alten Anzügen und den Hula-Hoop-Reifen der damaligen Zeit auf den Dachböden verschwunden sind, aber auch heute noch hört man hin und wieder die Behauptung, daß dieser Traumtänzer, der seine ererbten Fabriken mit riesigem Profit betreibt und sich gleichzeitig in der Öffentlichkeit lautstarke Sorgen um das Wohl der Arbeiter macht, eigentlich doch der größte Parlamentarier seit Mr. Pitt dem Jüngeren sei. Ich persönlich würde lieber wieder anfangen, mit Hula-Hoop-Reifen zu spielen.

»Für einen Pauillac sehr viel Körper, und das ist es auch, was mich zunächst irregeführt hat«, sagte Tolliver, ließ seinen Wein im Glase kreisen und studierte die Farbe gegen das Licht der Kerzen. Dann blickte er sich erwartungsvoll um, aber niemand sagte etwas.

»Raumforschung, überschallschnelle Transportmittel und Computerentwicklung«, fuhr Allenby dann da fort, wo er von Tolliver unterbrochen worden war, »wurden auch in der Sowjetunion angepflanzt und zusammengekocht, wenn Sie es so ausdrücken wollen.«

»Aber — noch nicht exportiert?« fragte Flynn und tat so, als ob er seiner Sache nicht sicher wäre.

»Alles Quatsch, hören Sie auf«, sagte Schlegel. »Die einfachen Tatsachen sind doch so, daß wir Amerikaner mit nur fünf Prozent unserer Bevölkerung so viel Lebensmittelüberschüsse produzieren, daß wir den Russen massenhaft Weizen verkaufen. Und die Russen beschäftigen fünfundzwanzig Prozent ihrer Bevölkerung in der Landwirtschaft, aber bei ihnen herrscht ein solches Durcheinander, daß sie trotzdem bei uns kaufen müssen. Also sparen wir uns doch den Unsinn von wegen was in Rußland angebaut und kultiviert wird und so.«

Der junge Professor zog an den Enden seiner Samtschleife und sagte: »Wollen wir wirklich Lebensqualität in Produktionsprozenten messen? Wollen wir tatsächlich ...«

»Bleiben Sie beim Thema, Freund«, sagte Schlegel. »Und reichen Sie mir doch mal den Port rüber.«

»Vielleicht würden die Russen selber gern in Prozenten messen«, sagte Flynn, »wenn amerikanischer Weizen das einzige ist, was sie zu essen kriegen.«

»Jetzt hören Sie doch mal zu«, hub Professor Allenby an, »Rußland ist schon immer von diesen schlechten Ernten heimgesucht worden. Marx hat seine Theorien mit der Überzeugung als Basis entwickelt, daß Deutschland — und nicht Rußland — der erste sozialistische Staat sein würde. Ein wiedervereinigtes Deutschland könnte die Möglichkeit bieten, daß der Marxismus sich endlich einmal unter fairen Umständen beweisen kann.«

»Wir können da doch nicht einfach immer weiter zusehen«, sagte Flynn. »Auf der halben Welt ist der Marxismus ja schließlich inzwischen gescheitert. Und bei einer Wiedervereinigung schluckt sowieso die Westzone die Ostzone. Eine Vorstellung, die mir im übrigen auch nicht zusagt.«

»Ostzone —«, sagte Ferdy, »sind Sie damit nicht ein bißchen hinter der Zeit her?«

»Die DDR, so nennen sie das jetzt«, sagte Tolliver. »Ich war im letzten Sommer dort, mit einer Handelsdelegation. Wie die Biber schuften die sich da ab, muß man schon sagen. Wenn Sie mich fragen: Das sind die Japaner Europas, und genauso tückisch wie die echten!«

»Aber würden die Sozialisten bei uns eine Wiedervereinigung unterstützen, Mr. Tolliver?« fragte Flynn.

»Ich glaube nicht«, sagte Tolliver. »Schon allein deswegen nicht, weil das im gegenwärtigen Verhandlungsklima wie eine Kapitulation aussehen würde. Das Ganze ist doch letzten Endes ein Geschäft zwischen den Amerikanern und den Russen, und was dabei herauskommen wird, ist ein größeres und stärkeres kapitalistisches Deutschland — nein, vielen Dank. Die Westdeutschen für sich allein machen uns schon genug Ärger, diese Kerle.«

»Und was ist in diesem Geschäft für uns Yankees drin?« fragte Schlegel sarkastisch.

Tolliver zuckte die Achseln. »Ich wünschte, ich könnte darauf eine Antwort geben — aber ganz bestimmt wird es nichts Angenehmes für uns Briten sein, das ist mal sicher.« Er blickte sich in der Runde um und lächelte.

Professor Allenby sagte: »Der offizielle Text spricht von Föderation, nicht von Wiedervereinigung. In historischen Zusammenhängen gesehen, entstand Deutschland aus einer Reihe von Kleinstaaten, die sich um das Haus Brandenburg scharten. Eine föderative Entwicklung ist also nichts Neues für die Deutschen. Die Wiedervereinigung ist ein dynamischer Prozeß der historischen Realität, welcher unweigerlich zum Marxismus führen muß.«

»Das sind ja wirklich große Worte, was?« sagte Schlegel. »Aber reden Sie lieber nicht von Ihrer historischen Realität, wenn Leute in der Nähe sind, die mit der Knarre auf der Schulter von der Kanalküste bis nach Berlin marschiert sind. Denn sonst könnten Sie leicht einen Tritt in Ihre eigene Dynamik kriegen.«

Der Professor war an Gegner gewöhnt, die gern ausfällig wurden. Er lächelte und fuhr unbeirrt fort: »Die gemeinsame Sprache der beiden deutschen Staaten wirkt dabei nicht verbindend, sondern eher irritierend. Die meisten der west-östlichen Spannungen in Deutschland sind nichts als erweiterte und vergrößerte Projektionen rein lokaler Streitfragen. Die Wiedervereinigung ist unvermeidlich — an diese Vorstellung können Sie sich schon mal in aller Ruhe gewöhnen.«

»Niemals«, sagte Flynn. »Ein wiedervereinigtes Deutschland, das sich enger an den Westen anschließt — das würde die Russen sehr nervös machen. Und wenn die Deutschen näher an den Osten heranrücken, dann machen sie *uns* nervös. Und falls sie, was wahrscheinlicher ist, den Unparteiischen in der Mitte dazwischen zu spielen versuchen, dann könnten wir uns eines Tages leicht an die schlimmsten Zeiten des Kalten Krieges mit sehnsüchtiger Wehmut erinnern.«

»Die Russen haben sich entschieden«, sagte Tolliver, »und den Amerikanern ist es gleichgültig. Alle anderen haben kaum eine Chance, da irgend etwas mitzubestimmen. Allein die Tatsache, daß die Russen sich zu den Gesprächen in Kopenhagen bereitgefunden haben, zeigt schon ihr starkes Interesse.«

»Warum?« fragte Flynn. »Warum sind sie denn so interessiert?«

»Jetzt sagen Sie doch schon, George«, drängte Ferdy, und aller Augen wandten sich Dawlish zu.

»Ach, du lieber Gott«, sagte der nicht mehr ganz junge, grauhaarige Mann, welcher bis jetzt den Mund so gut wie überhaupt nicht aufgemacht hatte. »Tattergreise wie ich werden doch nicht in solche Geheimnisse eingeweiht.«

»Aber Sie waren doch letzte Woche in Bonn, und in der Woche vorher in Warschau«, sagte Ferdy. »Was meint man denn dort?«

»Dortsein ist eins, aber etwas gesagt bekommen ist wieder etwas ganz anderes«, antwortete Dawlish.

»Eine diplomatische Offensive«, fiel Tolliver ein, indem er sich Dawlishs offensichtliches Zögern zunutze machte. »Eine kleine Gruppe von jungen, smarten Politikern steht hinter den Vorschlägen. Wenn die Wiedervereinigung klappt, dann wird das für diese Gruppe ein solcher Triumph, daß sie von da ab die gesamte sowjetische Außenpolitik in der Hand haben.«

»Aber auf jeden Fall hätte man das doch vorher besprechen müssen«, meinte Ferdy.

»Die Deutschen haben es offensichtlich untereinander besprochen«, sagte Eichelberger, »und sie sind dafür. Was für ein Recht haben da Ausländer, sich noch dazwischen zu stellen?«

»Den Deutschen kann man nicht trauen«, sagte Tolliver. »Wenn sie alle wieder zusammen sind, dann wählen sie sich sofort einen neuen Hitler. Verlassen Sie sich darauf.«

»Aber *irgend jemandem* müssen wir ja trauen«, sagte Professor Allenby, ohne näher darauf einzugehen, daß Tolliver schließlich innerhalb der letzten fünf Minuten die Amerikaner, die Russen, die Deutschen – Ost wie West – und die Japaner allesamt in Grund und Boden verdammt hatte. Aber der Tadel war für alle offensichtlich, und es entstand ein langes Schweigen, während Ferdy geräuschvoll und absichtlich umständlich eine Kiste Zigarren öffnete, die dann herumgereicht wurde.

Ich nahm alle meine Beherrschung zusammen und gab sie sofort weiter an Schlegel. Der nahm sich eine Zigarre, rollte sie zwischen den Fingern und lauschte angestrengt auf das Knistern des Tabaks. Erst nachdem er damit allgemeine Aufmerksamkeit erregt hatte, biß er die Spitze ab. Dann setzte er die Zigarre mit einem Streichholz in Brand, das er einhändig auf dem Daumennagel anriß. Seine runden, glänzenden Augen blickten mich dabei unverwandt an. »Großer Wirrwarr am Tisch heute, nachdem Sie weggegangen waren. Schön gehört?«

»Möchte noch jemand Portwein haben?« sagte Ferdy nervös.

»Mein Informant sprach von einem Haupttreffer«, antwortete ich.

»Der Gastgeber hat immer recht«, sagte Schlegel. »Jetzt ist nicht der Moment, um die Rückwand abzuschrauben und im Uhrwerk nach dem Rechten zu sehen.«

Tolliver wedelte mit der Hand Schlegels Zigarrenrauch beiseite und trank mit gemessener Sorgfalt so viel von dem Pauillac, in ganz kleinen Schlucken, daß der Geschmack noch einmal aufblühte und für später dem Gedächtnis zur Aufbewahrung übergeben werden konnte. »Ich bin so glücklich, daß es noch Menschen gibt, die zu Wildbret einen Bordeaux reichen«, sagte er. Dann leerte er sein Glas, ergriff die Portweinkaraffe und schenkte sich ein. »Mit was für einem Essen kann ich denn rechnen, wenn ich mal Ihr Studien-Center besuche? Macht sich Ihr Einfluß auch dort bemerkbar, Foxwell?« Er berührte sein gewelltes Haar leicht mit der Hand und schob es ein ganz klein wenig aus der Stirn.

»Über das Essen bei uns brauchen Sie sich mal gar keine Sorgen zu machen«, sagte Schlegel. »Wir veranstalten sowieso keine Besichtigungstouren.«

Tollivers Knöchel wurden weiß, so fest umklammerte er den Hals der Portweinkaraffe. »Ich bin ja nun nicht gerade ein *Tourist*«, sagte er. »Ein offizieller Besuch ... im Namen des Parlaments.«

»Keine Touristen, keine Journalisten, keine Nassauer«, sagte Schlegel. »Das ist meine neue Politik.«

»Sie sollten aber lieber nicht die Hand beißen, die Sie füttert«, antwortete Tolliver. Dawlish sah der Auseinandersetzung unbewegt zu. Sanft nahm er die Weinkaraffe aus Tollivers verkrampfter Hand und gab sie an Eichelberger weiter.

»Ich weiß gar nicht, was eigentlich Ihre Aufgabe im Studien-Center ist«, sagte Dr. Eichelberger zu Ferdy. Er nahm die Karaffe, goß sich etwas Portwein ein und reichte sie weiter.

»Kriegsspiele«, sagte Ferdy. Er war erleichtert, daß er jetzt Tolliver und Schlegel von ihrem Kollisionskurs ablenken konnte. »Ich vertrete dabei meistens die Seite der russischen Marine.«

»Das ist aber spaßig«, sagte Tolliver. »Und dabei sehen Sie gar nicht russisch aus.« Er blickte in die Runde, und dann lachte er herzlich. Man sah dabei jeden einzelnen seiner blendendweißen Zähne.

»Aber was genau tut er denn da?« wandte sich Eichelberger an Schlegel.

»Er vertritt das Element der menschlichen Unzulänglichkeit im Spiel«, antwortete der.

»Natürlich — das ist ja auch ungemein wichtig«, sagte Eichelberger und nickte ernsthaft.

»Das atomare Unterseeboot«, erklärte der junge Professor Allenby, »ist das vollendetste Symbol imperialistischer Aggression. Es ist ausschließlich dazu geschaffen, über weite Entfernungen hinweg den Krieg in fremde Länder zu tragen, und seine Bewaffnung ist darauf ausgerichtet, im wesentlichen nur die Zivilbevölkerung großer Städte zu vernichten.«

Er blickte mich mit strahlenden Augen an. »Ich pflichte Ihnen völlig bei«, sagte ich. »Und die Russen haben mehr von den Dingern als die amerikanischen, britischen und französischen Flotten alle zusammen.«

»Unsinn«, sagte der Professor.

»Ein offensichtlicher Volltreffer«, sagte Mr. Flynn.

»Und was noch dazukommt«, fiel Schlegel ein und spießte Allenby fast mit dem Zeigefinger auf, »— Ihre verdammten russischen Spielkameraden bauen jede Woche ein neues, und das schon seit Jahren! Und es gibt keine Anzeichen, daß sie ihr Tempo etwa verlangsamt hätten.«

»Du lieber Gott«, sagte Flynn. »Die Meere müssen ja von diesen schrecklichen Dingern wimmeln.«

»Das tun sie auch«, antwortete Schlegel.

»Es ist wahrscheinlich Zeit, daß wir zu den Damen hinübergehen«, sagte Ferdy, der Streit unter seinen Gästen befürchtete.

Dawlish erhob sich höflich, und ich auch, aber Schlegel und sein neuer Gegner Professor Allenby gaben nicht so leicht auf.

»Ein typisches Beispiel für die Propaganda der Rüstungslobby«, sagte Allenby. »Es ist doch schließlich offensichtlich, daß die Russen mehr U-Boote brauchen: Ihre Küsten sind unglaublich lang, und dann müssen sie ja auch noch Marinestreitkräfte für ihre Inlandsarmee haben.«

»Was, zum Teufel, machen sie dann überall im Mittelmeer, im Atlantik, im Roten Meer und im Indischen Ozean?«

»Sie zeigen ihre Flagge, weiter nichts«, sagte Allenby.

»Oh, dann entschuldigen Sie«, sagte Schlegel. »Ich dachte, nur krypto-faschistische, reaktionäre Imperialisten hingen noch an diesem Brauch.«

»Ich weiß wirklich nicht, warum ihr Amerikaner so viel Angst vor den Russen haben müßt«, meinte Allenby. Er lächelte.

»Wenn Sie mich fragen — ihr Engländer solltet lieber ein bißchen mehr Angst haben«, sagte Schlegel. »Ihr hängt schon von Einfuhren ab, um überhaupt nur genug zu essen zu haben. Hitler begann den Krieg mit nicht mehr als siebenundzwanzig für Fernfahrt geeigneten U-Booten. Er versenkte damit so viel von euren Handelsschiffen, daß es auf der Kippe stand, ob ihr überhaupt noch weiter durchhalten würdet. Heute, wo die Royal Navy mit dem bloßen Auge kaum noch sichtbar ist, hat die russische Marine ungefähr vierhundert U-Boote, und viele davon mit Atomantrieb. Vielleicht haben sie die wirklich nur, um ihre Flagge zu zeigen. Die Frage ist nur wo, Professor! Damit sollten Sie sich lieber beschäftigen.«

»Ich glaube, es ist jetzt wirklich Zeit, daß wir zu den Damen hinübergehen«, sagte Ferdy.

Der Kaffee wurde im Salon serviert. Ein schöner Raum; geschickt verteilte schallschluckende Tapetenbahnen gaben ihm die Akustik, die sich mit jedem Konzertsaal messen konnte. Ein Dutzend zierliche, vergoldete Stühle standen in gleichmäßigen Abständen auf dem blaßgrünen Afghan-Teppich, und in ihrem gemeinsamen Mittelpunkt, unter einem riesigen Gemälde, welches das Lieblingspferd von Ferdys Großvater zeigte, stand der Bechstein-Konzertflügel — heute ohne Familienfotos und Blumenvasen.

Der Pianist war ein anziehender junger Mann in einem Smokinghemd mit noch mehr Rüschen und Spitzen, als es die derzeitige Mode in Oxford vorschrieb. Seine Samtschleife war strahlendrot und hing auf beiden Seiten melancholisch herab. Er fand die richtigen Tasten für alle Noten, die in einer der Beethoven-Sonaten Opus 10 enthalten sind, und drückte viele von ihnen sogar genau in der vorgesehenen Länge.

Der Kaffee wurde in einem großen, silbernen Samowar warmgehalten — ich weiß, ich weiß, aber schließlich war es ja Ferdys Haus und sein Samowar —, und daneben standen fingerhutgroße Täßchen. Dawlish hielt die Zigarre in der einen Hand, Tasse und Untertasse in der anderen. Er nickte dankend, als ich den Hahn des Samowars für ihn betätigte.

Ich hielt das Kännchen mit der heißen Milch hoch und hob fragend die Augenbrauen.

»Worcester«, sagte Dawlish, »spätes achtzehntes Jahrhundert. Und wirklich ein verdammt hübsches Exemplar.«

Der alte Idiot wußte ganz genau, daß ich ihn gefragt hatte, ob er Milch wolle. Aber er hatte andererseits recht. Sich Sahne in den Kaffee zu gießen und dabei plötzlich eine Antiquität im Wert von Hunderten englischer Pfunde in der Hand zu halten, das gehörte auch zu dem Wunder, als das sich der Lebensstil der Foxwells immer wieder erwies.

»Als nächstes kommt ein Mozart«, sagte Dawlish. Er trug einen altmodischen Abendanzug mit hohem Stehkragen und gestärkter Hemdbrust. Es war schwer festzustellen, ob es sich um ein Erbstück handelte, oder ob er sich seine Anzüge extra so anfertigen ließ.

»So steht es jedenfalls im Programm«, antwortete ich.

»Das ist mein Wagen, der *Black Hawk Stutz* draußen.«

»Jetzt macht mal vorwärts, Leute«, rief Tolliver hinter uns. »Immer weitergehen, nicht stehenbleiben. Milch im Kaffee — kann ich nicht ausstehen. Ruiniert das Aroma völlig. Da kann man genausogut gleich Pulverkaffee trinken, wenn man doch dieses Zeugs hineinschütten will.«

»Ich weiß doch, daß Sie sich für Autos interessieren«, sagte Dawlish. Von der anderen Seite des Raumes her konnte ich die durchdringende Stimme des Professors hören, der gerade erklärte, daß Cowboy-Filme seine ganze Liebe wären.

»In ein paar Minuten fängt es an. Mozart A-Dur«, sagte Dawlish.

»Ich weiß«, erwiderte ich. »Von mir ganz besonders geschätzt.«
»Also dann . . .«
»Hoffentlich hat Ihr Wagen wenigstens eine Heizung.«
»Unser Freund hier möchte sich meinen Wagen ansehen«, sagte Dawlish zu Ferdy, der schweigend nickte und sich verstohlen umsah, ob seine Frau vielleicht bemerken könnte, daß wir ihren Protegé im Stich ließen.

»Den Mozart hat er ein bißchen mehr geübt«, sagte er noch.

»Er ist ein durstiges Ungeheuer«, erklärte Dawlish. »So um die fünfundzwanzig Liter auf hundert Kilometer — dann bin ich schon ganz zufrieden.«

»Wo geht ihr denn hin?« fragte Marjorie.

»Meinen Wagen ansehen«, erwiderte Dawlish. »Obenliegende Nockenwelle, acht Zylinder. Kommen Sie doch mit! Aber ziehen Sie einen Mantel an, es fängt gerade an zu schneien.«

»Nein, vielen Dank«, sagte Marjorie. »Aber bleiben Sie nicht so lang, ja?«

»Vernünftiges Mädchen, das«, sagte Dawlish. »Sie müssen ein glücklicher Mann sein.«

Ich überlegte, was für abscheuliche Wetterverhältnisse er wohl noch rasch erfunden hätte, wenn sie auf seinen Vorschlag eingegangen wäre. »Allerdings, das bin ich«, sagte ich dann.

Dawlish setzte seine Brille auf und blickte auf die Instrumente. Er sagte: »*Black Hawk Stutz*, 1928.« Dann ließ er den Motor an, wodurch auch die primitive Heizung in Betrieb gesetzt wurde. »Reihenmotor, und obenliegende Nockenwelle: Laufen tut er, das können Sie mir glauben.« Es kostete ihn einige Mühe, den Aschenbecher herauszuklappen. Dann zog er an seiner Zigarre, so daß sein Gesicht in rötlichem Schimmer durch die Dunkelheit strahlte. Er lächelte. »Echte hydraulische Bremsen — buchstäblich hydraulisch, meine ich. Man muß sie mit Wasser füllen.«

»Was soll das Ganze eigentlich?«

»Ein Schwätzchen«, sagte er. »Nur ein kleines Schwätzchen.«

Er wandte sich um und drehte das bereits geschlossene Fenster noch fester zu. Ich lächelte in mich hinein, denn ich wußte, daß Dawlish überall gern wenigstens eine Glasscheibe zwischen sich und der auch noch so entfernten Möglichkeit hatte, daß sich irgendwo in der Gegend ein Richtmikrophon befand. Der Mond kam zwischen den Wolken hervor und machte es leichter für ihn, die Kurbel zu finden. In seinem Licht sah ich eine Bewegung in

einem grauen Austin 2200, der unter den Platanen geparkt war.
»Nicht aufregen«, sagte Dawlish. »Nur ein paar von meinen Leuten.« Ein Wolkenfinger hielt den Mond hoch und schloß sich dann wieder über ihm wie der schmutzige Handschuh eines Zauberkünstlers über einer weißen Billardkugel.

»Wozu sind die denn hier?« fragte ich. Er gab mir keine Antwort, ehe er nicht das Radio als weiteren Schutz vor unbefugten Lauschern eingeschaltet hatte. Irgendein idiotisches Wunschprogramm, ein langes Gebrabbel mit Namen und Adressen.

»Die Welt hat sich kolossal verändert seit den alten Tagen, Pat.« Er lächelte wieder. »Pat stimmt doch, nicht wahr? Pat Armstrong. Ein hübscher Name. Haben Sie jemals daran gedacht, vielleicht Louis als Vornamen zu wählen?«

»Sehr komisch«, sagte ich.

»Neuer Name, neuer Job, und die Vergangenheit ist für immer versunken. Sie sind glücklich, und ich bin froh, daß alles so gut gelaufen ist. Sie haben es verdient. Sie haben mehr als das verdient, genauer gesagt, und es war das mindeste, was wir für Sie tun konnten.« Eine Schneeflocke fiel auf die Windschutzscheibe. Sie war ziemlich groß, und als das Mondlicht auf sie fiel, schimmerte sie wie ein Kristall. Dawlish streckte einen Finger aus, um sie zu berühren, als wäre das Glas dazwischen gar nicht vorhanden. »Aber man kann seine Vergangenheit eben doch nicht einfach auswischen wie Kreideschrift auf einer Schiefertafel. Man kann nicht sein halbes Leben vergessen, es ausradieren und so tun, als wäre es nie gewesen.«

»Nein?« sagte ich. »Aber bis heute abend ist mir das ganz gut gelungen.«

Neidisch roch ich den Duft seiner Zigarre, aber jetzt hatte ich schon über sechs Wochen durchgehalten, und ich wollte verdammt sein, wenn es ausgerechnet Dawlish wäre, der mich schwach werden ließ. Ich sagte: »Ist das alles extra so arrangiert worden? Daß wir heute abend hier zusammen eingeladen sind?«

Er gab keine Antwort. Im Radio setzte jetzt Musik ein. Wir sahen der Schneeflocke zu, wie sie unter der Wärme der Fingerspitze hinter der Windschutzscheibe zu schmelzen begann. Eine schwache Wasserspur hinterlassend, begann sie die Glasfläche hinunterzugleiten. Aber schon hatte eine andere Schneeflocke ihren Platz eingenommen, und dann wieder eine, und noch eine.

»Und im übrigen ist da Marjorie«, sagte ich.

»Und sie ist wirklich ein wunderschönes Mädchen. Aber du

liebe Güte, ich käme ja auch gar nicht auf die Idee, von Ihnen zu verlangen, daß Sie sich mit der rauheren Seite der Dinge beschäftigen.«

»Es gab mal eine Zeit, da taten Sie so, als ob es eine rauhere Seite der Dinge überhaupt nicht gäbe.«

»Das ist lange her. Bedauerlicherweise ist die rauhere Seite inzwischen noch wesentlich rauher geworden.« Weiter ließ er sich nicht aus.

»Das ist es nicht allein«, sagte ich. Dann hielt ich inne. Ich wollte die Gefühle des alten Knaben natürlich nicht verletzen, aber er hatte mich schon wieder in die Defensive gedrängt. »Ich möchte einfach nicht wieder nur ein Rädchen in einer großen Organisation sein. Besonders nicht bei der Regierung. Ich habe keine Lust, einfach nur als eine von vielen Schachfiguren herumgeschoben zu werden.«

»Eine Schachfigur sein«, sagte Dawlish, »ist nur eine Frage der Auffassungsweise.«

Er suchte in seiner Westentasche herum und zog dann ein kleines Ding mit vielen Klingen heraus, das ich ihn schon für alles Mögliche hatte verwenden sehen — als Dietrich für das Schloß einer Kuriertasche mit Geheimpapieren ebenso wie als Pfeifenreiniger. Jetzt benutzte er es dazu, im Innenleben seiner Zigarre herumzubohren. Dann machte er wieder einen Zug und nickte zufrieden. Er nahm die Zigarre aus dem Mund und betrachtete sie, während er fortfuhr: »Ich kann mich noch an einen Jüngling erinnern — an einen jungen Mann, sollte ich vielleicht sagen —, der mich einmal mitten in der Nacht anrief ... wirklich, das ist nun schon lange her ... aus einer Telefonzelle ... und sagte, es hätte einen Unfall gegeben. Ich fragte ihn, ob er einen Krankenwagen brauchte, aber er sagte nein, es wäre schlimmer als das ...« Dawlish zog wieder an der Zigarre und hielt sie dann hoch, damit wir gemeinsam bewundern konnten, wie schön gleichmäßig sie jetzt brannte. »Wissen Sie, was ich ihm gesagt habe?«

»Ja, ich weiß sehr genau, was Sie ihm gesagt haben.«

»Ich habe ihm gesagt, daß er gar nichts tun solle als warten, bis ein Auto käme und ihn holte ... er wurde weggebracht ... Ferien auf dem Lande, und die ganze Geschichte kam nie in die Zeitungen, kam niemals in die Polizeiakten ... und ist nicht einmal in unseren Unterlagen zu finden.«

»Aber dieser Drecksack hat schließlich versucht, mich umzubringen!«

»Das ist so die Art Sachen, die der Dienst für seine Leute tut.«
Er drückte noch einmal abschließend vorsichtig an der Zigarre herum und betrachtete sie dann wieder, stolz wie ein alter Dampfermaschinist, der seinen öligen Lappen sorgfältig über eine frischgeputzte Turbine hängt, die noch älter ist als er selbst.

»Und ich bewundere die Art, wie Sie das Ganze dann gehandhabt haben«, fuhr er fort. »Nicht das mindeste Geflüster irgendwo. Wenn ich jetzt wieder zurück ins Haus gehen und Foxwell — schließlich einer Ihrer engsten Freunde, von Ihrer edlen Herzensdame gar nicht zu sprechen —, wenn ich also Foxwell sagen würde, oder auch Marjorie, daß Sie zum Dienst gehört haben — sie würden mich einfach auslachen.«

Ich sagte gar nichts. Das war typisch eins von den stupiden Komplimenten, die diese Leute bei der Weihnachtsfeier im Büro untereinander austauschen, kurz ehe die allgemeine Betrunkenheit den Grad erreicht, bei dem sie dann mit den Chiffriermädchen rings um die sorgfältig abgeschlossenen Aktenschränke Haschmich spielen.

»Das ist keine *Tarnung*«, sagte ich. »Und es gibt dabei auch nichts zu bewundern. Ich bin nicht mehr dabei. Es ist für mich — A — U — S.«

»Aber wir brauchen Sie für diese Manson-Geschichte.«

»Da müssen Sie schon kommen und mich mit Gewalt holen.« Aus dem Radio drang jetzt die Stimme Frank Sinatras: *Change Partners And Dance With Me*.

»Nur auf eine Stunde, vielleicht. Für die offizielle Untersuchung. Schließlich waren es Sie und Foxwell, als die sie aufgetreten sind.«

»Während wir unterwegs waren?«

»Ziemlich dumm, nicht wahr? Sie hätten sich jemand weiter weg vom Schuß aussuchen sollen — einen kleinen Angestellten aus der Funkzentrale vielleicht.«

»Aber es hat auch so beinahe geklappt.« Das war nur ein Versuch, Informationen aus ihm herauszuholen, und er wußte das genausogut wie ich.

»Allerdings. Es machte alles so einen echten Eindruck. Ihre frühere Wohnung, Ihre Adresse im Telefonbuch, und dann sah einer von ihnen auch noch beinahe so aus wie Sie.« Er stieß eine Rauchwolke aus. »Neunzigtausend Pfund hätten sie kassiert. Da lohnt es sich schon, Geld für retuschierte Fotos auszugeben. Die waren doch ziemlich gut gemacht, diese Fotos — oder nicht?« Wieder drehte er die Zigarre zwischen den Fingern und hielt sie als Gegenstand unserer gemeinsamen Bewunderung hoch.

»Neunzigtausend Pfund — wofür?«

»Oh — nicht nur Unterlagen von der U-Boot-Abwehr. Auch Standard-Anweisungen für Kampfverbände. Ein ganzer Haufen Zeug — Funkschaltpläne, die neuesten SINS-Modifikationen, Forschungsberichte von Lockheed. Ein gemischtes Sortiment. Aber niemand hätte ihnen soviel Geld dafür geboten, wenn es durch dieses ganze Theaterstück nicht so erschienen wäre, als ob die Sachen von Ihnen und Foxwell stammten.«

»Sehr schmeichelhaft.«

Dawlish schüttelte den Kopf. »Da hängen noch jede Menge Staubwolken in der Luft. Ich hatte eigentlich vor, heute abend Ihren Colonel ein bißchen auf die milde Art zu behandeln, aber dann schien es mir doch nicht der richtige Zeitpunkt. Er wird nämlich wütend sein.« Er klopfte mit dem Finger auf das Armaturenbrett aus poliertem Holz. »So was baut man heutzutage gar nicht mehr.«

»Warum sollte er denn wütend sein?«

»Ja, warum — aber so ist es eben dann immer, Sie kennen das ja. Niemand ist uns dafür dankbar, wenn wir auf solche Sachen stoßen... zu lässige Sicherheitsvorkehrungen, gerade ein neuer Direktor, Ihre Reise, die leere Wohnung, mangelhafte Zusammenarbeit: die alte Geschichte.«

»Und?«

»Wahrscheinlich wird es eine Gerichtsverhandlung geben, aber die Anwälte dieser Leute werden sich schon vorher auf Verhandlungen einlassen, wenn sie nur einigermaßen vernünftig sind. Niemand will, daß die Sache in der Presse breitgetreten wird. Kitzlige Situation im Augenblick.«

»Schlegel hat mich gefragt, wie ich zu meinem Job beim Center gekommen bin.«

»Was haben Sie gesagt?«

»Daß ich Ferdy zufällig in einem Pub begegnet bin, und...«

»Na, das stimmt ja auch, nicht wahr?«

»Können Sie niemals eine direkte Antwort geben?« fragte ich wütend. »Ich meine, weiß Ferdy — also, muß ich Ihnen jede Silbe mit Gewalt... Schlegel wird sicherlich noch einmal darauf zurückkommen.«

Dawlish wedelte mit der Hand den Zigarrenrauch beiseite. »Jetzt werden Sie doch nicht so aufgeregt. Warum, zum Teufel, sollte Foxwell irgend etwas wissen?« Er lächelte: »Sie meinen — Foxwell, unser Mann im Studien-Center, und so?« Er lachte leise in sich hinein.

»Nein — so habe ich es auch nicht ganz sagen wollen.«

Die Haustür öffnete sich. In ihrem Rechteck aus gelbem Licht schwankte Tolliver hin und her, während er sich seinen Schal umband und seinen Mantel bis oben hin zuknöpfte. Ich hörte seine Stimme und dazu die von Ferdy, während die zwei zusammen zu Tollivers neublitzendem, zweitürigen Bentley gingen. Der Wagen war grün, und der Boden inzwischen eisglatt. Tolliver hielt sich an Ferdys Arm fest, um nicht auszurutschen. Trotz der geschlossenen Fenster hörte ich Ferdy: »Gute Nacht. Gute Nacht. Gute Nacht!«

So wie Dawlish es gerade gesagt hatte, klang die ganze Sache völlig lächerlich. Wozu sollte er einen Agenten in das Studien-Center setzen, wenn er doch nur zu fragen brauchte, und dann bekam er sämtliche Analysen monatlich zugeschickt?

Er sagte: »Und noch etwas ungemein Interessantes. Nach all den verschiedenen Methoden, die wir inzwischen angewandt haben, sind wir jetzt doch wieder darauf zurückgekommen, unsere Telefonleitungen über die Mechanikerwerkstätten am Ort in die Zentrale zu schalten.«

»Erzählen Sie mir das gar nicht erst. Davon will ich nichts hören«, sagte ich. Gleichzeitig schob ich den Verriegelungshebel an der Tür neben mir zurück. Ein lautes Klicken war zu hören, aber Dawlish reagierte nicht darauf.

»Nur für den Fall, daß Sie vielleicht Verbindung aufnehmen möchten, dachte ich.«

Schreiben Sie noch heute, und Sie bekommen detaillierte Informationen über das Dawlish-System: Schicken Sie einen einfachen Umschlag per Rückporto, und Ihr Leben wird nie mehr dasselbe sein. Auf keinen Fall aber besser. Ich sah es jetzt ganz klar vor mir, das Dawlish-Gambit: Zunächst eine Figur opfern, und dann erst kommt der eigentliche Zug. »Das werden Sie nie erleben«, sagte ich. »N-I-E mehr, verstehen Sie?«

Und Dawlish hörte den neuen Ton in meiner Stimme. Er zog die Brauen zusammen. Auf seinem Gesicht zeigte sich ein Ausdruck der Enttäuschung, der Verwirrung, der persönlichen Verletztheit. Und dazu so etwas wie ein ehrlicher Wille, meinen Standpunkt zu verstehen. »Geben Sie es auf«, sagte ich. »Wirklich — geben Sie es endlich auf.« *You May Never Want To Change Partners Again*, sang die Stimme Sinatras. Aber er hatte ja schließlich auch immerhin einen Arrangeur, und dazu ein eindrucksvoll schluchzendes Streichorchester.

Und dann war Dawlish klar, daß ich auf seinen Haken nicht mehr anbiß. »Wir müssen gelegentlich einmal zusammen zum Lunch gehen«, sagte er. Und damit gab er seine Niederlage deutlicher zu, als ich es je vorher von ihm gewohnt war. Jedenfalls glaubte ich das jetzt. Einen Augenblick lang saß ich ganz still da. Tollivers Wagen machte einen Sprung nach vorn, wurde fast abgewürgt, und verfehlte beim Ausschwenken aus dem Parkplatz den Nachbarwagen nur um ein paar Zentimeter. Der Motor heulte auf, als Tolliver schaltete und dann in Richtung auf das Tor davonrumpelte. Und es vergingen nur ein paar Sekunden, bevor der Austin 2200 ihm diskret hinterherfuhr.

»Es hat sich überhaupt nichts geändert«, sagte ich, während ich ausstieg. Dawlish rauchte ungerührt weiter seine Zigarre. Auf dem Weg zur Haustür fiel mir allmählich erst alles ein, was ich hätte sagen sollen. Die Tür war nur angelehnt. Vom Ende des Korridors war Klaviermusik zu hören: Nicht etwa Mozart, sondern Noel Coward. Das war Ferdy mit seiner Fetter-reicher-Typ-aber-trotzdem-gute-Masche. »*The Stately Homes of England* ...«, sang er fröhlich.

Ich goß mir noch eine Tasse Kaffee ein. Dawlish war mir nicht gefolgt, und das war mir eine Erleichterung. Ich glaubte zwar nicht, daß seine allzu glatten Erklärungen darauf angelegt waren, mich zu provozieren und dazu zu bringen, ihm eine Lüge nach der anderen aus der Nase zu ziehen. Aber die Tatsache, daß er überhaupt Interesse an mir zeigte, machte mich schon nervös. Erst Stok und jetzt auch noch Dawlish ...

»Wissen Sie was?« sagte Schlegel. Er wippte auf den hinteren zwei Beinen seines zierlichen, vergoldeten Stuhls vor und zurück und schlug mit der Zigarre den Takt zur Musik. »Das ist eine ganz neue Seite von Foxwell. Wirklich, eine ganz neue Seite.«

Ich blickte hinüber zu Ferdy, der seine gesamte Konzentration aufbieten mußte, um die Tasten auf dem Klavier richtig zu treffen und sich gleichzeitig an den Text zu erinnern. Am Ende der Zeile gelang es ihm hin und wieder, ein hastiges Lächeln einzufügen. Aber irgendwo hinter dem eleganten, maßgeschneiderten Abendanzug aus der *Savile Row* mit dem seidenen Kragen versteckte sich ein graduierter Geschichtswissenschaftler, ein Landwirt mit beträchtlichem Besitz, ein Mann, der sich in jeder Gesellschaft bewegen konnte und nicht unbekannt war, und dazu noch ein Amateurstratege, der nebenbei eine Stunde lang über den Unterschied zwischen Digital- und Analog-Computern reden konnte. Kein Wunder, daß der Anzug irgendwie zu klein für ihn schien.

»... *To Prove The Upper Classes Still Have The Upper Hand* ...«

Ferdy sang das mit der bedingungslosen Bravura eines wahren Maestros, und Helen Schlegel rief so begeistert nach einem *Encore*, daß er das Ganze noch einmal wiederholte.

Ich schlängelte mich durch und setzte mich neben Marjorie. Sie sagte: »Er hat doch nicht etwa versucht, dir dieses schreckliche Auto zu verkaufen, oder?«

»Ich kenne ihn schon seit ewigen Zeiten. Wir haben uns nur so miteinander unterhalten.«

»Ist dieser schreckliche Tolliver mit seinem eigenen Wagen nach Hause gefahren?«

»Ich weiß zwar nicht, wohin er wollte — aber er saß jedenfalls hinter dem Steuer, als er von hier wegfuhr.«

»Es geschähe ihm wirklich recht, wenn er erwischt würde. Immer ist er halb betrunken.«

»Woher weißt denn du das?«

»Er gehört zum Verwaltungsrat des Krankenhauses. Dauernd drückt er sich bei uns herum. Er sucht nach Personal für sein Sanatorium.«

»Es müßte wirklich eine wahre Freude sein, für ihn zu arbeiten.«

»Er zahlt gut, wie man hört.«

»Für den würde ja sonst auch niemand arbeiten.«

Wie durch Zauberei erschien ein Diener mit Kaffee und Schokolade in genau demselben Augenblick, in dem Ferdy aufhörte, Klavier zu spielen. Es war eine sehr elegante Art, die Gäste nach Hause zu schicken. Schlegel war von Ferdys Klavierspiel einfach begeistert. Ich gewann den Eindruck, daß er seinen Gastgeber in Zukunft als Stoßtrupp in seiner Kampagne benutzen wollte, noch mehr Gelder aus CINCLANT herauszuquetschen. Und ich sah das Bild schon vor mir, wie Ferdy in Norfolk im Staat Virginia von einer Party zur anderen weitergereicht wurde. Wobei Schlegel ihn jeweils wie ein Jahrmarktschreier dem Publikum ansagte.

In dieser Art äußerte ich mich auch gegenüber Marjorie auf der Heimfahrt, aber sie wollte mir nichts davon abkaufen. »Mir sind die Schlegels allemal lieber«, sagte sie. »In meiner Abteilung herrscht zur Zeit ein Riesenkrach wegen der Frage, wieviel Geld jemand verlangen darf, der Studenten ausbildet. In der Pathologie gibt es immer eine Menge Lehrveranstaltungen nebenher. Und jetzt spricht der Professor nicht mehr mit seinem ersten Assistenten, und die ganze Verwaltung hat sich in zwei Parteien gespaltet, und niemand ist bereit, ehrlich zuzugeben, daß es nur um Geld geht. Sie tun lieber so, als ob die ethische Frage diskutiert werden müßte, inwieweit die Aufgaben des Personals der Leichenhalle erweitert werden dürfen. Nein — dann lieber die Schlegels dieser Welt, und bedingungslos.«

»Aufgabenerweiterung für die Leichenhalle. Da könnte man direkt einen schlechten Film draus machen. Wie kommt es nur, daß du so gerne in der Pathologie arbeitest?«

»Pat, ich habe dir schon tausendmal gesagt — ich tue es überhaupt nicht gern. Aber es ist die einzige Abteilung, bei der ich eine normale Arbeitszeit habe — von neun Uhr morgens bis fünf Uhr nachmittags. Und du weißt ja selbst, wie unerträglich du wirst, wenn ich Nachtschichten machen muß.«

»Dieser Tolliver!« sagte ich. »Der schaufelt ja wirklich alles runter — Junge, Junge! Immer einen zweiten Teller voll von allem, und nie ist es ihm salzig genug. Und nichts läßt sich jemals mit dem vergleichen, was er irgendwann in Südfrankreich gegessen hat.«

»Er sieht aus, als ob er krank wäre«, sagte Marjorie in plötzlicher Erinnerung an ihre ärztlichen Fürsorgepflichten. .

»Allerdings. Ich kann schon verstehen, warum es ihn immer wieder in die Leichenhalle zieht, wie du sagst. Was ich mir nicht erklären kann, ist die Tatsache, daß ihr ihn jedesmal wieder rausläßt.«

»Letzte Woche habe ich zufällig gehört, wie er einen schrecklichen Krach mit meinem Professor gehabt hat.«

»Auf einmal *mein* Professor, wie? Ich dachte immer, du betrachtest den Kerl als so etwas Ähnliches wie ›Jack the Ripper‹. Krach, weshalb?«

»Oh — ein Totenschein oder eine Autopsie, oder so was Ähnliches.«

»Ein lieber Mensch, dieser Tolliver.«

»Sie sind dann in das Büro gegangen und haben die Tür zugemacht, aber man konnte sie immer noch hören. Tolliver schrie herum, daß er eine wichtige Persönlichkeit wäre, und er würde die ganze Sache dem Verwaltungsrat vorlegen. Ich hörte ihn auch sagen, daß er das alles ›für eine gewisse Regierungsstelle‹ täte, die ›unerwähnt bleiben‹ müsse. Wirklich ein alter Angeber. Tut so, als ob er etwas mit dem Secret Service zu tun hätte, oder so ähnlich.«

»Er hat wahrscheinlich zu viele Fernseh-Krimis gesehen«, sagte ich.

»Eher liegt es daran, daß er nicht nur das Fernsehen, sondern die ganze Welt durch den schiefgeschliffenen Boden der Gläser sieht, die er jeweils gerade ausgetrunken hat«, sagte Marjorie.

»Du hast völlig recht«, sagte ich. »Aber nur aus ordinärer Neugierde — könntest du herausfinden, was Tolliver wirklich gewollt hat?«

»Warum?«

»Wie gesagt — ich bin nur neugierig. Und er versuchte Ferdy zu überreden, mit ihm zusammen in ein neues Geschäft einzusteigen — eine Klinik, oder so was —, und da würde ich gerne wissen, was er so macht.« Das war eine hastig ausgedachte Begründung, aber Marjorie erklärte sich bereit, herauszufinden, was sie konnte.

»Du hast doch nicht etwa vergessen, daß wir morgen mittag zusammen essen gehen, Darling.«

»Aber wie könnte ich. Du erinnerst mich ja daran, pünktlich einmal pro Stunde.«

»Armer Darling. Wenn du nicht willst, brauchen wir ja nicht miteinander zu reden — dann essen wir eben einfach nur.« Sie legte die Arme um mich und schmiegte sich an meine Schulter. »Du gibst mir das Gefühl, daß ich ein schrecklich zänkisches Weib bin, Patrick, und dabei stimmt das gar nicht. Ich kann nichts dafür, daß ich so besitzergreifend bin. Ich liebe dich.«

»Wir werden alles besprechen«, sagte ich.

> *Schach:* ein herabsetzender Ausdruck im Wortschatz unerfahrener Spielteilnehmer, die davon ausgehen, daß beide Seiten ›vernünftige‹ Entscheidungen treffen können, wenn sie nur im Besitz aller Fakten sind. Jedes Geschichtsbuch liefert Beweise dafür, daß es sich dabei um einen Trugschluß handelt. Das wissenschaftliche Kriegsspiel existiert nur wegen dieses Trugschlusses.
>
> ›KOMMENTAR FÜR TEILNEHMER AN KRIEGSSPIELEN.‹
> STUDIEN-CENTER, LONDON.

KAPITEL NEUN

Wenn das Telefon mitten in der Nacht klingelt, dann ist es immer für Marjorie. Deshalb steht der Apparat am Bett auch auf ihrer Seite. In jener Nacht wachte ich nur halb auf, angefüllt mit Wein und Kognak und der Erinnerung an Dawlish. »Es ist für dich«, sagte Marjorie.

»Ich bin's — Ferdy. Ich rufe von meinem Autotelefon aus an.«

»Und ich habe mir einen Apparat extra im Bett einbauen lassen. Toll, was?«

»Ja, ja, ich weiß. Es tut mir schrecklich leid, aber ich muß unbedingt mit dir reden. Würdest du vielleicht herunterkommen und mir die Tür aufmachen?«

»Und das hat alles nicht Zeit bis morgen?« fragte ich.

»Sei kein Schwein«, sagte Marjorie. »Geh runter und laß ihn herein.« Sie gähnte und zog sich die Decke über den Kopf. Ich konnte ihr keine Vorwürfe machen — schließlich war es ein seltener Luxus für sie, daß zur Abwechslung einmal ich mitten in der Nacht aufstehen mußte.

»Es geht um Tod oder Leben.«

»Das möchte ich auch hoffen«, sagte ich und hängte ein.

»Du redest mit ihm, als ob er ein Kind wäre«, sagte Marjorie. »Dabei ist er viel älter als du.«

»Er ist viel älter als ich, reicher als ich, und sieht auch besser aus. Außerdem darf er rauchen.«

»Du hast noch nicht wieder angefangen? Ich bin stolz auf dich, Darling. Jetzt sind es schon fast zwei Monate, nicht wahr?«

»Einundsechzig Tage, fünf Stunden und zweiunddreißig Minuten.«

»Also — noch nicht einmal fünfzig Tage sind es in Wirklichkeit.«

»Mußt du immer meine eindrucksvollsten Erklärungen ruinieren?« Ich schüttelte die symbolische Streichholzschachtel auf meinem Nachttisch und legte sie wieder weg. Es war sowieso keine einzige Zigarette im Haus, sonst hätte ich wahrscheinlich aufgegeben. Dabei hatte ich sogar die Zigarren bei Ferdy abgelehnt. Es war für mich manchmal wirklich schwierig, nicht stolz auf mich selbst zu sein. Ich zog irgend etwas an: Frackhosen und Rollkragenpullover. »Ich werde im Wohnzimmer mit ihm reden«, sagte ich und schaltete die Nachttischlampe aus.

Ich erhielt keine Antwort. Marjorie beherrschte die Kunst des blitzartigen Einschlafens. Ich gähnte.

Dann ließ ich Ferdy herein und setzte ihn in einen Sessel im Wohnzimmer. In einem Topf in der Küche war noch etwas Kakao von gestern abend. Ich drehte das Gas an und holte Becher aus dem Schrank, um mir noch ein bißchen Zeit zum Aufwachen zu geben. Ferdy wanderte inzwischen nebenan auf dem Teppich hin und her und war so aufgeregt, daß seine Hand zitterte, als er sich die unvermeidliche Zigarre ansteckte.

»Solange du mir nur keine anbietest«, sagte ich.

Er rührte pflichtbewußt in seinem Kakao, aber nippte nicht einmal daran. »Jetzt wirst du mir vielleicht glauben«, sagte er und blickte mich mit starren Augen an, aber jedesmal, wenn er zum Sprechen ansetzen wollte, schien ihm wieder etwas Neues einzufallen. »Ich weiß einfach nicht, wo ich anfangen soll«, sagte er schließlich.

»Jetzt setz dich um Himmels willen doch erst einmal hin, Ferdy.«

Er trug seinen Opernsänger-Mantel: schwarzer Loden und großer Kragen aus feingelocktem Astrachanpelz. Vor zehn Jahren hätte er schon altmodisch gewirkt. Endlich setzte er sich und ließ den Mantel mit einer matronenhaften Geste von den Schultern gleiten. »Ihr wohnt hier in einer unerfreulichen Gegend«, sagte er.

»Schauderhaft«, stimmte ich ihm zu. Seine Augen wanderten durch das Zimmer mit seinen dicken Staubschichten, verweilten auf dem zusammengefalteten Stück Papier, das die Standuhr senkrecht hielt, auf dem fleckigen Sofa, dem angesengten Teppich und den Büchern, die allesamt auf den Umschlägen mit Bleistift gekritzelte Ausverkaufspreise trugen. »In meiner Gegend drüben könntest du leicht etwas viel Besseres finden.«

»Daran habe ich auch schon gedacht, Ferdy. Warum adoptierst du mich eigentlich nicht einfach?«

»Du weißt ja nicht, was heute abend passiert ist.«

»Hat Schlegel etwa Boudin einen Tritt versetzt?«

»Was? Ach so. Ich verstehe.« Er zog die Brauen zusammen und lächelte dann flüchtig, womit er meine Bemerkung als Witz anerkannte. »Sie haben den armen Tolly überfallen.«

»Wen?«

»Tolliver. Ben Tolliver, M. P. Das Parlamentsmitglied. Er war heute abend auch da.«

»Wer hat ihn überfallen?«

»Das Ganze ist eine lange Geschichte, Patrick.«

»Nun, wir haben ja schließlich die ganze Nacht Zeit.« Ich gähnte.

»Die verdammten Russen haben es getan, damit du es weißt.«

»Fang lieber ganz von vorn an.«

»Kurz ehe ihr heute abend weggegangen seid, hat das Telefon geklingelt. Irgend jemand verfolgte Tolliver. Er hat ein Telefon im Auto, und dadurch konnte er mich anrufen. Als ihr gegangen wart, nahm ich Teresas Wagen und fuhr los, um mich mit ihm zu treffen.«

»Du klingst, als ob dich das alles gar nicht weiter aufgeregt hätte. Warum, zum Teufel, hast du denn nicht einfach die Polizei gerufen?«

»Ja — ich habe natürlich wieder an der falschen Stelle mit Erzählen angefangen. Ich hätte dir vorher noch sagen sollen, daß Tolliver für den Secret Service arbeitet ... also, jetzt mach kein Gesicht. Ich berichte dir die reine Wahrheit, und du kannst jeden fragen ...«

»Was heißt das — du kannst jeden fragen? Wie, zum Teufel, kann denn bei so etwas überhaupt jemand was wissen?«

»Jeder, der jemand ist, weiß es«, sagte Ferdy mit einer Stimme, die keinen Widerspruch duldete.

»Okay, Ferdy, damit fall ich ja aus. Aber der Niemand, der dir gegenübersitzt, ist trotzdem noch nicht überzeugt.«

»Wenn du doch nur einen Moment lang einmal deinen Haß auf Tolliver beiseite lassen könntest ...«

»Ich hasse Tolliver überhaupt nicht ... es sind nur seine Zähne, die mich nervös machen.«

»Doch, du haßt ihn, und ich kann auch verstehen warum — aber wenn du ihn wirklich kennen würdest, dann fändest du ihn bestimmt sehr nett.«

»Weil er beim Secret Service ist.«

»Willst du nun, daß ich dir die Geschichte erzähle?«

»Ich weiß nicht so recht, Ferdy. Schließlich habe ich ja schon geschlafen, als diese ganze Auto-Telefoniererei anfing.«

»Jetzt laß auch mal die Autotelefone beiseite«, sagte Ferdy. »Ich weiß, die machen dich auch nervös.«

»In Gottes Namen, nun erzähl doch endlich weiter.«

Von nebenan rief Marjorie herüber, wir sollten doch gefälligst ein bißchen leiser sein. Ich fuhr flüsternd fort: »Also Tolliver leitet den Secret Service und wurde verfolgt, während er dich von seinem Bentley aus anrief. Überspringen wir noch einmal von da ab alles Weitere bis zu dem Moment, in dem du auf der Szene erschienen bist. Was für ein Wagen war es denn, der ihn verfolgte?«

»Eigentlich war es kein Wagen«, sagte Ferdy mit zweifelnder Stimme, »ich meine, kein Personenwagen. Es war ein riesiger Lastzug mit acht Rädern. Ich weiß, daß du mir nicht glaubst, aber ich habe ihn selbst gesehen.«

»Und Tolliver saß in seinem Bentley? Mit dem Ding könnte er doch so schnell wie ein Düsenjäger sein und bräuchte nicht einmal das Gaspedal durchzutreten.«

»Erst war ein alter Humber *Estate* hinter ihm. Tolliver merkte, daß ihm dieser Wagen folgte, und deswegen fuhr er immer langsamer, um ihn zum Überholen zu zwingen. Und in demselben Augenblick überholte der Lastzug von hinten alle beide. Tolliver war eingeklemmt. Der Lastzug fuhr achtzig, oder noch schneller; der Humber drängte Tolliver von hinten immer weiter an ihn heran, und dann schwenkte der Lastzug plötzlich aus, damit er nicht überholen konnte.«

»Nette Leute.«

»Der Humber saß ihm direkt hinten auf der Stoßstange. Tolliver hatte eine furchtbare Angst.«

»Und du konntest das am Telefon alles mithören?«

»Ja, er hatte den Hörer auf den Sitz gelegt, aber er schrie ja geradezu. Dann bremste der Lastzug ganz plötzlich scharf ab. Es war ein Wunder, daß sie Tolly nicht gleich völlig umbrachten.«

»Das hatten sie auch gar nicht versucht.«

»Wie kannst du da so sicher sein?«

»Das kann ich natürlich nicht, Ferdy — aber Leute, die sich schon so viel Mühe und Kosten machen ... nun ja, weißt du, ein tödlicher Unfall ist im Grunde viel leichter zu arrangieren als ein nichttödlicher.«

»Tolly schnallt sich im Wagen immer an.«

»Und wo warst du die ganze Zeit?«

»Ich kam dazu, als es gerade passiert war. Sie schienen so beschäftigt, daß sie mich gar nicht bemerkten.«

»Und was ging vor, nachdem sie gestoppt hatten?«

»Ich habe zunächst auch erst einmal angehalten, ein ganzes Stück weiter vorn. Dann bin ich zurückgerannt. Sie sahen mich immer noch nicht. Sie hatten Tollys Autotüren aufgemacht und versuchten, ihn aus dem Wagen zu ziehen.«

»Und er hat sich gewehrt?«

»Nein«, sagte Ferdy. »Tolly war bewußtlos, und er ist es auch jetzt noch. Deswegen bin ich ja zu dir gekommen. Wenn Tolly nichts gefehlt hätte, dann hätte ich ihn ja fragen können, was ich tun soll. Sie sprachen russisch. Du glaubst, ich mache Witze — aber sie sprachen wirklich ein ausgezeichnetes Russisch: zwar mit einem gewissen Dialektanflug, aber der war nur ganz schwach. Sie müssen Städter gewesen sein — irgendwie schien es mir auch, als ob ich ein paar polnisch ausgesprochene Vokale gehört hätte — wenn ich raten müßte, dann würde ich sagen, aus Lwow.«

»Hör mit der Professor-Higgins-Maske auf, Ferdy. Erzähl mir lieber, was dann passiert ist.«

»Ach ja, natürlich. Also, der Zehntonner hatte den Bentley schon gestreift, als er ihn überholte, und dabei einen ganzen Kotflügel abgerissen. Muß Tolly einen ziemlichen Schreck versetzt haben, meinst du nicht?«

»Da könnte wohl niemand ganz gleichgültig bleiben.«

»Ein Polizeiwagen kam vorbei, kurz nachdem wir alle angehalten hatten. Sie dachten, es wäre ein Unfall. Die ganze Seite des Bentleys war ja verbeult und aufgeschlitzt ... der Kotflügel abgerissen und nach hinten gebogen. Das konnte ja einfach niemand übersehen.«

»Und was taten die Russen, als die Polizei kam?«

»Du siehst also inzwischen selbst ein, daß es Russen waren — sehr gut.«

»Was *taten* sie?«

»Nun ja, du weißt ja, was sie dann so tun — Führerschein, Versicherungsnummer, in das Röhrchen blasen.«

»Aber Tolliver war doch bewußtlos.«

»Sie haben mir erlaubt, ihn nach Hause zu bringen. Die anderen standen immer noch mit den Polizisten auf der Straße, als ich abfuhr. Ich hatte so getan, als ob ich gleichzeitig mit der Polizei gekommen wäre. Keiner hatte eine Ahnung, daß ich wußte, worum es in Wirklichkeit ging.«

»Trink deinen Kakao.«

Man könnte den Eindruck bekommen, daß ich Ferdy schlecht behandelte — ich weiß. Aber ich kannte ihn ja schon sehr lange, und ich kann nur sagen, daß seine Vorstellungskraft ihm hin und wieder Streiche spielte.

Es konnte sich bei der ganzen Sache ebensogut um einen völlig normalen Verkehrsunfall handeln: zwei Fahrer, die in fast unverständlichem Liverpooler Dialekt mit einem total betrunkenen Tolliver streiten, der durch ein rotes Licht gefahren ist und sie damit fast zu Tode gebracht hat.

»Ich habe die Zulassungsnummern, die von dem Albion-Lastzug und auch die des Humber *Estate*. Würdest du da mal nachhören? Und feststellen, was die Polizei mit den Russen gemacht hat?«

»Mal sehen, was ich tun kann.«

»Morgen?«

»Also gut.«

»Und noch eins, Patrick. Du darfst nicht vergessen, daß Tolliver wirklich für den British Secret Service arbeitet.«

»Was hat denn das damit zu tun?«

»Ich meine... laß dich nicht von deinen Vorurteilen in die Irre leiten.«

»Jetzt hör mal zu, Ferdy. Tolliver ist ein Trinker. Sie haben ihn sogar aus dem Ministerrats-Job hinausgeworfen, weil er so viel trank. Und die Leute sind auf dem Gebiet immerhin schon einiges gewöhnt.«

»Er ist immer noch ein Mitglied des Parlaments«, sagte Ferdy.

»Ob er nach den nächsten Wahlen immer noch eins sein wird, das ist sehr zweifelhaft. Aber ich wollte dich eigentlich auf etwas anderes hinweisen, nämlich darauf, daß Tolliver so um fünfundvierzig oder sechsundvierzig herum Mitglied der kommunistischen Partei war. Und deshalb würde man ihm nie die Unbedenklichkeitsbescheinigung für die höchste Geheimhaltungsstufe geben, von einem Posten beim Secret Service ganz zu schweigen.«

»Woher weißt du das? Ich meine, daß er ein Kommunist ist.«

Ich hatte es vor vielen Jahren in Tollivers Personalakte gelesen, aber das konnte ich Ferdy kaum erzählen. »Das ist ein offenes Geheimnis. Du kannst jeden fragen.«

Ferdy lächelte. »Er war ein Jahr über mir in Oxford, und auch auf einem anderen College, aber hin und wieder kreuzten sich unsere Wege. Er hatte es nicht leicht dort. Sein Vater gab ihm nur ganz wenig Taschengeld. Wir anderen hatten alle Autos und immer Geld in der Tasche, aber der arme Tolly mußte irgendwelche schrecklichen Abend-Jobs annehmen, damit er zurechtkam. Ich habe ihn nie auf irgendwelchen Parties gesehen. Außerdem hatte er noch mehr Probleme — er war nämlich eigentlich nicht so schrecklich intelligent. Es ist natürlich kein Verbrechen — aber es bedeutete, daß er seine Nase eifrig in die Bücher stecken mußte, wenn er nicht gerade Teller abwusch, oder was er sonst tat. Das könnte doch eigentlich fast jeden dem Kommunismus in die Arme treiben, oder?«

»Du brichst mir das Herz. Was ist denn mit den armen Kerlen, die sich nicht einmal die Oberschule leisten könnten? Und von denen sind viele noch wesentlich intelligenter als Tolliver — selbst wenn der mal seinen guten Tag hat und außerdem nüchtern ist.«

»Du kannst ihn nicht leiden — ich weiß. Es ist immer schwierig, eine Situation richtig zu beurteilen, wenn persönliche Gefühle im Spiel sind.«

»Ferdy, du hast kaum Ursache, über Leute zu urteilen, die nicht überdurchschnittlich intelligent sind. Oder über die, welche ihre Urteilskraft durch persönliche Gefühle beeinflussen lassen. Tolliver gehört zu keinem Geheimdienst, gleich welcher Art, und darauf wette ich meine gesamte Habe.«

»Willst du immer noch die Zulassungsnummern?«

»Okay. Aber schreib es dir hinter die Ohren, daß Tolliver nichts mit dem Secret Service zu tun hat und daß diese Männer auch keine Russen waren. Oder jedenfalls keine russischen Spione.«

»Und was waren sie dann?«

»Da habe ich keine Ahnung, Ferdy. Vielleicht waren sie Schnapshändler oder eine Geburtstags-Delegation vom *Leitfaden für Kochkunst.* Aber russische Spione sicherlich nicht. Und jetzt tu mir einen Gefallen — geh nach Hause und vergiß das Ganze.«

»Aber du wirst die Nummern überprüfen?«

»Ich werde sie überprüfen.«

»Ich würde ja selbst gehen, aber das TACGAME läuft, und Schlegel würde —«

»— dich mit bloßen Händen erwürgen. Du hast völlig recht.«

»Du hältst das vielleicht für komisch, aber ist es dir schon in den Sinn gekommen, daß vielleicht Schlegel hinter dieser ganzen Sache steckt?«

»Weil er heute abend mit Tolliver die Klingen gekreuzt hat? Wenn das schon als Grund ausreichen soll, warum könnte nicht dann auch ich der geheimnisvolle Mann im Hintergrund sein?«

»Bei irgend jemandem mußte ich schließlich das Risiko eingehen und Vertrauen haben«, sagte Ferdy, und mir wurde klar, daß er wirklich ernsthaft über die Möglichkeit nachgedacht hatte, daß ich es gewesen sein könnte.

»Ich werde Schlegel eine Nachricht zuschicken, daß ich etwas später komme.«

Ferdy biß sich auf die Lippen, während er sich die Situation vorstellte. »Es wird ihm gar nicht passen.«

»Nein. Aber ich bin ja nicht da, wenn er seinen Wutanfall hat, sondern du.«

Draußen waren gerade die Verkehrsampeln auf Grün gesprungen: Ein Sportwagen mit abgebrochenem Schalldämpfertopf dröhnte an einem Milchwagen vorbei, der laut klappernd über eine frisch reparierte Stelle in der Straßendecke holperte.

»An diesen Verkehr die ganze Nacht durch könnte ich mich nie gewöhnen«, sagte Ferdy.

»Wir können nicht alle in unserem privaten Campden-Hill-Park wohnen, Ferdy«, erwiderte ich. »Es würde dann doch verdammt eng auf der Welt.«

»Ach je — ich wollte dich ganz bestimmt nicht beleidigen. Ich meine nur, ich kann mir nicht vorstellen, wie du jemals einschlafen kannst.«

»Nein? Na, dann schwirr ab, und ich werde es dir hinterher erzählen.«

»Ja — also dann. War sonst noch irgend etwas?«

Das ist es, was ich an den Foxwells dieser Welt so mag — ob sonst noch etwas wäre, hat er gesagt. Als ob er mir schon jemals einen Gefallen getan hätte.

> Die Maßnahmen der Zivilbehörden werden beim TACWAR-
> GAME nicht mit eingeschlossen.
> REGELN: ›TACWARGAME‹. STUDIEN-CENTER, LONDON.

KAPITEL ZEHN

Die neuen Sicherheitsausweise, die Schlegel für uns eingeführt hatte, erschienen als außerordentlich passendes Mittel, um Detektiv-Sergeanten der Städtischen Polizei zu beeindrucken. Ich schob den meinen über den mit allem möglichen Müll belandenen Schreibtisch von Sergeant Davis. Er las ihn, Wort um Wort, suchte nach Rechtschreibungsfehlern, versuchte den Plastiküberzug herunterzureißen, übte Druck auf die an der Rückseite angebrachte Sicherheitsnadel zum Anstecken aus und verbog sie zwischen den Fingern. Nachdem der Ausweis auf diese Art alle kriminalistischen Prüfungen gut überstanden hatte, wurde er wieder auf den Schreibtisch geworfen. Dort rutschte er zwischen zwei Aktendeckel, auf denen zu lesen war: ›Rettungsschwimmer (Kadetten)‹ und ›Nachbarschaftsbeziehungen‹. Der Sergeant sah mir zu, während ich ihn wieder herausfischte und in die Tasche steckte.

»So?« sagte er. »So?« Als ob er auf dem Ausweis irgend etwas entdeckt hätte, was er als Unverschämtheit ansah: ein beleidigendes Versehen vielleicht, oder ein verächtliches Lächeln auf meinem Bild.

»Gar nichts so«, sagte ich, aber das schien ihn auch nicht zu besänftigen. Er schob große Berge toten Aktenmaterials beiseite, wobei er einen Teil, fast ohne es zu merken, in einer ganz neuen Reihenfolge stapelte. »Der Bentley.« Er zog einen Bogen Papier irgendwo hervor und begann abzulesen. »Zwo fünfundvierzig Anton Emma?« Er war genau die Art von Polizist. Nicht nur Anton Emma, sondern auch streichholzlanger Haarschnitt und auf Höchstglanz polierte Schuhe, einschließlich der Sohlen.

»Das ist er.«

»Und Sie sind hier für . . .?«

»Den Fahrer — Tolliver.«

»Ohne Bewußtsein?«

»Ja.«

Er las bedachtsam in seinen Unterlagen und blickte dann auf. »Diese...«, er kniff das Gesicht zusammen, während er nach dem richtigen Wort suchte, »diese... Kreditkarte für lustige Spione da...«, und er zeigte mit einem Finger auf die Tasche, in die ich den Ausweis gesteckt hatte, »damit können Sie mich nicht beeindrucken. Und auch nicht damit, daß es ein Bentley ist.« Er hob die Hand, um mir anzudeuten, daß er noch nicht fertig war. »Sie hören von mir genausoviel, wie ich dem Reporter von der Lokalzeitung sagen würde. Nicht mehr, und auch nicht weniger.«

Eine Polizistin kam ins Zimmer und brachte zwei Becher mit lauwarmem Tee. Auf seinem war ein farbiges Abziehbild der Königin, auf meinem der Kopf von Peter Rabbitt. »Dankeschön, Mary.« Er versteckte sich wieder hinter seinen Papieren, neckisch fast, wie ein flirtender Opernbesucher aus dem Zeitalter Edwards VII. »Zusammenstoß eines Container-Lastzugs mit einem grünen Bentley...« Er unterbrach sich und blickte auf. »Da ist gar nichts Geheimnisvolles dran. Verkehrsampeln, hydraulische Bremsen, nicht eingehaltener Sicherheitsabstand — so was passiert ein dutzendmal jeden Tag, und jede Nacht auch.«

»Sie leiten also keine polizeiliche Untersuchung ein?«

Er blickte auf seine Uhr. »Sie müssen für Ihr Geld ja auch hart arbeiten, scheint mir. Jetzt ist es gerade zehn Minuten nach acht. Ich dachte, Polizisten und Einbrecher wären die einzigen, die so früh aufstehen.«

»Also keine Untersuchung?«

Seine Stimme hob sich ein ganz klein wenig. »Eine Untersuchung? Warum sollten wir denn? Der Alkoholtest war okay, die Führerscheine, Versicherung, vorgeschriebene Begrenzung der Arbeitszeit für Berufsfahrer — alles auch okay. Der Lastwagen stand vor einer roten Ampel, und der hauptsächliche Schaden an Ihrem Bentley war am linken *vorderen* Kotflügel. Vorderer Kotflügel — das spricht für sich selbst, nicht wahr? Wenn Ihr Chef Tolliver Sie hierher geschickt hat, um vielleicht seinen Schadensfreiheits-Rabatt zu retten, dann hat er kein Glück. Das können Sie gleich aufstecken.«

»Tolliver ist bewußtlos.«

»Richtig, das habe ich ja ganz vergessen. Aber meine Antwort ist in jedem Fall die gleiche.« Er las noch etwas weiter in seinem Text und übersetzte ihn für mich in die Babysprache. »Der Wachtmeister am Unfallort hat Namen und Adressen der Lastwagenfahrer aufgenommen, aber Sie können Ihrem Chef sagen, daß er nur seine Zeit verschwendet. Das Gericht stützt sich in solchen Fällen immer auf die Angaben der Polizisten, und die werden aussagen, daß Ihr Mann zu dicht dran war. Wenn irgend jemand wegen Fahrlässigkeit belangt würde, dann wäre es eher *er*.«

»Es ist aber möglich, daß das Ganze etwas viel Ernsteres ist als nur ein einfacher Verkehrsunfall.«

Er pfiff leise — um den Erstaunten zu spielen. »Mr. Armstrong — wollen Sie uns damit vielleicht etwas sagen?« So wie er das ›uns‹ betonte, meinte er damit die Polizei der gesamten westlichen Welt.

»Ich versuche nur, Ihnen eine Frage zu stellen.«

»Und ich verstehe überhaupt nichts. Ja, ja, am Donnerstagmorgen um diese frühe Stunde bin ich immer etwas schwer von Begriff.«

»Aber heute ist Dienstag.«

»Nein, das stimmt nicht, es ist ... oh, ich hatte mir schon gedacht, daß Sie sich als ein Komiker erweisen würden.«

»Sergeant — ein Zehn-Tonnen-Lastwagen, der ganz knapp vor einem Personenwagen scharf bremst — das wäre doch eigentlich eine ganz gute Methode, um jemanden umzubringen, meinen Sie nicht?«

»Es wäre eine sehr riskante Methode, Mr. Armstrong, und zwar aus einer ganzen Reihe von Gründen. Erstens das Motiv: ein Todesfall dieser Art zieht soviel Untersuchungen und soviel Aktenkram nach sich, daß irgendwo irgend jemandem ganz bestimmt etwas auffällt. Teufel, wir kriegen schon genug Behauptungen und Andeutungen über Mordabsichten von Leuten herein, die miteinander zusammengestoßen und sich völlig *fremd* sind.« Er packte mit der einen Hand den Daumen der anderen, um mir deutlich klarzumachen, daß dies sein erster Grund war. »Die Verkehrsampel will ich nicht noch einmal erwähnen, aber ich muß Sie daran erinnern, daß Ihr Chef ja schließlich nicht tot ...«

»Er ist nicht mein Chef.«

»Wer er auch immer sein mag, jedenfalls ist er nicht tot. Und das beweist, daß es sich hier nicht um Verrückte handelt, die ihn umbringen wollten. Sie müssen doch immerhin noch ziemlich vorsichtig gebremst haben, sonst hätte man Ihren Freund zwischen den Differentialzahnrädern des Lastwagens herauskratzen müssen. Also kommen Sie mir hier nicht mit Mord.«

Davis hatte damit die gleiche schwache Stelle in Ferdys Theorie erwähnt, die mir auch schon aufgefallen war. Und die ließ sich nicht wegargumentieren. Versuchter Mord war zwar immer noch eine Möglichkeit, aber wahrscheinlich doch nur eine ziemlich entfernte. »Direkt hinter ihm war ein Humber *Estate*.«

»Ja, ja, und hinter dem dann noch eine ganze Prozession von Wagen, die Leute fahren und fahren, immer hin und her... die halbe Welt fährt die ganze Nacht in London herum, wußten Sie das noch nicht? Keine Ahnung, warum die nicht lieber nach Hause gehen und sich schlafen legen. Aber da sind sie nun mal — jeden Abend. Jedenfalls — alle, die später noch an der Unfallstelle auftauchten, waren zu spät dran und hatten nichts gesehen.«

»Wirklich?«

»Was soll ich mit den Leuten denn machen — sie foltern?«

»Aber wenn sich etwas Neues ergibt, dann rufen Sie mich doch an?«

»Okay, Philipp Marlowe, geben Sie Ihren Namen und Ihre Telefonnummer dem Diensthabenden.«

»Sie geben die Sache also als Bagatellfall in die Statistik, ganz gleich was passiert?«

Er suchte in sämtlichen Taschen nach einer Zigarette, aber ich reagierte nicht auf diese feine Andeutung. Schließlich mußte er aufstehen und sich seine eigene Packung aus dem Regenmantel holen. Ohne auch mir eine anzubieten, nahm er sich eine und zündete sie sorgfältig an, wobei er sein Dunhill-Feuerzeug aus Doublé hochhielt und dann mit ausgestrecktem Arm wieder zuschnappen ließ. Danach setzte er sich wieder und lächelte beinahe. »Wir sind uns so sicher, weil wir einen Zeugen haben, Mr. Armstrong. Sehen Sie es nun ein? Darf ich jetzt meine Arbeit weitermachen?«

»Was für einen Zeugen denn?«

»Tolliver hatte eine Dame im Wagen. Sie hat uns eine Zeugenaussage unterschrieben, ehe der Doktor ihr ein Beruhigungsmittel gab. Es war ein Unfall — kein Grund zur Aufregung mehr, es war kein Mord, nur ein kleiner Unfall für die Statistik, wie Sie gesagt haben.«

»Wie heißt diese Zeugin?«

Er nahm ein kleines, schwarzes Notizbuch aus der Tasche. »Miß Sarah Shaw, ›Die Terrine du Chef‹ — klingt wie ein französisches Restaurant, was? Also gehen Sie mal hin und stellen Sie dort den Fuß zwischen die Tür, aber passen Sie auf, daß die

Dame nicht gleich die Polizei ruft.« Er lächelte. »Stellen Sie den Fuß zwischen die Tür, aber passen Sie auf, daß Sie nicht gleich ins Fettnäpfchen treten, verstehen Sie mich?«

Ich stand auf und winkte ihm zum Abschied zu. »Sie haben ja Ihren Tee noch nicht ausgetrunken«, sagte er.

Er hatte diese Zeugin aus seinem Zylinder oder eher seinem Helm hervorgezaubert, und das machte ihn doch recht stolz. Ich meinte: »Könnte ich nicht vielleicht noch Namen und Adresse der Lastzugfahrer haben?«

»Aber — Sie wissen doch sehr gut, daß ich das nicht darf« — und doch suchte er gleichzeitig in seinen Papieren herum, bis er die Angaben gefunden hatte. Dann drehte er die Akte so, daß ich von meiner Schreibtischseite aus darin lesen konnte, stand auf und stellte sich ans Fenster.

»Sie waren auf dem Weg zur Fähre«, hörte ich seine Stimme hinter mir. »Man sollte doch eigentlich annehmen, daß es für eine polnische Fleischkonserven-Fabrik kaum lohnend ist, einen Lastzug mit zwei Fahrern von Polen bis hierher zu schicken und dann auch noch leer zurückfahren zu lassen. Aber die wissen ja hoffentlich, was sie tun.«

»Sicherlich eine verstaatlichte Firma«, sagte ich. Es war ein langer polnischer Name mit einer Adresse in London-Wall.

»Sie haben Ihren Tee immer noch nicht getrunken«, wiederholte der Sergeant.

»Ich versuche gerade, mir das Teetrinken abzugewöhnen«, sagte ich.

»Beim Tee können Sie ruhig bleiben«, riet er mir. »Gewöhnen Sie sich dafür lieber das Schutzmann-Spielen ab.«

> Aufklärung und Spionage (in Plus- ebenso wie in Minus-Kategorien) werden gemäß Abschnitt 9 des STUCEN-Programmierungshandbuchs mit einprogrammiert. Die jeweiligen Kommandeure tragen selbst die Verantwortung für alle Informationen, ob falsch oder richtig, die sie sich außerhalb der Spiel-Zeit verschaffen, d. h. außerhalb der Dienststunden.
>
> REGELN: ALLE SPIELE. STUDIEN-CENTER, LONDON.

KAPITEL ELF

Ich war versucht, das mit Beruhigungsmitteln vollgepumpte Fräulein Shaw einfach links liegen zu lassen, aber das hätte Ferdy nur wieder einen Grund gegeben, mir etwas vorzuweinen. ›Die Terrine du Chef‹ war ein umgebauter Laden in Marylebone. Auf dem früheren Schaufenster stand in goldenen Buchstaben ›Restaurant Français‹, und dahinter verbarg ein großer Netzvorhang den Innenraum.

In einem Halter mit Beleuchtung an der Tür steckte die Speisekarte. Sie war handgeschrieben, und zwar in jener kritzligen Schrift, die die Engländer für das wahre Markenzeichen des echten französischen *Restaurants* halten. Hinter der Glasscheibe der Tür hing ein Schild ›Geschlossen‹, aber als ich versuchsweise auf die Klinke drückte, war das Gegenteil der Fall. Ich griff rasch nach oben, um das kleine, an einer Feder wippende Glöckchen daran zu hindern, meinen Auftritt anzukündigen.

Das Lokal war klein und eng. Eine kuriose Mischung von Kaffeehausstühlen verschiedener Art balancierte auf den Tischchen. Der Speiseraum war als Pariser Bistro der dreißiger Jahre eingerichtet, mit emaillierten *Suze*-Reklametafeln, Marmortischen und reichverzierten Spiegeln an allen Wänden. Ein Kehrichthaufen aus Flaschenkorken, Papierservietten und Zigarettenstummeln war säuberlich in der Ecke unter der Küchen-Durchreiche zusammengefegt. Auf der Theke war Besteck zusammengetragen, daneben eine Reihe von leeren Weinflaschen mit bunten Kerzen auf den Hälsen und ein Stapel frischgewaschener, rotkarierter Tischdecken. Es roch nach verbranntem Knoblauch, uraltem Zigarrenrauch und frisch geschälten Kartoffeln. Ich betrat die Küche. Von einem dahinterliegenden, kleinen und dunklen Hof konnte ich die Stimme eines jungen Mannes hören, der leise vor sich hinsang, und dazwischen das Klappern von Eimern und Metalldeckeln.

Von der Küche führten zwei steinerne Stufen hinab in einen großen Lagerraum. Eine Tiefkühltruhe summte einem Zink-Waschzuber voll geschälter Kartoffeln leise etwas vor. Daneben stand ein großer Plastiksack mit Trockeneis. Hinter der durchsichtigen Folie ringelte sich grauer Kondensationsdampf wie eine unruhige Kobra, die zu entkommen sucht. Ein säuberlich gescheuerter Tisch war abgeräumt worden, um Platz für eine elektrische Nähmaschine zu schaffen, die mit einem Schraubstecker an der Deckenlampe eingestöpselt war. Über der Rückenlehne des Küchenstuhls daneben hing ein dunkles Männerjackett. Aber es war nicht diese Jacke, was meine besondere Aufmerksamkeit erregte — sondern ein gelber Aktendeckel. Er war unter ein zusammengelegtes Stück Futterstoff geschoben, jedoch nicht weit genug, um gar nicht mehr sichtbar zu sein. Ich zog ihn heraus und klappte ihn auf. Obenauf lag die Zeichnung einer menschlichen Figur mit ausgebreiteten Armen, deren Körpermaße mit roter Tinte vermerkt waren. Der restliche Inhalt bestand aus Fotografien.

Es mochten wohl ein Dutzend Bilder sein, und diesmal gab es mir noch einen stärkeren Ruck als seinerzeit in meiner Wohnung. Das hier war derselbe Mann, den ich auf den Bildern mit meinem Wagen und mit meinen Eltern gesehen hatte, nur waren diese hier viel schärfere Aufnahmen, und ich konnte alle Einzelheiten seines Gesichts erkennen. Er war mehr als fünf, vielleicht sogar an die fünfzehn Jahre älter als ich, ein Mann mit kräftigem Brustkasten, buschigem Haar und großen Händen mit stumpfen, dicken Fingern.

Sonst fand sich nichts Schriftliches — nichts, was mir vielleicht Auskunft über seinen Beruf gegeben hätte, über seine Familie oder seine Lieblingsspeisen. Oder auch eine Antwort auf die Frage, warum ihn irgend jemand dazu ausgesucht hatte, in meinen Kleidern in meinem Auto zu sitzen oder neben meinen Eltern zu stehen, und warum dieser Jemand dann diese Bilder gerahmt und sorgfältig in meiner früheren Wohnung plaziert hatte. Kein einziger Hinweis darauf, wer hinter dieser ganzen Angelegenheit stehen mochte. Es wurde mir jedoch zum erstenmal klar, daß es jemand mit erheblicher Macht und beträchtlichen Geldmitteln sein mußte. Und irgendwie roch das Ganze nach den plumpen

Machtmitteln eines Sicherheitsdienstes: eines russischen Sicherheitsdienstes, zum Beispiel. Aus mir völlig unerfindlichen Gründen hatte man sich sogar die Mühe gemacht, meinen Doppelgänger in die Uniform eines Konteradmirals der sowjetischen Marine zu stecken, ehe diese Bilder aufgenommen wurden. Bei einem war im Hintergrund der verschwommene, aber dennoch unverkennbare Umriß eines Zerstörers der *Tallinn*-Klasse zu sehen. War das Bild an einem sonnigen Tag in einem englischen Hafen gemacht worden, oder standen diese Häuser dort vielleicht in Alexandrien, wie ich einen Augenblick lang glaubte — oder möglicherweise im *Grand Harbour* von Malta?

Irgendwo das Geräusch von Füßen auf einer knarrenden Holztreppe. Das Klappen einer Kühlraumtür und dann Schritte auf einem Fliesenboden. Ich schloß den Aktendeckel und schob ihn wieder dahin, wo ich ihn gefunden hatte. Dann trat ich rasch wieder hinter die Tür zurück, legte meine Hand gegen ihren Rahmen und lugte auf eine Weise um die Ecke, von der ich hoffte, daß sie mich als einen Handelsvertreter erscheinen lassen würde.

»Wer sind Sie?« Sie stand in der gegenüberliegenden Tür. Hinter ihr war eine Speisekammer, und ich konnte in den geöffneten Kühlraum blicken. Ein Regal mit Gemüse und daneben eine Marmorplatte, auf der Fleischstücke zerlegt und mit Petersilienbüscheln auf Tellern angerichtet worden waren. Die Luftbewegung des Türöffnens setzte den Thermostaten in Betrieb, und die Kühlanlage sprang an. Ein lautes, vibrierendes Summen ertönte. Das Mädchen warf die Tür hinter sich zu.

»Und wer sind Sie?« fragte ich. Und tatsächlich handelte es sich um die völlig angekleidete und intakte Miß Shaw. Von Beruhigungsmitteln keine Spur. Es war eben doch eine gute Idee gewesen, hierher zu kommen. Eine wohlgeformte Blondine, so um Mitte Zwanzig. Ihr langes Haar war in der Mitte gescheitelt, so daß es nach vorn wie ein Rahmen um ihr Gesicht fiel. Ihre Haut war gebräunt, und Make-up hatte sie nicht nötig. Was ihr auch genau bewußt war.

Ihre Erscheinung war für mich so unerwartet, daß ich einen Augenblick zögerte, während ich sie in allen Einzelheiten betrachtete. »Es ist wegen des Unfalls«, sagte ich dann.

»Wer hat Sie hereingelassen?«

»Die Tür war auf«, erklärte ich ihr. Ein schlanker Mann in ausgestellten Drillichhosen erschien oben an der Treppe und hielt dort einen Moment inne. Sie konnte ihn von ihrem Platz aus nicht sehen, aber sie wußte, daß er da war. »Haben Sie die Tür offen gelassen, Sylvester?«

»Nein, Miß Shaw. Wahrscheinlich der Mann mit den tiefgekühlten Schweinelenden.«

»Das erklärt die Sache«, sagte ich. »Immer diese Kerle mit den eingefrorenen Lenden...« Ich warf ihr eine Art von Lächeln zu, die ich seit mindestens einem Jahr nicht mehr zum Einsatz gebracht hatte.

»Der Unfall.« Sie nickte. »Gehen Sie und sorgen Sie dafür, daß die Tür wenigstens jetzt abgeschlossen ist, Sylvester.« Ein gelbes Bandmaß hing um ihren Hals, und in der Hand hielt sie den dunkelblauen Ärmel einer Uniformjacke. Langsam knüllte sie ihn zu einem kleinen Päckchen zusammen.

»Ja, der Polizeisergeant hat schon angerufen«, sagte sie. Sie war schlank, aber auch wieder nicht so schlank, daß sie einem einfach durch die Finger rutschen würde, und sie trug einen traumhaften, genau zu ihrer Augenfarbe passenden hellblauen Kaschmirpullover. Dazu einen ausgezeichnet sitzenden dunklen Tweedrock und Schnallenschuhe mit niedrigen Absätzen, wie man sie für lange Spaziergänge auf dem Lande trägt. »Er hat gesagt, ich soll Sie hinauswerfen, wenn Sie lästig werden.« Ich hatte eigentlich eine hohe Stimme erwartet, aber sie sprach mit einem weichen, dunklen Ton.

»So hat er mit *Ihnen* zu sprechen gewagt?«

»Die Polizisten heutzutage sind alle so viel jugendlicher als früher.«

»Und auch kräftiger.«

Sie seufzte. »Leider habe ich anscheinend nie genug Gelegenheit, um mich davon selbst zu überzeugen.« Dann legte sie den blauen Uniformärmel mit viel zu betonter Unauffälligkeit beiseite und scheuchte mich mit kleinen Handbewegungen zurück in die Küche. Dabei gab sie mir ununterbrochen mein Super-Lächeln zurück, Zahn um Zahn und sorgfältig zweiunddreißigmal gekaut, wie das alte Kindermädchen immer zu mahnen pflegte.

In der Küche schob sie zwei Stühle zurecht, so daß sie einander gegenüberstanden. Sie setzte sich auf den, von dem aus sie die Tür sehen konnte. Ich setzte mich auch. Sie lächelte, schlug die Beine übereinander und glättete den Saum ihres Rocks — nur um sicher zu sein, daß ich nicht auch noch ihre Höschen sehen konnte. »Und Sie sind von der Versicherung?« Sie legte die Arme um die Schultern, als ob es ihr plötzlich kalt wäre.

Ich zog ein kleines, schwarzes Notizbuch hervor und kniff die Seiten mit dem Daumen um, wie ich das bei Versicherungsvertretern gesehen hatte.

»Und das ist Ihr kleines Büchlein, in dem die bösen Taten der Menschheit niedergeschrieben sind?«

»Eigentlich benutze ich es sonst nur zum Blumenpressen, aber mein Minirekorder mit dem Armbanduhr-Geheimmikrophon ist gerade heute kaputt.«

»Ach, wie witzig Sie doch sind«, sagte sie.

Der blonde Mann erschien wieder in der Küche. Von einem Haken hinter der Tür nahm er eine knallrosa-farbene Schürze und legte sie sich vorsichtig um, als wolle er seine Frisur nicht durcheinanderbringen. Dann begann er, welke Salatblätter in hölzerne Schalen zu verteilen. »Lassen Sie das doch jetzt, Sylvester. Wir möchten uns gern unterhalten. Beschäftigen Sie sich inzwischen mit dem Wein.«

»Da brauche ich aber warmes Wasser.«

»Holen Sie erst einmal die Flaschen aus dem Keller. Wir brauchen hier ja nicht lange.« Widerstrebend verließ er den Raum. Seine Drillichhosen hatten auf dem Hinterteil feuerrote, aufgenähte Flicken. Langsam ging er die Treppe hinunter.

Ich sagte: »Was soll er denn mit dem heißen Wasser? Mouton-Rothschild-Etiketten auf die Flaschen mit dem algerischen Landwein kleben?«

»Welch eine ausgezeichnete Idee«, erwiderte sie mit einer Stimme, die beweisen sollte, daß sie bei ihrer Bluttemperatur den Kaschmirpullover dringend brauchte.

»Sie waren mit Mr. Tolliver zusammen, als der Unfall passierte?«

»Richtig.«

»Er und Sie sind ...«

»Wir sind Freunde.«

»Freunde, ja, natürlich.«

»Noch eine freche Bemerkung dieser Art, und Sie können gehen.« Aber gleichzeitig schenkte sie mir ein unergründliches Eisköniginnen-Lächeln, um mich in Spannung zu halten.

»Sie waren zum Essen ausgewesen?«

»Mit Freunden — Geschäftspartnern, sollte ich eigentlich sagen. Wir befanden uns auf dem Rückweg zu meiner Wohnung. Der Unfall passierte auf der North Circular Road — oder jedenfalls hat man mir das später gesagt.«

Ich nickte. Sie war nicht die Art Mädchen, welche die North Circular Road kennen und das dann auch noch zugeben würde.

»Der Lastwagenfahrer hat zu früh die Fahrbahn gewechselt. Er muß sich in der Entfernung verschätzt haben.«

»Die Polizei sagt aber, daß der Lastwagen vor einer roten Ampel stand.«

»Sergeant Davis fährt heute nachmittag mit mir hinaus, um den Bentley abzuholen. Da werde ich alles noch einmal klarstellen. Er sagt, es wäre nur eine Routinesache — eine halbe Stunde oder so ähnlich, und er würde mich dann auch zurückbringen.«

Dieser Sergeant Davis. Was für ein Glück hat er doch. Wäre sie allerdings Rentnerin gewesen, dann hätte er sie wahrscheinlich mit dem Bus in die Stadt fahren lassen, um sich ihren Bentley abzuholen.

»Welche Farbe hatte denn der Lastwagen?«

»Braun und beige.«

»Und er hatte zwei Fahrer?«

»Zwei, ja. Möchten Sie etwas Kaffee?«

»Das wäre ganz wundervoll, Miß Shaw.«

»Sara — so heiße ich, und das reicht völlig.« Sie zog bei irgendeiner Maschine den Stecker heraus und goß zwei Schalen Kaffee ein. Über den Rest stülpte sie einen Kaffeewärmer. Die Küche war ein schmaler Raum mit vielen elektrischen Geräten. Alle Geschirrtücher waren mit bunten Bildern und Rezepten bedruckt. An der Wand hing eine komplizierte graphische Darstellung, die ich zunächst für das Modell eines Wasserstoff-Atoms hielt, aber bei näherer Betrachtung erwies sie sich dann als eine Gewürz-Tabelle. Sara stellte Croissants, Butter und Marmelade neben mir auf den Tisch. Ihre Hände wirkten elegant, aber man merkte ihnen doch ein wenig an, daß ihre Eigentümerin wahrscheinlich selbst das Geschirr abwusch und den Hausputz besorgte. Ich biß in eines der Croissants, während sie Milch heiß machte und ein Bündel auf einem Nagel in der Wand gespießte Rechnungen durchsah. Ich konnte nicht genau feststellen, ob sie einen Büstenhalter trug oder nicht.

»Sie scheinen von der Sache aber nicht allzu sehr mitgenommen zu sein.«

»Finden Sie das schlimm? Ben war ein Freund meines Vaters. Ich sehe ihn nur zwei- oder dreimal im Jahr. Er fühlt sich verpflichtet, mir hin und wieder etwas Gutes zu essen vorzusetzen, aber außer über meinen Vater sprechen wir meist nur über sehr wenige Dinge.« Sie streifte ein paar Krümel von ihrem Pullover und stieß einen ärgerlichen Seufzer aus. »Unordentliche Schlampen wie ich sollten immer eine Schürze tragen.« Sie wandte sich mir zu und zeigte mir ihre Hände. »Sehen Sie sich das an, und dabei bin ich noch nicht einmal zwei Minuten in der Küche.« Ich sah sie mir also an. »So brauchen Sie mich nun auch wieder nicht anzustarren«, sagte sie rasch. Am elektrischen Herd ertönte ein Summer, und ein rotes Lämpchen leuchtete auf. »In Wirklichkeit sind Sie doch gar kein Versicherungsvertreter, Mr. . . . .« Sie schob ein paar Fertig-Pizzas in den Backofen und stellte den Zeitmesser neu ein.

». . . . Armstrong. Nein, in Wirklichkeit bin ich Büroboote bei Sergeant Davis.« Sie schüttelte den Kopf. Das glaubte sie mir also auch nicht.

»Es war ein Unfall, Mr. Armstrong. Und um ganz offen zu sein — es war Bens Schuld. Er fuhr ganz langsam, weil er dachte, er hätte irgendein pfeifendes Geräusch im Motor gehört.«

»So sind Leute mit Bentleys nun einmal. Sie machen sich immer Sorgen um ihren Motor.«

Sie schien nicht begierig, von mir noch mehr Gemeinplätze über Bentley-Eigentümer zu hören. Wahrscheinlich wußte sie von dieser Art Menschen mehr als ich.

Über meinen Kopf hinweg griff sie nach einem Croissant. Wieder blickte ich sie auf die Art an, die ihr nicht gefallen hatte.

»Die Straße war trocken, und die Beleuchtung gut?«

Sie trank einen Schluck Kaffee, bevor sie antwortete. »Die Antwort auf beide Fragen lautet — ja.« Sie machte eine Pause und fügte dann hinzu: »Sehen Sie immer so besorgt aus?«

»Was mir Sorgen macht, Miß Shaw, das ist die Tatsache, daß Sie sich bei allen Fragen so sicher sind. Die meisten Zeugen quellen nur so über von Ausdrücken wie ›vielleicht‹, ›ich glaube‹ und ›so ungefähr‹, aber Sie können sogar im bläulichen Neonlicht ganz einwandfrei erkennen, daß der Lastwagen braun und beige ist. Das grenzt schon an Hellseherei.«

»Ich bin eine Hellseherin, Mr. Armstrong.«

»Dann werden Sie ja auch wissen, daß ich gestern abend zusammen mit Mr. Tolliver gegessen habe. Und er schien ohne Begleitung zu sein — falls er Sie nicht unter dem Obstgelee versteckt hatte.«

Sie hob ihre Kaffeetasse hoch, rührte heftig mit dem Löffel darin herum und beschäftigte sich eingehend mit der Frage, ob sie auch genug Zucker hatte. Ohne aufzublicken, sagte sie dann: »Ich hoffe, daß Sie das nicht der Polizei erzählt haben.«

Ich setzte mein Frühstück mit einem zweiten Croissant fort. Sie sprach weiter: »Das Ganze ist eine etwas komplizierte Situation. Nein, nein — nicht so was. Aber Ben hat mich gestern abend bei einer Freundin abgeholt, und ich wollte das nicht alles der Polizei erst lang und breit erklären. Ich kann mir auch nicht vorstellen, daß es nötig wäre, meinen Sie nicht auch?«

Von Zeit zu Zeit legte sie wieder die Arme um die Schultern, als ob ihr kalt wäre, oder aus Zärtlichkeitsbedürfnis, oder vielleicht auch einfach nur deswegen, um sich zu versichern, daß ihre Arme noch da waren. Gerade jetzt tat sie es wieder.

»Wahrscheinlich ist es wirklich nicht nötig«, sagte ich.

»Ich wußte gleich, daß Sie nett sind.« Sie hob die seidene Wärmehaube von der Kaffeemaschine und goß mir nochmals ein. »Mit solchen Sachen ... ich wußte die ganze Zeit, daß es herauskommen würde. Schon als Kind konnte ich nicht lügen, ohne dabei ertappt zu werden.«

»Was haben Sie getan, *nachdem* der Wagen zum Halten gekommen war?«

»Oh — müssen wir davon wirklich reden?«

»Ich glaube schon, Miß Shaw.« Dieses Mal sagte sie nicht, daß ich sie einfach Sara nennen sollte.

»Ich wußte, daß er in einem Koma war — nicht einfach nur betäubt oder halb bewußtlos. Ich habe einmal einen Lehrgang für Erste Hilfe mitgemacht. Sein Puls war kaum zu spüren, und dann war da noch das Blut.«

»Sie klingen aber recht gefaßt.«

»Ist es Ihnen lieber, wenn ein Mädchen auf den Tisch springt und den Rock hebt —«

»Aber ganz bestimmt«, sagte ich ohne besondere Betonung.

»— wenn sie nur eine Maus sieht?« Ich hoffte, daß ich sie noch ein klein wenig wütender machen könnte, und daß sie mir dann vielleicht etwas erzählen würde, das sich lohnte. Aber sie setzte sich wieder hin, streifte die Schuhe ab und versteckte ihre Füße unter dem Stuhl. Dann lächelte sie. »Sie drängen sich hier mit irgendwelchem Unsinn über Versicherungsgesellschaften ein, und Sie bezeichnen mich praktisch als Lügnerin. Dann sagen Sie mir, daß ich mich nicht genug aufrege, und zwischendurch verunreinigen Sie das Lokal mit Ihren zweitklassigen Witzen. Und bei alledem erwarten Sie noch von mir, daß ich Sie nicht einmal frage, wer, zum Teufel, Sie eigentlich sind, oder Sie einfach in hohem Bogen hinauswerfe.«

»Fragen Sie mich doch.«

»Ich weiß schon ganz gut, wer Sie sind. Einer von Mr. Tollivers geheimen kleinen Helfern.«

Ich nickte.

»Nicht etwa, daß Sie sich dabei besonders geschickt anstellen. Kein Wunder, wenn alles ein solches Durcheinander ist.«

»Was ist denn ein Durcheinander?«

»Ach, das ist doch gleich.« Sie seufzte schwermütig und von der Welt enttäuscht.

Aus dem Keller rief der blonde Mann: »Ich kann den Rosé nicht finden.«

»Diese blöden Schwulen«, sagte sie. Aber dann tat es ihr sofort leid, daß sie dermaßen ihre vornehme Haltung verloren hatte. »Ich komme sofort, Sylvester. Ich muß nur noch meinen Gast zur Tür begleiten.«

Ich füllte mir noch einmal die Tasse. »Ihr Kaffee ist so gut«, sagte ich, »daß ich einfach nicht widerstehen kann.«

Zwischen ihren Augenbrauen zeigten sich tiefe Falten. Es muß schrecklich sein, nicht einmal einen Fremden aus dem eigenen Lokal werfen zu können, weil man dazu zu wohlerzogen ist.

»Steht er nicht hinten auf der Bank?« rief sie in den Keller.

»Ich habe überall nachgesehen«, behauptete der Jüngling.

Sie sprang auf die Füße und lief hastig die knarrende Treppe hinunter. Ich hörte sie unten mit dem Blonden sprechen, während ich schon nach ein paar schnellen Schritten wieder im Lagerraum stand. Ich griff mir die dunkelblaue Jacke und breitete sie auf dem Tisch aus. Es war eine bis oben hin zuknöpfbare Offiziersuniform. Auf der Brust leuchtete ein breiter Streifen aus Ordensbändern, und um die Ärmel liefen die goldenen Ringe, an denen man einen Konteradmiral der sowjetischen Marine erkennt. Rasch rollte ich die Jacke wieder zusammen und schob sie zurück in die Ecke. Nur eine Sekunde brauchte ich, um wieder auf meinem Stuhl zu sitzen, aber schon stand auch die wunderschöne Miß Shaw in der offenen Kellertür.

»Haben Sie den Wein gefunden?« fragte ich höflich.

»Ja«, sagte sie. Ihre Augen bohrten sich in mich hinein, und ich erinnerte mich an ihre scherzhafte Bemerkung, daß sie eine Hellseherin sei. »Das hätte ich fast vergessen«, fuhr sie fort. »Wollen Sie nicht ein paar Karten für unser Stück kaufen?«

»Was denn für ein Stück?«

»Wir sind alle Amateure, aber die beiden Hauptdarsteller sind wirklich gut. Der Eintrittspreis ist nicht hoch — nur fünfzig Pence pro Karte.«

»Und was führen Sie denn auf?«

»Ich kann mich im Augenblick nicht an den genauen Titel erinnern. Es spielt während der russischen Revolution — Panzerkreuzer *Potemkin* — Sie haben den Film ja sicher gesehen. Aber das Stück ist nicht so politisch — eigentlich eher eine Liebesgeschichte.«

Sie stand auf, um damit anzudeuten, daß es für mich jetzt wirklich Zeit zum Gehen war.

Wenn dieses Mädchen etwas nur andeuten wollte, dann tat sie es offensichtlich mit jeder Faser ihres Körpers. Mit gekreuzten Armen stand sie vor mir und warf mit einer Kopfbewegung ihr langes, blondes Haar zurück, wobei sie mir gleichzeitig den einwandfreien Beweis lieferte, daß sie wirklich keinen Büstenhalter trug. »Sie glauben, daß ich Ihnen ausweichen will — ich weiß«, sagte sie mit dunkler, sanfter und doch ungemein erotischer Stimme.

»So könnte man es bezeichnen«, stimmte ich zu.

»Sie irren sich aber«, sagte sie und fuhr sich mit der Hand durch das Haar, eher wie ein Mannequin, und überhaupt nicht wie eine Restaurantbesitzerin. Ihre Stimme senkte sich noch mehr, als sie fortfuhr: »Ich bin nur einfach nicht gewöhnt, so vernommen zu werden.« Sie kam auf mich zu und stellte sich dicht hinter mich, aber ich dachte nicht daran, auch nur den Kopf zu wenden.

»Für eine Amateurin halten Sie sich aber ganz gut«, sagte ich nur. Bis jetzt hatte ich mich auf meinem Stuhl noch nicht vom Fleck gerührt.

Sie lächelte und legte mir die Hand auf die Schulter. Ich konnte ihren Körper spüren, als sie sich an mich drängte. »Bitte«, sagte sie. Wie sollte ich jemals den Klang beschreiben, den dieses Wort in ihrem Mund hatte?

»Woran denken Sie?« fragte sie jetzt.

»Wollen Sie, daß ich eingesperrt werde?«

Es war nicht der Geruch ihres Parfüms, den ich jetzt so lockend verspürte, es war auch etwas anderes: die Art, in der sich die Ereignisse hier entwickelten, schien mir zu geplant. Es ergab alles irgendwie ein Muster — die Kartoffeln, die sie geschält hatte, der

Talkumpuder, den sie benutzte, ihr Tweedrock und darunter ihr Körper. Zu einem anderen Zeitpunkt und mit anderen Motiven als denen, die sie jetzt offensichtlich beherrschten, hätte sie mich vielleicht nur anzulächeln brauchen — und ich wäre verloren gewesen.

Ich sagte: »Einmal in meinem Leben war ich in Paris bei einer Modenschau. Man muß sich durch einen dichten Haufen von Mode-Expertinnen mit spitzen Ellbogen hindurchdrängen, und dann wird man auf so einen kleinen, vergoldeten Kinderstuhl gesetzt. Hinter dem Vorhang konnten wir das Gekreische der Mannequins mithören: Sie fluchten und stritten sich um Spiegel, Klammern und Haarbürsten. Aber plötzlich wurde dann das Licht gedämpft, bis es nicht mehr heller als Kerzenschimmer war. Von irgendwoher erklang leise Geigenmusik, und jemand versprühte Chanel in der Luft. Von den scharfzüngigen alten Modeschachteln mit den spitzen Ellbogen hörte man nichts mehr als das delikate Geräusch applaudierender kleiner Händchen in seidenen Handschuhen.«

»Ich verstehe Sie nicht«, sagte Miß Shaw und bewegte ihren Körper wieder ein klein wenig.

»Nun, das ist eine Sache der Gegenseitigkeit«, sagte ich. »Und niemand bedauerte das mehr als meine Wenigkeit.«

»Ich meine, diese Sache mit der Modenschau.«

»Dort habe ich alles gelernt, was ich von Frauen weiß.«

»Und was ist das?«

»Da bin ich mir eben nicht sicher.«

Aus dem Keller rief Sylvester herauf: »Reicht der Chablis noch, Sara?«

»Natürlich reicht er nicht mehr, du blöde Tunte!« schrie sie zurück. Auf der Bombe stand zwar außen ›für Sylvester‹ drauf, aber gezielt war sie auf mich.

»Ich fürchte, ich habe noch eine Menge Fragen«, sagte ich.

»Jetzt habe ich aber keine Zeit mehr. Ich muß das Mittagessen vorbereiten.«

»Aber es wäre vielleicht besser, wenn wir es gleich hinter uns brächten.«

Sie blickte auf ihre Armbanduhr und seufzte. »Eine unpassendere Tageszeit hätten Sie sich wirklich nicht aussuchen können.«

»Ich kann warten.«

»Ach du lieber Gott! Hören Sie, kommen Sie doch zum Mittagessen wieder, als mein Gast. Danach beschäftigen wir uns dann mit Ihren Fragen.«

»Zum Mittagesssen bin ich leider schon verabredet.«

»Dann bringen Sie das Mädchen eben mit.«

Ich hob eine Augenbraue.

»Ich habe Ihnen ja gesagt — ich bin eine Hellseherin.« Sie sah etwas in einem großen Buch nach. »*Deux couverts* — um ein Uhr? Das gibt Ihnen noch Zeit für einen Cocktail.« Sie schraubte einen goldenen Füllfederhalter auf. »Wie war doch gleich noch mal der Name?«

»Sie machen es mir fast unmöglich, abzulehnen.«

»Ausgezeichnet.« Sie spielte ungeduldig mit dem Füllfederhalter.

»Armstrong.«

»Dann gebe ich Ihnen auch Ihre Karten für die Theateraufführung später.« Sie ging zur Kellertür. »Sylvester!« rief sie. »Was, zum Teufel, machst du denn da unten! Wir haben bis zum Mittagessen noch eine Menge zu tun, verdammt noch mal!«

> CONTROL kann nach eigenem Ermessen die Spielzeit beschleunigen, anhalten oder auch rückwärts laufen lassen, so daß einzelne Züge mit dem Vorteil der vorherigen Einsicht in die Entwicklung wiederholt werden können. Gegen derartige Maßnahmen kann nur dann Einspruch erhoben werden, wenn die betreffende Partei nicht vorher schriftlich informiert worden ist.
> REGELN: ALLE SPIELE. STUDIEN-CENTER, LONDON.

KAPITEL ZWÖLF

Als ich zurückkam, ging ich gleich hinauf zum Kontroll-Balkon. Schlegel war gerade am Telefon. Es war noch früh, und ich hoffte, daß er mich vielleicht noch gar nicht vermißt hatte. »Verdammter Mistkerl!« schrie er in den Hörer und knallte ihn auf die Gabel. Ich ließ mich nicht aus der Ruhe bringen; das war nichts weiter als sein mormaler Umgangston. Bei allem, was er tat, verschwendete er ein Übermaß an Energie: Ich hatte das schon öfters bei so kleinen, kräftiggebauten Männern erlebt, wie Schlegel einer war. Er schlug sich klatschend mit der Faust in den offenen Handteller. »Herrgott noch mal, Patrick. Eine Stunde, hatten Sie gesagt.«

»Sie wissen ja, wie so was geht.«

»Lassen Sie jetzt die Entschuldigungen, verdammt noch mal. Ihrem Freund reichen inzwischen seine Flugboote nicht mehr aus. Jetzt setzt er auch noch Eisbrecher für eine Suchaktion entlang des Murmanskiy Bereg ein. Eisbrecher mit Sonarbojen... verstehen Sie? Er braucht nur ein paar Kreuzpeilungen zu machen, und dann hat er die beiden U-Boote schon geortet.«

»Das ist nicht schlecht«, sagte ich bewundernd. »Daran hat noch nie jemand gedacht. Vielleicht haben die Russen deshalb diese beiden Atom-Eisbrecher so weit westlich stationiert.«

Schlegels Hände sind immer recht ausdrucksvoll, aber jetzt gestikulierte er mit ihnen vor mir herum, daß die Finger nur so flogen. »Ich habe zwei Admirale mit einem ausgewählten Stab aus Norfolk im Blaustab-Raum.« Er ging hinüber zum Teleprinter, zog einen Papierstreifen heraus, riß ihn ab, zerknüllte ihn und warf ihn quer durch den Raum. Ich schwieg. »Und Ihr Freund Foxwell muß sich ausgerechnet *diesen* Augenblick heraussuchen, um uns zu beweisen, wie bequem uns die Roten aufs Kreuz legen können.«

Er deutete hinunter zum Lagetisch. Plastikscheiben markierten die Stellen, an denen Ferdy feindliche Atom-U-Boote in die Luft gejagt hatte. Die beiden Reserveboote, die sie ersetzen sollten, kamen von Island und Schottland her und bewegten sich entlang der Küste von Murmansk. Sie mußten unweigerlich von Ferdys Sonarbojen geortet werden.

»Die hätten diese Boote aber auch über eine nördlichere Route heranführen sollen, dichter am Pol vorbei«, sagte ich.

»Und wo waren Sie, als wir Ihren Rat so dringend gebraucht hätten?« meinte Schlegel sarkastisch. Er hob sein Jackett auf und stand einen Augenblick herausfordernd in Hemdsärmeln vor mir, die Jacke am Daumen hängend über die Schulter geworfen und sich mit beiden Händen an seinen blutroten Hosenträgern festhaltend. Dann zog er das Jackett an und strich die Ärmel glatt. Der Anzug war beste Maßarbeit aus der Savile Row, vom Futter bis zum Etikett — aber an Schlegel sah er aus wie die Sonntagskluft eines neureichen Gangsters.

»Woher wollen wir denn wissen, daß die Russen sich im Falle eines wirklichen Krieges nicht auch so irre aufführen?« fragte ich.

»Und ebenfalls das Kara-Meer ohne jede Deckung lassen?« Er zog seinen Krawattenknoten fester.

»Das scheint ja bis jetzt gut zu gehen.« Ich blickte auf den Spielzeitmesser, dessen Zeiger sich je nach dem vom Computer berechneten Ausgang der einzelnen Spielphasen vorwärtsbewegten. Dann nahm ich mir die rosa Kopien der Funksprüche, die der Blaustab bei seinen ständigen, vergeblichen Versuchen ausgesandt hatte, mit den vernichteten U-Booten Kontakt aufzunehmen.

»Die wollen das immer noch nicht wahrhaben«, sagte Schlegel. Ich stellte fest, daß die kleinen Lämpchen auf der Anzeigetafel die beiden Schiffe immer noch als unversehrt und im Einsatz befindlich meldeten.

Ich studierte kurz den Gesamtsituations-Bericht. »Wir sollten Ferdys Ideen programmieren«, sagte ich dann, »und dabei jeden Eisbrecher berücksichtigen, den die Russen nur zur Verfügung haben. Und dann das Ganze noch mal machen, aber diesmal dabei von der Annahme ausgehen, daß alle Eisbrecher auch mit U-Boot-Vernichtungswaffen ausgerüstet sind.«

»Sie haben leicht reden«, knurrte Schlegel. »Sie brauchen ja für diese Brüder am nächsten Wochenende nicht die Begräbnisansprache zu halten. Wenn die erst wieder in Norfolk sind, dann spritzt die Scheiße nur so, das kann ich Ihnen versichern.«

»Aber ist es denn nicht unsere Aufgabe, das russische Festland so gut zu verteidigen, wie wir nur irgend können?«

»Woher haben Sie denn die Idee?« fragte Schlegel. Er hatte die Angewohnheit, sich mit Zeigefinger und Daumen der einen Hand von oben nach unten über das Gesicht zu streichen, als wolle er die Falten ausbügeln, die Alter und Sorgen vielleicht hinterließen. »Die US-Marine kommt nur aus einem einzigen Grund hierher: Sie braucht Print-Out-Resultate, die sie dem Pentagon vorlegen kann — und die sicherstellen, daß die Mülltonnen-Schlepper ihr nicht die Budget-Gelder wegschnappen.«

»Schon möglich«, sagte ich. Schlegel verachtete das Strategische Bomberkommando auf das Tiefste und stellte sich mit Freuden auf die Seite der Marine, um bei jeder sich bietenden Gelegenheit den Atombombenfliegern eins auszuwischen.

»Schon möglich, sagen Sie! Haben Sie schon mal überlegt, wieso eigentlich ein fliegender Marinesoldat wie ich diesen Spielzeug-Baukasten hier leitet? Weil sie einen U-Boot-Admiral nicht durchsetzen konnten, und ich bin die nächstbeste Lösung.« Er schaltete die Sprechanlage ein. »Phase acht.« Dann sah er zu, wie die Zeiger des Spielzeitmessers auf vierzehn Uhr dreißig sprangen.

»Jetzt *müssen* sie Ihre U-Boote aber doch abschreiben.«

»Sie werden sich sagen, daß auch in dieser Phase das Packeis eben den Funkverkehr stört«, meinte Schlegel.

Ich sagte: »Nun, ein Raketen-U-Boot haben sie immerhin auf Schußweite herangebracht.«

Schlegel fragte: »Können sie bei den MIRVs vor dem Abschuß die Ziele neu programmieren?«

»Nein, aber sie können die ursprünglich auf verschiedene Ziele gerichteten einzelnen Mehrfach-Sprengköpfe auf ein gemeinsames Ziel zusammenfassen.«

»Wodurch das Ganze ein Mehrfach-Sprengkopfträger ohne Mehrfach-Zielprogrammierung wird?«

»So würde man das bezeichnen.«

»Aber das würde doch nur bedeuten, daß man eine Poseidon-Rakete wieder in so etwas wie die gute, alte, dampfbetriebene Polaris zurückverwandelt.«

»Nicht ganz.«

»Wir haben wieder mal unser Geheimhaltungs-Stündchen, wie?

Name, Rang, Wehrnummer — sonst keine Auskünfte, was? Herrgott, ich muß euch Kerlen wirklich jede Information einzeln aus der Nase ziehen.«

»Erstens einmal bumst es wesentlich heftiger pro Megatonne. Und zweitens sind die wie ein Bombenteppich herunterkommenden gebündelten Sprengköpfe wesentlich wirksamer gegen Ziele, die eine gewisse Flächenausdehnung haben.«

»Wie zum Beispiel Raketensilos?«

»Wie zum Beispiel Raketensilos.«

»Was sagt da der Computer dazu? Bei Anwendung gegen eine Abschuß-Siloanlage mit zehn Raketen, beispielsweise?«

Ich sagte: »Vorausgesetzt, daß keine ›klimatischen Besonderheiten‹ oder ›Zielprogrammierungs-Fehler‹ dazwischenkommen, errechnet er im allgemeinen einen hundertprozentigen Vernichtungserfolg.«

Schlegel lächelte. Das war alles, was der Blaustab brauchte, um Ferdy zu schlagen. Vorausgesetzt, daß das Glück ein ganz klein wenig auf seiner Seite war. Und dafür konnte Schlegel im zentralen Kontrollraum sorgen.

»Prächtig«, sagte er. Ich war sein Assistent, und es gehörte zu meinen Pflichten, ihm alle Auskünfte zu geben, die er nur haben wollte.

Aber ich hatte den Eindruck, daß er zugunsten der Admirale im Blaustab-Raum den Daumen auf die Waage legte, und daß ich Ferdy schmählich im Stich ließ.

»Ich gebe Ferdy eben die Luftaufklärungsmeldungen über die Treibeis-Situation und die Wassertemperaturen durch, in Ordnung?«

Schlegel trat ganz dicht neben mich. »Nur ein guter Rat, Patrick. Ihr Freund steht unter Beobachtung.«

»Was soll das heißen?«

Er blickte über die Schulter nach hinten, um sicher zu sein, daß die Tür geschlossen war. »Ich meine, eben unter Beobachtung. Aus Sicherheitsgründen, Sie wissen ja.«

»Ist das nicht bei uns allen der Fall? Warum sagen Sie mir das jetzt?«

»Zu Ihrem eigenen Guten. Ich meine ... wenn Sie mit dem Burschen ... nun ja, ich meine ... nehmen Sie ihn nicht gerade in Ihr Lieblingsbordell mit, wenn Sie nicht wollen, daß die Adresse am nächsten Tag auf meinem Schreibtisch liegt. Klar?«

»Ich werde versuchen, daran zu denken.«

Ich nahm die Wetterberichte und die Luftanalysen und ging zu Ferdy hinunter in den Keller.

Er schaltete die Konsole aus, als ich eintrat. Es war dunkel im Kontrollraum Rot. Nur die seitlich angestrahlten durchsichtigen Folien zeigten immer weiter ein sich ununterbrochen veränderndes Muster, während die farbigen Linien einander immer näher kamen. »Was hast du herausgefunden?« fragte er hastig.

»Nicht viel«, mußte ich zugeben. Dann erzählte ich ihm von Sergeant Davis und dem Mädchen. Er lächelte. »Habe ich es dir nicht gesagt: Schlegel steckt hinter diesen ganzen Sache.«

»Schlegel!«

»Er ist extra hierher geschickt worden, um das alles einzufädeln. Verstehst du das nicht?«

Ich zuckte die Achseln und verbannte die ganze Geschichte aus meinen Gedanken. Dann ging ich durch die Lichtschleuse hinaus in den Flur und schlug lärmend die Tür hinter mir zu. Als ich wieder nach oben auf den Kontroll-Balkon kam, schoben unten auf dem Tisch die Plotter eine quadratische Suchformation von Flugbooten die Küste entlang bis hinunter zur norwegischen Grenze. Wieder andere Maschinen patrouillierten, von Archangelsk kommend, die engsten Stellen des Weißen Meeres. Obwohl da natürlich im Grunde gar kein Meer war. Der Küstenverlauf auf der Karte da unten bedeutete in der Arktis überhaupt nichts, wo man auf dem Dach der Welt über das Packeis von Kanada bis in die UdSSR zu Fuß gehen könnte, und wo sich das Treibeis bis fast hinunter nach Schottland zieht. Viel bewegt sich nicht in dieser riesigen, weißen Einöde, über die die Stürme hinwegtoben und wo der Wind den Menschen zu Eis verwandelt, die klirrenden Bruchstücke beiseitefegt und ungerührt weiter dahinheult. Nicht viel bewegt sich dort oben auf dem Eis — aber unter seiner Oberfläche, da hört der Krieg niemals auf.

»Phase acht, Abschnitt eins«, flüsterte der Lautsprecher auf Schlegels Konsole. Die Plotter schoben die U-Boote und die Eisbrecher ein Stück weiter. Die Signallampe am Telefon zum Rotstab-Raum leuchtete auf.

»Einspruch«, sagte Ferdy. Er hatte offensichtlich mit Schlegel gerechnet und änderte seinen Tonfall, als er mich erkannte.

»Was kann ich für Sie tun, Herr Admiral?«

»Die Packeisgrenze in den Wetterberichten, die du mir vorhin runtergebracht hast. Sie stimmt mit der Jahreszeit nicht überein.«

»Das kann ich mir nicht denken, Ferdy.«

»Patrick — ich will mich nicht mir dir streiten, aber um diese Jahreszeit gefriert das Treibeis in der gesamten Mündungsbucht zu einer festen Decke und verbindet die Inseln miteinander. Du bist doch schon dort gewesen, du weißt doch auch, wie es da jetzt aussieht.«

»Die Wetterdaten sind maschinelle Auswertungen von Satelliten-Fotos.«

»Patrick, laß mich die Unterlagen für die gesamte Jahreszeit sehen, und ich werde dir zeigen, daß du dich irrst. Wahrscheinlich hat irgend jemand die Lochkarten in der Maschine durcheinandergebracht.«

Ich war sicher, daß er unrecht hatte, aber ich wollte mich mit ihm nicht noch weiter auseinandersetzen. »Ich werde die Unterlagen beschaffen«, sagte ich nur und legte auf. Schlegel beobachtete mich. »Mr. Foxwell erhebt Einspruch wegen der Packeisgrenzen«, teilte ich ihm mit.

»Halten Sie ihn mir vom Halse, Patrick. Das ist schon sein vierter Einspruch in diesem Spiel. Der Blaustab hat meine Entscheidungen noch kein einziges Mal angezweifelt.«

Ich telefonierte hinunter in den Geographieraum, wo die Eiskarten aufbewahrt werden. Die Leute unten sagten, sie würden fast eine Stunde brauchen, um die gewünschten Karten alle zusammenzusuchen. Dann rief ich den Programmierer vom Dienst an und sagte ihm, daß wir ihn brauchten. Und dann meldete ich mich nochmals bei Ferdy und teilte ihm mit, daß dem Einspruch stattgegeben sei.

»Könntest du noch einmal herunterkommen?« fragte Ferdy.

»Wie ein Jojo flitze ich hier heute auf und ab«, beschwere ich mich.

»Es ist wichtig, Patrick.«

»Also gut.« Ich stieg wieder hinunter in den Keller. Als ich den verdunkelten Kontrollraum betrat, schob sich der junge U-Boot-Fahrer, Ferdys Assistent, an mir vorbei nach draußen. Ich hatte das Gefühl, daß Ferdy ihn irgendwo hinschickte, um ihn los zu sein. »Krieg ist grausam und fürchterlich«, sagte er im Vorbeigehen, »lassen Sie sich nur ja nichts anderes einreden.«

Ferdy gestand, noch ehe ich richtig durch die Tür war, daß es eigentlich um gar nichts Wichtiges ging. »Aber ich muß mich wirklich mal ein bißchen mit jemandem unterhalten. Mit diesem amerikanischen jungen Mann kann man ja nicht reden.«

»Schlegel wird verrückt, wenn er merkt, daß wir einen Pro-

grammierer beschäftigen und Computerzeit in Anspruch nehmen, nur weil du Lust auf eine gemütliche Unterhaltung hast.«
»Ein paar Einsprüche sind mir ja schließlich gestattet.«
»Die andere Seite hat bis jetzt noch keinen einzigen vorgelegt.«
»Amateure«, sagte Ferdy. »Patrick, ich habe über das nachgedacht, was du mir vorhin erzählt hast ... diese Sache mit dem Mädchen.«
»Und weiter?« fragte ich. Aber Ferdy fuhr nicht fort. Er hatte wohl eigentlich auch gar keinen Gesprächspartner gesucht, sondern sich nur nach Gesellschaft gesehnt. Sein Kartenzirkel lag quer über der engen Einfahrt zum Weißen Meer. Auf seinem kleinen Tisch sah sie aus wie der gewundene Serpentinenteich im Hyde Park, aber in Wirklichkeit waren es immerhin über zwanzig Meilen gefrorenen Wassers, in dem Eisbrecher den ganzen Winter über zwei Fahrrinnen offenhielten.
Der Schreiber am Teleprinter las das Computermaterial vor, sobald es ausgedruckt war. »Feindliche U-Boot-Jäger in Planquadrat fünfzehn ...«
»Was habe ich denn an Jagd-U-Booten zur Verfügung?« fragte Ferdy den Operator.
»Nur die von der Flotten-Alarmbereitschaft in Poliarnyi, und dann noch die in Dikson.«
»Verdammt«, sagte Ferdy.
»Du hast doch gewußt, was passieren würde, Ferdy«, sagte ich. »Du hast dir eine ganze Reihe von kleinen Scherzen geleistet, aber es muß dir doch klar gewesen sein, was dann nicht ausbleiben konnte.«
»Noch haben wir Zeit«, sagte Ferdy.
Aber die Zeit reichte nicht mehr aus. Ferdy hätte sich eben doch an den Routine-Ablauf der Kampfhandlung halten sollen, bei dem die elektronischen Überwachungs-U-Boote zuerst ausgeschaltet werden. Das war die Art Boot, die auch wir als unseren Funk-Horchposten verwendeten, wenn wir das Material für diese Spiele zusammentrugen. Ferdy wußte besser als sämtliche Leute von Blaustab, was diese Boote alles tun konnten, und weshalb die restliche Atomraketenflotte der US-Marine von ihnen abhängig war. Jetzt waren inzwischen zwei von ihnen da und brachten die anderen in Position für ihre Raketenangriffe auf Moskau, Leningrad und Murmansk, während die U-Boote mit den höher entwickelten MIRVs gleichzeitig die Raketensilos angriffen, um den Vergeltungsschlag auf unsere westlichen Städte abzumildern.

»Hast du vor, auf Unternehmen Weltuntergang zu erweitern?« fragte ich. Aber wenn Ferdy beabsichtigte, zur totalen Vernichtung überzugehen — ohne Rücksicht darauf, ob er den Krieg gewinnen konnte —, dann war er jedenfalls nicht geneigt, mir davon Mitteilung zu machen.

»Schwirr ab«, sagte er. Wenn er noch zur rechten Zeit herausfinden konnte, welche der amerikanischen U-Boote mit MIRVs bewaffnet waren, dann konnte ihm vielleicht noch eine Art Zufallssieg gelingen. Denn die Polaris-U-Boote, die ihre Raketen vom Meeresboden durch Wasser oder Eis an die Oberfläche schossen, konnten wegen ihrer Zielungenauigkeit kein Objekt treffen, das kleiner war als eine ganze Großstadt. Die wirkliche Gefahr ging von den MIRVs aus.

»Die ganze Sache ist doch schon völlig klar — alles vorbei bis auf das Halali. Du könntest natürlich noch eine Woche in Spieltagen herumtrödeln, aber um zu gewinnen, müßtest du schon unheimliches Glück haben.«

»Schwirr ab, habe ich gesagt«, wiederholte Ferdy.

»Laß dir deswegen keine grauen Haare wachsen«, sagte ich. »Ist doch nur ein Spiel.«

»Dieser Schlegel hat es darauf angelegt, mich fertigzumachen«, knurrte Ferdy und stand auf. Seine massige Gestalt hatte kaum genügend Platz zwischen der Konsole und den Spielstand-Anzeigegeräten.

»Alles nur ein Spiel, Ferdy«, sagte ich noch einmal. Wider Willen grinste er schwach, denn das war eine stehende Redensart im Studien-Center: Wenn sie uns jemals eine Plakette verleihen, oder ein Wappen, dann wird dieser Satz als Wahlspruch auf einem verschlungenen Band darunter zu lesen sein.

Ich sah Ferdy zu, während er mit den Fingerspitzen über seine Arktis-Karte fuhr. »Nächsten Monat ist wieder eine Reise für uns geplant«, sagte er.

»Man hört so was«, antwortete ich.

»Mit Schlegel«, sagte Ferdy fast neckisch.

»Er war noch nie in der Arktis. Er möchte sehen, wie das alles in Wirklichkeit funktioniert.«

»Da haben wir also nur einen Monat Pause zwischendurch, dieses Mal.«

»Ich dachte, dir machen die langen Reisen Spaß.«

»Nicht, wenn dieser verdammte Schlegel dabei ist. Ganz bestimmt nicht.«

»Was ist denn jetzt wieder?«

»Es hat eine ganze Woche gedauert, bis sie mir meinen Bibliotheksausweis erneuert haben.«

»Bei mir haben sie letztes Jahr einen ganzen Monat gebraucht. Das ist die liebe englische Bürokratie. Und nicht Schlegel.«

»Du findest immer eine Entschuldigung für ihn.«

»Weißt du, Ferdy, manchmal kannst du ein wenig ermüdend sein.«

Er nickte reumütig.

»Warte doch mal einen Augenblick«, sagte er dann. Er war ein seltsam einsamer Mensch, dazu erzogen, sich nur in der winzigen Welt jener Männer zu Hause zu fühlen, die seine obskuren lateinischen Sprichworte verstanden, stillschweigend seine halbvergessenen Zitate aus den Werken von Shelley und Keats vervollständigten und seine Vorliebe für die Witze und das Essen aus der lange zurückliegenden Schulzeit teilten. Ich war keiner von ihnen, aber ich paßte auch ganz gut in den Rahmen. »Warte doch — nur fünf Minuten.«

Der Bildschirm — die Sichtanzeige des Computers — veränderte sich in rascher Folge, während Ferdy auf der Tastatur eifrig tippte.

Wir spielten nach einer modifizierten Fassung des Szenarios Nr. 5: Die russische U-Boot-Abwehr der Nordflotte hatte vierundzwanzig Stunden Zeit im Stadium der ›äußersten Kriegsgefahr‹, um die in der Arktis stationierten anglo-amerikanischen U-Boote zu neutralisieren. In diesem Falle beginnt das Szenario mit der Annahme, daß sich ein MIRV-U-Boot hundert Meilen nördlich von Spitzbergen befindet. Wenn es dem Blaustab gelang, dieses Boot — oder irgendein anderes Raketen-U-Boot — noch etwas näher an Murmansk heranzubringen, dann konnte Ferdy es nicht mehr angreifen, ohne zu riskieren, daß die Explosion auch seine eigene Stadt vernichtete. Das war die taktische Basis dieses Vierundzwanzig-Stunden-Spiels: die blauen U-Boote so nah wie möglich an die russischen Städte heranzubringen. Ferdys ›Verrückten-Halma‹, wie Schlegel es nannte, konnte sich dabei auf keinen Fall auszahlen.

»Die glauben da drüben anscheinend, daß alles vorbei ist, was?«

Ich sagte nichts.

»Das werden wir schon sehen«, sagte Ferdy.

Das Telefon blitzte zweimal hintereinander auf. Ich hob den

Hörer ab. »Hier Schlegel. Haben Sie mir die Analyse der Mittelmeerflotte mitgebracht?«

»Sie war noch nicht fertig und sollte in der Kuriertasche mit den Sachen für die Bibliothek mitgeschickt werden. Wahrscheinlich liegt sie inzwischen schon drüben. Ich werde sie holen.«

»Sie brauchen doch keine Bücher vom Auswertungsblock hier herüber zu tragen. Dafür haben wir schließlich Büroboten.«

»Mir tut ein Spaziergang ganz gut.«

»Wie Sie wollen.«

»Ich muß gehen«, sagte ich zu Ferdy. »Verschieben wir unsere kleine Unterhaltung also auf später.«

»Wenn es dein Herr und Meister erlaubt.«

»Sehr richtig, Ferdy«, sagte ich, und mein Ärger klang ein wenig durch, »wenn es mein Herr und Meister erlaubt.«

Das Auswertungs-Gebäude lag die Straße entlang etwa dreihundert Meter weiter. Bis zur Mittagszeit waren jetzt beim Spiel keine wesentlichen Veränderungen mehr zu erwarten. Ich setzte meinen Hut auf, hüllte mich in Schal und Mantel und wanderte durch den frischen Wintertag. Die Luft roch herrlich, aber wenn man aus dem Center kam, dann roch die Luft überall gut. Ich dachte darüber nach, wie lange ich wohl noch in einem Projekt mitarbeiten könnte, das Kriegsschiffe wie mit der Fliegenklatsche erledigte und den Vorteil der einen oder anderen Partei an der Zahl der ›ausgefallenen‹ Städte maß.

> Schlußfolgerungen, die ein Angehöriger des STUCEN-Stabes in Hinsicht auf das Spiel zieht, gelten als geheim. Dabei ist es gleichgültig, ob derartige Schlußfolgerungen auf dem Spielablauf basieren oder nicht.
>
> ROUTINE-ANORDNUNG FÜR ALLE MITARBEITER,
> STUDIEN-CENTER, LONDON.

KAPITEL DREIZEHN

Die Auswertung wirkte von außen wie ein großes, umgebautes Bürohaus, aber wenn man einmal die Eingangstür hinter sich hatte, dann war alles ganz anders. In einem großen Glaskasten saßen zwei uniformierte Wachbeamte des Verteidigungsministeriums, neben sich eine Stechuhr und eine ganze Wand voller Stechkarten, die sie Tag für Tag von morgens bis abends sorgfältig prüften und erst dann in verschiedene Fächer verteilten.

Der Beamte an der Tür nahm mir meinen Sicherheitsausweis ab. »Armstrong, Patrick«, rief er seinem Kollegen zu, und buchstabierte dann den Namen noch einmal, ohne sich sonderlich zu beeilen. Der zweite Mann blätterte suchend durch die Karten in seinem Wandregal. »Sind Sie vielleicht gerade erst vor kurzem hinausgegangen?« fragte mich der erste.

»Ich?«

»Ja.«

»Hinausgegangen?«

»Ja.«

»Nein, natürlich nicht. Ich will ja gerade erst hineingehen.«

»Wahrscheinlich haben sie heute morgen wieder die Karten durcheinandergebracht. Nehmen Sie doch bitte eine Minute Platz, ja?«

»Ich möchte keine Minute Platz nehmen«, sagte ich geduldig, »und auch keine Sekunde. Ich möchte hinein.«

»Ihre Karte ist nicht im Regal«, erklärte er.

»Was mit den Karten passiert, ist ausschließlich Ihre Sache«, sagte ich. »Versuchen Sie bloß nicht, mir deswegen ein Schuldgefühl einzureden.«

»Er sucht ja schon, so schnell er kann«, sagte der Mann am Eingang. Sein Kollege bückte und streckte sich inzwischen abwechselnd, um an die Kartenfächer an der Wand heranzukommen. Dazwischen murmelte er immer wieder »H I J K L M N O P«, um die richtige Reihenfolge im Gedächtnis zu behalten.

»Ich will ja nur hinauf zur Bibliothek«, erklärte ich.

»Ja, ja«, sagte der Türwächter und lächelte, als hätte er genau dieselbe Erklärung schon von unzähligen ausländischen Spionen gehört. »Aber das bleibt sich ja gleich, nicht? Die Bibliothek ist schließlich oben im dritten Stock.«

»Dann kommen Sie doch mit«, schlug ich vor.

Er schüttelte den Kopf, um anzudeuten, daß er den gar nicht einmal ungeschickten Versuch des verdächtigen Ausländers durchschaut hatte. Dann wischte er mit dem Handrücken über seinen großen, weißen Schnurrbart, griff in seine Uniformjacke und zog ein Brillenetui hervor. Nachdem er die Brille aufgesetzt hatte, las er meinen Sicherheitsausweis noch einmal ganz genau durch. Bevor wir diese Ausweise bekamen, hatte es hier nie irgendwelche Verzögerungen gegeben. Ich war das Opfer irgendeines Parkinsonschen Gesetzes über die im Quadrat fortschreitende selbsttätige Steigerung von Sicherheitsmaßnahmen. Der Wächter fand die Abteilungsnummer und prüfte sie in einer schmierigen Mappe mit losen Blättern nach. Dann notierte er sich die Nummer des Hausapparates und ging in den Glaskasten, um zu telefonieren. Er drehte sich um und sah, daß ich ihn beobachtete, worauf er sorgfältig das Glasschiebefenster schloß, damit ich nicht mithören konnte.

An seinen Lippen las ich ab, was er sagte: »Die Karte ist heute morgen einmal benutzt worden, der Eingangsvermerk ist da, aber keiner für den Ausgang. Der Eigentümer ist ...«, und er drehte sich um, damit er mich besser sehen konnte, ».... Ende Dreißig, mit Brille, glattrasiert, dunkles Haar, etwa einen Meter achtzig groß ...« Er hielt inne, und ich konnte Schlegels knarrende Stimme sogar durch die geschlossene Glaswand hören. Der Wachmann öffnete das Schiebefenster. »Ihr Büro möchte mit Ihnen reden.«

»Hallo«, sagte ich.

»Sind Sie das, Pat?«

»Jawohl, Sir.«

»Was treiben Sie denn da für neckische Spiele?«

Ich gab keine Antwort, sondern reichte den Hörer schweigend

zurück. Schlegel verstand anscheinend, was ich von ihm erwartete, denn der Wächter hatte nicht einmal Zeit, das Schiebefenster zu schließen, als schon seine Stimme aus dem Hörer überquoll und den armen Mann mit allen möglichen Schimpfnamen belegte. Der Alte wurde feuerrot im Gesicht und versuchte, Schlegel mit einer Reihe von beruhigenden Grunzlauten friedlicher zu stimmen. »Ihr Chef sagt, Sie können reingehen«, teilte er mir dann mit.

»Mein Chef sagt das also, tatsächlich. Und was sagen Sie?«

»Wir müssen die Karten noch einmal durchsuchen. Jemand ist wahrscheinlich weggegangen und hat seine nicht abgegeben. Das kommt hin und wieder vor.«

»Kriege ich dieselben Schwierigkeiten noch einmal, wenn ich wieder hinaus will?«

»O nein, Sir«, sagte der Mann. »Dafür sorge ich schon. Sie werden keinerlei Schwierigkeiten haben, wenn Sie hier wieder *hinaus* wollen.«

Er lächelte und strich sich mit der Hand über den Schnurrbart. Ich versuchte erst gar nicht, seiner Bemerkung noch etwas entgegen zu setzen.

Eigentlich war es nicht nur eine Bibliothek, sondern viele, übereinandergepackt wie die verschiedenen archäologischen Schichten im alten Troja. Zuunterst waren die stockfleckigen Lederrücken und zerfledderten Einbanddeckel der ursprünglichen Stiftungsbücherei, dann kamen Karteikästen und Einbände aus dem Ersatzmaterial der Kriegszeit, und dann darüber in verschiedenen Lagen die vollständige offizielle Geschichte der beiden Weltkriege. Nur die letzten Anschaffungen befanden sich in neuen Metallregalen. Ein ganzer Teil davon bestand aus Mikrofilmen, die sich nur in den winzigen Kämmerchen lesen ließen, aus denen ein ständiges Klappern und der Geruch heißer Projektorlampen hervordrangen.

Ich begann mit der Nordflotte, aber ich hätte ihn auch gefunden, wenn ich mir nur die Liste sämtlicher Konteradmirale vorgenommen und in alphabetischer Reihenfolge durchgesehen hätte. Keiner der Mikrofilmnachträge war von besonderem Interesse, aber ein paar neue Bilder waren hinzugefügt worden. Dies war ohne Zweifel der Mann, der *ich* sein wollte.

Remoziva, Vanya Mikhail (1924—   ) Konter-Admiral
Kommandierender Admiral der Abteilung für
Anti-U-Boots-Seekriegführung
Nordflotte, Murmansk

Die Familie Remoziva erwies sich als ein ausgezeichnetes Beispiel revolutionären Elans. Der Vater des Admirals war ein Metallarbeiter aus Orel, die Mutter eine Bäuerin aus Charkow, die weiter nach Osten gezogen war, als die Deutschen aufgrund des Vertrages von Brest—Litowsk einen großen Teil Rußlands besetzten. Von den sieben Kindern hatten zwei Töchter und drei Söhne überlebt. Und was waren das doch für Kinder: Nicht nur ein Konter-Admiral war dabei, sondern auch Pjotr, Professor der Zoologie; Evgeni, ein Soziologe; Lisaveta, politwissenschaftliche Analytikerin, und schließlich Katerina, die jüngere Tochter, welche die Assistentin von Madame Furzeva gewesen war — der ersten Frau, die je bis in das Präsidium des Zentralkomitees gelangte. Die Familie Remoziva kam mir vor wie die Ferdy-Foxwell-Clique der sowjetischen Arbeiter- und Bauerngesellschaft.

Der betreffende Sachbearbeiter hatte gründliche Arbeit geleistet — wenn auch der größte Teil seines Materials aus Hinweisen auf die Zentralregistratur bestand —, und er hatte den Alexander-Newski-Orden des Soziologen ebensowenig vergessen wie die drei amputierten Finger des Zoologen — ja, dieselbe Frage habe ich mir auch gestellt — und das Nierenleiden des Admirals, das wahrscheinlich seinem weiteren Aufstieg im Wege stehen würde.

Ich sah den Bogen durch, auf dem Einzelheiten der Karriere Remozivas aufgeführt waren. Eigentlich war er Admiral Rickover von der US-Marine zu erheblichem Dank verpflichtet, denn der amerikanische Entschluß, Atom-Unterseeboote zu bauen — und sie mit Polaris-Raketen zu bewaffnen —, war das beste, was Remoziva jemals passieren konnte. Der Rest war eine atomare Version der berühmten Karriere vom Tellerwäscher bis zum Millionär. Als der Kiel der *Nautilus* gelegt wurde, war Remoziva *Starschii Leitenant,* saß im Küsten-Verteidigungskommando der Nordflotte herum und bemühte sich verzweifelt, irgendwie in einen Stab zu kommen — und wenn es auch nur bei der Küstenartillerie war. Plötzlich erinnert sich jemand an seine Zeit bei der U-Boot-Abwehr im Krieg und bläst den Staub von den alten Unterlagen: Remoziva erhält wieder seinen Kriegsdienstrang. Die U-Boot-Abwehr bei der Nordflotte übertrifft an Wichtigkeit inzwischen sogar die in der Ostsee, denn nun befährt die amerikanische Marine die Gewässer unter dem Polareis. Remoziva steigt in eine hohe Stabsposition auf. Chruschtschow setzt den Aufbau einer sowjetischen atomaren U-Boot-Flottille durch, und 1962 erreicht die *Leninskii Komsomol* gleichfalls den Nordpol unter der Eisdecke. Vom vergessenen Anhängsel einer vernachlässigten Waffengattung steigt der Stab für U-Boot-Abwehr bei der Nordflotte zur Elite der russischen Streitkräfte auf. Kein Wunder, daß es kaum ein Bild gab, auf dem Remoziva nicht fröhlich lächelte.

Ich gab die Unterlagen zurück und holte die Analyse ab, die Schlegel haben wollte. An den lächelnden Wachen in ihrem Glaskasten ungehindert vorbeigehend, verließ ich das Gebäude wieder und ging zurück zum Center. Dort drückte ich meine Papiere der Wache am Empfang in die Hand und schlenderte weiter zum Saddler's Walk, um irgendwo eine ruhige Tasse Kaffee zu trinken.

Da sah ich auch schon ein altes Gebäude, dessen Fassade ganz neu mit roten und weißen Streifen bemalt war, und quer darüber stand in Goldbuchstaben der Name: ›Zum Anarchisten‹. Also wieder mal eines jener Lokale, in denen es Kunst, Kaffee und Rohkostsalate aus naturgedüngten Kohlköpfen gibt, und die irgendwo in der Stadt emporwuchern, blühen und wieder absterben. Oder schlimmer noch: zum Erfolg werden, als verkrüppeltes, kommerzielles Zerrbild eines schönen Traums.

Che und Elvis teilten sich in die Wandflächen. Die Kaffeetassen waren echte Volkskunst, der Kartoffelsalat mit liebender Sorgfalt in Scheibchen geschnitten. Es war ein strahlender, trockener Tag, und die Straßen waren voll von australischen Touristen in dicken Wollmützen und schmächtigen Männern mit ihren nervösen Hunden. Ein paar von ihnen saßen auch hier und tranken Kaffee. Hinter der Theke stand ein Anarchist — ein Mädchen mit dicken Brillengläsern und einem Pferdeschwanz, der so straff gebunden war, daß sie ständig mit den Augenlidern blinzeln mußte.

»Es ist unsere Eröffnungswoche«, sagte sie. »Jeder Gast erhält ein Nußkotelett gratis.«

»Kaffee allein reicht völlig aus.«

»Das Nußkotelett wird nicht berechnet. Wir wollen damit unseren Gästen beweisen, wie köstlich vegetarische Speisen sein können.«

Mit einer Art von Geburtshelferzange aus Plastik nahm sie eine Scheibe der grauen Masse von der Platte. »Ich lege es mit auf Ihr

Tablett — es wird Ihnen ganz bestimmt schmecken.« Dann goß sie mir Kaffee ein.

»Mit Milch — wenn das erlaubt ist.«

»Zucker steht auf dem Tisch«, sagte das Mädchen. »Brauner Naturzucker — der ist gesünder für Sie.«

Ich nippte an meinem Kaffee. Durch das Fenster konnte ich sehen, wie zwei Hilfspolizisten einen Lieferwagen und einen Renault mit französischer Nummer wegen falschen Parkens die volle Strenge des Gesetzes in Form von Strafmandaten spüren ließen. Irgendwie heiterte mich das auf, ich fühlte mich plötzlich wesentlich wohler. Ich holte mein Notizbuch heraus und schrieb mir die biographischen Daten des Konter-Admirals auf. Und dann machte ich eine Liste aller Veränderungen in meiner früheren Wohnung, für die ich keine Erklärung finden konnte. Ich zeichnete einen Umriß von Konter-Admiral Remozivas charakteristischer äußerer Gestalt, und dann einen Plan meiner alten Wohnung einschließlich des geheimen Vorraums mit der medizinischen Apparatur. Als ich noch ein Kind war, wollte ich unbedingt Künstler werden. Manchmal hatte ich das Gefühl, daß Ferdy Foxwell mich nur deswegen um sich duldete, weil ich ›Pollaiuolo‹ aussprechen und einen Giotto von einem Francesca unterscheiden konnte. Vielleicht spürte ich auch gegenüber den unfertigen Malern und bartüberwucherten Bohemiens, die man hier in Hampstead ständig sah, mehr Neid und Eifersucht, als ich mir selbst zugestehen wollte. Ich überlegte, ob ich nicht einer von ihnen geworden wäre, wenn sich die Dinge anders entwickelt hätten. Und während ich so dasaß, Kringel malte und an nichts Besonderes dachte, beschäftigte sich irgendwo tief in meinem Gehirn ein Teil meines Unterbewußtseins immer noch mit dem Durcheinander heute morgen am Eingang zum Auswertungsblock.

Ich legte den Kugelschreiber hin und trank einen Schluck Kaffee. Dann roch ich an der Tasse. Vielleicht war dieses Gebräu aus Eicheln oder so etwas Ähnlichem gemacht. An der Flasche mit der Sojasoße lehnte ein Pamphlet, das »Sechs Lektionen über den modernen Marxismus« anpries. Ich drehte es um, und auf die Rückseite hatte jemand mit Bleistift geschrieben: ›Beschwer dich nicht über den Kaffee, auch du wirst eines Tages alt und schwach sein.‹

Nehmen wir einmal an, daß die beiden Wachmänner sich nicht völlig geirrt hatten, und daß ich tatsächlich heute morgen schon einmal in der Auswertung war. Lächerlich, aber nehmen wir es einmal an. Ich hätte ja beispielsweise hypnotisiert oder mit Drogen betäubt sein können ... ich beschloß jedoch, diese Möglichkeit zunächst einmal beiseite zu lassen. Also nehmen wir als nächstes an, daß jemand da war, der genauso aussah wie ich. Auch das war jedoch unwahrscheinlich, denn die beiden Wachmänner hätten sich in diesem Fall an ›mich‹ erinnert. Oder? Wirklich? Es ging doch um die Karte: Die Wächter machten sich nur selten die Mühe, den Leuten ins Gesicht zu sehen. Sie verglichen die Nummer auf der Karte mit der Nummer am entsprechenden Fach des Wandregals und mit ihrem Zeiteintrag im Wachbuch, und das war alles. Er brauchte also kein Doppelgänger zu sein, der an meiner Stelle durch die Eingangskontrolle passiert war. Es genügte, daß jemand meinen Sicherheitsausweis hatte.

Ich war inzwischen aufgestanden, um zu gehen. Aber meine Schlußfolgerung gerade eben gab mir blitzartig einen weiteren Gedanken ein. Auf halbem Weg zur Tür setzte ich mich an den nächstbesten Tisch und zog meine Brieftasche hervor. Ich nahm den Sicherheitsausweis aus seiner Plastikhülle und sah ihn mir ganz genau an. Er hatte genau die richtige Größe, Form und Elastizität, um ihn bei meinem Spind zwischen Rahmen und Tür hindurchzustecken und den Schnappriegel hochzuschieben. Ich hatte das schon Dutzende Male getan, wenn ich meinen Schlüssel nicht finden konnte. Aber der Ausweis, den ich jetzt hier in der Hand hielt, war offensichtlich noch nie zu diesem Zweck benutzt worden: Seine Kanten waren scharf, weiß und jungfräulich. Das war nicht der Ausweis, den ich ursprünglich erhalten hatte — den mußte jemand anders haben. *Ich lief mit einer Fälschung herum!*

Diese beunruhigende Schlußfolgerung half mir natürlich auch nicht weiter. Sie gab mir nur ein Gefühl grenzenloser Verlassenheit. Meine Welt war nicht von gütig-weisen, einflußreichen und hilfsbereiten älteren Herrn bevölkert, wie die Ferdy Foxwells. Meine Freunde hatten alle ihre eigenen, echten Sorgen: Wo man zum Beispiel eine ordentliche Kundendienstwerkstätte für den neuen Mercedes finden konnte, ob das Au-Pair-Mädchen einen Farbfernseher haben müsse, oder ob Griechenland im Juli wärmeres Wetter hat als Jugoslawien. Nun ja, ich meine — also wahrscheinlich schon. Ich blickte auf meine Uhr. Heute war Donnerstag, und ich hatte Marjorie versprochen, mit ihr zum Mittagessen zu gehen und mich über meine Pflichten belehren zu lassen.

Ich stand auf und ging zur Theke. »Zehn Pence«, sagte das Mädchen.

Ich bezahlte.

»Ich habe ja gesagt, daß Ihnen das Nußkotelett schmecken wird«, sagte das Mädchen. Sie schob die Brille auf die Stirn, um die Zahlen auf der Registrierkasse besser erkennen zu können. Verdammt, da hatte ich doch tatsächlich dieses schreckliche Ding gegessen, ohne es überhaupt zu merken.

»Hat Ihnen der Kaffee nicht geschmeckt?« fragte sie.

»Ist das echter Anarchisten-Kaffee?« fragte ich zurück.

»Grund genug für eine Verhaftung.« Ich nehme an, daß sie diesen faulen Witz über den bitteren, grobkörnigen Kaffeegrund von jemand anderem gehört hatte. Oder vielleicht war ihnen überhaupt als erstes dieser Anarchisten-Scherz eingefallen, und dann hatten sie um ihn herum ihre ganze Kaffeebude aufgebaut.

Sie gab mir mein Wechselgeld zurück. Neben der Kasse standen ein halbes Dutzend Sammelbüchsen. ›Kampf der Kinderlähmung‹, ›Rettet die wilden Tiere‹, ›Kämpft mit gegen den Hunger der Welt‹. Eine der Büchsen hatte ein handgeschriebenes Etikett, neben dem ein Polaroidfoto klebte. ›Fond für die Anschaffung künstlicher Nieren. Spendet großzügig für die Alten und Kranken Hampsteads.‹ Ich hob die Büchse hoch und betrachtete die Nierenmaschine, die auf dem Foto abgebildet war.

»Das ist ein Projekt, an dem ich selber mitbeteiligt bin«, sagte das Mädchen. »Unser Ziel ist, bis Weihnachten vier von diesen Maschinen zu finanzieren. Für eine ganze Reihe von alten Leuten ist es einfach zu viel, jede Woche oder so ähnlich den Weg bis ins Krankenhaus zu machen. Diese Maschinen hier können dagegen im Haus des Patienten eingesetzt werden.«

»Ja, ich weiß.« Ich schob den Rest meines Wechselgeldes in die Büchse.

Das Mädchen lächelte. »Leute mit schweren Nierenleiden würden alles darum geben, eine solche Maschine zu besitzen«, sagte sie.

»Ich fange an zu glauben, daß Sie wahrscheinlich völlig recht haben«, antwortete ich.

> Angreifer. Zum Zweck der Bewertung wird der Spieler, der in einer bestimmten Phase eine Einheit als erster in die Reichweite des anderen Spielteilnehmers bringt, als Angreifer bezeichnet. Der Spieler, gegen den die betreffende Einheit eingesetzt wird, gilt als Verteidiger.
>
> KOMMENTAR ZU: ›NOTIZEN FÜR TEILNEHMER AN KRIEGSSPIELEN‹. STUDIEN-CENTER, LONDON.

KAPITEL VIERZEHN

Die Eingangshalle eines großen Krankenhauses ist der einsamste Ort der Welt. Der riesige, verschnörkelte viktorianische Palast, in dem Marjorie arbeitete, war ein ganzes Labyrinth von eisernen Treppen, Steingewölben und gemusterten Fliesenböden. Jedes Flüstern erzeugte, umstellt von diesen gnadenlosen Baumaterialien, ein endloses Echo wie das wütende Zischen und Grollen der sturmgepeitschten See. Das Krankenhauspersonal war dagegen völlig abgehärtet. Mit hallenden Schritten hasteten die Gestalten in weißen Kitteln hin und her, rochen nach Äther und schoben mit Rädern versehene Tragbahren herum, deren Ladung ich nicht näher zu betrachten wagte. Als Marjorie endlich kam, war ich so weit, daß ich fast selbst medizinischer Behandlung bedurfte.

»Dann solltest du eben lieber draußen im Wagen warten.«

»Den habe ich aber doch nicht mitgebracht.«

»In meinem Wagen.« Sie trug ein Hemdblusenkleid aus rosafarbenem Jersey anstelle des dunklen Kostüms, das sie sonst gewöhnlich anzog, wenn sie zum Dienst ging. Dazu band sie sich jetzt noch einen schwarzseidenen Schal um und zog ihren Regenmantel an, den mit dem Gürtel.

»Für deinen Wagen habe ich keine Schlüssel«, sagte ich.

»Dann eben neben ihm.«

»Aber du hast ihn heute auch nicht dabei — erinnerst du dich?«

»In Wirklichkeit ist es so«, sagte Marjorie, »daß du ein Hypochonder bist und das auch noch auf masochistische Weise genießt.« Wir traten durch das Portal ins Freie. Die Sonne stand hoch am klaren, blauen Himmel. Man konnte sich kaum vorstellen, daß es kurz vor Weihnachten war.

So war sie immer, wenn sie sich im Dienst befand: gestraffter, jünger, selbständiger. Viel mehr wie eine Ärztin, wenn man es zusammengefaßt sagen will. Es war schwierig, ständig dem Gedanken zu entgehen, daß das zerstreute kleine Mädchen, in das sie sich in meiner Gegenwart verwandelte, ja eigentlich gar nicht die Person war, die sie sein wollte. Und doch waren wir glücklich miteinander, und allein während der Wartezeit eben hatte ich alle Freuden und Aufregungen einer jungen Liebe aufs neue in mir entdeckt. Wir nahmen uns am Taxistand vor dem Krankenhaus einen Wagen, und ich gab dem Fahrer die Adresse des ›Terrine du Chef‹.

»Ich habe dir ein Geschenk mitgebracht.«

»Oh, Pat — du hast also daran gedacht.«

Hastig packte sie es aus. Es war eine Armbanduhr. »Die muß doch ein Vermögen gekostet haben.«

»Das Geschäft tauscht sie dir sicher auch in ein Schreibtischbarometer um.«

Sie preßte die Hand fest um die Uhr, legte die andere Hand darüber und drückte sie ans Herz, als ob sie Angst hätte, daß ich ihr das Geschenk wieder wegnehmen könnte. »Du hattest gesagt, wir würden das Wohnzimmer neu tapezieren lassen, und das wäre dein Geburtstagsgeschenk für mich.«

»Wir könnten uns das wahrscheinlich außerdem noch leisten«, sagte ich. »Und ich hatte nur gedacht ... nun ja, die Tapete könntest du ja nicht mitnehmen, falls du nach Los Angeles gehst.«

»Sie hat sogar einen großen Sekundenzeiger.« Tränen stiegen ihr in die Augen.

»Es ist nur Stahl«, sagte ich. »Gold ist niemals richtig wasser- und staubdicht. Aber wenn du lieber eine aus Gold haben möchtest ...«

Jetzt kam wieder das kleine Mädchen in ihr zum Vorschein. Und ich konnte nicht leugnen, daß es das war, was mich zu ihr hinzog. Ich beugte mich vor und küßte sie auf die Nasenspitze.

»Los Angeles ...«, sagte sie. Sie schnüffelte einmal kurz und lächelte. »Das würde bedeuten, in einem Forschungslaboratorium zu arbeiten ... beinahe wie eine Fabrik ... und ich bin so gern im Krankenhaus, weil man dort dazugehört, Teil eines Ganzen ist ... das macht es die ganze Sache erst wert.«

Das Taxi fuhr durch die Kurve, und der Schwung warf mir Marjorie sanft in die Arme. »Ich liebe dich wirklich, Patrick«, sagte sie.

»Deswegen brauchst du nicht zu weinen«, beruhigte ich sie. Ihr Haar rutschte aus den Klemmen und fiel ihr vors Gesicht, als ich sie noch einmal küssen wollte.

»Wir kommen nur einfach nicht miteinander aus«, sagte sie. Und dabei hielt sie mich so fest in den Armen, daß das glatte Gegenteil bewiesen wurde.

Dann lehnte sie sich zurück und blickte auf mein Gesicht, als ob sie es zum erstenmal sähe. Sie streckte die Hand aus und berührte mit den Fingerspitzen meine Wange. »Ehe wir es wieder von vorne versuchen — laß uns doch bitte eine andere Wohnung finden.« Mit einer leichten Berührung legte sie mir die Hand auf die Lippen. »Deine Wohnung ist schon ganz in Ordnung, Patrick — aber es ist eben deine Wohnung. Ich komme mir vor, als ob ich nur ein Untermieter wäre, und das macht mich unsicher.«

»Ich bin wieder für eine Reise eingeteilt. Während ich weg bin, könntest du ja mit einer von den weniger betrügerischen Wohnungsagenturen reden.«

»Bitte! Laß es uns wirklich ernsthaft versuchen. Ich meine, nicht draußen in den Vororten oder so. Ich werde mir nichts ansehen, was weiter draußen liegt als Highgate.«

»Abgemacht.«

»Und ich versuche dann, eine Stellung in einem Krankenhaus zu finden, das im selben Bezirk liegt.«

»Gut«, sagte ich. Solange sie in demselben Krankenhaus arbeitete wie ihr Mann, war da immer diese Distanz zwischen uns — auch wenn das, wie sie immer wieder erklärte, einzig und allein eine Erfindung von mir war. Aber ich hatte sie zusammen mit ihrem Mann erlebt. Es war schon verdammt beunruhigend, wenn sie bei einer Unterhaltung auf medizinisches Gebiet gerieten: Dann schien es, als ob sie allein miteinander in einer völlig eigenen Kultur lebten und sogar eine eigene Sprache hatten, um auch die kleinsten Feinheiten miteinander diskutieren zu können.

Ein paar Minuten lang sagte keiner von uns beiden ein Wort. Als wir am Lords Cricket Ground vorüberfuhren, sah ich einen Zeitungsverkäufer mit einem Plakat: GEHEIMNISVOLLE RUSSIN LEITET DEUTSCHE WIEDERVEREINIGUNGSGESPRÄCHE. So geht das mit den Zeitungen. Der sorgfältig organisierte Automobilarbeiter-Streik war in ihren Schlagzeilen inzwischen auch schon etwas anderes geworden: WÜTENDE AUTOSTREIKPOSTEN: GEWALTAUSBRÜCHE. Und dabei ging es nur um ein paar Schimpfworte heute morgen vor den Fabriktoren.

»Läuft bei euch gerade ein Spiel?« Das war Marjories Versuch, sich meine schwankende Stimmung zu erklären.

»Als ich wegging, überlegte Ferdy gerade, ob er direkt vor Murmansk ein U-Boot atomisieren und damit das Risiko eingehen sollte, die gesamte Schiffahrt und die Werften im ganzen Fjord radioaktiv zu verseuchen. Oder ob er genausogut warten könnte, bis die Vielfach-Sprengköpfe dieses Boots in gebündelter Form seine sämtlichen Atom-Raketen für den Vergeltungsschlag vernichteten — vielleicht mit Ausnahme von ein paar zufällig unbeschädigt bleibenden Silos, deren Geschosse er dann blind und ungezielt abfeuern kann.«

»Und du fragst mich immer, wie ich es nur in der Pathologie aushalte.«

»Irgendwie läßt sich das vergleichen... Krankheit und Krieg. Wahrscheinlich ist es besser, wenn man beides bis ins kleinste untersucht, um zu sehen, was sich wirklich abspielt — anstatt nur dazusitzen und zu warten, bis die Katastrophe eintritt.«

Das Taxi hielt vor ›La Terrine‹. »Um halb drei muß ich aber spätestens wieder zurück sein.«

»Wir brauchen ja nicht zu essen«, sagte ich. »Wenn wir uns irgendwo ein Bier und ein paar Sandwiches geben lassen, dann kann ich dich sogar zehn Minuten vor der Zeit wieder abliefern.«

»Entschuldige — so war es nicht gemeint. Es ist eine wunderhübsche Idee, die du da gehabt hast.«

Ich bezahlte das Taxi. Marjorie sagte: »Wie hast du dieses kleine Lokal nur gefunden — es ist wirklich süß.«

Aber ich wölbte gerade die Hände vor dem Gesicht und versuchte, durch das Fenster in das Innere zu blicken: kein Licht und keine Kunden — nur säuberlich gedeckte Tische mit blitzblanken Gläsern und gestärkten Servietten. Noch einmal rüttelte ich an der Tür und drückte auf die Klingel. Auch Marjorie versuchte, ob wirklich abgeschlossen war. Dann lachte sie. »Das ist typisch für dich, Darling.«

»Jetzt sei erst mal einen Moment friedlich, ja?« sagte ich und ging die kleine Gasse hinunter, die an der Seite des Restaurants entlangführte. Sie war der Zugang zu den Hintertüren einiger Häuser oberhalb von ›La Terrine‹. In der Mauer war ein hölzernes Tor. Ich langte mit dem Arm darüber und balancierte mit dem Fuß auf einem kleinen Vorsprung in der Mauer, so daß ich den Riegel erreichen und zurückschieben konnte. Marjorie folgte mir durch das geöffnete Tor. Dahinter lag ein winziger, gepflasterter

Hof mit einem Klohäuschen und einem Ausguß, der von Kartoffelschalen verstopft war.

»Das solltest du aber lieber nicht...«

»Sei friedlich, habe ich gesagt.« Niemand schien aus den Fenstern herunterzublicken, und auch der eiserne Balkon, mit jetzt winterlich kahlen Topfpflanzen vollgestopft, war offensichtlich unbesetzt. Ich rüttelte an der verschlossenen Hintertür. Die dichten Netzvorhänge waren geschlossen. Ich versuchte mein Glück am Fenster, aber hinter ihm war ein an den Rändern mit Spitzen besetztes, gelbes Rollo heruntergezogen und verwehrte den Blick ins Haus. Marjorie sagte: »Reiche Geschenke werden arm, wenn sich der Geber nicht als Freund erweist..., und so weiter.«

Ich versuchte, mit der Kante meines Sicherheitsausweises den unter Federspannung stehenden Riegel innen an der Tür hochzudrücken, aber es mußte sich wohl um die Sorte handeln, die man doppelt abschließen und damit arretieren kann. »So sind die Frauen«, sagte ich. »Man schenkt ihnen etwas, und schon beschweren sie sich, daß man nicht freundlich genug zu ihnen ist.« Ich gab ihr noch einen Kuß auf die Nasenspitze.

Das Schloß wollte nicht nachgeben. Ich lehnte mich mit dem Rücken gegen die Glasscheibe der Tür, um das Geräusch zu dämpfen. Dann drückte ich, bis ich hörte, wie das Glas zersprang.

»Bist du verrückt geworden?« fragte Marjorie.

Ich steckte einen Finger in den Sprung und erweiterte ihn, bis ich eine große Glasscherbe aus dem Kitt des Rahmens herausziehen konnte. »Okay, Ophelia«, sagte ich. »Du bist die einz'ge, die ich liebe; hör auf zu meckern.«

Ich langte mit der Hand durch das zerbrochene Fenster und tastete nach dem Schlüssel, der tatsächlich in seinem altmodischen Kastenschloß steckte. Kreischend drehte er sich. Noch einmal blickte ich mich um, ob auch niemand die kleine Gasse herunter kam, öffnete dann die Tür und betrat das Haus.

»Das ist Raub«, sagte Marjorie, aber sie folgte mir trotzdem.

»Einbruch, meinst du. Raub ist etwas anderes — erinnerst du dich an das Kreuzworträtsel, wo ich dir das erklärt habe?«

Die Sonne drang gedämpft durch das gelbe Rollo; dickes, gelbes Licht, fast spürbar zäh, als ob der Raum mit blassem Sirup gefüllt wäre. Ich hakte das Rollo aus, und es schoß mit ohrenbetäubendem Geklapper nach oben. Wenn auf diesen Lärm hin niemand kam, dachte ich, dann mußte das Haus leer sein.

»Aber du kannst ins Gefängnis kommen«, sagte Marjorie.

»Doch du wärest bei mir«, antwortete ich, »und das ist das einzige, was zählt.« Ich beugte mich vor, um sie zu küssen, aber sie schob mich zurück. Wir waren jetzt im Vorratsraum. Auf der langen Anrichte standen Holzschalen aufgereiht, jede mit ein paar welken Salatblättern und einer blaßrosa Tomatenscheibe. Auch verschiedene Arten von Nachtisch waren da: Kompanien von Karamelpuddings und Bataillone von Babas, unter einem leichten Musselinschleier aufmarschiert und in Erwartung des Befehls zum Angriff. Von einer Platte mit Würsten nahm ich mir eine herunter. Sie war noch warm. »Möchtest du eine Wurst, Marjorie?« Sie schüttelte den Kopf. Ich biß in die meine. »Fast nur aus Semmelmehl«, sagte ich. »Getoastet mit Butter und Marmelade würde sie wahrscheinlich besser schmecken.« Dann ging ich in den nächsten Raum; und Marjorie folgte mir.

»Einen wirklich langfristigen Mietvertrag sollten wir abschließen«, sagte Marjorie. »Und wo wir doch beide arbeiten ...«
Die Nähmaschine war noch da, aber die Uniform war verschwunden. Ebenso das Dossier mit den Maßen und Bildern. Ich stieg die ausgetretenen Stufen hinunter in den Raum, in dessen hinteren Teil der Kühlraum eingebaut war. Der Kompressor schaltete sich automatisch ein, und wir zuckten beide zusammen. »Besonders, wo ich Ärztin bin«, sagte Marjorie. »Das hat mir der Bankmanager extra versichert.«

In die eine Wand war ein großer Schrank eingebaut. An seiner Tür hing ein kräftiges Vorhängeschloß. Eine Haarnadel brachte keinen Erfolg.

Ich öffnete die Küchenschubladen, eine nach der anderen, bis ich den Wetzstahl zum Messerschärfen fand. Ich steckte ihn durch den Bügel des Vorhängeschlosses und legte mich mit meinem ganzen Gewicht dagegen, aber — wie immer — war es die Haspe, die schließlich nachgab: Ihre Schrauben rutschten aus dem ausgetrockneten Holz und fielen zu Boden.

»Das ist ungesetzlich«, sagte Marjorie, »und es ist mir ganz gleich, was du sagst.«

»In einem Laden ... oder einem Restaurant ... geht das Gesetz davon aus, daß der Kunde ein grundsätzliches Recht zum Zutritt hat. Es ist impliziert — schwierige Sache, schwer zu entscheiden. Wir begehen hier wahrscheinlich nicht einmal Hausfriedensbruch, würde ich behaupten.« Ich öffnete den Schrank.

»Es wäre besser als Miete zahlen«, sagte Marjorie. »Du hast

für deine alte Wohnung mindestens das Dreifache des Kaufpreises an Miete ausgegeben — das habe ich dir schon immer gesagt.«

»Sicher, Marjorie, das weiß ich.« In dem Schrank war nichts, außer toten Fliegen und einem Päckchen mit Klebezetteln, auf denen ›Rechnung überfällig‹ stand.

»Vielleicht bekommen wir auch das gesamte Geld von der Bank — dann brauchten wir nicht einmal zu einer Baugesellschaft zu gehen«, sagte Marjorie.

Die Tür des Kühlraums war mit zwei großen, drehbar angebrachten Klammern verschlossen. Neben ihr an der Wand waren Lichtschalter und ein Sicherungskasten mit der Aufschrift ›Vorsicht Hochspannung‹. Ich drehte an einem der Schalter, und ein kleines, rotes Kontrollämpchen leuchtete auf. Dann hängte ich mich an die Drehklammer, und ohne Schwierigkeiten öffnete sich die mächtige Tür.

»Das wäre ja ganz wundervoll«, sagte ich.

»Du hörst mir ja gar nicht zu«, erklärte Marjorie.

»Die Baugesellschaft«, meinte ich. »Ganz großartige Idee.«

»Wenn wir *nicht* zu einer Baugesellschaft gehen müßten!«

»Na bitte«, sagte ich, »damit hast du dir ja deine Frage selbst beantwortet.«

Null Punkte für meinen vorherigen Verdacht, daß es sich hier um einen normalen Raum handeln könnte, der als Kühlraum getarnt war. Die eiskalte Luft aus dem Innern schlug mir direkt ins Gesicht. Ich trat ein. Es war ein völlig normaler Kühlraum, ungefähr zweieinhalb Meter im Quadrat, mit Lattenrost-Regalen vom Boden bis zur Decke an allen Wänden, außer dem Platz an der Rückwand, den die Kühlmaschine einnahm. Der Luftaustausch ließ den Thermostaten klicken, und der Motor sprang an. Seine Umdrehungen wurden immer schneller, bis er schließlich mit gleichmäßigem Summen auf seinem gummigelagerten Fundament hin- und herwackelte. Es war kalt. Ich knöpfte meine Jacke zu und schlug den Kragen hoch. Marjorie kam auch herein. »Wie in der Leichenhalle«, erklärte sie. Das Echo ihrer Stimme hallte in dem winzigen Raum wider. Ich zog meine Monster-Maske ab und ging auf sie zu, die Hände wie Krallen über den Kopf erhoben.

»Hör auf«, sagte sie und fröstelte.

Fünf Hammelseiten hingen nebeneinander auf der einen Seite. Gefrorene Filetsteaks — fünfzig, nach dem Etikett auf der Schachtel — waren auf dem obersten Lattenrost gestapelt, und daneben drei große Tüten mit geschälten und gefrorenen Sauté-Kartoffeln sowie drei Kartons mit Mischgemüse.

›Ein Gros, individuell portioniert: *Coq au Vin, Suprêmes de Volaille, Suprêmes de Chasseur.* Sortiert.‹ Weiter eine große Büchse mit ›Curry für alles‹ und ein ganzes Bord vollgestopft mit geforenen Lammkoteletts. Direkt hinter der Tür noch drei Flaschen Champagner, die dort auf die brutale Art gekühlt wurden. Keine hohlen Wände, keine Geheimfächer, keine Falltüren.

Wir verließen den Kühlraum wieder, und ich schloß die Tür. Dann ging ich zurück in die Küche und roch an den Saucen-Kasserollen im *Bain marie.* Sie waren alle leer. Ich schnitt mir eine Scheibe Brot ab. »Brot?«

Marjorie schüttelte wieder den Kopf. »Wo können sie denn nur alle sein«, sagte sie, »heute ist doch kein Tag, an dem die Restaurants früher zumachen?«

»Das weiß ich wirklich auch nicht«, gab ich zu. »Aber ich schaue noch mal im Weinkeller nach, vielleicht verstecken sie sich nur.«

»Es ist schon fast halb zwei.«

»Du solltest doch lieber eine Wurst essen. Bis wir mit unserem Einbruch hier fertig sind, wird es zu spät sein, noch woanders hin zum Lunch zu gehen.«

Sie packte mich am Arm. »Hast du solche Sachen schon öfters gemacht?«

»Noch nie mit einem Komplicen. Vielleicht ein Wurst-Sandwich?«

Ich dachte schon, sie wollte wieder anfangen zu weinen. »Oh, Patrick!« Sicherlich hätte sie mit dem Fuß aufgestampft, wenn sie dafür nicht die falschen Schuhe getragen hätte.

»Ich hab' doch nur Spaß gemacht«, sagte ich. »Du hast doch nicht etwa geglaubt, ich hätte das ernst gemeint?«

»Ich glaube nicht einmal, daß du es mit unserem neuen Haus ernst meinst.«

Niemand war im Keller. Niemand war in der Toilette. Und niemand im ersten Stock.

Vor etwas mehr als einer Stunde war das hier noch ein blühendes Restaurant gewesen. Jetzt war es nicht nur leer — es war verlassen.

Irgendwie spürte man das an der Atmosphäre. Vielleicht war es nur der Widerhall unserer Stimmen hinter den fest verschlossenen Fenstern und Türen — aber vielleicht geschieht auch wirklich irgend etwas mit den Seelen der Häuser, die verlassen und aufgegeben werden.

Das Ganze war hastig vor sich gegangen, aber dennoch systematisch und diszipliniert. Es war gar nicht erst der Versuch gemacht worden, die Wertsachen in Sicherheit zu bringen — ich sah eine teure Sony-Kassetten-Tonanlage, der Keller war voller Wein und Kognak, und in einem Wandschrank über der Durchreiche befanden sich zwei oder drei Kartons mit Zigarren und Zigaretten. Dagegen war kein einziges Stückchen Papier zurückgeblieben: keine Lieferscheine, keine Rechnungen oder Quittungen, und nicht einmal eine Speisekarte. Sogar die Bestelliste für verschiedene Lebensmittel, die ich hinter dem Wandbord für die Küchenmesser festgeklemmt gesehen hatte, war sorgfältig entfernt worden.

»Hier sind Schinkenscheiben; die magst du doch sicher.«

»Jetzt hör doch bitte auf«, sagte sie.

Ich ging in das Gastzimmer. Das Licht fiel durch die Netzvorhänge in den Raum und erzeugte Reflexe auf den Marmortischplatten und dem blankpolierten Holz der Stühle. Die ganze Szene war so dämmrig und still wie eine Fotografie aus der viktorianischen Zeit. Antike Spiegel mit Werbezeilen für Zigaretten und Aperitifs in Goldbuchstaben hingen an allen Wänden und warfen das Bild scheinbar endloser weiterer Gastzimmer zurück, in denen hübsche Mädchen mit rotverweinten Augen eheringlose Hände nach großen, schäbigen, ständig ausweichenden Männern ausstreckten.

Und jetzt spiegelten sie auch noch ein rotes Milchauto, das ich gleichzeitig draußen auf der Straße bremsen hörte. Ich schob die Riegel an der Vordertür zurück und ließ Marjorie den Vortritt. Der Milchmann stellte zwei Kästen mit Flaschen auf der Eingangsstufe ab. Er war ein junger Mann in braunem Arbeitskittel und trug eine verknautschte Mütze der Vereinigten Molkereien, lächelte und blieb einen Augenblick stehen, um zu verschnaufen.

»Die haben Sie gerade verpaßt«, sagte er.

»Wann sind sie weg?«

»Vor einer halben Stunde, vielleicht auch ein paar Minuten mehr.«

»Der Verkehr hat uns aufgehalten«, sagte ich.

»Armer Kerl«, meinte der Milchmann. »Wie so was nur passiert?«

»Wer will das bei solchen Sachen schon sagen«, sagte ich.

»Ja, ja — da haben Sie auch wieder recht.« Er nahm die Mütze ab und kratzte sich am Kopf.

»Sah ziemlich schlimm aus, wie?« fragte ich.

»Ganz zusammengekrümmt — Knie gegen die Brust.«

»Bei Bewußtsein?«

»Ich war ganz unten am anderen Ende der Straße. Ich hab' nur gesehen, wie sie ihn einluden. Sie mußten extra beide Türen aufmachen.«

»Was war es denn — ein normaler Krankenwagen?«

»Nein, viel eleganter — cremefarben, mit 'ner Aufschrift und 'nem großen Roten Kreuz.«

»Wenn ich nur wüßte, wo sie ihn hingebracht haben«, sagte ich. »Die Dame hier ist nämlich Ärztin, wissen Sie.«

Er lächelte Marjorie an und war offensichtlich froh um die Gelegenheit, sich ein bißchen verschnaufen zu können. Er stellte einen Stiefel auf die Milchkästen und zupfte an seiner Hose, wobei eine gelbe Socke und eine Handbreit haariges Bein zum Vorschein kamen. Dann zog er ein Zigarettenetui heraus, klappte es auf und steckte sich mit einem goldenen Feuerzeug eine Zigarette an. Während er weiter über den Krankenwagen nachdachte, nickte er gedankenvoll. »Er kam direkt an mir vorbei«, meinte er dann. »Von irgendeiner Klinik, glaube ich.«

»Die anderen sind alle mitgefahren, nehme ich an?«

»Nee — hinterher, in einem, man sollt's nicht glauben, in einem Bentley.«

»Ach was — tatsächlich?«

»In einem Bentley, Modell T. Sieht genau aus wie der Rolls-Royce *Silver Shadow*, nur hat er einen anderen Kühlergrill. Schöner Wagen. Grün.«

»Ihnen entgeht aber auch nichts, wie?«

»Schließlich habe ich ja einen gebaut, nicht wahr? Aus Plastik — zweihundert verschiedene Teile. Habe Monate .gebraucht Jetzt steht er auf dem Fernseher, das sollten Sie mal sehen: Meine Frau traut sich nicht, ihn abzustauben.«

»Grün, sagten sie?«

»Richtig. Und der linke Vorderkotflügel war zum Teufel. Völlig verbeult. Muß gerade erst passiert sein, war nicht mal Rost dran.«

»Und der Krankenwagen war von einer Klinik?«

»Ich kann mich einfach nicht mehr erinnern, wie sie hieß. Tut mir leid, Frau Doktor«, sagte er zu Marjorie. Er tippte sich mit dem Finger oben auf seine Mütze. »Mein Gedächtnis ist zur Zeit schrecklich schlecht. Sie sind von der öffentlichen Gesundheitsfürsorge, nehme ich an?«

»Ja«, sagte ich. »Aber ich schätze, daß die sich wahrscheinlich eine Privatklinik leisten können.«

»Aber bestimmt«, sagte der Milchmann. »Richtige Goldgrube, der Laden hier.«

»Ich muß zurück«, sagte Marjorie.

»Ja, hier ist heute jedenfalls niemand«, meinte ich.

»Nein. Na, mittags haben die ja sowieso nie auf«, sagte der Milchmann. Er nahm zwei Kästen mit leeren Flaschen und stolperte davon.

»Wie hast du denn das mit dem Krankenwagen gewußt?« fragte Marjorie.

»Haha«, sagte ich und kam mir ziemlich schlau vor.

»Aber was ist denn eigentlich hier passiert«, fragte Marjorie, »und um wen ging es denn?«

»Um einen russischen Admiral mit einem Nierenleiden«, antwortete ich.

Marjorie wurde wütend. Sie lief mitten auf die Straße und winkte einem Taxi. Es stoppte mit quietschenden Bremsen, sie öffnete die Tür und stieg ein. »Es ist unglaublich, was du alles erfindest, nur um dich vor einem ernsthaften Gespräch zu drücken! Das ist ja krankhaft, Patrick! Merkst du das nicht selbst?«

Das Taxi fuhr davon, ehe ich antworten konnte.

Ich sand auf der Straße und sah dem Milchmann zu, wie er unter dem Gewicht weiterer Kästen umherstolperte, die er ein- und auslud. Er war ein gewitzter, energischer Bursche, den jede Molkerei sicher gern eingestellt hätte — aber Milchmänner, die eine Schwäche für handgenähte Krokodilleder-Stiefel haben, tragen sie nicht während der Arbeit, und schon gar nicht, wenn sie ganz neu sind und offensichtlich noch drücken. Schuhe sind natürlich immer ein Problem, wenn man sich ganz schnell umziehen und in eine andere Rolle schlüpfen muß. Das goldene Feuerzeug dagegen war reine Schlamperei. Die ›Terrine‹ stand also nicht nur unter Beobachtung, sie war eine regelrechte Falle; während der falsche Milchmann weiterfuhr, überlegte ich, warum er mir wohl so viel erzählt hatte — doch wohl nur deswegen, weil für mich bereits eine bestimmte Rolle im weiteren Ablauf dieser Ereignisse vorgesehen war.

Ich ging über die Straße zu einer umgestülpten Kiste, hinter der ein alter Mann Zeitungen verkaufte. Sie hatte vorn ein großes

Plakat, und obendrauf stand ein Schüsselchen mit Kleingeld. Wenn ich jetzt mit einem Tritt diese Kiste beiseitefegen würde, überlegte ich, dann würde ich wahrscheinlich gleichzeitig Funksprechgeräte im Werte von mehreren hundert Pfund beschädigen. O ja, die ›Terrine‹ war offensichtlich von einem regelrechten Netz umgeben, und sie gaben sich nicht einmal so viel Mühe, auch die kleinen Einzelheiten dabei zu beachten.

»Die neueste Ausgabe«, sagte ich automatisch. Es fing wieder an zu regnen, und der alte Mann bedeckte seine Zeitungen mit einem Stück Plastikfolie. »Mit den neuesten Sportberichten?«

»Ich bin nicht so sicher, ob ich die von den anderen Nachrichten unterscheiden kann«, sagte ich, aber dann ließ ich mir die Frühausgabe eines Abendblatts geben und blätterte ein Weilchen darin herum.

Die Frau, welche die russische Delegation bei den Gesprächen über die deutsche Wiedervereinigung leitete, wurde im Westen immer mehr zum Idol. *Women's Liberation*-Gruppen in allen Ländern unterstützten ihre Nominierung zur Vorsitzenden der gesamten Konferenz gegen die Ansprüche britischer, französischer oder amerikanischer Delegierter, die alle den Nachteil hatten, Männer zu sein. Ihr kurzer Auftritt in der Nachrichtensendung des Fernsehens half den Massenmedien, die ansonsten recht langweilige Konferenz einem Publikum schmackhaft zu machen, dem der Verlauf der deutschen Ostgrenze im Grunde genommen völlig gleichgültig war. Und hier war nun Katerina Remozivas Bild, dreispaltig auf der Titelseite: Eine magere ältliche Jungfer mit gewinnendem Lächeln, die Haare in einen Knoten frisiert und die Hand zu einer Geste erhoben, die irgendwo zwischen Arbeitersolidarität und päpstlichem Segen lag.

Die Unterschrift lautete: ›Für Madame Katerina Remoziva sind die Kopenhagener Gespräche die Frucht sechsjähriger Arbeit im stillen und das Ergebnis von fast hundert halboffiziellen Konferenzen. Ab Montag berichten wir über den Werdegang dieser erstaunlichen Frau und ihre Hoffnungen auf Frieden und Wohlstand in Europa.‹

Gute Arbeit, Genossen — das konnte nur ein fantastischer Propagandatriumph werden. Es regnete immer stärker, und ich legte mir die Zeitung als provisorisches Schutzdach über den Kopf.

> Globales Engagement negativ: *Ein Spiel, bei dem das globale Engagement negativ ist, bleibt auf die vorgegebenen militärischen Kräfte beschränkt.* Globales Engagement positiv: *Ein Spiel, bei dem entweder eine oder auch beide Seiten durch Land-, See- oder Luftstreitkräfte von anderen Kriegsschauplätzen verstärkt werden. Z. B. können bei einem Nordflotten-Kriegsspiel die sowjetischen Seestreitkräfte durch Teile der Ostseeflotte oder durch polnische Marine-Einheiten unterstützt werden. N. B.: Die auf diese Art ins Spiel eingeführten Teilkräfte können größer sein als die Summe der bei Spielbeginn verfügbaren Streitmacht.*
> KOMMENTAR ZU: ›ANMERKUNGEN FÜR TEILNEHMER AN KRIEGSSPIELEN‹. STUDIEN-CENTER, LONDON.

KAPITEL FÜNFZEHN

Wenn man Macht und Einfluß eines Menschen daran messen will, wie lange er bei Bedarf dazu braucht, um ohne Aufgabe seiner persönlichen Bequemlichkeit in ein verstopftes Stadtzentrum hinein- oder aus ihm herauszukommen — und viele benutzen dieses Kriterium —, dann setzten die nächsten Stunden einen Maßstab, der in Zukunft für alle Londoner Großindustriellen und Politiker beispielhaft sein müßte.

Um ein Uhr fünfundvierzig hielt der Polizeiwagen vor der ›Terrine‹. »Mr. Armstrong?« Der Mann war ungefähr vierzig Jahre alt und hatte seinen Mantel nicht zugeknöpft, so daß man darunter eine maßgeschneiderte Polizeiuniform erkennen konnte. Sein Hemd war aus weißem Leinen, der Kragen wurde von einer goldenen Spange zusammengehalten. Wer immer dieser Mann auch sein mochte — er brauchte bestimmt nicht jeden Morgen zum Appell anzutreten und sich vom Reviersergeanten inspizieren zu lassen. Auch der Fahrer des Wagens trug einen Zivilmantel, und nur sein blaues Hemd mit der schwarzen Krawatte ließ vermuten, daß er ein Polizist war.

»Vielleicht«, sagte ich und hielt immer noch die Zeitung über meinen Kopf, um den Regen abzuhalten.

»Eine Empfehlung von Colonel Schlegel, und wir sollen Sie nach Battersea bringen. Dort wartet ein Haubschrauber für den

Weitertransport zum Flughafen.« Er stieg nicht einmal aus dem Wagen.

»Haben Sie auch das Buch mit den Regieanweisungen mitgebracht?«

»Verzeihung, Sir?«

»Ich meine — warum sollte ich denn zum Flughafen wollen... ich oder irgend jemand sonst?«

»Es hat etwas mit diesem Restaurant zu tun, Sir«, sagte er. »Der Auftrag kommt von der Sonderabteilung. Ich war nur gerade der einzige, der zur Verfügung stand.«

»Und wenn ich nun nicht mit Ihnen mitkommen will?«

»Der Hubschrauber wartet schon seit einer Stunde, Sir. Es muß also dringend sein.«

»Und wenn ich nun Angst vorm Fliegen habe, weil mir immer schwindlig wird?«

Er verstand allmählich. Und er sagte: »Wir haben nur den Auftrag, Ihnen die Nachricht zu bringen. Wir fahren Sie auch hin — wenn Sie es wünschen. Wenn nicht... vielleicht sind Sie nur so freundlich und identifizieren sich, damit ich keine Schwierigkeiten bekomme...« Er hob mit einer hilflosen Bewegung beide Hände, um noch einmal zu unterstreichen, daß er keine Anordnung hätte, mich etwa mit Gewalt mitzuschleppen.

»Okay«, sagte ich. »Fahren wir also.« Er lächelte und öffnete mir die Tür zum Fahrgastraum.

Der Haubschrauber war ein Museumsstück: eine Westland *Dragonfly* in der dunkel-stahlblauen Livree der Royal Navy. Er wies keine Kokarden auf, und seine zivile Registrationsnummer war nicht größer aufgemalt als die Warnung ›Achtung Rotor‹ hinten am Heck.

Die Erscheinung des Piloten war ebenso diskret. Er trug Militärfliegeroveralls mit kleinen, von Wollraupen umrandeten freien Flächen an den Stellen, wo alle Abzeichen entfernt worden waren. Er saß schon im linken Sitz, als der Wagen vorfuhr, und als ich einstieg, lief bereits der Hauptmotor an. Der Lärm seiner Blätter und das Dröhnen des alten Kolbenmotors machten jede Unterhaltung aussichtslos. Ich begnügte mich damit, auf die großen Schornsteine von Fulham hinunterzublicken. Sie stießen große, weiße Gazevorhänge aus, die sich allmählich vor dem Fluß hinter uns zuzogen. Wir überflogen die Wandsworth-Brücke und hielten uns immer über dem Flußlauf, wie es die Sicherheitsvorschriften für alle Maschinen außer denen des königlichen Haushalts vorsehen.

Im Privatmaschinenpark des Londoner Flughafens Heathrow wechselte der Pilot auf eine einmotorige *Beagle Pup* über. Kaum eine Stunde, nachdem ich mich von Marjorie vor der ›Terrine‹ getrennt hatte, befand ich mich in zweieinhalbtausend Meter Höhe über Rugby, und die Maschine stieg immer noch. Wir flogen in Richtung Nordwest und hatten, nach den Instrumenten zu urteilen, genug Treibstoff an Bord, um sogar den entferntesten Zipfel der äußeren Hebriden erreichen zu können. Die Landkarte auf den Knien des Piloten wies einen schon halb verwischten, offensichtlich vor langer Zeit mit Wachskreide eingezeichneten Kursstrich in dieser Richtung auf, der schnurgerade über den Kartenrand hinauslief. Hin und wieder lächelte der Pilot und deutete mit dem Finger zuerst auf die Karte und dann auf das Plexiglasfenster, um mir die Autostraße M-1 zu zeigen oder den dunkelgrauen Rauchflecken am Horizont, hinter dem Coventry vor sich hin hustete. Er bot mir eine Zigarette an, aber ich lehnte dankend ab. Ich fragte ihn statt dessen, was unser Bestimmungsort wäre. Er schob den Kopfhörer etwas zurück und legte den Handteller fragend hinters Ohr. Ich wiederholte meine Frage, aber er zuckte nur die Achseln und lächelte, als ob ich ihn nach dem Ausgang der nächsten Parlamentswahlen gefragt hätte.

Die winterliche Sonne war ein nachlässig aufgesprühter gelber Fleck auf den massiven Kumuluswolken, die sich über Irland türmten. Liverpool mit dem von dichtgedrängten Schiffen erfüllten Flußlauf des Mersey glitt unter unserer rechten Tragfläche vorbei, und dann lag die Irische See vor uns, mattschimmernd wie ein billiges Messingtablett. Mit einer einmotorigen Sportmaschine über das offene Meer zu fliegen, zählte nicht gerade zu meinen Lieblingsvergnügen — aber der Pilot lächelte, denn er war froh, jetzt endlich aus den verschiedenen Kontrollbereichen heraus zu sein und die großen Luftstraßenkreuzungen hinter sich zu haben, in denen die Passagierjets ihre Verkehrsstauungen veranstalten. Er begann zu steigen, weil ihm jetzt keine bestimmte Flughöhe mehr unterhalb der Hauptverkehrswege vorgeschrieben war, und das beruhigte mich wieder etwas.

Ich studierte die Karte. Die elektronische Ausrüstung unserer Maschine war recht primitiv, und sicherlich war sie nur für Sichtflug zugelassen. Das bedeutete, daß der Pilot vor Einbruch der Dunkelheit herunter mußte. Die gewaltigen Umrisse der Isle of Man waren im düsteren Ozean an Backbord gerade noch auszumachen. Dort wollte er also nicht hin, und auch nicht zum Flughafen Blackpool, denn den hatten wir bereits passiert. Die Nadel des Brennstoffanzeigers zitterte, und wir blieben immer weiter auf dem gleichen Kurs, den wir seit Castle Donnington gesteuert hatten. Dann war unser Bestimmungsort also irgendwo am Kinn Schottlands oder weiter oben an der Nase, die sich zu den Inseln vor der Westküste hinabsenkte. Nach dem Überfliegen der Halbinsel von Kintyre mußte uns unser Kurs von dem schottischen Festland hinwegführen. Dann kamen nur noch die Inseln, danach der Atlantik, und schließlich — aber das wäre lange, nachdem der kleine Motor den letzten Tropfen Benzin herausgehustet hatte — irgendwo in der Ferne Island. Es mußte also eine Insel sein oder auch ein Stück Halbinsel. Ich hoffte nur, daß es bald über dem Horizont aufsteigen würde — was es auch immer war.

»Die einzige Garantie, ungestört zu bleiben, alter Junge«, sagte Tolliver. Aus einer Karaffe mit Malzwhisky füllte er mein Becherglas wieder auf. »Der Feldflugplatz und der Landungssteg sind 1941 angelegt worden. Unsere Halbinsel hier und die benachbarten Inseln wurden damals vom Militär übernommen. Ein paar wurden dafür benutzt, irgendwelche biologischen Kampfmittel zu testen. Das hartnäckigste von denen heißt ›Anthrax‹ ... verliert erst in hundert Jahren wieder seine Wirkung, heißt es. Das hier war eine Schule für Geheimagenten: Das große Herrenhaus, die steilen Klippen, dazu die verfallenen Dörfer — ausgezeichnete Gegend für so was hier herum, eine Mischung aus allen möglichen Geländetypen.«

Tolliver lächelte. Einst, vor vielen Jahren, bei einer jener homerischen Schimpfkampagnen vor den Wahlen, durch die uns unsere Politiker so sehr ans Herz wachsen, hatte ein politischer Gegner ihn als ›sprechende Kartoffel‹ bezeichnet. Das war ein grausames, aber zutreffendes Spottwort: Erst jetzt bemerkte man die zu kleinen, schwarzen Augen, die kahle Stirn und das rundliche Gesicht dieses im übrigen eine so jugendliche Figur machenden Mannes.

Aber jetzt lächelte er. »Was Sie jetzt erfahren werden, fällt unter den Vertrag. Sie verstehen mich?«

Ich verstand ihn nur zu gut. Immer wenn ich wieder einmal diese verdammte Verpflichtung zur Wahrung von Dienstgeheimnissen unterschreiben mußte, las ich auch das Kleingedruckte sehr sorgfältig. Ich nickte und wandte mich ab, um aus dem Fenster hinauszublicken. Draußen war es dunkel, aber im Westen hatte der Himmel noch eine wäßrig-rosarote Farbe, auf die mit harten

Linien der Umriß einer Baumgruppe gezeichnet war. Hinter diesen Bäumen, das wußte ich, stand irgendwo das Flugzeug, festgelascht für den Fall eines plötzlichen Sturms, wie er hier vom Atlantik her manchmal mit schrecklicher Wut hereinbrach. Aber die Butzenscheiben des Fensters spiegelten fast mehr den Raum hinter mir, als daß sie einen Durchblick erlaubten: In meinem Rücken flackerte das offene Kaminfeuer, um das Männer mit Gläsern in der Hand herumsaßen und sich mit gedämpften Stimmen unterhielten, damit sie mit halbem Ohr auf das lauschen konnten, was Tolliver mir zu sagen hatte.

»Inzwischen ist es schon zu spät«, sagte ich. »Sie müßten schon verdammt ungastlich sein, wenn ich Ihretwegen bei dieser Beleuchtung einen Start auf mich nehmen sollte ... und regelrecht feindselig, damit ich mich auch über das Wasser traue.«

»Ausgezeichnet«, sagte Tolliver. »Mehr wollen wir ja auch nicht. Sehen Sie sich an, was wir hier tun — nicht mehr und nicht weniger. Wenn Sie sich dann immer noch lieber aus der Sache zurückziehen wollen — deswegen keine Feindschaft.«

Ich wandte mich vom Fenster zurück in den Raum. Dieser nüchterne Tolliver war ein ganz anderer Mann als der, den ich gestern abend bei Ferdy kennengelernt hatte. Irgendwie waren wir uns ohne Worte darüber einig, daß dieses Abendessen ohne Erwähnung bleiben sollte — und ebenso der Unfall, der sich danach ereignet hatte. Oder auch nicht. »Das ändert die Sache natürlich etwas«, sagte ich.

»Richtig. Anständig von Colonel Schlegel, daß er uns erlaubt, ihm einen seiner besten Leute wegzunehmen ... und wenn es auch nur für ein paar Tage ist.« Tolliver berührte meinen Ellbogen und schob mich in Richtung der Gruppe von Männern, die um den Kamin saß.

Ich erkannte Mason unter ihnen und auch den größeren der beiden Polizisten, denen ich an jenem Abend vor Nummer Achtzehn begegnet war. Die anderen nannten ihn ›Commander Wheeler‹. Jetzt unterhielten sie sich alle gemütlich mit halblauter Stimme, aber hin und wieder wurden sie etwas lauter, wie das bei Diskussionen unter Freunden üblich ist.

»... eigentlich noch schlimmer — hinterhältiger — mit Pop-Musik und diesen weibischen Schauspielern.«

»Und die meisten der großen internationalen Konzerne haben ihr Zentrale in Amerika.«

»Daran besteht kein Zweifel.«

»Man kann das alles nicht voneinander trennen.« Es war der größere der beiden ›Polizisten‹, der jetzt sprach. »Ökologie – wie sie das nennen, und der Himmel weiß, warum –, Großindustrie und Gewerkschaften: Alle auf derselben Seite, wenn sie es vielleicht auch nicht wissen.«

»Wachstum«, sagte Mason, als ob sie diese Unterhaltung schon oft geführt hatten, und jeder kannte sein Stichwort.

»Die Gewerkschaften verlangen mehr Geld für die Arbeiter, das zwingt der Regierung eine Politik des Wachstums auf, und deswegen verseucht die Industrie die Umwelt. Ein Teufelskreis – und alle sind sie zu dumm, um ihn zu brechen.«

»Und dann hängt wieder alles vom Wähler ab.«

»So ist es«, sagte Mason bedauernd.

Sie waren allesamt robuste Typen mit ruhigen, sicheren Stimmen, in denen hier und da eine Klangfärbung bemerkbar war, die auf Yorkshire oder auch auf Schottland schließen ließ. Ich versuchte, irgendwie einen gemeinsamen Nenner für die ganze Gruppe zu finden, und ärgerte mich über mich selbst, weil mir das nicht gelang.

Ihre Kleidung bestand aus maßgeschneidertem Tweed und Cord, mit den Lederflicken und ausgefransten Ärmeln, die wohlhabende Engländer so häufig mit Stolz zur Schau tragen. Mir kamen sie vor wie ein provinzieller Herrenklub, an dessen Klubabenden ehrgeizige junge Männer hin und wieder zuviel tranken und dann versicherten, daß auch ihrer Meinung nach die Arbeiter ohne Gewerkschaften viel besser dranwären.

»Wenn wir diesen verdammten Hunnen erlauben, sich wieder zu vereinigen, dann werden wir schon erleben, was passiert«, sagte Wheeler.

»Wer ist wir?« fragte Mason.

»Wir alle«, fiel Tolliver ein. Er konnte der Versuchung nicht widerstehen, sich in die Unterhaltung einzumischen – obwohl er ja eigentlich gerade im Begriff war, mich vorzustellen. »Ostdeutschland ist im wesentlichen ein Agrarland. Und seine Produkte würden unsere eigene Landwirtschaft in die Pfanne hauen – ganz abgesehen davon, daß ihre Werften unsere aus dem Geschäft drängen werden. Verlassen Sie sich darauf.«

»Das würde ganz Europa auf den Kopf stellen«, sagte jemand.

»Hinter der ganzen Sache stecken die Yankees«, sagte Wheeler. »Gott weiß, was für ein Geschäft sie mit den Russen im Hintergrund aushandeln.«

»Das hier ist Pat«, gab Tolliver bekannt. »Pat Armstrong — arbeitet im Studien-Center und...«, er blickte mich gespielt respektvoll von oben bis unten an, »... ist ein Mann, der sich seiner Haut wehren kann, soweit ich weiß — wie?« Er sah mir fragend ins Gesicht.

»Als Billardspieler bin ich besonders gefürchtet«, sagte ich.

Es war ungefähr ein halbes Dutzend Männer, im Alter von Mitte Zwanzig bis zu Tollivers Generation. Ihr gemeinsames Interesse hätte alles mögliche sein können — von Schach bis Regattasegeln. Mir war nicht ganz klar, ob Whitehall hinter ihnen stand oder ihren Aktivitäten gegenüber nur ein Auge zudrückte.

»Commander Wheeler«, sagte Tolliver und legte seinen Arm um Wheelers Schulter, »unser Gast würde sicherlich gerne ein wenig ins Bild gesetzt werden, wie?«

»Und er ist Geheimnisträger, nehme ich an?« fragte Wheeler zurück. Er war ein hochgewachsener Mann mit jener rötlichen Gesichtsfarbe, die das Ergebnis eines Doppelvorteils der Seefahrt ist: der frischen Luft und der zollfreien alkoholischen Getränke. Er hatte die tiefe, dröhnende Stimme des Stabsoffiziers und verschluckte hin und wieder ganze Silben. »Über Konter-Admiral Remoziva wissen Sie wahrscheinlich genausoviel wie wir«, fuhr er fort.

Tolliver lächelte mich an und klopfte mir auf die Schulter. »Ich glaube, Armstrong ist in jedem Fall auch der Meinung, daß der Konter-Admiral von strategischem Nutzen für uns wäre.«

»Dann ist er also gar nicht hier?« fragte ich.

»Noch nicht«, sagte Tolliver. »Aber sehr, sehr bald.«

Wheeler fuhr fort: »Die Tatsachen sind sehr einfach — wenn der Admiral sich nicht innerhalb der nächsten achtzehn Monate einer Nierenverpflanzung unterzieht, dann ist er ein Jahr später tot.«

»Und in der Sowjetunion kann er das nicht machen lassen?« fragte ich.

»Der Admiral ist ein fähiger Statistiker«, sagte Tolliver. »In Leningrad gibt es erst seit letztem Juli eine Klinik für Organtransplantationen. Fähig sind sie dort schon, natürlich. Aber wir haben in London schon Tausende derartige Operationen erfolgreich durchgeführt. Fragen Sie sich selbst, was Sie in diesem Fall vorziehen würden.«

»Und deswegen würde er abspringen?«

»Wo es um sein Leben geht?« fragte Wheeler. »Ein Mann ist zu vielem bereit, wenn er damit sein Leben retten kann, Mr. Amstrong.«

Ich nehme an, daß ich die Nase kraus zog oder knurrte oder sonst auf irgendeine Weise zu erkennen gab, daß meine Begeisterung nicht Tollivers Erwartung entsprach. »Also, dann sagen Sie mir, warum er es Ihrer Meinung nach nicht tun würde.«

»Möglich wäre es schon«, gab ich zu. »Aber von der Bauernfamilie zum Sowjet-Adel in einer Generation — das ist ein ganz schöner Sprung. Die Remozivas haben allen Grund zur Dankbarkeit. Der Bruder plant eine ganz neue Stadt in der Nähe von Kiew, die ältere Schwester ist Vorsitzende der Konferenz in Kopenhagen und bekommt mehr Publicity als Vanessa Redgrave...«

»Der Admiral ist noch nicht einmal fünfzig«, fiel Wheeler ein. »Wenn er klug ist, hat er noch ein ganzes Leben vor sich.«

»Wir waren auch zunächst skeptisch«, sagte Tolliver. »Wenn nicht ausdrücklich verlangt worden wäre, seinen Tod nachzuweisen...« Er hielt inne und blickte Wheeler um Entschuldigung bittend an. »Aber ich greife zu weit vor.«

Wheeler sprach weiter: »Wir haben das Problem in drei verschiedene Aufgaben geteilt. Der sicherste Ort für seinen Übertritt war von vornherein klar. Es gibt nur eine Gegend, wo wir völlige Geheimhaltung garantieren können. Der General kann einen Hubschrauber fliegen. Wir werden uns mit ihm an einer vorher verabredeten Stelle auf dem Packeis der Barentsee treffen und ihn dann mit einem U-Boot hierher bringen.«

»Mit einem britischen U-Boot«, sagte Mason.

»Mit einem Atom-Unterseeboot der Royal Navy«, ergänzte Tolliver. »Wenn die Amerikaner von der Sache Wind bekämen, dann würden sie ihn sofort in die Vereinigten Staaten abschleppen, und wir hätten ihn das letztemal gesehen.«

»Als nächstes Problem«, hub Wheeler wieder an, »stellt sich dann die Frage, wo wir ihn für eine Reihe von Informationsgesprächen unterbringen könnten...«

»Und da haben Sie an das Studien-Center gedacht«, fiel ich ihm ins Wort.

»Naja, es ist doch — verdammt noch mal — geradezu ideal, nicht wahr?« sagte Wheeler. »Wir könnten seine Informationen programmieren und die NATO-Planung dagegen ansetzen.«

»Und ein Kriegsspiel daraus machen, bei dem wir dann seine Reaktionen wiederum programmieren.«

»Gefährlich«, sagte ich.

»Nicht als reale Planungsunterlage — nur für die Datenbank.«

»Und was ist mit Schlegel?« fragte ich.

Wheeler zog die Augenbrauen zusammen. »Das hat uns über einen Monat zurückgeworfen — aber heute ist es endlich arrangiert worden. Er wird versetzt.«

»Und der Konter-Admiral verwandelt sich in Pat Armstrong?« fragte ich.

»Leider nicht anders zu machen«, sagte Tolliver. »Aber Sie haben ungefähr seine Figur, und aus der Wohnung waren Sie gerade ausgezogen — tut uns leid, die ganze Geschichte. Aber wir hätten nie gedacht, daß Sie noch einmal dahin zurückkehren würden.«

»Die Sache war ganz gut gemacht«, gestand ich zu.

»Es ist ja nur für ein paar Wochen«, sagte Mason. »Der Mietvertrag und überhaupt alle persönlichen Unterlagen sind in Ihrem Namen. Im Studien-Center wird niemand Neues auftauchen. Wir haben das alles sehr sorgfältig vorbereitet. Allein nur diese verdammte Nieren-Maschine die Treppe hinauf und in die Wohnung neben Ihrer ehemaligen zu kriegen ... ich habe mir fast einen Bruch gehoben. Und als wir dann hörten, daß Sie dort wieder aufgetaucht waren und daß Sie noch Ihren alten Schlüssel hatten. Mann, haben wir da einen Anpfiff bekommen — das kann ich Ihnen sagen.«

»Und was geschieht mit mir?« fragte ich. »Soll ich inzwischen vielleicht auf die andere Seite überwechseln und das Kommando über die Nordflotte übernehmen?«

»Also wirklich«, sagte Wheeler und tat so, als ob er meinen Vorschlag ernst nähme, »das wäre wirklich mal ein Coup, was?«

Alle lachten.

»Wir hätten Ihnen das alles schon ganz am Anfang sagen sollen«, erklärte Tolliver. »Aber unsere Regel ist nun mal, erst alle Sicherheitsaspekte zu prüfen, ehe Informationen weitergegeben werden. Foxwell war bereit, auf einen ganzen Stapel von Bibeln zu schwören, daß Sie absolut zuverlässig wären. Aber Vorschrift ist eben Vorschrift. Habe ich recht?«

»Und das Restaurant mit dem Mädchen — dieser Miß Shaw —, wie paßt das in die ganze Geschichte? Ich hatte schon gedacht, daß Sie den Konter-Admiral dort versteckt hielten.«

»Das war uns klar«, sagte Wheeler. »Sie sind ein ganz hübscher Spürhund.«

»Miß Shaw ist die Tochter eines meiner ältesten Freunde«, erklärte Tolliver. »Sie hat sich erstklassig gehalten. Dabei war es ziemlich scheußlich für sie ...«

Mason fiel ein: »Wir brauchten eine Leiche, die wir am Treffpunkt hinterlassen können. Damit der Hubschrauber-Absturz echt aussieht.

»Und zwar eine Leiche mit angegriffenen Nieren«, fuhr Tolliver fort. »Glauben Sie mir, das war ein ganz hübsches Problem.«

»Deswegen also der Kühlraum in der ›Terrine‹«, sagte ich. Aber ich verriet ihm nicht, daß Marjorie ihn in der Leichenhalle erkannt hatte.

»Und eine kitzlige Sache noch dazu«, sagte Mason. »Denn die Leiche mußte eine sitzende Haltung haben, damit sie richtig in den zerstörten Hubschrauber paßt.«

»Haben Sie schon mal versucht, eine stocksteife Leiche an- oder auszuziehen?« fragte einer von den anderen.

»Probieren Sie mal, einer sitzenden Leiche ein paar Hosen anzuziehen«, meinte Wheeler, »und Sie werden merken, das es fast so schwierig ist, wie kerzengerade in einer Hängematte zu stehen und nicht zu wackeln.« Alle lächelten.

Tolliver sagte: »Sara hat die ganze Uniform Stück für Stück an der gefrorenen Leiche zusammengestichelt. Prächtiges Mädchen.«

»Und wo ist die Leiche jetzt?« fragte ich. Nach einem kaum merkbaren Zögern sagte Tolliver: »Sie ist hier, immer noch eingefroren. Wir müssen vorsichtig sein wegen dem, was die Obduktions-Heinis ›Leichenwachs‹ nennen. Das ist eine Veränderung im Fleisch, wenn die Leiche im Wasser liegt. Alles muß den Rußkis völlig natürlich vorkommen, wenn sie den Körper finden.«

»Und was ist mit der handgenähten Uniform?«

»Ein Risiko, das wir eben eingehen müssen.«

»Außerdem verbrennt die Uniform beim Absturz«, erklärte Mason.

Ich blickte von Wheeler zu Tolliver und dann zu Mason. Es schien ihnen völlig ernst zu sein. Aber man muß nicht mit einer schönen Ärztin zusammenleben, um zu wissen, daß eben dieselben gerade erwähnten Rußkis ganz klar an den Leichenflecken erkennen würden, daß der falsche Admiral auf dem Rücken liegend ganz friedlich in einem Krankenhausbett gestorben war. Ich sagte jedoch lieber nichts.

Tolliver ging mit der Ginflasche herum, goß allen noch Plymouth nach und fügte ein paar Spritzer Angostura-Bitter hinzu.

Pink Gins mit Plymouth: Das war der gemeinsame Nenner oder jedenfalls die ihm am nächsten kommende verbindende Gewohnheit aller dieser Männer — sie waren alle ehemalige Angehörige der Royal Navy oder hatten sich jedenfalls mit Begeisterung in die Rituale einer Seeoffiziersmesse eingefügt.

Später am Abend traf noch eine Nachricht ein. Schlegel ließ mir mitteilen, daß ich nicht nach London zurückzukommen brauchte. Ich sollte bei Tollivers Leuten bleiben, bis ich meinen Marschbefehl zum U-Boot-Stützpunkt für die Arktisreise bekam.

Ich glaubte dieser Nachricht nicht. Schlegel war nicht der Mann, vage mündliche Botschaften durch Männer überbringen zu lassen, die weder er noch ich kannten. Aber ich achtete sorgfältig darauf, daß mein Unglaube nicht auffiel. Meine einzige Reaktion bestand darin, daß ich mich zum Liebhaber der freien Natur erklärte. Denn wenn ich vielleicht gegen den Willen dieser Leute von hier wegmußte, dann konnte ich die paar Stunden Vorsprung gut gebrauchen, die mir gewohnheitsmäßige und keinen Verdacht erregende lange Spaziergänge ermöglichten.

Also wanderte ich mutterseelenallein durch das Moor und spürte den federnden Torfboden unter meinen Füßen. Ich stieß auf Moorhühner, erschreckte Hasen und versuchte mich an der Rückseite des *Great Crag*, die eigentlich nicht mehr war als nur ein steiler Hang. Ich ging an den Kiefern entlang, stieg dann immer höher durch Birkengruppen und Haselbüsche und schließlich über kahle Felshalden bis hinauf zum Gipfel. Ein paar Stunden Wanderns dieser Art gaben schließlich auch einem von Schwindelanfällen bedrohten Umherstolperer wie mir die Möglichkeit, durch die Löcher in den Wolken hinunter auf die Welt zu blicken. Ich sah die schwarzen Terrassen und Spalten der Felswände, und hinter der tief eingeschnittenen, vom Wasser ausgewaschenen Schlucht auch den engen Meeresarm: Er schimmerte wie frisch brünierter blauer Stahl. Und ich konnte sehen, daß das Tal wie ein Amphitheater geformt war, gepolstert mit gelblichem Gras und von Vorhängen aus weißlichem Wasserdunst umschlossen. Ich hatte Käse und Brot mit und suchte mir einen moosbewachsenen Platz zwischen den eisigen Felsrippen. Dort saß ich geschützt, wärmte mir die Hände und konnte mir einbilden, daß auch ich auf dem Weg durch den Kamin und über die drei Felsspitzen hier heraufgeklettert war, von dem die anderen mit soviel Stolz gesprochen hatten.

Ich putzte den salzigen Sprühnebel von meinen Brillengläsern ab und blickte hinaus über die See. Vor mir lag eine der wildesten und einsamsten Landschaften, die Großbritannien zu bieten hat. Ein scharfer Wind fegte über die schneebedeckten Gipfel, und Schneekristalle wirbelten herab wie weißer Rauch aus einem Schornstein. Etwa eine Meile weit draußen im Meer kämpfte sich ein kleines Boot langsam durch den steilen Seegang. Tolliver hatte mich gewarnt, daß der Treibstoff für den Generator ausgehen und es auch kein Fleisch mehr geben würde, wenn das Versorgungsboot nicht heute noch kam.

Auch viele Meilen landeinwärts konnte ich von hier aus sehen, bis hin zu der Stelle, an der die Halbinsel immer schmaler wurde und das abgestorbene Heidekraut nackten Felsen wich, an denen unentwegt die scharfen, weißen Zähne der Brandung rissen. Hier war einst eine Verwerfung im Gestein unter den Rammstößen des Atlantischen Ozeans in sich zusammengebrochen, so daß jetzt eine Art von Burggraben, von tosendem Wasser erfüllt, die Halbinsel Blackstone an ihrer Wurzel vom Festland trennte. Von seinen beiden Seiten stürzten ständig gewaltige Wassermassen aufeinander zu und verwandelten den felsgesäumten Spalt in ein weißschäumendes Inferno.

Auch die gegenüberliegende Seite sah nicht viel einladender aus. Vom Wasser lief die abgebrochene Gesteinsschicht schräg nach oben, wo eine Gruppe von Buchen sich unter den ständig aus derselben Richtung wehenden Stürmen fast waagerecht gelegt hatte. Der Hang war von den schwarzen Linien eiskalter Bergbäche durchzogen, und eine eingestürzte Trockenmauer hatte ihre Schotter-Eingeweide bis hinunter an den Strand verstreut, wo sie sich mit einem von der Flut dort hinterlassenen toten Schaf, einem Haufen rostiger Blechbüchsen und irgendwelchem weiteren Strandgut aus farbigem Kunststoff vermengten.

Wen der die Ohren gefühllos machende Nordwind ebensowenig stört wie der vom Meer wie eine Flutwelle heranrollende feuchte Nebel, für den sind die westlichen Inseln ein magisches Königreich, in dem alles möglich ist. Nach meiner sportlichen Leistung und dem darauffolgenden Abend am offenen Kamin — mit einem Glas Malzwhisky in der Hand —, begann sogar ich zu glauben, daß selbst die merkwürdigen Fantastereien meiner Mitbewohner eine Logik aufweisen, die im Verhältnis zu ihrer Begeisterung für die Sache alles fast verständlich machte.

Als wir an diesem Abend um den blankgescheuerten Refektoriumstisch saßen und Tolliver zusahen, der das gekochte Schweinefleisch in papierdünne Scheiben schnitt, die er dann dekorativ auf einer großen Platte anrichtete, befand sich in unserer Mitte noch ein weiterer Gast. Es war ein großer, etwa fünfundvierzigjähriger Mann mit mürrischem Gesicht und kurzgeschnittenem, blondem Haar, durch das sich weiße Strähnen zogen. Er trug eine Brille mit Metallgestell und hatte einen harten Akzent, wodurch die Karikatur eines deutschen Generals etwa aus dem Jahre 1941 noch vervollständigt wurde. Sein Englisch beschränkte sich auf ein paar einzelne Sätze wie aus dem Wörterbuch. Bei dem üblichen Pink Gin vor dem Essen war er als Mr. Erikson vorgestellt worden, aber meiner Meinung nach befand sich seine Heimat noch ein ganzes Stück weiter östlich. Sein Anzug bestand aus dunkelblauem Gabardine und hatte einen Schnitt, der meinen Verdacht eher noch bestätigte.

Eriksons Anwesenheit war nicht näher erklärt worden, und das Offiziersmessen-Ritual ließ eine direkte Befragung nicht zu, wenn sie nicht von Tolliver ausging. Die Unterhaltung am Tisch drehte sich nur um nebensächliche Dinge. Der Fremde bedankte sich einmal bei Tolliver für dessen Versprechen, mit ihm am nächsten Tag fischen zu gehen, und sprach von da ab kein Wort mehr.

»Haben Sie einen tüchtigen Spaziergang gemacht?« fragte Wheeler.

»Bis zu den Felsabsätzen unter dem Gipfel.«

»Von da hat man einen wundervollen Ausblick«, sagte Tolliver.

»Wenn man nicht dauernd damit beschäftigt ist, auf seine klammen Finger zu pusten«, antwortete ich.

»Manchmal kommen uns da oben ein paar Schafe abhanden«, sagte Wheeler und lächelte mich auf höchst unerfreuliche Weise an.

Erikson nahm die Portweinkaraffe, die Mason ihm reichte. Er zog den Glasstöpsel heraus und roch am Inhalt, während ihm alle erwartungsvoll zusahen. Dann verzog er ablehnend sein Gesicht und goß nicht sich selbst ein, sondern mir. Ich nickte dankend und schnupperte meinerseits am Glas, ehe ich von dem Wein nippte. Aber was ich roch, war nicht das Aroma des Portweins, sondern jenen durchdringenden und unverwechselbaren Geruch, von dem die einen sagen, daß er vom Atomreaktor ausgeht, während die anderen ihn für eine Nebenwirkung der CO_2-Reinigungsanlage halten, durch die in einem Atom-U-Boot die Atemluft gepumpt wird, ehe sie wieder in Umlauf kommt. Es ist ein Geruch, den man mit nach Hause nimmt, der noch tagelang an der Haut haftet und aus den Kleidern überhaupt nicht mehr herausgeht, sondern immer wieder Erinnerungen an diese großen, schwimmenden Vergnügungspaläste wachruft.

Aber ich trug gar keinen von den Anzügen, die ich auf meine Reisen mit dem Atom-U-Boot mitnahm. Ich blickte auf Erikson. Das kleine Boot, das ich vom Berg her gesehen hatte, war von Westen gekommen — vom Atlantik her — und nicht vom schottischen Festland. Und es hatte offensichtlich diesen schweigsamen Europäer hierher gebracht, der nach Atom-U-Boot roch.

Tolliver erzählte gerade eine Geschichte von einem befreundeten Fernsehproduzenten, der einen Dokumentarfilm über Armut auf dem Lande gedreht hatte. Gerade war er beim Ende angelangt: ».... aber niemals brauchen wir Hunger zu leiden, Sir, Gott sei's gedankt, denn ein paar Wachteleier lassen sich immer finden.«

»Ha, ha, ha«, lachte Mason lauter als alle anderen und blickte mich an, als wolle er mich zum Mitlachen zwingen.

Wheeler sagte: »Genau wie die Burschen in meiner Geschichte, denen die Marmelade nicht schmeckte, weil sie zu fischig war. Die habe ich Ihnen doch erzählt, wie?«

»Allerdings, das haben Sie«, sagte Tolliver.

»Das war natürlich Kaviar«, erklärte Wheeler — fest entschlossen, wenigstens die Pointe anzubringen.

»Großartig«, sagte Mason. »Kaviar! Marmelade mit Fischgeschmack. Wirklich gut, Commander!«

»Fleisch ist heute gekommen, aber kein Benzin«, sagte Tolliver.

»Wer ist denn heute mit Brennholzhacken dran?« fragte jemand, und alle lachten. Es war, als ob sie einem Drehbuch folgten, das ich nicht kannte.

Ich nippte an meinem Portwein und warf einen prüfenden Blick auf diesen Mr. Erikson. Irgend etwas war an seinem Verhalten ungewöhnlich, aber was, das wußte ich noch nicht genau. Zunächst schien alles völlig normal — er lächelte über die Witze, nahm mit dankendem Kopfnicken eine Zigarre an und blickte den anderen Gästen mit dem Selbstvertrauen eines Mannes in die Augen, der mit guten Freunden am Tisch sitzt. Ich griff nach den Streichhölzern und zündete eines an, um ihm Feuer für seine Zigarre zu geben. Er bedankte sich murmelnd und wandte sich dann gleich wieder von mir ab, indem er vorgab, daß seine Zigarre nicht richtig zog. Jetzt war ich sicher, daß er sich deshalb direkt neben mich gesetzt hatte, weil er fürchtete, daß ich ihn erkennen könnte, wenn er mir gegenübersaß. Und das überzeugte mich vollends davon, daß er von einem U-Boot aus an Land gekommen sein mußte — von einem russischen U-Boot.

»Bis das Treibstoff-Boot kommt, müssen wir mit dem Benzin für den Generator sparen«, sagte Tolliver. Er stand auf und holte eine von den Petroleumlampen. »Aber Öl für die Lampen haben wir reichlich.« Er zündete die Laterne an und stellte sorgfältig den Docht ein.

»Das bedeutet also Kaltwasser-Rasur morgen früh, Männer«, sagte Wheeler. »Es sei denn, jemand macht freiwillig ein paar Kessel mit Wasser heiß, ehe geweckt wird.«

»Es wird mir ein Vergnügen sein, das zu übernehmen, Sir.« Das war natürlich Mason, der sich wieder fast bis zum Nervenzusammenbruch einschmeicheln mußte. »Ich werde meinen Wecker auf fünf Uhr stellen. Das sollte genügen, glaube ich.«

»Das nenne ich Einsatzbereitschaft, Mason«, sagte Commander Wheeler. »Verdammt kameradschaftlich von Ihnen.«

Es war ihnen nicht genug, hier eine sich selbst auf die Schulter klopfende reine Männergesellschaft zu gründen, sondern sie mußten gleichzeitig auch noch versuchen, eine Welt wieder zum Leben zu erwecken, die eigentlich sowieso nie anders als nur in ihren Träumen existiert hatte. Ich hatte ständig das Gefühl, daß ich dies alles schon von irgendwoher kannte — und jetzt wußte ich auch, woher: aus den alten britischen Kriegsfilmen. Besonders denen, die sich mit der hehren Kameradschaft gefangener britischer Offiziere in deutschen Kriegsgefangenenlagern befaßten und mit ihrem ungebrochenen Kampfgeist — wie zum Beispiel der Film ›Colditz‹.

»Großartige Einsatzbereitschaft, Mason«, sagte ich, aber sie starrten mich alle nur an. Vermutlich gefiel ihnen der Ton nicht, in dem ich meinen Beitrag geleistet hatte.

Die Stille im Haus, die geheimnisvolle Art, auf die Essen und Trinken wie ohne jedes menschliche Zutun erschienen, all das erhöhte noch das Mysteriöse an dem, was diese Männer den ›Club‹ nannten. Außer der großzügigen Anlage des Hauses und der inzwischen vergangenen einstigen Kostbarkeit der jetzt völlig abgetretenen Perserteppiche und verrotteten Wandtäfelungen gab es kaum etwas, das noch an weniger spartanische Tage erinnerte. Ledersofas, Treppenläufer und Teppiche waren alle mit demselben groben, grauen Segeltuch ausgebessert. Die Flicken waren mit einer Nähtechnik aufgestichelt, die der Seemann ›Bootsmannsnaht‹ nennt. Die Fliesen, von den Füßen ungezählter Generationen zu merkwürdigen, ringartigen Vertiefungen abgeschliffen, waren hier und da nachlässig mit Zement aufgefüllt. Die Schlafzimmer waren kalt und feucht, trotz der billigen elektrischen Heizöfen, die nur dann hell aufglühten, wenn der Generator in Betrieb war. Die Wolldecken waren grau und dünn, die Bettlaken sauber, aber fadenscheinig und ungebügelt.

Im ganzen Haus fand sich keine Spur einer weiblichen Hand: keine Blumen, keine Kissen und keine Haustiere, keine parfümierte Seife und buchstäblich kein einziges Bild oder irgendwelcher sonstiger Schmuck.

Selbstverständlich war ich kein Gefangener in diesem Haus. Das hatte man mir mehrfach erklärt. Ich mußte einfach nur warten, bis das Flugzeug wiederkam. Ich hatte aber das Gefühl, daß irgendwelche Vorschläge meinerseits, vielleicht das einzige vorhandene Fahrrad zu benutzen oder schnurstracks in Richtung Osten davonzuwandern, auf nichts als freundlich lächelnde Zustimmung stoßen würden, die im Grunde genommen jedoch ein klares ›Nein‹ bedeutete. Also machte ich solche Vorschläge gar nicht erst. Ich versuchte mich statt dessen in der Rolle des völlig angepaßten, glücklichen Menschen, dem es Spaß macht, in ungeheizten schottischen Schlössern Geheimagent zu spielen, und der nur gelegentlich mal das Bedürfnis verspürt, einen schönen langen Spaziergang zu unternehmen. Und das konnten meine Freunde gut verstehen: Der Glaube an den heilsamen Einfluß frischer Luft und körperlicher Bewegung war schließlich ein wesentlicher Teil ihrer Weltanschauung.

> Die ›Alternative zum Rückzug vor Gefechtsbeginn‹ steht nur denjenigen Landstreitkräften offen, die über einen intakten Flankenschutz verfügen. Marinestreitkräfte auf hoher See können sich dieser Alternative jedoch jederzeit bedienen.
> REGELN: ›TACWARGAME‹. STUDIEN-CENTER, LONDON.

KAPITEL SECHZEHN

Das Zimmer, das man mir zugewiesen hatte, lag ganz oben im Nordturm. Es war eng und hatte einen fast kreisrunden Grundriß. Über mir im spitz zulaufenden Dachgeschoß gurgelten unablässig die Wassertanks. Noch ehe es ganz hell war, hörte ich Masons gebieterisches Klopfen. »Heißes Wasser!« rief er.

»Stellen Sie es nur hin.«

»Ich brauche den Kessel für die anderen.«

Draußen konnte man noch die Sterne am Himmel sehen. Ich seufzte und kletterte die eiserne Wendeltreppe hinunter zum Badezimmer. Es war kein Strom da, was ich mir dadurch bestätigte, daß ich den Lichtschalter ungefähr ein halbes Dutzend mal an- und ausknipste. Wieder klopfte Mason an die Tür. »Komme schon«, rief ich, »komme ja schon!« Unten im Schloßhof begann ein Hund zu heulen.

Das durch die verglasten Schießscharten hereinfallende Licht war gerade hell genug, um mich auf dem Fußboden nahe der Tür ein weißliches Rechteck erkennen zu lassen. Ein zusammengefaltetes Blatt Papier. Ich hob es auf und legte es auf den Waschtisch, während Mason immer weiter gegen die Tür hämmerte. Dann machte ich auf.

»Sie schlafen hinter verschlossener Tür?« sagte er. Sein Auftreten zeigte die ganze Herablassung desjenigen, der schon an der Arbeit ist, während alle anderen noch in den Federn liegen. »Wovor haben Sie denn Angst?«

»Vor den Heinzelmännchen.«

»Wo soll das Wasser hin?« fragte Mason, aber ehe ich noch einen Entschluß fassen konnte, hatte er es schon in das Waschbecken gegossen.

»Danke schön.«

»Wenn Sie noch mehr brauchen, müssen Sie hinunter in die Küche gehen. Das kalte Wasser funktioniert ja.« Er drehte den Hahn auf, um mir zu zeigen, was kaltes Wasser ist, und drehte ihn dann wieder zu. So war Mason eben.

Er blickte sich im Raum um und stellte fest, wie unordentlich alles war. Tolliver hatte mir Rasierzeug, Schlafanzug, Unterwäsche und Hemden in die Kommode getan, aber alle diese Dinge waren jetzt über das gesamte Badezimmer verteilt. Mason schnaubte abfällig durch die Nase. Er warf auch einen kurzen Blick auf das zusammengefaltete Stück Papier, aber er sagte nichts.

Als er weg war, schloß ich die Tür wieder ab und entfaltete den Zettel. Dem Aussehen nach war es eine herausgerissene Seite aus einem Schulheft. Der Text war mit einer Maschine geschrieben worden, die dringend ein neues Farbband brauchte. Ein Teil der Buchstaben bestand praktisch nur noch aus kleinen Vertiefungen im Papier:

»Sie machen unseren neu eingetroffenen Freund sehr nervös. Ich brauche Ihnen nicht zu sagen, daß es sich um Remozivas Adjutanten handelt, aber er besteht darauf, daß alle harmlos tun. Daher die Theaterspielerei heute abend. Kennen Sie ihn irgendwoher? Klingt, als ob es irgendwann in der Zeit gewesen sein müßte, in der Sie noch für uns arbeiteten — späte fünfziger Jahre? —, bei irgendeiner Konferenz, glaubt er.

Der Alte müßte benachrichtigt werden. Ich glaube nicht, daß ihm die Sache gefallen wird. Ich kann nicht weg, und von hier aus zu telefonieren wäre zu riskant. Aber wenn Sie einen Ihrer üblichen Spaziergänge machen und sich dabei ein bißchen verlaufen, dann könnten Sie leicht bis zur Telefonzelle im nächsten Dorf kommen. Es heißt Croma. Berichten Sie einfach nur über Erikson und sagen Sie, daß SARACEN den Sachverhalt bestätigt. Wenn man Ihnen Instruktionen für mich gibt, warten Sie zunächst, bis wir wieder alle beisammen sind. Dann fragen Sie Tolliver oder Mason, wo man hier französische Zigaretten kaufen könne. Daraufhin werde ich Ihnen eine Packung mit drei Zigaretten darin anbieten, damit Sie wissen, wer ich bin. Sie meinen vielleicht, daß das alles ein bißchen weit geht, aber ich kenne diese Brüder hier und bleibe lieber in Deckung — auch Ihnen gegenüber.

Solange Erikson jetzt hier ist, sind sie alle nervös. Verlassen Sie deshalb das Haus lieber durch den Gemüsegarten, und halten Sie sich südlich von den großen Felsen. Frühstücken Sie gar nicht erst, ich habe Ihnen ein paar Sandwiches in das alte Gewächshaus gelegt. Sie können immer noch sagen, daß Sie die gestern abend gemacht hätten. Halten Sie sich auf der Südseite der Halbinsel, dort gibt es einen Steg über Angel's Gab. Er sieht zwar wacklig aus, aber er wird schon halten. Gehen Sie in Richtung auf die Hütte mit dem eingestürzten Dach, von dort aus können Sie den Steg dann sehen. Auf der anderen Seite kommen Sie vier Meilen weiter zur Hauptstraße (sie verläuft in nord-südlicher Richtung). Biegen Sie auf der Straße nach rechts ab, das Postamt ist das erste Haus, das Sie danach erreichen. Die Telefonzelle ist an der Rückseite des Gebäudes — nehmen Sie Kleingeld mit. Legen Sie ein gutes Tempo vor —, ich kann nicht garantieren, daß diese Pfadfinder Ihnen nicht folgen.

Und wenn Sie glauben, daß die nur im mindesten zögern würden, Ihnen den Schädel einzuschlagen — wenn sie ihren Plan gefährdet sehen —, dann haben Sie sich geirrt. Das sind gefährliche Leute. Verbrennen Sie diese Nachricht sofort. Ich werde in der Nähe bleiben, falls es heute morgen mit Ihrem Verschwinden irgendwelche Probleme gibt.«

Ich konnte mich nicht erinnern, diesen russischen Typ schon einmal irgendwo gesehen zu haben. Aber wenn er vom russischen Marinestab war (Direktorat für Sicherheit), dann konnte er ohne weiteres gleichfalls bei einer jener zahlreichen interalliierten Konferenzen gewesen sein, denen auch ich in den fünfziger Jahren zugeteilt war. Gehörte er zum GRU, dann war es noch viel wahrscheinlicher, daß wir uns irgendwo einmal getroffen hatten. Die ganze Sache wurde mir allmählich ein bißchen zu heiß, schließlich waren ja auch Unternehmungen dieser Art in meinem Anstellungsvertrag seit langem nicht mehr vorgesehen. Wenn der Sicherheitsdienst des sowjetischen Oberkommandos bei Tolliver und seiner Truppe eingestiegen war, dann konnte das nur dazu führen, daß seine Profis diesen Pfadfindern hier erst einmal lange Hosen anzogen und sie über den Unterschied zwischen kleinen Jungen und kleinen Mädchen aufklärten. Und wenn das passierte, wollte ich lieber nicht mehr hier sein.

Ich las die Botschaft noch einmal sorgfältig durch und zerriß sie dann in kleine Fetzen. In abgelegenen Landhäusern wie diesem hier spült man solche Sachen lieber nicht einfach nur die Toilette hinunter — wer an den Papierschnitzeln interessiert ist, braucht nur einen einzigen Gullydeckel zwischen Toilette und Sickergrube zu öffnen.

Ich verbrannte das Papier also im Waschbecken, nachdem ich mich gewaschen und rasiert hatte. Es blieben ein paar Brandflecke zurück, die ich auch mit Seife nicht völlig entfernen konnte. Während des Rasierens mit dem noch lauwarmen Wasser hatte ich nachgedacht. Daß mir die ganze Sache nicht gefiel, war eine maßlose Untertreibung. Wenn sie mich loswerden wollten, dann war eine Geheimbotschaft – die ich auch noch verbrennen sollte! – mit dem Auftrag, mich im Schneesturm auf einen baufälligen Steg zu wagen ... ja, dann war so etwas wahrscheinlich die perfekte Methode, mich einfach verschwinden zu lassen.

Aber Ärzte können auf der Straße nicht einfach an einem Unfallort vorbeigehen, ebensowenig wie Taschendiebe an einer unvorsichtigerweise offen gelassenen Handtasche, oder Polizisten an einer Tür mit aufgebrochenem Schloß und Jesuiten an einem Sündenpfuhl. Jeder ist ein Opfer seiner eigenen Ausbildung. Die Vorstellung, daß Erikson von einem Unterseeboot hier abgesetzt worden war, lastete doch ziemlich schwer auf mir. Und das würde auch so bleiben, bis ich mich mit Dawlishs Amt in Verbindung gesetzt hatte – über die ›Mechanikerwerkstatt am Ort‹, wie er so freundlich gewesen war, mir das neueste Kontaktsystem zu erklären. Ich wußte genau, daß ich zwar vielleicht noch den ganzen Morgen mit Nachdenken verbringen konnte, am Ende aber dann schließlich doch versuchen würde, diese verdammte Telefonzelle zu erreichen. Aber ich konnte mich auch des Gedankens nicht erwehren, daß Tolliver wesentlich weniger tüchtig sein müßte, als er mir bis jetzt erschien, wenn er nicht auch diesen Weg der Nachrichtenübermittlung unter Kontrolle oder wenigstens unter Beobachtung hatte.

Vielleicht hätte ich das Postamt links liegen lassen sollen, und die Sandwiches dazu, um mir statt dessen einen ganz neuen Plan auszudenken – aber es fiel mir einfach nichts Besseres ein.

Ich ging hinunter in die Halle. Das war ein düsterer Ort mit amputierten Körperteilen jagdbarer Tiere an den Wänden: Löwen, Tiger und Leoparden gähnten gemeinsam auf mich herab. Ein Elefantenfuß war kunstvoll zu einem Behälter für Spazierstöcke und Regenschirme umfunktioniert worden. Auch Angelruten und Jagdgewehre in Segeltuchhüllen waren da. Einen Augenblick lang war ich versucht, mich irgendwie zu bewaffnen, aber das würde mir nur beim raschen Vorwärtskommen hinderlich sein.

So begnügte ich mich damit, eine Windjacke aus grobem Segeltuch und einen Schal auszuborgen, und ging durch den Dienstbotenflur in die Anrichte hinter der Küche. Es roch nach feuchten Hunden, und von irgendwoher ertönte Gebell. Ich konnte hören, daß die anderen beim Frühstück saßen. Ich erkannte die Stimmen von Tolliver, Wheeler und Mason und wartete, bis ich auch Erikson sprechen hörte. Erst dann setzte ich meinen Weg fort.

Draußen herrschte Schneesturm, und das war mir nur recht. Der Wind heulte um die Hinterfront des Hauses und verwandelte die Fenster in sich ständig verschiebende kaleidoskopartige Muster. Ich würde sicher zwei Stunden brauchen, wenn nicht noch länger, um Angel's Gab zu erreichen. Sorgfältig knöpfte ich die Jacke bis obenhin zu.

Der Süden der Halbinsel war der höher gelegene Teil. Der Weg dort entlang war günstiger, falls ich nicht im Schneesturm irgendwo über den Klippenrand fiel. Das nördliche Ufer dagegen war wie eine ausgefranste Teppichkante aus tiefen Schluchten, Meeresarmen und Sumpfgebieten, wo ein Ortsunkundiger wie ich endlose Umwege machen mußte — die sich ein mit der örtlichen Geographie vertrauter Verfolger dagegen wahrscheinlich leicht sparen konnte.

Ich ging nicht direkt in den Gemüsegarten, denn der Weg dorthin war vom Küchenherd aus voll einzusehen. Statt dessen benutzte ich den Korridor zur Waschküche und schlich mich von dort quer über den Hof zum Stallgebäude. In seinem Schutz ging ich dann den Gartenpfad hinter den Stachelbeerbüschen entlang bis zu der hohen Mauer, die den Gemüsegarten umgab. Hinter einem Schuppen blieb ich stehen und sah mich um. Der Wind war noch stärker geworden, und bereits jetzt war das Haus nur noch ein grauer Fleck hinter dem Vorhang aus wirbelndem Schnee.

Das Gewächshaus war keine von diesen modernen Konstruktionen aus poliertem Aluminium und blitzendem Glas, wie man sie in den Verkaufszentren für Hobbygärtner an den Stadträndern sieht. Es war im Gegenteil ein uraltes Monstrum mit hölzernen Fernsterrahmen und einer Länge von über fünfzehn Metern. Das Glas war dunkelgrau vor verklebtem Schmutz und so gut wie undurchsichtig. Ich schob die Tür auf. Sie quietschte laut, und dann sah ich auch schon das Paket mit meinen Sandwiches auf einer Arbeitsbank liegen, ganz offen und ziemlich nahe am Eingang. Hier drinnen herrschte ein unglaubliches Durcheinander: uralte Blumentöpfe, teilweise zerbrochen, und vertrocknete Pflanzen unter einem ganzen Baldachin von Spinnweben, in dem Tausende von toten Fliegen hingen. Draußen heulte der Wind und rüttelte an den lockeren Fensterscheiben, während der wirbelnde Schnee kleine weiße Nasen gegen das Glas drückte. Anstatt nach meinem Frühstückspäckchen zu greifen, blieb ich wie erstarrt stehen: Ich hatte plötzlich das bestimmte Gefühl, daß ich nicht allein war. Es befand sich noch jemand im Gewächshaus — jemand, der mit verhaltenem Atem krampfhaft stillstand.

»Mr. Armstrong!« Die Stimme klang spöttisch.

Eine Gestalt in schmutzig-weißer Windjacke trat hinter einem Stapel alter Kisten hervor. Meine Augen wanderten zuerst zu der Schrotflinte, die sie lässig unter dem Arm trug, und dann erst nach oben zu ihrem Gesicht: Sara Shaw.

»Miß Shaw!«

»Das Leben steckt voller Überraschungen, Liebster. Sie sind gekommen, um Ihre Sandwiches abzuholen?« Die Schultern ihrer Windjacke waren völlig trocken — sie mußte also schon eine ganze Zeit hier auf mich gewartet haben.

»Ja«, sagte ich.

»Schweinefleisch von gestern abend, und dann noch eins mit Käse.«

»Ich wußte nicht einmal, daß Sie überhaupt hier sind.«

»Diese Maurerjacke steht Ihnen recht gut, das muß ich schon sagen.« Das Lächeln erstarb auf ihrem Gesicht. Ich wandte mich um und sah, daß jemand aus der Küchentür gekommen war und sich auf dem Weg hierher befand. »Mason — der kleine Dreckskerl muß mich gesehen haben«, sagte Sara.

Und er war es tatsächlich. Gegen den Wind vornübergebeugt lief er, so schnell ihn seine eifrigen Beinchen tragen wollten. Sara hielt die Schrotflinte mit beiden Händen gepackt und hob den Lauf.

Mason platzte in das Gewächshaus, als ob es überhaupt keine Tür hätte. In der Hand hielt er eine von diesen kleinen Astra-Pistolen mit einer fünf Zentimeter langen Laufverlängerung. Es war genau die Art Waffe, die zu Mason paßte: etwa vierhundert Gramm Gesamtgewicht und dabei noch klein genug, um sie in die Brusttasche zu stecken.

»Wo haben Sie denn das Ding her?« fragte Sara und lachte. »Haben Sie vielleicht schon für das Silvester-Feuerwerk vorgeplant?«

Aber niemand, der jemals die Wirkung einer auf kurze Entfernung abgefeuerten Pistole vom Kaliber .22 erlebt hat, wird sich lächelnd vor die Mündung einer solchen Waffe stellen — so klein sie auch sein mag. Vielleicht wäre Mickey Spillane eine Ausnahme. Aber ich lächelte nicht, und Mason auch nicht. Er richtete die Pistole auf Sara und griff mit der anderen Hand nach ihrer Schrotflinte.

»Geben Sie ihm das Ding«, sagte ich. »Sie wollen ja schließlich nicht als Schlagzeile enden, nicht wahr?«

Mason nahm die Flinte und klappte sie mit einer Hand auf. Dann klemmte er den Kolben unter den Arm, zog die Schrotpatronen heraus und ließ die entladene Waffe auf den Boden fallen. Zum Schluß gab er ihr einen so energischen Fußtritt, daß sie mit Schwung unter die Werkbank rutschte, wobei noch ein paar Blumentöpfe zu Bruch gingen. Die Patronen steckte er in die Tasche. Nachdem er also Sara entwaffnet hatte, wandte er sich mir zu. Mit rascher Hand fuhr er über meinen Körper, aber er wußte, daß ich kaum bewaffnet sein konnte — direkt nach der Landung des Flugzeuges hatten sie mich ja schon durchsucht.

»Okay«, sagte er. »Und jetzt zurück zum Haus.« Er stieß mich mit dem Pistolenlauf an, und ich bewegte mich langsam in Richtung auf die Tür, während ich mit den Augen auf der Werkbank herumsuchte. Vielleicht fand sich irgendwo ein Gegenstand, den man als Waffe verwenden konnte.

Mason hatte im Augenblick keine andere Wahl, als viel zu dicht hinter mir zu gehen. Wenn wir erst einmal aus dem Gewächshaus heraus waren, würde er mich ganz sicherlich auf Abstand halten, und damit war meine Chance vertan, ihm eins aufs Dach zu geben. Also Lektion Nummer eins im Lehrgang für waffenlose Selbstverteidigung: Ein Mann, der die Pistolenmündung seines Gegners am Körper spürt, weil dieser zu nahe hinter ihm steht, kann den Lauf dieser Pistole schneller beiseite schlagen, als der andere abzudrücken imstande ist. Ich ging daher noch langsamer, bis sich die Waffe wieder gegen meinen Rücken drückte. Dann fuhr ich plötzlich nach links herum, schlug mit der linken Hand nach der Pistole und mit der rechten dorthin, wo Masons Kopf sein mußte. Ich erwischte ihn nur seitlich über dem Ohr, aber er machte einen Schritt rückwärts und fuhr mit dem Ellbogen durch eine Glasscheibe. Das Klirren der Scherben schien mir hier im geschlossenen Raum dreimal so laut wie normal. Ich schlug noch einmal nach ihm. Er stolperte, und eine zweite Fensterscheibe ging zum Teufel. Ich wagte nicht, hinüber zum Haus zu blicken und festzustellen, ob die Leute am Frühstückstisch schon etwas gemerkt hatten. Die Hunde im Hof erhoben ein wütendes Gebell.

Das Mädchen schrak ängstlich vor uns beiden zurück, während Mason versuchte, die Hand mit der Pistole wieder nach oben zu bringen. Ich packte sein Handgelenk mit der rechten Hand und die Pistole mit der linken. Dann zog ich kräftig an, aber Mason hatte seine Hand am Abzug. Es gab einen lauten Knall, und ich spürte den heißen Luftzug, mit dem das Geschoß an meinem Ohr vorbei schmetternd durch das Glasdach fuhr. Ich fuhr mit dem Ellbogen herum und traf ihn ins Gesicht, daß ihm die Tränen in die Augen schossen. Er ließ los und stürzte zwischen rostigen Gartenwerkzeugen zu Boden, rollte sich zur Seite und rieb an seiner Nase.

Sara war schon dabei, sich die Schrotflinte wieder zu angeln. »Tüchtiges Mädchen«, sagte ich. Dann schob ich die kleine Astra in die Tasche und lief hinaus in den Schneesturm. Der Weg war schlüpfrig, und ich wich in ein Beet mit Kohlköpfen aus. Am Ende des Gartens war an der Mauer ein Komposthaufen aufgeschichtet. Ohne Zweifel die beste Stelle zum Hinüberklettern.

Ich hatte etwa die halbe Entfernung bis dorthin zurückgelegt, als ich hinter mir den ohrenbetäubenden Knall einer großkalibrigen Waffe hörte, gefolgt von dem nicht endenwollenden Klirren zerbrechenden Glases. Ehe noch die letzte Scherbe heruntergefallen war, gab es einen zweiten Knall, und wieder ging ein ganzer Teil der Glasfläche des Gewächshauses zu Bruch. Und mit diesem zweiten Schuß hatte sie mich erwischt. Ich flog kopfüber in ein Beet mit Rosenkohlstauden und spürte einen brennenden Schmerz in der Seite und in einem Arm.

Ganz ohne Zweifel war sie inzwischen damit beschäftigt, noch mehr Schrotpatronen in ihre Flinte zu stopfen. Trotz des angekratzten Armes gelang es mir daher, den Weltrekord im Gemüsegarten-Freistil zu brechen und mit wildem Arm- und Beingefuchtel über die Mauer zu setzen. Während ich noch auf der anderen Seite herunterfiel, fegte ein dritter Schuß durch das Unkraut auf der Mauerkrone und überschüttete mich mit kleingehackter Botanik. Hinter dem Grundstück fiel das Gelände steil ab, aber auch so berührten meine Füße über eine Strecke von einer halben Meile den Boden so gut wie überhaupt nicht. Ich hoffte, daß sie wenigstens Schwierigkeiten beim Überklettern der Mauer hatte –

aber bei solchen Frauen weiß man ja nie, ob sie überhaupt jemals mit irgend etwas Schwierigkeiten haben.

Als ich den Bach erreicht hatte, war mir inzwischen auch klar geworden, daß Mason — und nicht das Mädchen — Dawlishs Kontaktperson und der Verfasser der Botschaft war. Und er hatte die Pistole absichtlich so fest gegen mich gedrückt, in der Annahme, daß ich schon wissen würde, wie ich mich befreien konnte. Es war das beste, was er tun konnte, wenn er noch eine Möglichkeit haben wollte, sich aus der ganzen Sache herauszureden. Er tat mir leid, aber gleichzeitig war ich auch froh, daß ich ihn so hart getroffen hatte. Schließlich würde er auch einige sichtbare Beweis brauchen, um sie Tolliver vorzuführen. Sara Shaw mußte ihm gefolgt sein, als er die Sandwiches für mich hinterlegte. Und dann hatte sie gewartet, wer sich wohl zeigen würde, und warum. Ich hoffte, daß sie die Wahrheit vielleicht doch nicht erraten hatte, denn es machte mir plötzlich gar keine Schwierigkeiten mehr, Masons Behauptung zu glauben, daß es sich hier um eine gefährliche Bande handelte.

Mein Arm blutete so stark, daß ich eine deutliche Spur hinter mir herzog. Ich wechselte für eine Weile die Richtung, um den Eindruck zu erwecken, daß ich mich auf dem Weg zum Reitpfad befand. Dort angekommen, zog ich rasch die Windjacke aus, band den Seidenschal um die blutige Stelle an meinem Ärmel und zerrte dann wieder die Segeltuchjacke darüber. Es tat verteufelt weh, aber ich hatte keine Zeit, noch mehr zu unternehmen. Ich hoffte, daß der Druck des engen Jackenärmels mit der Zeit die Blutung stillen würde. Ein Schrotschuß streut etwa vier Quadratzentimeter pro Meter Entfernung. Ich lag schon weit genug entfernt gewesen, um nur den Rand dieses Kegels abzukriegen. Meine Kleider waren zerrissen, aber die Blutung war nicht ernsthaft. Jedenfalls redete ich mir das immer wieder ein, während ich hastig weitereilte.

Ich kam gut voran und mied sorgfältig die Stellen, wo der blanke Fels aus dem Boden hervortrat und von peitschenden Schneeschauern mit Eisesglätte überzogen worden war. Aber da ich nur noch einen Arm gebrauchen konnte, war es in jedem Falle nicht einfach, das Gleichgewicht zu halten. Zweimal fiel ich hin, schrie vor Schmerz auf und hinterließ einen stumpfroten Fleck im Schnee. Trotz der schlechten Sicht wegen des Schneesturmes war ich sicher, daß ich den hinteren Steilhang des *Great Crag* wiederfinden konnte. Danach kam es nur noch darauf an, möglichst dicht am Rand der Klippen entlangzugehen, ohne hinunterzufallen. Aber im dichten Schneetreiben ist eben alles viel schwieriger. Es gelang mir sogar kaum, das große Koniferengebüsch zu finden, das mir als Markierung für die Stelle diente, an der man von Felsblock zu Felsblock hüpfend den Bach überqueren konnte. Als ich schließlich dort war, verfing ich mich auch noch in Brombeergestrüpp und Unterholz und hatte schwer zu schaffen, um mich wieder zu befreien.

Aber dennoch verfluchte ich das Wetter nicht. Sowie es aufklarte, war ich für jeden sichtbar, der nur intelligent genug war, auf die unterste Felsterrasse des *Great Crag* hinaufzuklettern. Und in dem Haus, das ich hinter mir zurückgelassen hatte, befand sich eine ganze Reihe von Leuten, die intelligent genug dafür waren. Dafür, und noch für viele, viele andere hübsche Dinge.

Der Pfad am oberen Rand der Klippen erforderte meine ganze Aufmerksamkeit. Ich hatte ihn noch nie begangen, obwohl ich bei meinen einsamen Picknicks auf den Höhen des *Great Crag* oft seinem Verlauf von oben her mit den Augen gefolgt war. Es war ein uralter Weg, hier und da mit Metalltafeln markiert — einfachen Rechtecken aus Blech, die an inzwischen fast verrottete Pfähle genagelt waren. Ihre verrostete Fläche wies keine Spur von Farbe mehr auf, aber an ihrer militärischen Herkunft konnte dennoch kein Zweifel bestehen. Alle Hinterlassenschaften militärischen Ursprungs haben irgend etwas Gemeinsames, ob es nun Blechtafeln sind, Tanks oder Latrinen. Ich ging schneller, wo immer ich diese rostigen Schilder als Markierungspunkte hatte. Ich fürchtete, daß der Schneesturm bereits im Abzug war. Die dunklen Wolken zogen so niedrig, daß man sie fast berühren konnte. Eilig flogen sie über mich hinweg, vermischt mit wirbelnden Schneeschauern, und gestatteten mir bereits hier und da einen überraschenden Ausblick auf die fast dreißig Meter tiefer liegende, felsige Küste.

Wie die Markierungstafeln, war auch der Weg selbst an einigen Stellen verkommen und verrottet. Ich blieb einen Moment stehen und versicherte mich, daß mein Arm keine Blutspuren mehr hinterließ. Das war nicht der Fall, aber in meinem Ärmel waren scheußliche, matschige Geräusche zu hören, und daraus schloß ich, daß ich wahrscheinlich immer noch blutete. Ich wartete ungeduldig auf jene Taubheit, die nach Aussagen der Ärzte nach jeder Verwundung einsetzen soll — aber allmählich hatte ich den Verdacht, daß das nur ihre Ausrede für rücksichtsloses Herumbohren in schmerzenden Verletzungen war. Meine Körperseite wie mein Arm klopften und schmerzten jedenfalls wie der Teufel.

Ich blickte auf den Pfad, den mich die Metallvierecke entlangführten. Er bestand von jetzt ab nur noch aus einem schmalen, von Menschenhand angelegten Absatz in der senkrechten Felswand der Klippen. Ganz bestimmt nicht die Art von Gegend, in der ich mich sonst aufzuhalten pflegte — außer in bösen Träumen. Aber weiter vorne versperrte eine von Gebüsch bewachsene Fläche den oberen Durchgang, und so nahm ich den schmalen Pfad in der Felswand, ging vorsichtig Schritt für Schritt weiter, immer wieder große Felsstücke lostretend, die in den freien Raum hinauswirbelten und irgendwohin fielen. Ich wagte es nicht, ihnen mit den Augen zu folgen.

Nach einer Viertelmeile wurde der in den Fels gehauene Pfad plötzlich noch schmaler. Ich wurde noch vorsichtiger, setzte behutsam einen Fuß vor den anderen, ständig erschreckt von der Tatsache, daß ganze Abschnitte des Weges allein von der Berührung meiner Fußspitze zerbröckelten. Der Absatz im Fels lief um einen leicht geschwungenen Teil der Klippen herum, und bald danach befand ich mich an einer Stelle, von der aus ich unter mir eine kleine Bucht überblickte. Zwischen dahinjagenden Hagelschauern studierte ich den weiteren Verlauf des Pfades. Ich hatte gehofft, daß er nun bald wieder nach oben zum Klippenrand führen würde, aber statt dessen blieb er immer weiter ein schmaler Absatz in den senkrechten Felsen. Besonders das Stück auf der anderen Seite der Bucht machte mir Sorgen. Dort glich die scharfe Klippenspitze dem Bug eines gewaltigen Schiffes, der hoch über der wilden, grünen See emporragte. Und über dem Pfad war die Felswand weit nach außen gewölbt, so daß es schien, als ob man dort nur auf allen vieren durchkommen könnte.

Während ich so stillstand, um inmitten von Schnee und Hagel etwas sehen zu können, überlief mich eine ganze Welle von Furcht und Zweifel. Ich beschloß, umzukehren, zum Reitpfad zurückzugehen und von dort einen Weg am oberen Rand der Klippen entlang zu suchen. Aber während ich noch das felsige Kap am anderen Ende der Bucht betrachtete, sah ich dort drüben ein dichtes Gewirr von Dornenzweigen vom oberen Rand der Felswand herabhängen, von meinem Standpunkt aus fast wie ein Spitzentischtuch anzusehen. Die Männer, die diesen Pfad ausgehauen hatten, mußten schließlich einen Grund dafür gehabt haben, diese harte Arbeit auf sich zu nehmen. Wenn es leichter war, einen Weg in der senkrechten Felswand anzulegen als oben auf dem Kamm, dann mußte es sicherlich auch für mich leichter sein, hier durchzukommen als dort oben.

Der Überhang war nicht so schlimm, wie ich befürchtet hatte. Es ist natürlich richtig, daß ich die Arme ausbreitete und meinen Körper in furchtsamer Umarmung gegen die Klippen drückte, wobei ich ein paar schwache, blutige Abdrücke hinterließ — aber ich bewegte mich immer weiter — wenn auch seitwärts, wie eine Krabbe. Auf abbröckelnde Felsstücke zu achten, hatte ich inzwischen aufgegeben.

›Im Schützengraben gibt es keine Atheisten‹, lautete einmal eine weitverbreitete Redensart. Auf schmalen Felsbändern, die um steile Vorgebirge herumlaufen, gilt dasselbe — wenn man meinen Spaziergang als Beispiel akzeptiert. Flach gegen die kalten Steine gedrückt, spürte ich, wie der Wind so heftig gegen die Felswand anrannte, daß selbst die schiffsbugartige Klippe bis in ihre Grundfesten erschüttert wurde. Und derselbe Wind peitschte den Ozean zu riesigen, weißen Kämmen auf, die tief unter mir gegen die Steinplatten donnerten. Wieder und wieder versuchte dieser heulende Wind, mich von der Klippe loszureißen und mit sich zu nehmen, aber jedesmal blieb ich bewegungslos angeklammert stehen, bis seine Stöße sich erschöpft hatten. Das Schwindelgefühl ist, wie jedes seiner Opfer weiß, nicht etwa die Angst vor dem Sturz, sondern ein atavistischer Wunsch, fliegen zu können — deshalb ist es ja auch unter Piloten so weit verbreitet.

Ich schaffte es schließlich um die Felsspitze herum und atmete erleichtert auf — ehe ich feststellte, daß vor mir noch eine Bucht und noch ein Vorgebirge lag. Schlimmer noch — ein Stück weiter vorn schien der Pfad völlig blockiert. Zunächst sah es aus wie ein Felsrutsch, aber irgendwie schienen die einzelnen Steine einander in Farbe und Größe zu sehr zu gleichen; sie balancierten unsicher auf den kleinsten Felsabsätzen und flimmerten geradezu in ihren Umrissen, wenn ein Windstoß gegen die Felswand donnerte, fauchend senkrecht nach oben abgelenkt wurde und in seinem Sog Schneeflocken ebenso wie Gesteinssplitter mit sich riß.

Ganz allein an diesem äußersten Ende der Halbinsel, versuchte ich mich mit dem Gedanken zu trösten, daß ich wenigstens von nirgendwoher zu sehen war. Ich löste meine Hand von den Felsen, hob ganz langsam den Arm und sah nach der Zeit. Ob sie wohl inzwischen alles alarmiert und eine Sperrlinie am Fuß der Halbinsel gezogen hatten? Ich zitterte vor Kälte, Furcht und Unentschlossenheit — aber eigentlich gab es gar keinen Entschluß, der etwa zu fassen wäre. Ich mußte einfach weiter, und zwar so schnell wie möglich.

Das Felsband verbreiterte sich so weit, daß ich meine Fortbewegungs-Geschwindigkeit fast bis auf Schrittempo beschleunigen konnte, solange ich mit einer Schulter dicht an den Felsen blieb. Aber ich konnte immer noch nicht feststellen, was das für Flecken waren, die vor mir über die Klippen gesät waren wie Pockennarben über ein bleiches Gesicht. Selbst als ich nur noch zehn Meter entfernt war, konnte ich nicht erkennen, was da meinen Weg versperrte. Aber es war genau in diesem Augenblick, daß ein besonders großer Brecher, ein Windstoß oder einfach nur die Tatsache meiner Annäherung plötzlich die gesamte Felswand in lauter durcheinanderwirbelnde Fragmente zerplatzen ließ. Um mich herum nichts als graubraune Umrisse mit verwischten Formen: eine riesige Kolonie von Seevögeln, die Schutz vor dem Sturm gesucht hatten. Sie hoben ihre mächtigen Schwingen und warfen sich gegen den Wind, um mir entgegenzutreten. Graue Schemen umkreisten den Eindringling, der sich auf den Felsabsatz gewagt hatte, auf dem sie Jahr für Jahr ihre Nester bauten. Sie stießen auf mich herab, kreischten, krächzten und schlugen mit den Flügeln in der Hoffnung, daß ich entweder fallen oder vielleicht auch selbst davonfliegen würde.

Und inzwischen kletterte ich durch den eigentlichen Nistplatz hindurch, meine Hände waren zerkratzt und blutig von den Versuchen, zwischen steinalten Nestern aus Schlamm, Speichel und verdorrten Pflanzenresten einen Halt zu finden, und meine Füße traten knirschend auf alles mögliche und rutschten im Staub und Dreck jahrtausendealter Schichten von stinkendem Vogeldreck.

Ich schloß die Augen. Ich fürchtete mich, auch nur den Kopf zu wenden, während die Schwingen gegen meine Schultern schlugen und der Stoff meiner Jacke unter den Schnäbeln und Krallen in Fetzen ging. Und ich verlangsamte meinen Schritt auch dann nicht, als ich es schließlich wagte, dorthin zurück zu blicken, wo die Seevögel immer noch kreisten und schrien und in den Felsspalten flatterten. Der Wind hatte mein Zerstörungswerk fortgesetzt, und jetzt waren die brüchigen Nester nur noch Fetzen in dem Luftstrom, der die Felswand emporleckte wie eine Flamme im Kamin und die ganze Vogelkolonie mit sich riß und zu Staub zermahlte.

Vor mir sah ich jetzt wieder ein verbogenes Stück Blech und

versuchte, mir mit allen möglichen Gründen einzureden, daß es von hier ab leichter sein mußte. Es ging zwar noch einmal um eine Felsnase herum, aber das war nichts im Vergleich zu dem, was ich bereits hinter mir hatte. Und danach führte der Pfad sanft nach oben, bis er wieder den Klippenrand erreicht hatte. Ich setzte mich nieder und spürte weder Dornen noch Schlamm. Zum erstenmal fiel mir der flache, schnelle Atem auf, den mir die Angst aufgezwungen hatte, und dazu mein lautes Herzklopfen, so laut wie das Donnern der Brecher gegen die Felsen dreißig Meter unter mir.

Von hier aus konnte ich in nordwestlicher Richtung über die gesamte Breite der Halbinsel blicken, und was ich sah, gefiel mir überhaupt nicht. Der Schneesturm, welcher auf Meereshöhe immer noch gegen die Klippen brandete, hatte sich weiter oben soweit gelegt, daß die Sichtweite zwischen den vereinzelten, letzten Schauern inzwischen schon eine Meile oder noch mehr betrug. Wenn sie inzwischen hinter mir her waren, dann konnten sie mich jetzt wie einen aufgeschreckten Fasan jagen. Ich erhob mich und machte mich wieder auf den Weg. Und ich zwang mich dazu, noch schneller zu gehen, obwohl die Nachwirkungen meiner mühsamen Klippenwanderung mir kaum erlaubten, irgendwelche Rekordversuche zu unternehmen.

Von meinem augenblicklichen Standort aus auf der Höhe der Klippen führte der Weg fast durchweg bergab. Die Welt um mich herum war weiß und braun in tausend verschiedenen Tönungen: Farnbüsche, Heidekraut, Blaubeerschläge, und am untersten Ende der Farbskala die Torflöcher. Alles abgestorben, und alles überweht vom Schnee, der trockene Bachbetten und Löcher ausfüllte und sich den Launen des Windes in seltsamen Mustern fügte. Auch Moorhühner waren da. Aufgeregt flüchteten sie sich in die Luft und schrien »Weg-da, weg-da«, so wie ich es noch aus meiner Jugendzeit kannte.

Schon glaubte ich, in der Ferne den dunklen Fleck zu erspähen, der nur die Baumgruppe um den kleinen Bauernhof auf der anderen Seite sein konnte. Ich versprach mir selbst ganze Tafeln von Schokolade, obwohl ich das Zeug überhaupt nicht mochte. Ich wanderte jetzt dahin, so wie Soldaten marschieren: immer einen Fuß vor den anderen, ohne auf die Zeit oder die Umgebung zu achten. »Alles, was meine Soldaten von Rußland gesehen haben, war nur der Tornister des Mannes vor ihnen«, hatte Napoleon gesagt. Als ob dieses niedere Volk sich geweigert hätte, seinen Einladungen zu Ausflügen nach Petersburg oder zu den Kurorten am Schwarzen Meer Folge zu leisten. Ich jedenfalls vergaß jetzt alles andere und glotzte nur stur vor mich hin.

Ein Sonnenstrahl bahnte sich den Weg durch die Wolken, und plötzlich lagen ein paar Hektar Hügelland in hellgelbem Schein. Wie wild lief der helle Fleck über die Hänge und raste dann wie ein großes, blaues Floß hinaus aufs Meer, wo er etwa eine Meile vom Ufer entfernt plötzlich verschwand, wie spurlos versenkt. Die Wolkendecke schloß sich wieder, und der Wind heulte triumphierend auf.

Nachdem ich einmal wußte, wo ich suchen mußte, war es kein Problem mehr, den Steg zu finden. Er erwies sich als hervorragendes Beispiel für viktorianische Ingenieurkunst und die technischen Möglichkeiten im Umgang mit Schmiedeeisen. Zwei Ketten, die über den schmalen, ›Angel Gap‹ genannten Wasserarm führten, wurden durch reich verzierte Eisensegmente in gleichem Abstand gehalten. Darüber war dann ein Steg aus Holzbohlen gelegt. Weitere eiserne Zwischenstücke in der Form stilisierter Delphine reckten auf beiden Seiten ihre Schwänze in die Höhe und bildeten die Stützen für zwei Stahlkabel, die jeweils am Ufer verankert waren und sowohl als Geländer wie auch als zusätzliche Tragkonstruktion dienten. So jedenfalls mußte die ganze Angelegenheit früher einmal auf dem Stahlstich des Werbekatalogs ausgesehen haben. Jetzt hing eines der Geländerseile bis hinunter ins Wasser, und die eine Kette war so locker, daß der ganze Steg in sich selbst spiralig verdreht war. Er knirschte und schwankte unter dem Druck des Windes, der durch die zerbrochenen Bodenbretter pfiff und das ganze Bauwerk wie eine riesige Flöte summen ließ.

Als Jahrmarktsattraktion hätte man mit diesem Ding in Coney Island wahrscheinlich ein Vermögen verdienen können, aber als Schwebebrücke über den wilden Wassern des Angel Gap erschien es mir so unattraktiv, daß nur der Pfad um die steilen Felsklippen hinter mir noch unerfreulicher war.

Aber es gab jetzt keinen Weg mehr zurück. Ich dachte an das Mädchen mit dem lockeren Abzugsfinger — Maßkleider für gefrorene Leichen, auf Vorbestellung auch *Cuisine Française* — und erschauerte. Wenn sie nicht so eifrig darauf bedacht gewesen wäre, mich umzubringen, daß sie gleich durch die Glasfenster des Gewächshauses schießen mußte, dann hätte ich jetzt wahrscheinlich nur noch als Teil jener Statistik eine Existenzberechtigung, mit denen der schottische Fremdenverkehrsverband alle Leute warnt, die auf Moorhuhnjagd gehen.

Jede Brücke war jetzt besser als umzukehren, gleich welcher Art.

Der gleichmäßig einfallende Seewind hatte zwar dafür gesorgt, daß die Felsen hier so gut wie eisfrei waren, aber die Brücke war dennoch ein gefährliches Problem. Sie hatte nur noch ein Geländer, und das war ein rostiges Kabel. Es gab in beängstigender Weise nach, als ich mich mit meinem ganzen Gewicht darauflegte, und rutschte so schnell durch die Ösen der noch vorhandenen Stützen, daß ich mich schon mit ihm zusammen unten im Meer sah. Aber dann hielt es doch, obwohl es von Stütze zu Stütze jedesmal ein häßliches Geräusch gab, wenn sich dieses lockere Kabel wieder straffte. Ohne Geländer wäre ich jedoch nicht über den Abgrund gekommen, denn an einigen Stellen war der verfaulte Bretterboden der Brücke schon beträchtlich schief. Ich mußte mich mit beiden Händen festhalten, und als ich schließlich die andere Seite erreichte, blutete mein verletzter Arm wieder heftig.

Ich lief eilig den Hügel hinauf, um außer Sicht zu kommen. Erst als ich in dem kleinen Gehölz Deckung fand, blieb ich stehen und blickte zurück auf das rauschende Wasser im Angel Gap und auf den Teil der Halbinsel Blackstone, der unter den eilig dahinziehenden Sturmwolken sichtbar war. Nirgendwo eine Spur irgendwelcher Verfolger, und dafür war ich wirklich dankbar. Denn mir fiel im Augenblick absolut keine Möglichkeit ein, die Kettenbrücke vollends zu zerstören.

Ich zog die Windjacke aus, und dann — mit einigen Schwierigkeiten — auch mein Jackett. Ich hatte doch eine Menge Blut verloren.

Ich brauchte über eine Stunde für die vier Meilen bis zur Straße. Die Wolken schoben sich so weit zurück, daß ein paar kostenlose Sonnen-Proben von Baum zu Baum weitergereicht wurden. Auch die Straße lag im Sonnenschein, als ich sie endlich erreichte. Irgendwie hatte sich in mir inzwischen die Vorstellung entwickelt, daß es sich um eine vierspurige Autobahn mit Raststätten, Andenkengeschäften und dreistöckigen Ausfahrten handeln müßte, aber dann war es doch nur eine ›schmale Straße erster Ordnung‹, wie man das in Schottland nennt. Was bedeutet, daß alle zweihundert Meter der Straßengraben aufgefüllt ist, damit man ausweichen kann, wenn jemand aus der Gegenrichtung kommt.

Ich sah die am Straßenrand sitzenden Soldaten bereits, als ich noch ein paar hundert Meter entfernt war. Sie duckten sich unter eine Zeltbahn, auf der sich schon eine Menge Schnee angesammelt hatte. Zuerst dachte ich, daß sie nur auf jemanden warteten, der sie mit dem Wagen mitnehmen würde. Aber dann fiel mir auf, daß sie feldmarschmäßig ausgerüstet und mit automatischen Karabinern vom Typ L1-A1 bewaffnet waren. Einer von ihnen hatte dazu noch ein Funksprechgerät dabei.

Sie reisten auf die ganz kalte Tour und blieben sitzen, bis ich fast heran war. Ich wußte inzwischen schon, daß sie meine Anwesenheit über Funk breitgetreten hatten, denn kaum fünfzig Meter vorher war ich bereits an einem Soldaten vorbeigekommen, der mich von der Seite her im Visier hatte — nur war mir das leider erst zu spät aufgefallen. Der Mann lag hinter einem Lee-Enfield-Karabiner mit Scharfschützen-Zielfernrohr. Hier konnte es sich kaum um eine normale Übung handeln.

»Würden Sie vielleicht freundlicherweise hier einen Augenblick warten, Sir?« Ein Fallschirmjäger-Korporal.

»Was ist denn los?«

»Es wird gleich jemand da sein.«

Wir warteten, und dann kam ein großer Wagen über den nächsten Hügelkamm, der einen Wohnanhänger hinter sich herzog, wie man ihn unter dem Wahlspruch ›sorgenfreie Ferien auf Rädern‹ mieten kann. Der war ein schreckliches, birnenförmiges Gefährt, cremefarbig lackiert, mit grüner Plastiktür und getönten Fenstern. Aber ich wußte schon, um wen es sich hier handelte, sobald ich die riesigen, polierten Messingscheinwerfer gesehen hatte. Nur hatte ich nicht erwartet, daß es Schlegel war, der neben ihm saß. Dawlisch betätigte die Bremsen und hielt neben mir und den Soldaten. Ich hörte noch, wie er zu Schlegel sagte: »... und wenn es Sie vielleicht überrascht: diese Bremsen sind echt hydraulisch, das heißt, sie werden wirklich mit Wasser betrieben. Obwohl ich zugeben muß, daß ich für diese Fahrt etwas Methyl-Alkohol beigegeben habe — wegen der Außentemperatur.«

Schlegel nickte, ohne jedoch im einzelnen auf die versprochene Überraschung zu reagieren. Ich hatte den Verdacht, daß er schon auf dem Weg hierher das Prinzip der Dawlishschen Bremsen mehr als genug erfaßt hatte. »Ich dachte mir schon, daß Sie es wären, Pat.«

Das war wieder typisch für Dawlish. Er wäre auf der Stelle tot umgefallen, wenn ihm jemand den Vorwurf gemacht hätte, ein

Effekthascher zu sein. Aber wenn man ihm eine solche Chance gab, dann trat er so dezent auf wie Montgomery. »Zufällig gerade beim Teemachen, Leute?« fragte er die Soldaten.

»Dafür kommt ein Kantinenwagen, Sir. Elf Uhr dreißig, hat man uns gesagt.«

Dawlish fuhr unbeirrt fort: »Ich glaube, dann sollten wir uns jetzt selber einen Tee machen. Schöner, heißer, süßer Tee: genau das Richtige für Leute, die unter Schockeinwirkung stehen.«

Ich wußte, daß er eine bestimmte Reaktion bei mir provozieren wollte — aber ich lieferte sie ihm trotzdem: »Ich habe eine ganze Menge Blut verloren«, sagte ich.

»Doch nicht eigentlich *verloren*«, sagte Dawlish und tat so, als ob er erst jetzt meinen Arm bemerkte. »Ihre Jacke scheint ja das meiste davon aufgesaugt zu haben.«

»Wie dumm von mir«, sagte ich.

»Korporal«, sagte Dawlish, »würden Sie bitte dafür sorgen, daß Ihr Sanitäter hier erscheint. Sagen Sie ihm, daß er Heftpflaster mitbringen soll, und lauter solche Sachen.« Er wandte sich wieder mir zu. »Wir werden uns jetzt in den Anhänger setzen. Der ist wirklich praktisch für diese Art von Geschäft.«

Er stieg aus seinem Wagen aus und schob mich und Schlegel in die enge Sitzecke des Wohnanhängers. Hier fehlte nur noch Schneewittchen persönlich: Der Raum war vollgepfercht mit kleinen Plastik-Kronleuchtern, neckischen Kissen mit bunten Chintz-Bezügen und einem echt antiken Cocktail-Schränkchen. Mir war klar, daß Dawlish sich sorgfältig den Anhänger mit der geschmacklosesten Möblierung ausgesucht hatte. Und jetzt bestand er energisch darauf, daß jedes einzelne Stück von ihm persönlich ausgewählt war. Ein Sadist — aber Schlegel hatte es nicht anders verdient.

»Praktisch für welche Art von Geschäft?« fragte ich.

Schlegel lächelte zur Begrüßung, aber er sagte kein Wort. Er drückte sich in den hinteren Teil des Ecksofas und zündete sich eins von seinen geliebten Zigarillos an. Dawlish setzte den Butangas-Herd in Betrieb. Dann hielt er einen winzigen Camping-Wasserkessel in die Höhe und demonstrierte, daß der Henkel sich seitwärts umlegen ließ. »Ein Klapp-Kessel! Wer hätte schon geglaubt, daß es etwas derartig Praktisches gibt!«

»Die Dinger sind allgemein bekannt«, sagte Schlegel.

Dawlish erhob einen skeptischen Finger. »In Amerika vielleicht — ja.« Dann setzte er den Kessel auf und wandte sich wieder mir zu. »Eben für dieses Geschäft — er ist einfach praktisch. Wir haben Sie übrigens schon eine ganze Weile auf unserem kleinen Doppler-Radargerät gesehen. Natürlich wußten wir nicht ganz genau, ob Sie es wirklich waren — aber das habe ich einfach erraten, sozusagen.«

»Draußen in der Bucht ist ein U-Boot«, sagte ich. Der Duft von Schlegels Zigarre stieg mir verführerisch in die Nase, aber andererseits konnte ich meine Zeit als Abstinenzler nun schon in Monaten zählen.

Dawlish schnalzte moralisch schockiert mit der Zunge. »Richtig ungezogen, nicht wahr? Wir kommen gerade von HMS *Viking*, wo wir den Kerl mit den Ortungsgeräten angepeilt haben. Er hat jetzt nach Süden abgedreht. Wollte jemand abholen, wie?«

Ich gab keine Antwort.

Dawlish fuhr fort: »Wir werden da drüben eindringen, aber ganz sacht und vorsichtig. Der offizielle Grund ist, daß wir eine ballistische Rakete mit Übungs-Sprengkopf verloren haben und sie jetzt suchen müssen. Klingt doch gut, wie?«

»Toll«, antwortete ich.

Dawlish sagte zu Schlegel: »Nun, wenn er damit einverstanden ist, dann muß es wohl wirklich in Ordnung sein. Ich selbst habe es ja eigentlich auch ganz gut gefunden.«

»Der einzige Zugang ist eine halb verfallene Fußgängerbrücke«, warnte ich. »Sie werden sicher ein paar Mann dabei verlieren.«

»Absolut nicht.«

»Und wieso?«

»Centurion-Brückenleger-Panzer. Überbrückt diesen kleinen Spalt in hundert Sekunden, hat mir der Pionieroffizier gesagt. Dann stoßen die Landrover nach.«

»Und der Kantinenwagen mit dem Tee«, sagte Schlegel ohne jeden Sarkasmus.

»Ja, und der Marketenderwagen auch«, fügte Dawlish hinzu.

»Aber die Politur auf Ihrer Geschichte mit dem Raketen-Übungskopf wird auch ein bißchen zerkratzt dabei«, bemerkte ich.

»Ich habe es nicht so gern, wenn die Russen hier mit U-Booten Leute an Land setzen«, erklärte Dawlish. »Und deswegen stört es mich nicht, wenn wir vielleicht ein bißchen Krach machen.« Ich wußte, daß bei Dawlish überhaupt leicht die Sicherungen durchbrannten, wenn von U-Booten die Rede war. Die größten russischen Spionage-Erfolge der letzten zehn Jahre waren fast alle irgendwie mit ihren Unterwasserstreitkräften verknüpft.

»Da haben Sie verdammt recht«, sagte Schlegel. Mir wurde allmählich klar — und das war auch beabsichtigt —, daß Schlegel von irgendeinem transatlantischen Geheimdienst kam.

»Wer sind diese Leute eigentlich, die Tolliver da drüben versammelt hat?« fragte ich. »Ist das irgendeine Art von amtlicher Unternehmung?«

Sowohl Dawlish als auch Schlegel gaben allgemeine Geräusche der peinlichen Berührtheit von sich, und ich wußte, daß ich an einen empfindlichen Punkt geraten war.

Dawlish erklärte: »Ein Parlamentsmitglied kann sich den Innenminister vornehmen, oder auch den Außenminister, kann ihnen auf die Schulter klopfen und mit ihnen eins trinken, während ich noch auf einen Termin für eine Besprechung warte, die schon eine Woche überfällig ist. Tolliver hat den Alten mit seiner Remoziva-Geschichte einfach umgarnt, und auf meine Warnungen hört keiner.«

Das Wasser kochte, und er brühte den Tee auf. Er mußte doch sehr nachgelassen haben seit der Zeit, als ich noch für ihn arbeitete — in jenen Tagen pflegte er Parlamentsmitglieder zum Frühstück zu verspeisen. Und wenn sie auch noch Geheimdienst-Ambitionen hatten, dann überlebten sie nicht einmal die monatliche Informationskonferenz.

»Es hieß, daß der von dem U-Boot an Land gekommene Mann Remozivas Adjutant wäre.«

»Aber?«

»Was mich anbelangt, könnte er auch Elvis Presleys bester Freund sein — ich kenne niemanden von Remozivas Mitarbeitern.«

»Aber ein Russe ist er?« fragte Schlegel. Die Sonnenstrahlen fielen durch das Fenster herein, und in ihrem Licht verwandelte sich der Zigarrenrauch zu einer silbernen Wolke, in deren Mitte sein Kopf wie ein fremder Planet zu schweben schien.

»Groß, mager, kurzer Haarschnitt, blond, stählernes Brillengestell. Er sprach ein paar Worte polnisch mit einem Typ, der sich Wheeler nennt. Aber wenn ich Geld zu verwetten hätte, dann würde ich eher auf einen der baltischen Staaten tippen.«

»Sagt mir gar nichts«, meinte Dawlish.

»Überhaupt nichts«, sagte Schlegel.

»Behauptet, daß er mich kennt, jedenfalls sagt das Ihr Mann

Mason — SARACEN — da drüben. Dem mußte ich übrigens eine verpassen. Tut mir leid, aber es gab keine andere Möglichkeit.«

»Der arme kleine Mason«, sagte Dawlish ohne jedes Gefühl. Er blickte mir direkt in die Augen und dachte auch nicht daran, sich vielleicht für die Lügen zu entschuldigen, die er mir über Mason erzählt hatte — daß er verdächtigt würde, Geheimnisse zu verkaufen, und so weiter. Er goß Tee in fünf Tassen und füllte bei jeder noch etwas Wasser nach. Dann gab er Schlegel und mir je eine, klopfte gegen das Fenster, rief die Soldaten herüber und drückte ihnen auch je eine Tasse in die Hand. »Also, nehmen wir einmal an, daß es tatsächlich Remozivas Adjutant ist. Was nun? Hat irgend jemand was gesagt?«

»Sie meinen, daß die Sache wirklich läuft?« fragte ich mit einiger Überraschung.

»Ich habe schon viel seltsamere Sachen gesehen, die gelaufen sind.«

»Über so einen kleinen Amateur-Verein, wie der da drüben?«

»Die Leute arbeiten nicht ganz ohne jede Hilfe«, erklärte Dawlish. Schlegel beobachtete ihn äußerst interessiert.

»Das kommt mir auch so vor«, sagte ich einigermaßen verzweifelt. »Die reden davon, ein Atom-U-Boot umzuleiten, um Remoziva in der Barentsee aufzunehmen. ›Nicht ganz ohne Hilfe‹ — das ist das Understatement des Jahres.«

Dawlish nippte an seinem Tee. Er sah mich wieder an und sagte: »Sie wären also der Meinung, wir sollten Tolliver lieber bremsen? Und Sie wären nicht dafür, ein U-Boot zu diesem Treffpunkt zu schicken?«

»Ein Atom-Unterseeboot kostet einen Haufen Geld«, antwortete ich.

»Und Sie meinen, daß die Russen es versenken könnten. Geht das nicht ein bißchen weit? Atom-U-Boote könnten die Russen ganz leicht auch sonst finden, wenn sie wollten — und sie auch versenken, wenn Ihnen das am Herzen liegt.«

»Die Arktis ist eine einsame Gegend«, meinte ich.

»Auch in anderen einsamen Gegenden könnten sie U-Boote von uns finden«, sagte Dawlish.

»Und wir könnten ihre genauso leicht finden«, fiel Schlegel kampflustig ein. »Das wollen wir mal nicht vergessen.«

»Genau«, sagte Dawlish kühl. »Und das nennt man dann Krieg, nicht wahr? Nein — die würden sich nicht diese ganze Mühe machen, nur um einen Krieg anzufangen.«

»Sie stehen in fester Verbindung mit diesem Admiral?« fragte ich.

»Tolliver. Tolliver hat die Verbindung angeknüpft — beim Besuch irgendeiner Delegation in Leningrad, anscheinend —, und wir haben uns auf höchsten Befehl völlig aus der Sache herausgehalten.«

Ich nickte. Das konnte ich mir vorstellen. Wenn alles schiefging, dann hatten sie mit der Geschichte nichts zu tun. Und sie konnten Tolliver den Russen vorwerfen, in mundgerechten Stücken und schon mit Pökelsalz bestreut.

»Also, was halten Sie davon?« Diesmal war es Schlegel, der fragte. Ich sah ihn lange an, ehe ich antwortete. Dann sagte ich: »Die haben geredet, als ob das alles schon arrangiert wäre: mit einem britischen U-Boot, haben sie gesagt. Tolliver spricht von der Royal Navy, als ob sie ein Charter-Unternehmen wäre. Und er ein Veranstalter von Ferien-Kreuzfahrten.«

Dawlish sagte: »Wenn wir die Sache machen würden, dann mit einem amerikanischen U-Boot.« Er blickte Schlegel an. »Solange wir nicht ganz genau wissen, wer alles mit Tolliver arbeitet, ist ein amerikanisches U-Boot in jedem Falle sicherer.«

»Mhm-mhm«, sagte ich. Zum Teufel, wie kamen diese beiden Typen aus der Chefetage nur dazu, derartige Entscheidungen mit jemandem wie mir zu diskutieren!

Es war Schlegel, der meine unausgesprochene Frage schließlich beantwortete.

»Dann werden wir es tun müssen«, sagte er. »Auf unserer gemeinsamen Reise: Sie und ich, und diese Figur namens Foxwell. Richtig?«

»Oh, jetzt dämmert's mir allmählich«, bemerkte ich nur.

»Wir würden das als einen Gefallen betrachten«, erklärte Dawlish. »Es ist kein offizieller Auftrag — aber Sie täten uns einen Gefallen. Nicht wahr, Colonel?«

»So ist es, Sir!« antwortete Schlegel.

»Also, in Ordnung«, sagte ich. Offensichtlich hatten die beiden die Absicht, mich hier verbluten zu lassen, solange diese Sache nicht geklärt war. Die Wunden in meinem Arm pochten, und ich mußte fest mit der Hand dagegen drücken, um die Schmerzen ein wenig zu lindern. Ich hatte nur noch einen Wunsch — nämlich, den Sanitäter zu finden. Für die Rolle des verwundeten Helden war ich einfach nicht geeignet.

»Wir glauben, daß man sich die Sache einmal ansehen sollte.

Vielleicht ist sie es wert«, sagte Dawlish. Er griff nach meiner leeren Tasse. »Du lieber Gott, aber Pat! Sie kleckern ja lauter Blut auf meinen Teppich!«

»Keine Angst«, antwortete ich, »in diesem wunderhübschen Blümchenmuster sieht man es ja so gut wie gar nicht.«

> Umwelt neutral. Der Zustand ›Umwelt neutral‹ bedeutet, daß
> Wetterverhältnisse, Empfangsbedingungen für Funk und aku-
> stische Ortungssysteme sowie die Wassertemperaturen während
> des gesamten Spiels konstant bleiben. Die Zufallsquote für Un-
> fälle (Kriegsschiffe, Handelsschiffahrt und fliegerische Unter-
> nehmungen) sowie für Verspätungen im Nachschub- und im
> Nachrichtensystem wird davon nicht berührt.
> KOMMENTAR ZU: ›ANMERKUNGEN FÜR TEILNEHMER AN
> KRIEGSSPIELEN‹. STUDIEN-CENTER, LONDON.

KAPITEL SIEBZEHN

Der plötzliche Aufschrei eines Weckers wurde noch im Keim erstickt. Einen Augenblick lang herrschte völlige Stille. Im Dunkel
war weiter nichts zu sehen als vier graue Rechtecke, die einander
fast berührten. Regen trommelte gegen sie, und der Wind rüttelte
am Fensterrahmen.

Dann hörte ich, wie MacGregor stampfend in seine Stiefel fuhr,
hustete und die knarrende Treppe hinunterging. Ich zog mich an.
Meine Kleider waren feucht und rochen nach Torfrauch. Trotz
fest verschlossener Fenster und Türen war die Luft so kalt, daß
mein Atem sich als Feuchtigkeit niederschlug, während ich mir
fast alles überzog, was ich nur an warmen Sachen besaß.

Hinten im Wohnzimmer kniete MacGregor vor dem winzigen
Ofenrost und betete um Feuer.

»Anmachholz«, sagte er über die Schulter wie ein Chirurg, der
dringend nach einem neuen Skalpell ruft und dabei nicht die
Augen von der Arbeit heben will, mit der er beschäftigt ist.
»Trockenes Anmachholz, Mann, aus der Kiste unter dem Spülbek-
ken.«

Das Bündel abgestorbener Zweige war mehr oder weniger genauso trocken wie alles im ›Bonnet‹. MacGregor nahm das
Taschenbuch von Agatha Christie, das ich auf dem Lehnstuhl liegen gelassen hatte, riß ein paar Seiten heraus und fütterte die
Flammen damit. Zum erstenmal fiel mir auf, daß schon eine
ganze Reihe von Seiten auf diesem Altar geopfert worden sein
mußten. Jetzt würde ich wohl nie mehr herausfinden, ob Miß

Marple die ganze Sache schließlich doch dem Erzdiakon anhängen konnte.

MacGregor blies heftig in die winzigen Flammen. Vielleicht war es der Alkoholgehalt seines Atems, was das Feuer schließlich aufflackern und die Holzscheite vertilgen ließ. MacGregor stellte den Teekessel auf die Ofenplatte.

»Ich will mir gleich mal den Arm ansehen«, sagte er.

Das war inzwischen schon zu einem Ritual geworden. Er wickelte langsam und vorsichtig die Mullbinde ab und riß dann mit einem Ruck den Verbandstoff von der Wunde, so daß ich vor Schmerzen aufschrie. »Schon vorbei«, sagte er. Das sagte er immer.

»Mann, das heilt aber alles recht gut.« Er säuberte die Wunde mit Alkohol und fuhr fort: »Pflaster reicht jetzt aus — einen Mullverband brauchen Sie heute nicht mehr.«

Der Kessel begann zu summen.

MacGregor pflasterte meinen Arm zu und behandelte dann den Kratzer auf meinem Rücken mit derselben Sorgfalt. Als das letzte Pflaster aufgeklebt war, trat er zurück und bewunderte sein Werk, während ich in der Kälte zitterte.

»Eine Tasse Tee wird Sie schnell aufwärmen«, sagte er.

Die Morgendämmerung schmierte sich in grauen Strähnen über die Fenster, und draußen begannen die Vögel zu krächzen und zu streiten — zum Singen sahen sie offensichtlich keinen Grund.

»Bleiben Sie im Zimmer heute«, sagte MacGregor. »Sie wollen doch nicht, daß alles wieder aufbricht.« Er goß zwei starke Tassen Tee ein und stülpte einen mottenzerfressenen Teewärmer über den Topf. Mit dem Feuerhaken stach er ein Loch in eine Milchbüchse und schob sie mir zu.

Ich drückte die Hand auf die immer noch schmerzenden Stellen an meinem Arm.

»Jetzt fängt das natürlich alles an zu jucken«, sagte MacGregor. »Aber das ist gut so. Bleiben Sie auf jeden Fall im Haus heute — lesen Sie ein Buch. Ich kann Sie sowieso nicht gebrauchen.« Er lächelte, trank von seinem Tee und griff dann mit der Hand nach dem gesamten vorhandenen Lesematerial. *Gartenstauden für den Amateur, Als Fahnenträger durch Prätoria,* Band III, und drei Agatha-Christie-Taschenbücher, die aufgrund ihrer Brennbarkeit schon teilweise ausgeschlachtet waren.

Er legte die Bücher neben mich, goß Tee nach und warf noch

ein paar Torfsoden ins Feuer. »Ihre Freunde kommen heute oder morgen.«

»Wann geht denn die Reise los — hat Ihnen das auch jemand gesagt?«

»Ihre Freunde kommen«, wiederholte er nur. Er war kein sehr gesprächiger Mann.

MacGregor verbrachte den größten Teil des Vormittags draußen im Schuppen, umgeben von den rings um ihn auf dem Steinboden aufgebauten Einzelteilen der zerlegten Motorsäge. Viele Male setzte er alles wieder zusammen, und ebenso viele Male riß er an der Anlasserschnur und drehte den Motor durch. Aber der wollte einfach nicht anspringen. Manchmal fluchte er dann, aber er gab nicht auf, ehe es nicht Mittag war. Dann kam er wieder ins Wohnzimmer und ließ sich in den verschlissenen Leder-Armsessel fallen, den ich nie benutzte, weil ich sein Besitzerrecht wohl zu respektieren wußte. »Bah!« sagte MacGregor. Ich hatte inzwischen gelernt, daß dies seine Art war, sich über die Kälte zu beschweren. Ich stocherte im Feuer herum.

»Ihr Porridge steht schon auf dem Herd«, sagte MacGregor. Er nannte alles Essen ›Porridge‹, um sich auf diese Weise über die ›Sassenachs‹, die Engländer, lustig zu machen.

»Es riecht gut«, erklärte ich.

»Bleiben Sie mir vom Hals mit Ihrer Städter-Ironie aus London«, sagte MacGregor. »Wenn Ihnen ein guter schottischer Bissen nicht schmeckt — dann können Sie ja in den Holzschuppen gehen und sich mit der verdammten Säge auseinandersetzen.« Er rieb die Hände aneinander und massierte seine roten, schwieligen Finger, um das Blut wieder in Umlauf zu bringen. »Bah«, sagte er noch einmal.

Der Blick aus dem tief in die dicke Mauer eingesetzten winzigen Fenster hinter ihm wurde von zwei Töpfen mit halbvertrockneten Begonien teilweise verdeckt. Alles, was ich sehen konnte, war der in der Sonne glitzernde Schnee auf weit entfernten Gipfeln — wenn nicht gerade ein Windstoß den Rauch des Schornsteins in den Hof herunterdrückte oder, schlimmer noch, durch den Kamin zurück ins Zimmer. MacGregor hustete. »Ein neuer Schornsteinaufsatz wäre schon gut«, erklärte er. »Außerdem drückt der Ostwind gegen das Dach und hebt die Schindeln an.«

Er folgte meinem Blick und sah aus dem Fenster. »Das muß ein Wagen aus London sein«, sagte er.

»Und woher wissen Sie das?«

»Hier herum fahren die Leute Kombis und Lastwagen — von Personenautos halten wir nicht viel. Aber wenn sich jemand eins kauft, dann sucht er sich einen Typ aus, mit dem man auch im Winter über den *Hammer* und die Hauptstraße im Gebirge kommt. So ein elegantes Auto aus London — das würde keiner nehmen.«

Zuerst dachte ich, der Wagen würde wahrscheinlich weiter unten abbiegen und durch das Dorf in Richtung auf die Küste fahren. Aber er blieb auf der Gebirgsstraße, kletterte durch die Kurven auf beiden Seiten des Tales, so daß wir ihn in jeder Haarnadelkurve wieder neu auftauchen sahen. »Die wollen sicher zu Abend essen«, sagte MacGregor.

»Oder wenigstens einen Drink«, meinte ich und dachte an die fürchterlichen Straßenverhältnisse auf den letzten paar Meilen. Gut war die Straße nie, ob Sommer oder Winter — aber jetzt, wo alle Schlaglöcher unter dem Schnee verborgen waren, mußte der Fahrer sich einfach auf sein Glück verlassen. Ganz sicher würde er einen guten Whisky vertragen können, und ein paar Minuten Erholung am Kamin.

»Ich werde mal sehen, ob das Feuer in der Bar auch richtig brennt«, sagte MacGregor. Nur die ständige Unterhaltung von mächtigen Feuern, im Vorder- ebenso wie im Hinterzimmer, machte das Haus überhaupt bewohnbar. Selbst dann brauchte man in der Bar noch einen kleinen Petroleumofen für die Füße, und die Schlafzimmer waren immer noch so kalt, daß ihre Luft einem wie ein Dolch in die Lungen stach. Ich schob Agatha Christie hinter die Wanduhr.

Knirschend bog der Wagen auf den Kies des Parkplatzes ein. Es war ein DBS, dunkelblau, mit farblich dazu abgestimmter Polsterung. Aber jetzt war der teure Wagen zerkratzt, schlammüberzogen und mit schmutzigem Schneematsch bespritzt. Die Windschutzscheibe war völlig undurchsichtig, mit Ausnahme der beiden wie Augen aussehenden sauberen Flächen, die die Scheibenwischer hinterlassen hatten. Erst als die Tür aufging, konnte ich den Fahrer erkennen. Es war Ferdy Foxwell in seinem berühmten Operntenor-Mantel. Den Astrachan-Kragen hatte er bis über die Ohren zugeknöpft, und auf dem Kopf trug er eine völlig verrückte kleine Pelzmütze.

Ich ging hinaus und begrüßte ihn. »Ferdy! Geht es los?«

»Morgen. Schlegel ist unterwegs. Ich dachte, mit dem Ding hier könnte ich vielleicht vor ihm da sein. Damit wir eine Möglichkeit haben, mal wieder ein paar Worte miteinander zu reden.«

»Schöner Wagen, Ferdy«, sagte ich.

»Habe ich mir selbst zu Weihnachten geschenkt. Findet nicht deinen Beifall?«

Der Wagen mußte mehr Geld gekostet haben, als mein Vater seinerzeit für zehn Jahre getreuliche Arbeit im Dienst der Eisenbahn verdient hatte — aber wenn Ferdy Foxwell sich jetzt einen kleinen Ford kaufte, dann wurde meinem Vater damit auch nicht mehr geholfen. »Man soll Geld ausgeben, Ferdy. Immer ausgeben! Du sollst das erste Kind in der Straße sein, das ein eigenes Düsenflugzeug hat.«

Er lächelte unsicher, aber ich meinte es wirklich ernst. Ich hatte genug von der Welt gesehen, um zu wissen, daß es nicht die Besitzer von Luxusrestaurants, die Schöpfer kostbaren Schmucks oder die Hersteller von Hand gebauter Sportwagen waren, die in Bermuda in der Sonne saßen. Das waren vielmehr die gerissenen Geschäftsleute, die massenweise Büchsen mit Bohnen produzierten, oder Tiefkühlfisch und Limonade.

Ferdy sog die Luft ein und roch MacGregors Stew. »Was, zum Teufel, kochen Sie denn da zusammen, MacGregor, Sie struppiger schottischer Hundesohn?«

»Heute haben Sie die einmalige Möglichkeit, mal einen echten Hochland-Haferpudding zu versuchen, Dicker.«

»Das sagt er so — aber eines schrecklichen Tages wird er es wahrscheinlich wirklich wahr machen«, meinte Ferdy.

»Niemals«, erwiderte MacGregor. »Ich kann das scheußliche Zeug nicht ausstehen. Ich will nicht einmal den Geruch danach jemals in meinem Hause haben.«

»Aber Sie könnten inzwischen vielleicht ein wenig von Ihrem hausgemachten Ingwerbier nehmen und es mit einer guten Quantität ihres Malzwhiskys vermischen — in einem Glas, und für mich.«

Ich sagte: »In dem Falle — für mich auch gleich einen mit.«

»Er hat das beste Ingwerbier, das ich je getrunken habe.« Ferdy grinste mich an. MacGregor war entsetzt darüber, daß jemand es wagte, seinen kostbaren Whisky zu verdünnen, aber für Komplimente über sein Ingwerbier war er andererseits auch recht empfänglich. Dennoch zögerte er beim Einschenken in der Hoffnung, daß wir vielleicht doch noch im letzten Augenblick unsere Absicht aufgeben würden.

»Der Colonel kommt?«

»Der neue Colonel kommt, MacGregor, o mein Freund.« Es war inzwischen klar, daß wir alle denselben Arbeitgeber hatten, aber selbst in den zwei Tagen, die ich mit ihm allein hier zusammen gewesen war, hatte MacGregor das nicht ein einziges Mal in Worten zugegeben.

Der Wind drehte. Jetzt drückte er nicht mehr den Rauch nach unten in den Hof, sondern fuhr durch die Radioantenne und erzeugte ein leises Winseln. Es war eine ungewöhnlich aufwendige Antennenanlage für jemanden, der nur das Programm des BBC hören wollte.

»Ich muß die Motorsäge noch fertig machen, morgen früh brauche ich sie«, sagte MacGregor diplomatisch, denn er vermutete, daß der Inhalt von Ferdys Aktenköfferchen nur für meine Augen bestimmt war.

Ferdy hatte einen Schuljungeneifer, den ich immer wieder bewunderte. Er hatte alle nötigen Dokumente, Kode-Aufstellungen und Funkverkehrspläne mitgebracht und auch schon die notwendigen Daten für die jeweiligen Ortsveränderungen eingetragen. Ganz gleich, wie heftig er sich auch immer beschwerte, und gleichgültig sogar, wie man ihn behandelte — Ferdy sah sich selbst immer als Mister Zuverlässig persönlich, und er arbeitete hart daran, vor seiner eigenen Kritik zu bestehen.

Eilig ging er den Stapel von Papieren durch. »Ich nehme an, Schlegel hat dich hier oben versteckt, damit wir nicht miteinander reden können.« Er sagte das mit leichter Stimme, während er gleichzeitig mit übergroßer Sorgfalt ein paar Dokumente aufeinander legte. Es war wie die Reaktion eines beleidigten jungen Mädchens, wenn man das in bezug auf Ferdy sagen kann, ohne einen völlig falschen Eindruck zu erwecken.

»Nein«, sagte ich.

»Er haßt mich«, sagte Ferdy.

»Das behauptest du immer wieder.«

»Und zwar deswegen, weil es wahr ist.«

»Nun ja — als Grund reicht es jedenfalls«, gab ich nach.

»Ich will damit sagen — du weißt doch auch, daß es wahr ist — oder?«

Wieder dieser jugendlich-unreife Versuch, Widerspruch zu provozieren.

»Zum Teufel, Ferdy, ich weiß es eben nicht.«

»Und es ist dir auch gleich.«

»Es ist mir auch gleich, Ferdy. Richtig.«

»Ich bin von Anfang an dagegen gewesen, daß die Amerikaner das Center übernommen haben.« Er machte eine Pause. Ich sagte nichts. Dann fuhr er fort: »Aber du warst nicht dagegen — ich weiß.«

»Ich weiß nur nicht, ob das Center überhaupt noch in Betrieb wäre, wenn die Amerikaner nicht ein bißchen was hineingepumpt hätten.«

»Aber ist es denn überhaupt noch wiederzuerkennen? Wann haben wir denn zum letztenmal eine historische Analyse gemacht?«

»Das weißt du selbst ganz genau, Ferdy. Im September haben du und ich den Geleitzug PQ 17 gemacht. Und vorher diese Simulationen mit den verschiedenen Brennstoffzuladungs-Variabeln während der Luftschlacht über England. Du hast sogar einen Artikel darüber geschrieben. Ich hatte den Eindruck, daß du ganz zufrieden warst mit unseren Sachen.«

»Ach ja, diese Dinger«, sagte Ferdy und konnte nicht verbergen, wie sehr ihn meine Antwort irritiert hatte. »Aber ich meine, ein richtiges historisches Spiel, über den ganzen Monat hin — mit ausreichender Computerzeit und allem — und mit dem ganzen Stab. Nicht nur du und ich, und wir müssen dann auch noch die gesamte Knochenarbeit machen. Wo nicht nur wir zwei dasitzen und wie verrückt kleine Zettelchen schreiben, als ob es um ein neues Gesellschaftsspiel ginge.«

»Wer zahlt ...«

»... schafft an. Ich weiß. Aber was hier angeschafft wird, daß paßt mir eben nicht. Deswegen habe ich auch angefangen, Tolliver über das aufzuklären, was bei uns vor sich geht.«

»Was?«

»Und zwar, nachdem die Sache mit den Überwachungs-U-Booten angefangen hatte.«

»Du meinst ...« Ich machte erst einmal eine Pause, um ein wenig nachzudenken. »Du meinst, du hast diese gesamten geheimen Daten an Tolliver weitergegeben?«

»Schließlich bekleidet er einen hohen Rang im Sicherheitsdienst.«

»Du lieber Gott, Ferdy, selbst wenn das stimmt — was hat das denn damit zu tun?«

Ferdy biß sich auf die Unterlippe. »Ich mußte einfach dafür sorgen, daß *unsere* Leute Bescheid wußten.«

»Aber die wußten doch sowieso Bescheid, Ferdy — wir unterstehen doch beiden Regierungen kombiniert. Die wußten alles. Was für einen Sinn sollte das denn haben, Tolliver alles noch einmal zu erzählen?«

»Du meinst, daß ich etwas Falsches getan hätte?«

»So dumm kannst du doch nicht sein, Ferdy.«

»Um Schlegel zu enttäuschen?« Ferdy war wütend. Hastig strich er ein Löckchen zurück, das ihm in die Stirn gefallen war. »Meinst du etwa das?«

»Wie konnten die nur . . .« Ich hielt inne.

»Ja?« sagte Ferdy. »Ich warte.«

»Also — wieso bist du denn so sicher, daß Tolliver nicht für die Russen arbeitet? Oder auch für die Amerikaner, wenn man es recht bedenkt. Woher weißt du das so genau?«

Ferdy wurde aschfahl. Mit gespreizten Fingern fuhr er sich ein paarmal durch das Haar. »Das glaubst du doch selber nicht«, sagte er schließlich.

»Ich habe dich etwas gefragt.«

»Du hast Tolliver noch nie leiden können, das weiß ich ja.«

»Und hat er etwa deswegen verdient, jeden Monat unsere Analyse zu bekommen?«

Ferdy druckste und wand sich, spielte an den Vorhängen herum, um es etwas heller im Zimmer zu machen, nahm meinen Agatha-Christie-Roman in die Hand und las ein paar Zeilen. »Liest du das gerade?« fragte er. Ich nickte. Er legte das Buch zurück auf den Kaminsims, hinter den angeschlagenen Krug, in dem MacGregor seine unbezahlten Rechnungen aufhob. »Ich wünschte, ich hätte früher mit dir darüber gesprochen, Patrick«, sagte er schließlich. »Und beinahe hätte ich es getan. Beinahe, ein paarmal.« Der blaue Krug stand völlig sicher auf dem Sims, aber Ferdy schob ihn sorgfältig noch weiter zurück gegen den Spiegel, als könnte er plötzlich von selbst in den Kamin hüpfen und in tausend Stücke zerspringen, nur um ihn zu ärgern und verlegen zu machen. Er lächelte mich an. »Du weißt von solchen Sachen mehr als ich, Patrick. Public Relations, mit anderen Leuten umgehen und so — da war ich noch nie besonders gut.«

»Vielen Dank, Ferdy«, sagte ich und gab mir keine Mühe, meine Stimme gleichzeitig auch besonders dankbar klingen zu lassen.

»Ich wollte dich nicht verletzen.«

»Das hast du auch nicht getan, aber wenn du glaubst, daß das hier etwas mit Public Relations zu tun hat ...«
»Ich meinte ja auch nicht ganz genau Public Relations.«
»Na, dann ist es ja gut.«
»Meinst du, wir könnten von Old Mac etwas Tee bekommen?«
»Jetzt wechsle nicht das Thema. Schlegel wird sowieso jeden Augenblick hier sein.«
»Oh — ohne Zweifel kommt er hier heraufgesaust, so schnell er kann. Die Idee, daß wir beide gemeinsam gegen ihn arbeiten, wird ihm gar nicht gefallen.«
»Mir auch nicht, Ferdy.«
»Jetzt sei doch nicht langweilig, Pat. Ich kann dir doch helfen. Ich meine, diese Leute sind doch hinter uns beiden her, verstehst du.«
»Und was meinst du damit?«
»Habe ich zum Beispiel recht, wenn ich jetzt sage, daß du diesen Kerl hier schon einmal gesehen hast?« Er fuhr in eine Seitentasche im Futter seines Aktenköfferchens und zog einen großen Umschlag hervor, aus dem er ein Foto nahm. Er hielt es mir hin.
»Hast du ihn schon einmal gesehen?«
Ich nahm das Bild. Es war ein kleinformatiger Abzug, der von einem anderen Abzug abfotografiert sein mußte, den verschwommenen Umrißlinien nach zu schließen. Natürlich hatte ich dieses Bild schon einmal gesehen, aber das wollte ich ihm nicht auf die Nase binden.
»Nein.«
»Wärest du überrascht, wenn ich dir sagen würde, daß es sich hier um Konter-Admiral Remoziva handelt?«
»Nein.«
»Verstehst du, worauf ich hinaus will?«
»Keine Ahnung.«
»Remoziva ist Chef des Stabes bei der Nordflotte.«
»Ein echter, lebender Roter Admiral.«
»Ein echter, lebender Roter Admiral«, sagte Ferdy.
Er sah mich an und versuchte festzustellen, welche Reaktion seine Enthüllung bei mir hervorgerufen hatte. »Murmansk«, fügte er schließlich noch hinzu.
»Jaja — ich weiß ja schon, wo die Russen ihre Nordflotte geparkt haben, Ferdy.«
»Einer der besten U-Boot-Leute, die sie haben. Konter-Admiral Remoziva ist Spitzenkandidat für den Posten des ersten stellver-

tretenden Marineministers im nächsten Jahr. Hast du *das* gewußt?«

Ich ging quer durch den Raum und stellte mich neben ihn. Er tat so, als wäre er intensiv an MacGregors Hund interessiert, der draußen vor dem Fenster irgendeiner unsichtbaren Spur folgte, die rings um den Kohlenschuppen führte. Die Scheiben waren mit Frost beschlagen, so daß der Hund nur als ein knurrender, verschwommener Fleck erschien. Ferdy hauchte auf das Glas, bis ein kleines Loch im Eis entstand, durch das er angestrengt hinausblickte. Über dem Meer sah der Himmel aus wie ein Bündel geteerter Seile, aber hier und da waren auch Stränge von roter und goldener Farbe hineingewoben. Morgen würde ein strahlender Tag sein.

»Hast du das gewußt?« fragte Ferdy noch einmal.

Ich legte ihm die Hand auf die Schulter. »Nein, Ferdy«, sagte ich, und drehte ihn herum, so daß sein Gesicht mir zugewandt war. Dann packte ich seinen Mantelkragen und zog ihn nach oben, so daß der Stoff ihm in die Kehle schnitt. Er war eigentlich größer als ich — jedenfalls war mir das bis jetzt so vorgekommen. »Ich habe das nicht gewußt, Ferdy«, sagte ich ganz ruhig. »Aber«, und ich schüttelte ihn ein wenig, »wenn ich herausfinde, daß du...«

»Was?«

»... irgend etwas damit zu tun hast...«

»Zu tun — womit?« Seine Stimme klang schrill und gepreßt, aber wer wollte schon sagen, ob das Verärgerung, Furcht oder einfach nur Verwirrung war.

»Womit denn?« fragte er nochmals. »Womit? Womit? Womit?« Jetzt schrie er schon fast. Schrie so laut, daß ich gerade noch im letzten Augenblick das Klappen der Tür hörte, als MacGregor wieder ins Haus kam.

»Ist ja auch gleich.« Ich stieß ihn ärgerlich von mir und trat einen Schritt zurück, als MacGregor auch schon in der Zimmertür stand. Ferdy schob seine Krawatte zurecht und zog seinen Mantel glatt.

»Wollten Sie etwas?« fragte MacGregor.

»Ferdy wollte fragen, ob wir etwas Tee haben könnten«, sagte ich.

MacGregor sah uns beide nacheinander an. »Sie können«, sagte er dann. »Ich gieß ihn auf, sobald das Wasser kocht. Der Kessel ist schon aufgesetzt.«

Immer noch blickte er uns aufmerksam an. Und wir betrachteten uns gegenseitig, und in Ferdys Augen sah ich eine Mischung aus Unmut und Furcht. »Schon wieder eine Reise — viel zu bald«, sagte er. »Wir hätten wirklich eine längere Pause verdient gehabt.«

»Da hast du recht«, antwortete ich. MacGregor drehte sich um und ging zurück zu seiner Motorsäge.

»Und warum will Schlegel mitkommen?«

»Er möchte sehen, wie das mit den U-Booten funktioniert. Es ist etwas Neues für ihn.«

»Ha!« sagte Ferdy. »Der ist an U-Booten überhaupt nicht interessiert. Er kommt vom CIA.«

»Woher weißt du das?«

»Laß mich in Ruhe«, antwortete er nur.

»Extra hierher geschickt, um dich zu ärgern, ja?«

»Du gehst wirklich übel mit deinen Freunden um, Pat.« Er zog noch einmal an seiner Krawatte. »Weißt du das? Du hast wirklich einen verdammt harten Dickschädel.«

»Aber leider nicht hart genug.«

»Ich kann dir noch was sagen, Patrick. Diese Sache mit dem Russen, das ist Schlegels Lieblingsprojekt. Ich halte meine Ohren offen — und daher weiß ich es: Schlegels Projekt.« Er lächelte, offensichtlich bemüht, wieder mein Freund zu sein — wie bei einem Streit unter Schulmädchen: schnell verkracht, schnell versöhnt.

Von der Bar rief MacGregor herüber: »Wagen in Sicht.«

Wir gingen beide ans Fenster. Draußen wurde es schon dunkel, obwohl es auf der Uhr erst kurz nach vier am Nachmittag war.

»Schlegel«, sagte Ferdy.

»Mit einem Raumschiff?« Der knallgelbe, futuristische Wagen brachte mich zum Lachen. Was für ein Typ, dieser Schlegel!

»Das ist sein neuer Sportwagen. Man kauft den Baukasten und setzt ihn selbst zusammen. Spart eine Menge Steuern.«

»Irgendeinen Grund mußte es ja geben«, sagte ich. Schlegel bog in den Parkplatz ein, und ehe er den Motor abschaltete, trat er noch einmal kräftig aufs Gas — wie das angeblich die Rennfahrer machen. Die Stille danach dauerte nur ein paar Sekunden. Noch ehe Schlegel seine Autotür geöffnet hatte, hörte ich MacGregors Motorsäge ein paarmal husten und dann mit lautem Dröhnen anlaufen. Wo Schlegel hinkam, wagte niemand und nichts, etwa nicht zu funktionieren. »O Junge«, sagte Schlegel. »Wenn ich mir

schon einmal jemanden auswähle, dann muß es auch gleich ein Volltreffer sein.«
»Was?«
»Ersparen Sie mir das Blah-blah.«
»Wovon reden Sie denn eigentlich?«
»Warum haben Sie mir das denn nicht gesagt, das mit Ihrer Arbeit für die verdammten Briten?«
Ich gab keine Antwort.
Schlegel seufzte. »Irgendwann hätte ich es wahrscheinlich sowieso herausgefunden. Aber Sie haben mich zum Trottel gemacht, wissen Sie das, Pat?«
»Tut mir leid.«
»Klar. Tut Ihnen leid. Nach Ihnen wird ja jetzt auch nicht mit Roßäpfeln geworfen. Da arbeiten Sie jahrelang für den verdammten Geheimdienst, und dann lassen Sie es zu, daß ich für Sie einen Antrag auf Sicherheitsüberprüfung stelle, als ob Sie ein kleiner Aktenträger wären. Und jetzt tut es Ihnen leid.«
»Ich wußte ja nicht, daß Sie mich überprüfen lassen wollten.«
»Jetzt werden Sie nicht auch noch frech, Patrick.«
Ich hob entschuldigend die Hände und senkte die Augen. Er hatte recht, daran bestand kein Zweifel. Noch auf Monate hinaus würden die Leute im Zentralen Personalamt auf eine Weise von ihm reden, daß ihm ununterbrochen die Ohren summen mußten. Ich kannte die Größenwahnsinnigen dort. »Es tut mir wirklich leid«, sagte ich. »Was verlangen Sie von mir — soll ich mit einem stumpfen Schraubenzieher Harakiri begehen?«
»Das wäre vielleicht das richtige«, sagte Schlegel, und er war nach wie vor außerordentlich wütend.
Jetzt kam Ferdy aus dem Haus, und ich erwartete daher, daß der Colonel das Thema fallenlassen würde. Er tat es auch, aber es war klar, daß das nicht für lange galt. Und es würde wohl ein Weilchen dauern, bis er wieder als unser fröhlicher, immer lachender Führer auftrat.
»Beide Koffer?« sagte Ferdy.
»Herrgott, jetzt bedienen Sie mich doch nicht auch noch«, sagte Schlegel. Ferdy zuckte wie ein geprügelter Hund zurück und warf mir einen Blick zu, der besagte, daß er es so und nicht anders erwartet hatte.
»Gehen wir, gehen wir!« sagte Schlegel. Er nahm sein Gepäck auf, das sowohl Golf- wie auch Tennisausrüstung beinhaltete, und betrat das Gastzimmer.

»Und was darf es sein, Colonel, Sir?« fragte MacGregor.

Schlegel blickte ihn von oben bis unten an. »Sind Sie jetzt auch noch einer von diesen superschlauen Briten?« fragte er. »Denn dafür habe ich jetzt keinen Bedarf, Freund, überhaupt keinen Bedarf.«

»Mann, ich will Ihnen ja nur was zu trinken geben«, sagte MacGregor.

»Können Sie einen Martini machen, auf amerikanische Art?«

»Kann ich«, sagte MacGregor.

Aber so leicht kam er bei Schlegel nicht davon. »Ich rede zunächst einmal von einem Stielglas, das im Eisschrank gekühlt ist, dazu wirklich kalten Beefeater-Gin und nicht mehr als sieben Prozent trockenen Wermut.«

»Kann ich«, sagte MacGregor und wandte sich ab, um mit der Arbeit zu beginnen.

»Und ich meine kalt — wirklich kalt«, fuhr Schlegel fort.

»Wenn Sie wollen, können Sie sich ja in die Tiefkühltruhe setzen und gleich dort trinken«, sagte MacGregor.

»Hören Sie«, sagte Schlegel, »geben Sie mir lieber einen doppelten Whisky, ja? Da besteht weniger Gefahr, daß Sie was durcheinanderbringen.«

Es war nach der zweiten Runde, daß MacGregor ins Hinterzimmer kam und lachte. »Ich habe gerade etwas außerordentlich Merkwürdiges gesehen«, erklärte er. Wir blickten ihn alle erwartungsvoll an, denn er war nicht der Mann, den so leicht etwas überraschen konnte. Und noch weniger jemand, der es so ohne weiteres zugab, wenn es schon mal passierte.

»Ein Leichenwagen — gerade draußen vorbeigefahren, und so schnell wie der Teufel.«

»Ein Leichenwagen? Und wo fuhr er hin?« fragte Ferdy.

»Wo fuhr er hin!« sagte MacGregor. »Ha! Das möchte ich selber gern wissen. Er war auf der oberen Straße, und die geht nirgendswohin.«

»Außer zum U-Boot-Stützpunkt«, sagte ich.

»*Aye* — außer zum U-Boot-Stützpunkt. Aber wenn er zu einem der Dörfer will, dann ist das ein Umweg von fünfzehn Meilen.«

»Irgendein Halbstarker wird ihn wohl geklaut haben, um bequemer nach Hause zu kommen«, meinte Schlegel. Er hatte noch nicht einmal von seinem Glas aufgeblickt.

»Um diese Tageszeit?« fragte MacGregor. »Auf dem Rückweg von irgendeiner Nachtbar, vielleicht?«

»Irgend so was«, sagte Schlegel und blieb von MacGregors Sarkasmus völlig unberührt. »Was denn sonst, wenn ich fragen darf?«

»Vielleicht bringen sie jemanden für ein Seemannsbegräbnis auf hoher See«, schlug ich vor. MacGregor lachte dröhnend, als hätte ich einen wundervollen Witz gemacht.

»War denn eine Leiche drin?« fragte der immer praktisch denkende Ferdy.

»Nun — also ein Sarg jedenfalls schon«, sagte MacGregor.

Wir aßen in der vorderen Bar an diesem Abend. Wir saßen auf Hockern und MacGregor hinter seiner hochglanzpolierten Theke uns gegenüber. Es war ein gutes Stew — eine echte Männermahlzeit: große Rindfleischstücke mit im ganzen gekochten Kartoffeln, und dazu noch Bohnen. Und Macs bestes Bier. Als wir fertig waren, warf der Himmel eine Handvoll Schnee gegen das Fenster, und der Wind klopfte zweimal dazu an, damit wir es auch ja bemerken sollten.

> ... der tatsächliche Gang der Geschichte beweist nicht, daß ein Spiel falsch ist – ebensowenig, wie das umgekehrt der Fall ist.
>
> ›ANMERKUNGEN FÜR TEILNEHMER AN KRIEGSSPIELEN.‹
> STUDIEN-CENTER, LONDON.

KAPITEL ACHTZEHN

Die Flotten der ganzen Welt haben beschlossen, daß U-Boote zwar als ›Boote‹ bezeichnet werden, Atom-U-Boote jedoch als ›Schiffe‹. Und man versteht, warum, wenn man einmal eines dieser über hundert Meter langen Ungetüme sieht, wie es den Anker lichtet und langsam hinaus auf das Meer läuft. Fast Zentimeter um Zentimeter bewegten wir uns durch die Reede, vorbei an mattgrauen Mutterschiffen und den winzigen konventionellen U-Booten an ihrer Seite. Wir durchliefen die U-Boot-Netzsperren und dann noch die Abwehrnetze gegen Kampfschwimmer und genossen dankbar die kurzen Augenblicke, in denen die Sonne am wolkigen Himmel erschien und alle an Bord daran erinnerte, daß wir uns auf dem Weg in die lange arktische Nacht befanden.

Die USS *Paul Revere* war von jedem Standpunkt aus gesehen ein gewaltiges Fahrzeug mit ausreichendem Platz für eine Wäscherei, ein Kino, eine Bibliothek und einen bequemen Aufenthaltsraum. Schon ein oberflächlicher Rundgang durch das Schiff dauerte über eine Stunde. Wir hatten kaum das Khakizeug der US-Navy angezogen, da war Schlegel auch schon unterwegs und inspizierte jede Ecke und jeden Winkel. Wir hörten ihn, wie er von Abteilung zu Abteilung weiterging, überall Witze machte, auf Schultern klopfte, Hände schüttelte und sich vorstellte: »Colonel Chuck Schlegel, vom US-Marine-Corps, Jungs, und vergeßt nicht, daß ihr jetzt also einen Marineflieger auf eurem Kahn habt – ha, ha.«

Die elektronischen Späh-Unterseeboote haben nicht die üblichen sechzehn Raketen an Bord. Statt dessen ist der gesamte Mittschiffsbereich mit elektronischem Abwehrgerät (ECM), Funkabhör- und Aufnahmegeräten vollgestopft. Ein bestimmter Teil des abgehörten und aufgenommenen Funkverkehrs wurde jeweils zum STUCEN zurückgebracht und dort in den Computer eingefüttert.

Auf diese Art hatten wir bei unseren Simulationsspielen jeweils die neuesten Daten zur ›Dilemma-Lagebeurteilung‹, welche die Basis für jeden simulierten Konflikt darstellt.

In einer Ecke des Aufenthaltsraums saß der Schiffsarzt und legte die Karten für eine komplizierte Art von Bridge aus, von der er behauptete, daß er sie ganz allein für sich spielen könnte.

»Wie sieht's denn oben aus?« fragte er. Er war ein erschöpft aussehender, kleiner Mann mit schütterem Haar und schweren Lidern.

»Strahlende Sonne, aber wir bekommen Nebel.«

»Wollen Sie vielleicht Bridge mit mir spielen?«

Ich schüttelte den Kopf. »Meine Mutter hat mir ein Versprechen abgenommen, ehe ich wegfuhr...«, sagte ich.

Das gewaltige U-Boot suchte sich seinen Weg durch den Sund nach draußen. Das Nebelhorn des Leuchtturms von Seal Beach brüllte uns entgegen, und dichter Nebel legte sich über die Ausfahrt zwischen dem nördlichen Ende von Ardvern und der winzigen Insel Lum, die ihren schwarzen Kopf wie ein neugieriger Seehund aus dem Wasser steckt, umgeben von einer Halskrause aus weißer, schäumender Brandung.

Danach war es Radarwetter. Der Skipper kam von der Brücke oben auf dem ›Segel‹, dem Kommandoturm, herunter. Schlegel war gleichfalls dort oben gewesen, und als er jetzt in die Messe trat, war sein Gesicht vor Kälte blau angelaufen — trotz des dicken US-Navy-Anoraks, den er trug.

Jetzt zog er den Anorak aus. »Oh, Junge!« sagte er.

Der Arzt blickte von seinem Bridgespiel auf. Schlegel trug seine alte Sommeruniform vom Marine-Corps: kurze Ärmel, Rangabzeichen und Pilotenschwingen, und das Ganze so steif gestärkt wie ein Brett.

Ich stand gerade neben der Kaffeemaschine und goß ihm eine Tasse ein.

»Junge, da kann man ja Angst kriegen«, sagte Schlegel. »An diesem einen verdammten Riff sind wir so nahe vorbeigefahren, ich hätte mit der Hand eine von den Möwen schnappen können, die dort saßen.« Er blickte hinüber, wo Ferdy auf einem Sessel saß, die Füße auf dem Tisch und über einer Ausgabe von *Die Brüder Karamasow* schon fast eingeschlafen.

»Ihr Kerle hier merkt ja gar nicht, was da oben alles los ist. Der Skipper fährt mit diesem Ding wie ein Häuserblock durch das

Wasser, als ob es ein Go-Kart wäre.« Er trank von seinem heißen Kaffee, verbrannte sich den Mund und verzog das Gesicht.

»Seien Sie vorsichtig«, sagte Ferdy. »Der Kaffee ist sehr heiß.«

»Sie sollten manchmal auch auf die Brücke gehen«, sagte Schlegel und wischte sich den Mund mit einem Taschentuch ab.

»Ohne mich«, sagte Ferdy. »Besonders, wenn man so sieht, wie Sie davon zugerichtet sind, Colonel.«

Schlegel hängte seinen Anorak in einen Spind und goß sich ein Glas Eiswasser ein.

»Was war das, was der Skipper da von Orangen gesagt hat, Patrick?«

»Wir bringen immer ein paar Kisten voll mit, Colonel. Das ist das erste, was ihnen an Bord ausgeht. Und auf die Art brauchen wir uns nicht so schuldig dafür zu fühlen, daß sie uns mit durchfüttern müssen.«

»Also, da möchte ich mich aber auch dran beteiligen«, sagte Schlegel.

»Ganz wie Sie wollen«, antwortete ich. Im Gang kam der Leitende Ingenieur vorbei. Er war auf dem Weg zur Zentrale. Das Signalhorn tutete zweimal: Tauchmanöver. »Halten Sie lieber Ihr Eiswasser gut fest, Colonel«, erklärte ich ihm.

Plötzlich neigte sich der Fußboden. »Heiliger Strohsack«, sagte Schlegel. Der Winkel wurde noch steiler, und dann machte das Schiff einen Satz nach vorn, als die Bugwelle, die wir bis jetzt wie eine dicke Mauer vor uns hergeschoben hatten, über dem Deck zusammenschlug. Schlegel verlor fast das Gleichgewicht und griff mit der Hand nach einem Rohr an der Decke, um sich festzuhalten. Er lächelte, um uns zu zeigen, daß ihm das alles einen Mordsspaß machte. Nachdem wir auf dreißig Meter Tiefe angelangt waren, legte sich das Schiff wieder auf ebenen Kiel.

An seinem Tisch in der Ecke der Messe drückte der Arzt mit beiden Händen auf die Karten, um sie am Wegrutschen zu hindern.

»Kommt das öfters vor?« fragte Schlegel.

»Das nächstemal in knapp einer Stunde«, sagte ich. »Wenn wir an Muck, Eigg und Rhum vorbei und auf Höhe der Minches sind, dann geht der Skipper auf einhundertdreißig Meter runter. Das ist die Marschtiefe. Danach gibt es dann nichts mehr zu tun, außer Ferdy zuzusehen, wie er *Die Brüder Karamasow* liest: genau wie auf den letzten drei Fahrten.«

»Ich kann mir alle diese verdammten Namen immer noch nicht merken«, sagte Ferdy.

»Ich würde es mir lieber nicht zu gemütlich machen«, sagte Schlegel. »Auf dieser Reise geht es wahrscheinlich ein bißchen munterer zu als auf den anderen.«

Keiner von uns beiden gab eine Antwort.

Schlegel sagte: »Ich gehe mal in die Zentrale, falls jemand nach mir verlangt.«

Nachdem er weg war, lachte Ferdy schnorchelnd vor sich hin. »Falls jemand nach ihm verlangt — was glaubt er denn, wo er ist, im Playboy-Klub vielleicht?«

Ich hatte mich in meiner Annahme geirrt, daß der Kapitän bis zu den Minches warten würde. Das Manöverhorn ertönte noch einmal, und wieder senkte sich der Fußboden. Vom anderen Ende des Schiffes konnten wir einen Schmerzensschrei hören, als Schlegel hinfiel und über das blankpolierte Deck rutschte.

»Eins rauf für den Skipper«, sagte Ferdy.

Konventionelle U-Boote sind über Wasser schneller als in getauchtem Zustand, aber bei Atom-Unterseebooten ist es genau umgekehrt. Obwohl wir jetzt eine Gesamtverdrängung von viertausend Tonnen hatten, liefen wir mit einer Geschwindigkeit von fünfundzwanzig Knoten in Richtung auf die Arktis. Und die war jetzt buchstäblich das Ende der Welt: Um diese Jahreszeit verläuft der Rand der polaren Eiskappe so weit südlich, wie man es sich nur vorstellen kann: Rußland wird praktisch an den Nordpol angeschlossen. Und um die Sache noch heiterer zu machen, herrschte dort oben jetzt permanente Nacht in diesem Land aus Eis.

Außer dem Bridge-Turnier, das in der Bibliothek ständig seinen Fortgang nahm, und den Kinovorstellungen um 14.00 und um 21.00 Uhr jeden Tag gab es während der ersten drei Tage kaum etwas zu tun. Sogar Schlegel beruhigte sich so weit, daß er manchmal stundenlang ganz still dasaß und ein Buch mit dem Titel *Die Biographie Manfred von Richthofens* las. Ein Teil der Lichter im Gang wurde von 22.00 Uhr abends bis 7.00 Uhr morgens abgeblendet. Abgesehen davon gab es kaum Unterschiede zwischen Tag und Nacht, wenn man nicht berücksichtigen will, daß bei jeweils einer von drei Mahlzeiten Grapefruit-Hälften und Orangensaft auf der gekühlten Selbstbedienungstheke standen. Ein- oder zweimal gingen wir auf Sehrohrtiefe und bliesen durch den Schnorchel frische Luft ins Boot. Sicherlich war die gereinigte und rezirkulierte Luft auch ganz in Ordnung, aber es war doch hübsch, hin und wieder ein wenig das Meer riechen zu können.

Im Elektronikraum hatten wir unsere eigenen Funker. Als wir auftauchten, nahmen sie die üblichen Tests vor: Empfangsgeräte einstellen auf die Sender der Nordflotte in Murmansk und auf die große Funkstation der Ostseeflotte in Baltiysk am Frischen Haff. Der U-Boot-Stützpunkt in Kaliningrad — dem früheren Königsberg — und das Oberkommando der Marine-Luftwaffe Ostsee zeichnen sich auch durch starken Funkverkehr aus. Wenn der Empfang in London schlecht ist, dienen manchmal aufgetaucht durchfahrende U-Boote als Relaisstationen.

Im Datenlog befand sich bis jetzt nichts Besonderes, außer vielleicht ein paar abgehörte Funksprüche zwischen mehreren konventionellen U-Booten, die auf Parallelkurs mit uns nach Norden liefen. Es waren Ostdeutsche, von der U-Boot-Schule in Saßnitz, und sie befanden sich mit ihren Booten auf dem Weg in Richtung Poliarnyi. Wir orteten sie mit unserem Sonargerät und maßen die Entfernung zwischen uns und ihnen. Eine nukleare Energiequelle macht es möglich, aus elektronischen Anlagen weit mehr herauszuholen als auf Booten mit konventionellem Antrieb. Der erste Offizier bat um die Erlaubnis, die deutschen U-Boote für Angriffsübungen benutzen zu dürfen, aber der Kapitän wollte nichts davon hören. Die Kapitäne dieser elektronischen Datensammler-Boote werden in New London gründlich durch die Mangel gedreht, ehe sie ihre Schiffe übernehmen. Die Vorstellung, daß die Russen irgendwann eins von diesen Fahrzeugen kapern könnten, war für CINCLANT ein ständiger Alptraum. Deswegen hatte es mich ja auch so überrascht, daß sie ein solches Boot für Tollivers Rendezvous mit Remoziva ausgesucht hatten.

Das Norwegische Becken ist ein Gebiet großer Meerestiefe in der Norwegischen See zwischen Norwegen und Grönland. Selbst am Rande dieses Beckens ist das Wasser noch mehrere tausend Meter tief. Aber ehe wir noch sein nördliches Ende erreicht hatten, meldete die Sonaranlage schon die ersten Treibeiskontakte. ›Growlers‹ nennt man diese grauen Blöcke, die sich von der Herde absondern. Meistens behalten sie nicht die flache Schwimmlage bei, die sie als Teil des Treibeisfeldes hatten. Sie kippen auf die Seite, und dann sehen sie genau aus wie ein U-Boot oder ein Trawler. Und wenn sie groß genug sind, dann kann sich der Wind in ihnen verfangen, und sie segeln regelrecht davon. Was bedeutet, daß sie auch ein Kielwasser haben, und dann wird man so getäuscht, daß man tatsächlich darauf wartet, jeden Augenblick von einem Torpedo in den Hintern getroffen zu werden.

Als der erste ›Growler‹ gemeldet wurde, saßen wir gerade beim Frühstück. An diesem Tag gab es Zimttoast. Ganz entfernt konnte ich die Jukebox im Mannschaftsquartier hören. Neil Diamond sang *Cracklin' Rosie*.

»Der Kapitän sagt, dieses Ding wäre ungewöhnlich weit im Süden«, erklärte Schlegel.

»Bei einem richtigen Nordwind treiben sie noch viel weiter herunter als hier«, sagte Ferdy. Er wandte sich an mich: »Was meinst du — wie wird er sich verhalten?«

»Wer?« fragte Schlegel. Er wollte nicht gerne was verpassen.

»Der Skipper«, sagte ich. »Er wird auf Tiefe gehen.«

»Nur auf Sehrohrtiefe.«

»Ich setze ein Pfund«, sagte ich.

»Gemacht«, antwortete Ferdy.

»Warum glauben Sie, daß er wegtauchen wird?« fragte Schlegel.

»Er ist jung und neu. Er glaubt an die Wunder der Wissenschaft, aber er wird sich trotzdem erst überzeugen wollen, daß die Sonaranlage richtig funktioniert, ehe wir in rauhere Gegenden kommen.«

»Und ich setze ein Pfund und sage, Sie haben unrecht«, erklärte Schlegel.

So verlor ich also insgesamt zwei Pfund. Bitte, Ferdy leistete alle möglichen Eide, daß Schlegel gehört haben müsse, wie der Kapitän vorher von seinen Absichten sprach. Aber Teufel, so dringend brauchte Schlegel das Pfund ja schließlich auch wieder nicht.

Der Skipper ging also auf Sehrohrtiefe. Er war ein neuer Mann — insofern hatte ich recht gehabt. Aber warum hatte ich mir dann nicht auch gesagt, daß er wahrscheinlich neugierig darauf sein würde, wie es in der Arktis aussieht?

Es war eine Situation des Entweder-Oder. Entweder tauchte er weg und verließ sich nur auf seine Instrumente, oder er blieb nahe der Oberfläche und paßte scharf auf. Eis ist kaum weicher als Stahl, wenn man dagegen rennt. Sogar ein Brocken, der kaum so groß war wie Ferdy, konnte das Sehrohr schon schwer beschädigen.

»Das ist ein unfreundlicher Vergleich«, erklärte Ferdy.

»Also gut — dann kaum so groß wie ein Shetland-Pony«, schlug ich vor.

»Shetland-Pony akzeptiere ich«, sagte Ferdy und kicherte völlig unbegründet. »Möchtest du noch etwas Zimttoast?« Er stand auf, um noch welchen zu holen.

»Und Schinken«, rief ich ihm hinterher.

»Ihr Kerle«, sagte Schlegel. »Das ist schon die dritte Portion Zimttoast! Ihr tut doch hier überhaupt nichts — weshalb müßt ihr dann dann so viel essen?«

Plötzlich gab es einen Stoß. Klirrend zerbrach Geschirr in der Messe, und ein Dutzend Paar Seestiefel fielen aus dem Regal vor mir. Quer über das Deck schossen sie direkt auf Ferdys Armsessel zu.

»Mein Gott!« sagte Ferdy. »Was ist denn das?«

Das Deck neigte sich. Die Vorwärtsbewegung wurde gestoppt, während die Schrauben mit voller Kraft rückwärts liefen und das Schiff sich weit überlegte. Auf dem Weg nach vorn in die Zentrale mußte ich mich an einem Schott anklammern — der Bug schoß plötzlich steil nach oben.

»Festhalten«, sagte Schlegel, als ich vorn ankam. Der Kapitän war schon am Bildschirm des Sonargeräts und hielt sich an dem Mann fest, der ihn bediente, damit er nicht über das Deck davonrutschte.

»Ortungskontakt fünfzig Meter direkt voraus«, sagte der Wachoffizier. Er hatte das Schiff buchstäblich herumgerissen, so schnell es nur ging, und erst jetzt begann es langsam, sich wieder aufzurichten.

»Was ist es?« fragte der Skipper. Er war ein Fregattenkapitän mit Babygesicht, in maßgeschneiderter Khaki-Uniform und weichen, braunen Kniestiefeln. Er rieb sich die Augen. Nirgendwo war Schatten, war eine Möglichkeit, sich der grellen Beleuchtung der unzähligen Instrumenten-Zifferblätter zu entziehen.

»Dieses gottverdammte Kraut-U-Boot«, sagte der Wachoffizier.

»Seid ihr sicher?« Der Kapitän blickte bei dieser Frage nicht den Wachoffizier an, sondern seinen Ersten.

»Wir haben es schon die ganze Zeit beobachtet«, sagte der Erste Offizier. »Es hat angefangen, Theater zu spielen ... ist uns zweimal vorm Bug vorbeigelaufen ... und hat dann direkt vor uns getaucht.«

Beide beobachteten gespannt den Sonarschirm. Die Anzeige bewegte sich kaum. Erst stand sie still, und dann begann sie, sich ganz langsam zu drehen. Man hätte die Spannung in der Zentrale mit einem Messer schneiden können.

»Zehn Köpfe und ein Gedanke«, sagte der Skipper. Ein ganz winziges Lächeln erschien in einem seiner Mundwinkel, aber eine Schweißperle auf seiner Stirn verriet, wie schwer es ihm fiel, so kühl zu bleiben. Und was meinen Kopf anging, hatte er völlig recht. Ich jedenfalls stand nur da und sah zu, wie das fremde U-Boot immer weiter drehte, um seine Bugrohre auf uns zu richten — und mir gefiel das gar nicht.

Plötzlich brach in der Zentrale die Hölle los. Der Raum war mit einemmal von lauten Geräuschen erfüllt, Pfeifen und Hupen in allen Tonlagen, und dazu noch ein knarrendes Geräusch aus der Sprechanlage. Ich blickte auf die Konsole. Der Radarschirm zeigte jetzt nur noch Schneegestöber, das in einem irren Rhythmus horizontal und vertikal hin- und herjagte.

Der Kapitän ergriff das Mikrophon und sprach mit gehobener Stimme, um die Störgeräusche zu übertönen. »Hier spricht der Kapitän. Nur die Ruhe behalten. Das ist nur ihr ECM.«

Der Lärm schwoll zu einem rasenden Crescendo, während das deutsche U-Boot mit seinem elektronischen Abwehrsystem unsere eigene Elektronik blockierte. Dann hörte er plötzlich auf, die Nadeln der Instrumente schwangen in die richtige Position zurück, der Bildschirm wurde dunkel und die Lautsprecher schwiegen.

»Er läuft mit hoher Fahrt nach Süden ab.«

»Drecksäcke!« sagte der Erste Offizier.

Der Kapitän ging zum Bildschirm und klopfte dem Beobachter auf die Schulter. »Viel mehr von der Sorte können wir aber nicht gebrauchen, Al.«

Der Junge lächelte. »Auf dem Rückweg fahren wir dann die gemütliche Bummelstrecke, Sir.«

»Wenn Sie das vielleicht so einrichten könnten, mir zu Gefallen. Meine alte Dame würde mir nie verzeihen, wenn jetzt noch etwas Dummes passiert.« Er fuhr sich mit dem Handrücken über die Stirn.

Der Erste Offizier übernahm wieder das Kommando. Ich spürte die Vibrationen, als die Schrauben wieder zu arbeiten begannen, und das Flüstern des von neuem aufgerührten Wassers lief an der Außenhaut des Bootes entlang wie ein vorsichtiger Finger.

»Achtung Ruder. Kurs Null-drei-fünfnef.«

Wir waren wieder unterwegs.

»Ist das auch etwas, woran ich mich vielleicht besser gewöhnen sollte?« fragte Schlegel.

»Manchmal wollen sie uns ärgern«, sagte der Skipper. »Wir verdrängen viertausend Tonnen. Der ostdeutsche Kapitän sitzt in einem winzigen, dreizehnhundert Tonnen großen Boot der W-Klasse...« Er trocknete sich die Hände an einem seidenen Taschentuch. Das ist nun wirklich das Atomzeitalter, dachte ich; in der alten Zeit hätte er dafür ölige Putzwolle genommen.

»Woher wissen Sie das so genau?«

»Von der Größe der Anzeige auf dem Bildschirm... Außerdem ist das der weitverbreitetste Typ bei ihnen. Ein Nachbau des alten Typs XXI, den die Krauts im letzten Krieg entwickelt haben. Wenn der mir so vor den Bug läuft, dann schleudern wir über den halben Ozean, bis wir uns wieder fangen. Wir haben schon ein ganz schönes Gewicht, Colonel, und das Problem der hohen Marschgeschwindigkeit liegt eben darin... nun ja, das haben Sie ja gerade selbst gesehen.«

»Das macht einen ganz nervös, wenn diese kleinen Dinger uns so vor dem Bug herumwetzen«, sagte der Erste Offizier. »Das sind nämlich die Babys, die U-Jagdgeräte an Bord haben. Wenn es mal bumst, dann brauchen wir uns um die roten Atom-U-Boote wahrscheinlich kaum zu kümmern. Es sind diese kleinen konventionellen Boote, mit denen sie uns jagen werden. Deswegen bauen sie auch immer mehr davon.«

Schlegel nickte. »Die Ostdeutschen verlegen ihre Blechbüchsen immer stärker in polnische und russische Häfen. Ein Teil von ihnen wird auch bald in der Nordflotte auftauchen, darauf können Sie sich verlassen.«

»Und was soll das?« fragte der Kapitän.

»Lesen Sie in der Zeitung denn nie mehr als die Comics und den Sport? Die Russen setzen sich hin und verhandeln über die deutsche Wiedervereinigung. Sie glauben doch nicht, daß sie vorhaben, uns reaktionären Kapitalisten irgend etwas in die Hand fallen zu lassen, ohne vorher alles abzuräumen, was nur abzuräumen geht — oder?«

»Was für Schiffe haben denn die Ostdeutschen eigentlich?« fragte der Kapitän. »Und wie gut sind ihre Leute?«

Schlegel winkte mir zu. Ich sagte: »Fregatten und Küstenwachboote. Es hat lange gedauert, bis die Russen der DDR wieder U-Boote erlaubten. Aber die Besatzungen der Volksmarine dienen mindestens zehn Jahre. Offiziersausbildung dauert vier Jahre, und jeder Offiziersanwärter muß vorher erst einmal zwei Jahre vor dem Mast fahren. Das heißt also, daß alle Offiziere von vornherein eine mindestens sechsjährige Dienstzeit hinter sich haben.«

Der Kapitän sagte: »Wenn sie in unserer Marine auch nur Offiziere mit sechsjähriger Dienstzeit zur See fahren lassen würden, dann hätten wir hier an Bord wahrscheinlich nur den Doktor und mich. Und mein Erster wäre uns für nächstes Jahr versprochen.«

Der Erste Offizier zeigte sich nicht amüsiert. »Sechs Jahre Ausbildung, wie? Haben Sie schon jemals gesehen, wenn eine Flottille von diesen Hundesöhnen mitten durch eine NATO-Übung fährt, oder auch sonst durch irgendeinen westlichen Flottenverband? Zweimal habe ich das schon erlebt, mitten auf hoher See. Keine Signale, keine Lichter, nichts. Und sie weichen auch nicht eine Haaresbreite von ihrem Kurs ab. Einmal kamen sie bis auf zehn Meter an einen Zerstörer heran. Die kennen unsere Sicherheitsvorschriften ganz genau, und daß wir Anweisung haben, Zusammenstöße zu vermeiden. Sie kommen sich einfach nur wie große Männer vor, wenn sie so was machen... sechs Jahre!... Seeleute wollen das sein! Einfach nur Drecksäcke, weiter nichts.«

»Sie fahren diese Manöver, um unsere Alarmfrequenzen herauszukriegen«, sagte der Kapitän. »Sie haben immer elektronische Spürboote dabei, wenn sie solche Sachen machen.«

»Drecksäcke«, sagte der Erste.

»Die deutschen Schiffe sind wahrscheinlich ziemlich solide gebaut, nehme ich an«, fuhr der Kapitän fort.

»Erstklassig«, sagte ich. »Das ist der hauptsächliche Wert, den die DDR für den Ostblock hat — Schiffsbau für die Marine-Streitkräfte der Satellitenstaaten. Außerdem besitzen sie tief vergrabene Ölbunker-Lager, U-Boot-Bunker mit Felsendeckung, und ein paar gut versteckte Werften.«

»Wiedervereinigung, eh?« sagte der Kapitän, als höre er das Wort zum erstenmal. »Klingt so, als ob das für uns ganz gut wäre. Würde doch schließlich die Roten bis nach Polen zurückdrücken, wie?«

»Genau das ist es«, sagte ich. »Oder sie sitzen plötzlich auch in Holland. Hängt alles davon ab, ob man Optimist ist oder nicht.«

> Unterseeboote gleich welchen Typs, die in Reichweite feindlicher Raketen der Klasse A auftauchen, gelten als zerstört.
> REGELN: ›TACWARGAME‹. STUDIEN-CENTER, LONDON.

KAPITEL NEUNZEHN

»Navigationsoffizier in die Zentrale.«

Ich wachte mit einem Ruck auf. Die Tür war nicht ganz geschlossen, und vom Flur fiel trüb-orangerotes Licht herein. Ich knipste die Lampe über meiner Koje an und blickte auf die Uhr. Es war mitten in der Nacht. Schlegels Koje war leer, und Ferdys auch. Ich zog mich eilig an und ging nach vorn.

Zuerst besteht das Treibeis nur aus kleinen, floßartigen Gebilden. Aber dann registriert das Sonargerät immer größere Schollen: so groß wie ein Auto, so groß wie ein Haus, so groß wie ein ganzer Häuserblock. Und sind es nun sieben Achtel, oder vielleicht neun Zehntel eines Eisbergs, die ins Wasser eingetaucht sind und verborgen bleiben? Ach was, wen interessiert das schon. Auf jeden Fall immer genug, um uns in kleine Streifchen zu schneiden. Oder, wie Schlegel es dem Kapitän darstellte – genug, um sämtliche Martinis von Portland bis nach Los Angels zu kühlen.

Und wenn man dann einmal getaucht unter dem Eis fährt, dann ist man ganz auf das nasse Element angewiesen. Aber wir waren jetzt nicht mehr über den Zweitausend-Meter-Tiefen des Norwegischen Beckens. Wir waren über der Jan-Mayen-Untiefe und auf dem Weg in die Barentsee, wo die Wassertiefe eigentlich nur noch in halben Metern gemessen werden sollte. Acht Stunden lang hatten wir die Dicke des polaren Packeises über uns ziemlich genau berechnen können, aber dann kamen wir in ein ›Trümmer- und Blockgebiet‹, und da konnte man nur noch raten, wie groß die einzelnen Brocken waren. Ich hatte von diesen Reisen im tiefsten Winter gehört, aber dies war das erstemal, daß ich selbst an einer teilnahm. Und hin und wieder ertappte ich mich dabei, daß ich an das Boot dachte, das vor zwei Wintern bei einer solchen Gelegenheit verlorengegangen war.

»Leitender Ingenieur in die Zentrale.«

»Irgendeine Spur von diesem verdammten Polacken-U-Boot?«
»Nach Süden vom Bildschirm verschwunden.«
»Also Murmansk. Scharf am Sonar aufpassen, ob sie wiederkommen.«
»Jawohl, Sir.«
»Wasser wird schnell flacher, Sir.«
»Gib acht, Charlie — noch langsamer, glaube ich.« Der Skipper wandte sich an Schlegel und mich. »Der Eisbrocken über uns ist mehr als eine Meile breit.«
»Was — so groß?« fragte Schlegel.
»Der dahinter ist sogar neun Meilen breit«, teilte der Kapitän mit.

Als er einen Moment nicht hersah, blickte Schlegel mich an und zog fast so etwas wie eine Fratze. Er hatte ja recht — was sollte man dazu auch sagen. Als nächstes würde uns der Junge vielleicht noch seine Blinddarmnarbe vorführen.

»An alle. Hier spricht der Kapitän. Von jetzt an absolute Ruhe im Schiff.«

Das Ping-ping der Sonaranlage klang plötzlich sehr laut. Ich sah mich in der überfüllten Zentrale um. Die Wache war vorschriftsmäßig in Khakihemden und -hosen gekleidet, aber der Kapitän war in Hemdsärmeln, und der Navigationsoffizier trug einen gestreiften Schlafanzug.

Seit Jahren schon hatten amerikanische U-Boote den Meeresboden der Arktis kartographisch aufgenommen. Sie hatten die Schluchten und Bergspitzen der flachen Nordmeere ausgemessen und eine Art von Straßen zwischen ihnen festgelegt, Tausende Meilen lang und so leicht befahrbar wie die Straßen Europas für Lastwagenfahrer. Nur hatten die kein unberechenbares Dach aus festem Eis über ihren Köpfen: riesige Schollen mit Kielen, die so tief herunterreichen, daß sie den Mann am Steuer skalpieren würden, wenn er nicht von der Straße abbiegt und versucht, über unbekanntes Gelände holpernd einen neuen Weg zu finden, um unbeschädigt durchzukommen.

»Preßeis-Grat direkt voraus, Sir.« Ferdy trat rasch beiseite, als der Kapitän sich an ihm vorbeischob.

Die Nadel des Echolot-Schreibers zeichnete ein Bild des Eisprofils über uns. Im Winter pressen die neu entstandenen Schollen gegen die ältern und zwingen sie im Wasser nach unten. Die Feder tuschte jetzt die genaue Form des entstandenen Grats: auf und ab, auf und ab, wie bei einer Fieberkurve – und jede Zacke kam ein bißchen weiter herunter.

»Das gefällt mir nicht, Charlie.«

»Nein, Sir.« Das Schiff war unnatürlich still: Die Männer hielten den Atem an, ließen Worte ungesagt, unterdrückten das Bedürfnis, sich irgendwo zu kratzen.

Die Nadel des Logs stand auf acht Knoten, der Tiefenmesser bei einhundertfünfundsechzig Metern. Die einzigen Geräusche waren das Summen der Maschinen und das gleichmäßige Ping-ping-ping des Sonars. Das Schiff schob sich langsam vorwärts. Die Nadel des Echolot-Schreibers kam noch weiter herunter. Jeder Eisgrat war länger als der vorhergehende: achtundzwanzig Meter, dann dreißig – immer dichter kamen sie an uns heran. Fünfunddreißig Meter! Wieder lief die Nadel nach unten, immer weiter – siebenunddreißig Meter, vierzig Meter!

»Du lieber Gott! Runter mit dem Schiff!«

»Auftrieb negativ.« Die Männer an den Tiefenrudern waren schon auf den Befehl vorbereitet. Sie schoben die Hebel nach vorn, und die Nase des Bootes senkte sich. »Auf neunzig Meter gehen.«

Die Welt um uns wurde immer kleiner. Der Echolotschreiber begann erst wieder nach oben zu klettern, nachdem er fast fünfzig Meter Eisdicke unter der Packeisfläche angezeigt hatte. Wenn wir auf unserer vorherigen Tiefe geblieben wären, dann hätte uns das inzwischen anderthalb Meter Kommandoturm gekostet.

»Gerade noch«, sagte der Erste Offizier.

Der Skipper kratzte sich an der Nase. Dann wandte er sich zu Schlegel. »Es ist meistens ein bißchen kitzlig, bis wir an der eigentlichen Packeisgrenze sind.«

An dieser Linie, die die Ausdehnung des festen, das ganze Jahr über existierenden Packeises markiert, wird die Eisdicke wieder leichter berechenbar, dafür ist aber das Wasser wesentlich flacher. Kurz danach würden wir auch Kurs ändern müssen, um der russischen Küste in Richtung auf das Weiße Meer zu folgen. Aber dort lag das unregelmäßig zusammengefrorene Eis der Küstengewässer, und das war das Schlimmste.

»Das Polacken-U-Boot ist völlig verschwunden?« fragte Schlegel.

»Wieder mit Sonar aufgefaßt – läuft fast parallel mit uns.«

»Der Kerl verfolgt uns«, sagte Schlegel. Er blickte Ferdy an.

»Nein«, sagte der Skipper. »Wahrscheinlich kann er uns nicht einmal orten. Möglicherweise hat er dieselben Probleme mit dem Eis wie wir. Seine Sonarreichweite ist nichts — dem müssen die Eskimos schon auf dem Vorschiff sitzen, ehe er sie vernünftig orten kann.«

»Er weiß aber doch, daß wir hier sind?«

»Er weiß, daß wir irgendwo in der Gegend sein müssen. Er kann unsere Sonarsignale hören, wenn sie auf ihn auftreffen. Aber er seinerseits kann uns nicht orten.«

»Aber er kommt ganz hübsch voran.«

»Er hat bessere Karten als wir von dieser Gegend. Weder er noch ich können raten, wie dick das Eis über uns ist, aber er kennt die Solltiefen unter seinem Kiel: Das hilft ganz schön.«

»Ich würde den gern mal ein wenig anstochern«, sagte Schlegel.

»Im Augenblick sind wir alle beide ausreichend mit anderen Sachen beschäftigt.«

»Wie in der Weltgeschichte«, sagte Ferdy. »Man übersieht kleine Feinde, weil man von großen bedroht wird — die ganze Geschichte kommt letzten Endes darauf hinaus.«

Ferdy trug einen schwarzen Morgenmantel, dessen dunkelrotes Ziertuch mit einer goldenen Nadel befestigt war. Der Kapitän sah ihn an, als ob er diesen Aufzug zum erstenmal bemerkte. Dann nickte er schließlich und sagte: »Schon möglich.«

»Wird immer noch flacher, Sir.«

Das waren die gewaltigen Schlammfelder, die den Meeresboden eben erscheinen lassen — aber der eigentliche Meeresgrund darunter war durchaus hart genug, um uns den Boden unter unseren Füßen aufzuschlitzen. Unter uns hatten wir jetzt nur noch fünfundzwanzig Meter Wasser, und vor uns baute sich unter der nervösen Nadel des Echolots ein weiterer Eisgrat auf. Wieder neigte sich die Tintenlinie tiefer und tiefer.

»Noch fünfzehn Meter tiefer gehen.«

Wir sanken hinab. Die dünne Linie des Schreibers entfernte sich wieder von dem waagerechten Strich, der auf der Skala die obere Kante unseres Kommandoturms markierte. Ich hörte, wie Ferdy aufseufzte. Wir schwangen wieder auf ebenen Kiel zurück, und über uns zeichnete das Echolot einen schönen, großen Dom.

»Diesmal sieht die Sache ziemlich schwierig aus«, sagte der Kapitän. »Ruder Backbord auf Kurs Nordost.«

»Lagune direkt voraus«, sagte der Matrose am Sonargerät.

»Wie weit?«

»Eine Meile, vielleicht auch ein bißchen mehr.«

»Da — jetzt geht es schon wieder los.«

Diesmal war es wirklich ein riesiger Grat, der Kiel einer offensichtlich enormen Eisscholle.

Die Zeichnung des Echolot-Schreibers zeigte, daß dieser gewaltige Grat aus vielen kleineren Graten zusammengewachsen war, die alle auf einer Seite der Scholle saßen, so daß sie regelrecht Schlagseite hatte. Der Stift zeichnete so etwas wie ein wildes, von innen nach außen umgekrempeltes Stachelschwein auf das dünne Papier.

»Noch zehn Meter tiefer gehen.«

»Diese verfluchte Dichtung.« Der Kapitän griff in seinen Hemdkragen und wischte die eiskalten Wassertropfen ab, die ihm vom Sehrohrschacht her in den Hals geflossen waren und um so heftiger tröpfelten, je kälter es wurde. Zuerst war das ›kostenlose Eiswasser‹ der Gegenstand aller möglichen Witze gewesen, aber jetzt ließ der Gedanke an die unheimliche, kalte Welt dort draußen schon eine ganze Weile lang kein Lachen mehr aufkommen.

»Stop — recht so«, dirigierte der Kapitän.

Jetzt war nichts mehr als aufgewühlter Schlamm unter uns. Der Tiefenanzeiger zitterte, während er versuchte, auf dem von unserem Schraubenwasser in allgemeine Bewegung versetzten Meeresboden einen genauen Wert abzulesen.

»Volle Kraft zurück — jetzt stop, und recht so, so halten, das Schiff.«

Der Fußboden neigte sich, als die Schrauben erst stillstanden und dann langsam begannen, sich in der entgegengesetzten Richtung zu drehen. Einen Augenblick lang war das U-Boot steuerlos, wie ein kleines Segel-Dingi, das hilflos auf der Rückseite einer riesigen Welle zu Tal gleitet. Dann nahm es wieder etwas Fahrt auf und kam schließlich mit einem zitternden Dröhnen zum Stillstand.

»Ganz langsam.«

Die Schreibfeder zeichnete jetzt eine Reihe von Wellenlinien direkt über den schwarzen Strich, der uns darstellte. Der Kapitän hielt die Hand vors Gesicht, als ob ihn jemand geschlagen hätte, aber in Wirklichkeit lauschte er natürlich nur angestrengt auf das Kratzen von Eis am Schiffsrumpf. Und da kam es auch schon: Es klang auf dem Metall wie die Krallen eines riesigen Raubtieres.

Das Schiff hatte jetzt seine Fahrt völlig verloren. »Auftrieb negativ«, sagte der Kapitän. Es gab einen Ruck, und dann ein langgezogenes Ächzen. Die Tauchtanks dröhnten hohl, als das

Schiff sich auf dem Meeresboden zur Ruhe legte. Ich verlor das Gleichgewicht, denn wir neigten uns um etwa zehn Grad zur Seite.

Jeder hielt sich irgendwo fest, an Rohrleitungen oder Armaturen. Der Kapitän griff zum Mikrophon der Sprechanlage. »Alle Mann zuhören, hier spricht der Kapitän. Wir haben uns auf den Meeresboden gelegt, während ich mir erst mal die Sonaraufzeichnungen gründlich ansehe. Es ist kein Grund zur Unruhe. Ich wiederhole: Es gibt keinen Grund zur Unruhe.« Dann hängte er das Mikrophon wieder auf und winkte mich und Schlegel zum Kontrollpult hinüber. Gleichzeitig setzte er sich hin und wischte sich mit einem Papiertaschentuch die Stirn ab. »Ich glaube, wir müssen es irgendwie anders probieren, Colonel.«

»Und wie?«

»Indem wir erst einmal wieder nach Süden laufen, bis wir zum Ende der zusammenhängenden Eisdecke kommen.«

»Ich verstehe nicht sehr viel von Eisdecken, Kapitän, aber mir scheint es ziemlich unwahrscheinlich, daß es im Süden besser ist. Dieses Zeug baut sich von der Küste her in Richtung hohe See auf, soweit ich das jedenfalls gehört habe. Und durch müssen wir allemal.«

»Wir können auch versuchen, eine von den Fahrrinnen zu finden, die die Eisbrecher nach Murmansk offen halten.«

»Kommt gar nicht in Frage«, sagte Schlegel. »Damit wird mein Auftrag gefährdet. Ich brauche innerhalb der nächsten sechzig Minuten eine benutzbare Funkantenne, und zwar in der Luft, über dem Eis.«

»Unmöglich«, sagte der Kapitän. Er wischte sich die Stirn mit einem neuen Papiertaschentuch ab, knüllte es zusammen, zielte genau und warf den Papierknäuel mit der Aufmerksamkeit und der Präzision eines Olympia-Champions in den Abfalleimer.

»Ungefähr eine Meile oder so vor uns ist doch eine Lagune, eine offene Stelle im Eis. Wir werden diesen Blecheimer durch den Schlamm quetschen und es bis dorthin schaffen, ehe der große Zeiger hier auf der Zwölf steht – verstanden?«

»Ich habe schon verstanden«, sagte der Kapitän, »aber Sie verstehen anscheinend nicht. Wenn Ihr Auftrag gefährdet wird, ist das natürlich schlimm. Aber mein Schiff zu gefährden – das steht überhaupt nicht zur Debatte.«

»Die Entscheidung darüber treffe ich«, sagte Schlegel mit ruhiger und leiser Stimme. Er warf einen kurzen Blick über die

Schulter, aber niemand von den anderen beachtete uns. »Und die versiegelte Order in Ihrem Safe mit den drei Schlössern wird Ihnen das bestätigen. In der Zwischenzeit werfen Sie vielleicht mal einen Blick auf das hier.« Er übergab dem Kapitän einen amtlich aussehenden Umschlag, in dem sich ein Bogen Papier mit dem Briefkopf ›Oberkommandierender für Unterwasserkriegführung‹ befand, mit einer Pentagon-Adresse und einem Haufen Unterschriften. »Wenn Sie das vielleicht schon eindrucksvoll finden«, warnte Schlegel, »dann sollte ich Ihnen vielleicht gleich jetzt sagen, daß der andere Brief in Ihrem Safe von den Vereinigten Stabschefs kommt.«

»Niemand kann mir einfach so befehlen, mein Schiff zu riskieren«, sagte der Kapitän entschlossen. Er drehte sich um und blickte mich an. Ich war der einzige Dritte in Hörweite.

»Hören Sie zu«, sagte Schlegel mit dieser Henry-Bogart-Stimme, mit der ich ihn schon öfter bei siegreichen Auseinandersetzungen mit stolzen Kriegern erlebt hatte, »Sie sprechen hier nicht mit irgendeinem Zinnsoldaten, Kapitän. Ich bin schon U-Boot gefahren, als Sie noch nicht einmal ein Dreirad lenken konnten. Ich sage Ihnen, daß das Boot hier durchkommt, und auf Ihre Ratschläge verzichte ich.«

»Und ich sage ...«

»Ja, ja, und Sie sagen, daß ich unrecht habe. Nun, dann beweisen Sie das mal, Sie Süßwassermatrose. Beweisen Sie es, indem Sie uns unter der gottverdammten Eisscholle durchquetschen. Denn wenn Sie umkehren und nach Hause trudeln, dann werde ich dafür sorgen, daß man Ihnen für den Rest Ihres Lebens jeden Tag von Sonnenaufgang bis zur Schlafenszeit in den Hintern tritt. Denn *Ihre* Auffassung läßt sich gar nicht beweisen, ohne daß Sie erst mal das Schiff versenken.«

Es war schon lange her, daß jemand mit dem Kapitän auf diese Weise umgesprungen war. Er stand auf, bekam keine Luft mehr, setzte sich wieder hin und wischte sich nochmals über die Stirn. Zwei oder drei Minuten lange herrschte unheilvolle Stille.

»Fahren Sie das Boot doch durch, Junge«, lockte Schlegel. »Sie werden schon sehen — es geht alles in Ordnung.« Er knetete wieder an seinem Gesicht herum, wie ich das schon öfters in Augenblicken der Nervenanspannung bei ihm gesehen hatte.

Der Kapitän sagte: »Der Eisblock über uns ist vielleicht noch größer als das UN-Gebäude. Und hart wie Beton.«

»Kapitän — da draußen irgendwo ist jetzt in diesem Augenblick ein junger Mann ... und der fährt auf der Straße am Kola-Fjord entlang, nördlich von Murmansk. Mit irgendeinem schauderhaften russischen Auto, und unter den Scheibenwischerblättern sammelt sich immer mehr Eis. Die ganze letzte halbe Stunde hat er immer wieder in den Rückblickspiegel gesehen, weil er ständig fürchtet, daß hinter ihm die Scheinwerfer eines Polizeiwagens auftauchen könnten. Wenn er schließlich an einem bestimmten Punkt irgendwo in den einsamen, grausam kalten Küstenfelsen ankommt, dann wird er seinen Kofferraum aufmachen und anfangen, mit der Antenne eines Funkgerätes herumzuexperimentieren — nur, um uns eine Nachricht zukommen zu lassen. Er tut das alles — und riskiert dazu noch den Hals —, weil er daran glaubt, daß die Freiheit eine wundervolle Sache ist, Kapitän. Also — wollen wir, Kapitän, die wir hier in unserer Arche Noah mit Klimaanlage sitzen und für heute abend Filetsteak, Austern und Heidelbeertorte auf der Speisekarte haben — wollen wir die Verantwortung dafür übernehmen, daß dieser tapfere Junge uns über Funk ruft und keine Antwort bekommt?«

»Es kann uns möglicherweise das Sehrohr kosten.«

»Probieren Sie es erst mal«, sagte Schlegel.

Ich möchte hier keinesfalls den Eindruck erwecken, daß ich persönlich etwa Schlegels dringendes Verlangen geteilt hätte, unter dem Kiel dieses Eisberges herumzukriechen. Von mir aus sollte der Junge in seinem Auto ruhig noch ein bißchen weiterfahren, wenn er so nervös war. Autofahren beruhigt.

»Also dann, noch mal vor — noch ein Tor«, sagte der Kapitän zu seinem Ersten Offizier, aber niemand jubelte auf, wie sich das für echte Sportskameraden gehört.

»Fünf Knoten will ich — keinesfalls mehr.«

Die Schrauben begannen sich zu drehen. Als das Wasser wieder schneller am Schiffsrumpf entlangfloß, ruckte das Deck zuerst und kam dann langsam wieder in die Waagerechte. Ich sah, wie der Kapitän dem Ersten einen Auftrag gab, und erriet, daß er ihn wahrscheinlich erst mal losschickte und die versiegelte Order überprüfen ließ, ehe er einen ernsthaften Versuch zum Durchbruch machte. Dieser Kapitän traute niemandem, und das war sehr weise von ihm. Ich hörte wieder das Kratzen des Schreibgriffels. »Etwas mehr lichte Höhe, Kapitän.«

Der Kapitän gab ein Geräusch von sich, das deutlich anzeigte, wie wenig ihn die paar Zentimeter mehr Platz über uns beeindruckten. Aber seine Augen hingen am Sonargerät und an der

Anzeige für die Lagune auf der anderen Seite der Riesen-Eisscholle. »Schotten dicht.«

Man konnte hören, wie sich die wasserdichten Türen mit metallischem Klirren schlossen und verriegelten. Ein paar Besatzungsmitglieder sahen sich mit ausdruckslosen Augen an. Das Telefon klingelte. Der Kapitän hob ab und hörte seinem Ersten ein paar Minuten lang zu. »Okay, Charlie. Dann werden wir die Sache auch so machen.« Er legte den Hörer zurück. »Also, dann man los, Colonel«, sagte er zu Schlegel. Schlegels Lächeln war wie die Schneide eines Rasiermessers.

Wieder hörte man ein weiches, kratzendes Geräusch außen am Rumpf. Es war sehr deutlich, denn alle hielten den Atem an. Das Schiff zitterte etwas, als es von dem schabenden Eis auf der einen Seite etwas verlangsamt und um ein paar Grad seitwärts abgelenkt wurde. Die Schraubengeräusche wurden etwas lauter, während die Propeller einen Augenblick lang durchdrehten, dann wieder voll in das Wasser hineinschnitten und normal weiterliefen. Noch einmal passierte genau das gleiche, aber dann machten wir plötzlich einen Sprung nach vorn, während die Feder gleichzeitig eine fast senkrechte Linie aufzeichnete, die eine Erhöhung des freien Raumes über unseren Köpfen um fünfzehn Meter oder mehr anzeigte. Dann lief die Linie wieder nach unten, aber nur um etwa fünf Meter, und danach zeigte die Kurve nur noch eine gleichmäßige Eisgratbildung von nicht mehr als dreieinhalb Meter Tiefe, von der Unterseite des Packeises aus gemessen.

»Jetzt ist diese verdammte Lagune nicht mehr zu sehen, Colonel.«

»Wenn wir innerhalb der nächsten dreißig Minuten keine passende offene Stelle im Eis finden, werde ich Sie eben bitten müssen, ein paar Torpedos in die Unterseite dieser verdammten Eisfläche zu schießen.«

»Das klingt sehr ungesund«, sagte der Kapitän. »Schließlich sind wir dabei nur ungefähr drei Schiffslängen von der Detonation entfernt.«

»Haben Sie schon mal was von den Polaris-U-Booten gehört, Kapitän?«

Der Kapitän gab keine Antwort.

»Ich meine, die schießen ja ihre Raketen senkrecht nach oben ab, durch Wasser oder auch Eis. Ich weiß nicht, was diese Blechbüchsen kosten — aber glauben Sie ernstlich, bei der Konstruktion der Boote hätte man nicht daran gedacht, daß sie zu Zeiten vielleicht auf alle möglichen Arten Löcher ins Eis machen müßten? Also wird man sie auch stark genug gebaut haben.«

»Na, schließlich haben wir zunächst ja mal erst noch dreißig Minuten.«

»Richtig«, sagte Schlegel und hielt dann dem Kapitän seinen ausgestreckten Zeigefinger unter die Nase. »Vielleicht sollten Sie mal Ihre Jungs ein bißchen beruhigen, mhm?«

»Achtung, alles herhören. Hier spricht der Kapitän. Wir befinden uns wieder in Marschfahrt unter dem Packeis. Normales Bordleben kann wieder aufgenommen werden, nur die Musikbox hat ausgeschaltet zu bleiben.«

Wir fanden schließlich eine ausreichend große Polynya — das ist der Fachausdruck für eine Lagune im Packeis —, und unter sorgfältiger Beobachtung der Sonaranzeige begann der Kapitän mit dem Auftauchmanöver.

Wir waren indessen im Elektronikraum, zusammen mit den Funkern, die gerade Wache gingen. »Ich habe jede nur mögliche Kode-Kombination, die er nur senden könnte, auswendig im Kopf«, sagte Schlegel.

»Vielleicht sendet er überhaupt nicht«, sagte Ferdy.

»Wir werden ihm zwei Stunden geben, und dann setzen wir die Nachricht ›Kontakt negativ‹ ab.«

»Wird der Kapitän das Boot zwei Stunden lang aufgetaucht liegen lassen?«

»Er wird tun, was ich ihm sage«, erklärte Schlegel mit einem seiner Spezial-Gesichtsausdrücke, der ein Lächeln sein sollte und eher wie eine finstere Miene wirkte. »Und seine Decksmannschaft wird sowieso länger als eine Stunde brauchen, um den Kommandoturm weiß zu streichen.«

»Das wird uns auch nicht davor bewahren, durch Radar oder Magnet-Suchgeräte geortet zu werden«, erklärte Ferdy.

»Tun Sie mir den Gefallen, und sagen Sie das nicht dem Kapitän«, sagte Schlegel grob. »Der macht sich ja jetzt schon beinahe in die Hosen vor Angst.«

»Aber er kennt die Radarkette wahrscheinlich sowieso besser als Sie, Colonel«, meinte Ferdy.

»Deswegen hat der Colonel ja auch keine Angst«, fügte ich hinzu.

»Ihr Kerle!« sagte Schlegel voller Abscheu.

Die Funknachricht kam genau zur vorgesehenen Zeit. Sie war auf norwegisch verschlüsselt, aber eine russische Abhörmannschaft hätte schon völlig verdummt sein müssen, wenn sie auf die Idee hereingefallen wäre, daß hier draußen in der Tiefkühltruhe ein paar norwegische Fischtrawler sich miteinander unterhielten.

»Bitte Netz Größe Nummer vier mitbringen«, kam in kristallklarem Morsekode durch, und dann folgten vier Gruppen mit je fünf Ziffern.

Schlegel sah dem Funker beim Entschlüsseln über die Schulter. Dann sagte er: »Senden Sie das Signal für ›Markt für heutigen Fang fest — keine Änderung für morgen zu erwarten‹. Und dann warten Sie, bis er bestätigt und sich abmeldet.«

Unser Funker nahm den Finger von der Taste, nachdem die letzte Zifferngruppe hinausgegangen war. Dann kam das kurze Bestätigungs-Signal, und Schlegel lächelte.

Als wir wieder in der Messe waren, warf Ferdy sich sofort in einen Lehnstuhl, während Schlegel mit der Schreibtischlampe herumspielte, die die Karten der Solo-Bridgepartie des Doktors beleuchtete. »Unser Mann hat es geschafft«, sagte er.

»Unser Mann mit dem kleinen Koffersender war geradezu unglaublich klar und deutlich. Beachtliche Sendeleistung, und so laut, daß sie jeden Vergleich mit dem Kommandosender der Nordflotte aushält«, sagte ich.

Schlegel entblößte seine Zähne auf eine Art, die die meisten Leute sich für ihren Zahnarzt vorbehalten. Allmählich hatte ich gelernt, dieses fürchterliche Lächeln als ein Anzeichen dafür zu deuten, daß er sich in die Defensive gedrängt fühlte. »Es war ja eigentlich auch ein offizieller Sender«, gab er zu. »Er hat das Rendezvous mit dem Hubschrauber bestätigt.«

Ich starrte ihn an. Immerhin, für so eine einfache Bestätigung waren eine Menge Signale ausgetauscht worden, und wieso war das Ganze dann nicht in Hochgeschwindigkeits-Morsetechnik gesendet worden? Und wieso überhaupt? »Ein offizieller russischer Sender?« fragte ich schließlich. »Wollen Sie damit sagen, daß wir mit nacktem Hintern in einer Lagune auftauchen, die die für uns ausgesucht haben?«

»Gefällt Ihnen das nicht?«

»Mit einem russischen Sahnequirl über uns in der Luft? Die bräuchten ja nur eine Gänsefeder mitzubringen, und dann könnten Sie uns bequem zu Tode kitzeln.«

Schlegel nickte zustimmend und studierte aufmerksam das Bridgespiel des Doktors. Er sah sich an, was jeder einzelne der imaginären Spieler auf der Hand hatte, und was der Geber für eine Karte besaß. Er mogelte dabei nicht etwa mit den Karten herum — er wollte nur wissen, wo sie alle waren. Ohne aufzublicken, sagte er dann: »Wegen des U-Boots keine Sorge, Pat. Sparen Sie alle Ihre Gebete für uns auf. Das U-Boot wird gar nicht da sein: Es trifft schon vorher ein, setzt uns ab und verschwindet, bis wir es wieder herbeipfeifen. Und wir wissen noch nicht einmal, ob der Treffpunkt direkt an einer Lagune liegt. Möglicherweise müssen wir ein Stück zu Fuß gehen.«

»Zu Fuß?« fragte ich. »Über diese Riesenschüssel mit Vanille-Eiscreme da draußen zu Fuß gehen? Sind Sie verrückt geworden?«

»Sie werden tun, was Ihnen gesagt wird«, sagte Schlegel mit derselben Stimme, die er dem Kapitän gegenüber benutzt hatte.

»Und wenn nicht? Verraten Sie mich dann an den Klub der Dicken, weil ich die Spielregeln nicht eingehalten und heimlich Zimttoast gegessen habe?«

»Ferdy«, sagte Schlegel.

Ferdy hatte bis jetzt die Auseinandersetzung mit Interesse beobachtet, aber jetzt stand er eilig auf, murmelte einen Gute-Nacht-Gruß und verschwand. Als wir allein waren, begann Schlegel, in der Messe hin und her zu gehen, wobei er manche Lampen ein- und andere wieder ausschaltete und sämtliche Ventilatoren durchprobierte.

»Sie glauben nicht, daß Konter-Admiral Remoziva die Vereinbarungen einhält?«

»Ich habe über diese ganze Sache bis jetzt weiter nichts als dicke Lügen gehört«, beschwerte ich mich. »Aber wenn man von diesen Lügen ausgeht, dazu das nimmt, was ich selbst festgestellt habe, und noch ein paar wilde Vermutungen dazwischenstreut, dann würde ich sagen — die Chancen stehen eins zu hunderttausend.«

»Nehmen wir mal an, ich würde Ihnen da zustimmen.« Er sah sich rasch um, ob auch wirklich niemand in der Nähe war. »Und nehmen wir an, daß die Funknachricht heute uns zwingt, mit der Unternehmung fortzufahren — auch wenn wir genau wüßten, daß die Sache faul ist. Was würden Sie dann sagen?«

»Also, zunächst müßte mir jemand einen Schaltplan aufmalen, damit ich überhaupt kapiere, was los ist.«

»Und genau das kann ich nicht tun.« Er fuhr sich mit der Hand über das Gesicht und zerrte an seinen Mundwinkeln, als wolle er sich mit Gewalt davon abhalten, in hemmungslose Fröhlichkeit auszubrechen. »Ich kann Ihnen nur sagen — wenn wir morgen alle niedergeschossen werden, und Remoziva ist auch nicht da, dann war die Sache es immer noch wert.«

»Für mich aber nicht, o nein«, sagte ich.

»Also, dann tappen Sie doch lieber weiter im Dunkeln, Freund«, fuhr Schlegel fort. »Denn dann machte es nichts, wenn die Russen Sie morgen lebend erwischen — falls sie irgendeine Schau abziehen.«

Ich lächelte. Ich versuchte, Schlegels grimmiges Superlächeln nachzuahmen. Ich bin mir nie zu gut, noch etwas Neues zu lernen. Und für ein derartiges Lächeln würde ich offensichtlich gute Verwendung haben.

»Es ist mir völlig ernst, Pat«, sagte Schlegel. »Es gibt bei dieser Unternehmung Sicherheitsaspekte, die geradezu erfordern, daß ich den Russen nicht lebendig in die Hände falle. Und für Ferdy gilt dasselbe.«

»Und gibt es bei dieser Unternehmung vielleicht auch Sicherheitsaspekte, die es gleichfalls erfordern, daß Sie jetzt schnell zu Ferdy laufen und ihm erklären, daß es nichts ausmacht, wenn *er* gefangengenommen wird, solange nur *ich* den Russen nicht lebend in die Hände falle?«

»Ihre Gedanken sind wie eine stinkende Gosse, mein Freund. Was bringt manche Menschen nur dazu, solche Auffassungen zu haben.« Er schüttelte entsetzt den Kopf, aber meine Unterstellung bestritt er mit keinem Wort.

»Der nackte Kampf ums Überleben, Colonel«, erwiderte ich. »Man nennt das den natürlichen Ausleseprozeß.«

> Es liegt in der Natur des Kriegsspiels, daß Probleme auftauchen, die sich mit Hilfe der Regeln nicht lösen lassen. Für diese Fälle sollte CONTROL als Gutachter betrachtet werden. Es wird nicht empfohlen, daß CONTROL für derartige Probleme eine Lösung vorschlägt, solange sich beide Parteien nicht intensiv selbst mit dem Problem befaßt haben.
> ›ANMERKUNGEN FÜR TEILNEHMER AN KRIEGSSPIELEN.‹
> STUDIEN-CENTER, LONDON.

KAPITEL ZWANZIG

Wir standen in der Zentrale in kapokgefütterten weißen Schneeanzügen, geradezu grotesk anzusehen neben den Schiffsoffizieren in ihren kurzen Ärmeln. Über uns war nach der Anzeige des Sonargerätes eine offene Lagune, aber der Kapitän zögerte immer noch und hielt das Schiff fast bewegungslos gegen die Strömung schwebend still.

»Sehen Sie sich das an, Colonel.« Der Kapitän war am Sehrohr. Der Ton seiner Stimme war geradezu ehrerbietig. Ob das auf Schlegels Auftritt zurückzuführen war, auf den Brief aus dem Pentagon oder auf die Tatsache, daß der Kapitän uns vielleicht schon als Leichen sah, war nicht ganz klar.

Für Schlegel mußte das Sehrohr noch ein Stück heruntergefahren werden. Er sah einen Augenblick lang hindurch, nickte dann und bot mir den Platz am Okular an. Ich konnte nichts als verschwommene, blaßblaue Flächen sehen.

»Ist da schon der Lichtverstärker zugeschaltet?« fragte ich.

»So sieht es ohne aus«, sagte eine Stimme neben mir, und das Bild wurde fast schwarz.

»Also, ich weiß nicht«, sagte ich schließlich.

Ferdy sah auch hindurch. »Das ist Mondlicht«, sagte er und lachte spöttisch. »Oder meinst du, die Russen hätten zu unserem Empfang ein paar Tiefstrahler aufgestellt?«

Das löste die Spannung, und sogar Schlegel lächelte.

»Ist da oben noch Eis auf dem Wasser?« fragte der Kapitän. »Das Licht interessiert mich nicht im mindesten. Aber ist da Eis?«

»Der Sonar zeigt nichts an?« fragte ich.

»Wenn es nur eine dünne Schicht ist, dann wird sie möglicherweise nicht angezeigt. Das kommt vor«, sagte der Wachoffizier.

»Also, dann rauf, Skipper«, sagte Schlegel.

Der Kapitän nickte. »Periskop einfahren. Tauchtanks negativ.«

Das Schiff schwankte etwas, als die Schwimmtanks zu tragen begannen, und dann stiegen wir empor. Das schmetternde Krachen klang wie der Schlag eines Schmiedehammers gegen die hohle Stahlhülle des Druckkörpers. Der Kapitän biß sich auf die Lippen. Alle Augen waren auf ihn gerichtet. Offensichtlich war irgendwo übler Schaden am Schiff angerichtet worden, aber ebenso offensichtlich war es sinnlos, das Auftauchmanöver jetzt noch, kaum einen Meter unter der Oberfläche, abzubrechen. Wir schwammen auf und wiegten uns auf den Wirbeln des aufgerührten Wassers. Der Kapitän war bereits halb oben auf der Ausstiegsleiter, und ich folgte ihm. Was immer da draußen auf mich wartete — es war mir lieber, wenn ich es gleich zu sehen bekam.

Nach der blendend hellen Beleuchtung im U-Boot hatte ich irgendwie erwartet, hier draußen jetzt eine endlose Landschaft aus glitzerndem Eis vorzufinden. Aber um uns herrschte arktische Dunkelheit, die nur von verstreutem Mondlicht schwach erhellt wurde und von grauen Nebelbänken eingegrenzt war. Der eisige Wind schnitt mir ins Gesicht wie ein rostiges Skalpell.

Erst als sich meine Augen an die Düsternis gewöhnt hatten, konnte ich auch das gegenüberliegende Ufer der Lagune sehen, wo die dunkle Farbe des Wassers sich in das Aschgrau der Eiskämme verwandelte. Der Kapitän betrachtete die Beulen im Sehrohrgehäuse, und dann blickte er nach unten und verfluchte die große Eisplatte, die wir beim Auftauchen in Stücke zerbrochen und nach allen Seiten weggeschoben hatten.

»Wie sieht es aus, Dave?« fragte er dann den Leitenden Ingenieur, von dem erwartet wurde, daß er alles reparieren konnte — vom Atomreaktor bis zur Musikbox.

»Das Ding hat Vakuum-Dichtungen. Es wäre eine langwierige Arbeit, Skipper.«

»Sehen Sie jedenfalls mal nach.«

»Klare Sache.«

Schlegel nahm den Kapitän beim Arm. Er sagte: »Und da ich Ihnen bis jetzt nur die amtlich genehmigte Fassung erzählt habe, lassen Sie mich Ihnen jetzt noch rasch sagen, worum es mir in Wirklichkeit geht.«

Der Kapitän beugte den Kopf herab, um genauer zuhören zu können.

»Ihre verdammte Konservenbüchse ist mir völlig Wurscht, mein Kleiner. Und die Befehle vom Pentagon spielen auch keine Rolle. Aber wenn Sie jetzt hier in den Sonnenuntergang hinein davonsegeln und auch nur einen von uns auf dem Eis zurücklassen, dann werde ich mich mit Ihnen beschäftigen. Ich persönlich! Zu diesem Zweck käme ich dann extra wieder. Und ich würde Ihnen die Eier abreißen, ich ganz allein. Darum geht es hier im wesentlichen, also prägen Sie sich das gut ein.«

»Fangen Sie nur nichts an, was nachher die Marine für Sie zu Ende bringen muß«, sagte der Kapitän. Schlegel grinste von einem Ohr bis zum anderen. Der Kapitän hatte viel weniger Zeit gebraucht, Schlegel richtig zu verstehen, als zum Beispiel ich. Schlegel spielte den lärmenden Barbaren nur deswegen, um die Reaktionen seiner Mitmenschen feststellen zu können. Ich überlegte, ob ich dabei wohl auch so gut abgeschnitten hatte wie offensichtlich der Kapitän.

»Sind Ihre Leute fertig, Colonel?«

»Schon unterwegs, Kapitän.« Das war leichter gesagt als getan. Der hohe Freibord und die Stromlinienform der Atom-U-Boote machten es außerordentlich schwierig, von ihnen aus an Land zu kommen, es sei denn, man liegt an einer Spezialpier oder neben einem Mutterschiff. Wir kletterten eine zusammenklappbare Leiter hinunter, machten uns an der Außenhaut des Schiffes schmutzig und keuchten vor Anstrengung.

Dann war da natürlich noch die Leiche. Wir zogen sie aus ihrem Metallzylinder, aus dem die grauen Atemwölkchen des Trockeneises hervorquollen. Sie saß auf einem roh zusammengezimmerten Stühlchen, das wir demontierten und zurück auf das U-Boot schickten. Dann schnallten wir sie auf zwei Kufen und begannen unseren Weg über das Eis.

Den ewigen Neontag des U-Bootes hatten wir eingetauscht für die lange Nacht des arktischen Winters. Die Wolkendecke war niedrig, aber immerhin so dünn, daß der blaßbläuliche Schein des Mondes sie durchdrang, wie bei einem Fernsehgerät, das jemand nachts eingeschaltet stehengelassen hat. Die kalte Luft und der harte Untergrund trugen alle Geräusche mit unerwarteter Deutlichkeit, so daß wir noch aus fast einer Meile Entfernung die geflüsterte Unterhaltung der beiden Mechaniker verstehen konnten, die das beschädigte Sehrohr untersuchten.

Noch eine Meile, und wir begannen alle drei die Anstrengung zu spüren. Wir blieben stehen und stellten die Funkbake auf, die umgebaut war und jetzt auf der Seenotfrequenz der russischen Nordflotte arbeitete. Wir blickten zurück zum U-Boot, auf dem die Decksmannschaft gerade im Turmluk verschwand.

»Sieht aus, als ob sie es nicht reparieren können«, sagte Schlegel.

»In der Tat, so sieht es aus«, stimmte ich bei.

Einen Augenblick lang war es ganz still, und dann glitt der schwarze, glänzende Schiffskörper lautlos hinunter in die arktischen Tiefen. Noch nie habe ich mich so einsam gefühlt wie in diesem Moment.

Wir waren allein auf einem Kontinent aus Eis, der auf dem Nordmeer schwamm.

»Gehen wir doch lieber ein wenig beiseite«, sagte ich. »Sie könnten ja schließlich auf die Idee kommen, die Funkbake als Peilung für ein hübsches kleines Raketengeschoß zu verwenden.«

»Gute Kopfarbeit«, sagte Schlegel. »Aber bringt auch unseren tibetanischen Schneemenschen hier mit.« Er zeigte auf die gefrorene Leiche. Sie lag auf der Seite, eng zusammengerollt, als ob sie gerade einen Haken in die Magengrube bekommen hätte. Wir gingen zweihundert Meter weiter und richteten uns auf eine längere Wartezeit ein. Es war immer noch fast eine Stunde vor der vereinbarten Zeit. Wir knöpften die Anoraks über der Nase zu und zogen die Schneebrillen über die Augen, damit sich nicht dauernd Eiszapfen an unseren Wimpern bildeten.

Die niedrige Wolkendecke und das harte, flache Eis waren wie zwei schallreflektierende Wände, zwischen denen alle Geräusche hin- und hergeworfen wurden, so daß der Lärm des Hubschraubers von überallher zu gleicher Zeit zu kommen schien. Es war ein Ka-26 mit zwei ko-axialen Rotoren, die die Luft mit so viel Lärm zerteilten, daß man kaum das Motorengeräusch vernehmen konnte. Er blieb über der Funkbake in der Luft stehen und senkte die Nase, damit der Pilot einen besseren Überblick bekam. Und dann begann er sich um sich selbst zu drehen, immer noch mit gesenkter Nase, bis er uns entdeckt hatte.

»Äußere Erscheinung wie Seenot-Rettungsdienst«, sagte Ferdy.

»Kommt offensichtlich von einem Schiff«, fuhr Schlegel fort. »Es könnte also doch noch klappen.«

»Sie meinen — Remoziva?« fragte Ferdy.

Schlegel warf mir einen schnellen Blick zu. »Ja, es könnte sein«, sagte er dann. »Es könnte sein.«

Der Helikopter setzte sich mitten in eine große Wolke aufgewirbelten Schnees, die er mit seinen eigenen Rotorblättern aufgerührt hatte. Erst nachdem diese weiße Wolke wieder verweht war, konnten wir ihn richtig sehen — etwa hundert Meter von uns entfernt. Er war aus viereckigen Platten zusammengebaut und hatte einen doppelten Leitwerkträger. Die Kabine sah eigentlich aus wie eine große Kiste, mit zwei gewaltigen Motorengondeln rechts und links an der Oberkante. Die Auspuffrohre glühten rot in der Dunkelheit. Die kistenartige Form wurde noch durch breite, international-orangefarbene Streifen betont, welche die Maschine sowohl auf dem Eis als auch auf dunklem Wasser deutlich sichtbar machen sollten. Der Helikopter hatte Begrenzungs- und Positionslichter an allen Ecken und Enden, und selbst nachdem die Rotorblätter wie in unsichtbarem Leim zum Stillstand gekommen und seine Umrisse gar nicht mehr genau zu erkennen waren, blinkten alle diese Lichter nach wie vor an und aus wie irre gewordene Glühwürmchen an einem Sommerabend.

Schlegel legte seine Hand auf Ferdys Arm. »Erst auf uns zukommen lassen, erst sollen sie mal kommen.«

»Könnte das Remoziva sein?« fragte Ferdy.

Schlegel knurrte nur. Der Mann, der aus der Maschine gestiegen war, hatte offensichtlich auf der Passagierseite gesessen. Er hielt sich am Gestänge fest, während er sich auf das Eis herabließ. Sein Atem machte in der kalten Luft den Eindruck von Rauchsignalen. Ganz offensichtlich war er nicht mehr jung, und zum erstenmal begann ich zu glauben, daß an der Sache vielleicht doch etwas dran war.

»Am besten gehen Sie, Pat«, sagte Schlegel.

»Warum ich?«

»Sie sprechen russisch.«

»Ferdy auch.«

»Aber Ferdy weiß, was hier vor sich geht«, sagte Schlegel.

»Damit bin ich natürlich mundtot gemacht«, antwortete ich, stand auf und ging dem alten Knaben entgegen. Er war für mich leichter zu sehen als ich für ihn, denn er trug einen dunkelblauen Marinemantel ohne Schulterklappen oder sonstige Rangabzeichen. Stok. Der Mann dort war Oberst Stok. Etwa vierzig Meter von mir entfernt blieb er stehen und hob die Hand, damit ich auch stehenbleiben sollte.

»Wir brauchen die Leiche!« rief er.

»Wir haben sie hier.«

»Mit Rangabzeichen? ... Uniform? .... Alles?«

»Alles«, antwortete ich.

»Dann sagen Sie ihnen, daß man sie zum Hubschrauber bringen soll.«

»Und Ihr Mann?« fragte ich. »Wo ist Ihr Mann?«

»Er sitzt mit seinem Adjutanten im Rücksitz. Alles in Ordnung. Gehen Sie zurück und sagen Sie, alles ist in Ordnung.«

Ich ging zurück zu den anderen. »Was halten Sie davon?« fragte Schlegel. Ich wollte ihm gerade sagen, daß ich die ganze Sache außerordentlich merkwürdig fand, aber da fiel mir noch rechtzeitig ein, daß wir uns ja mehr oder weniger geeinigt hatten: Ich war bereit, so lange an die Existenz von Heinzelmännchen zu glauben, bis sie uns mit als neueste Ausgabe der *Isvestija* getarnten Knüppeln über den Schädel schlugen. »Er ist wirklich ein wundervoller Mensch, und Sie dürfen es gern in Ihrer Zeitung bringen, daß ich das gesagt habe.«

»Hören Sie mit dieser Scheiße auf«, sagte Schlegel. »Was halten Sie von der Sache?«

»Er sagt, Remoziva wäre mit seinem Adjutanten auf dem Rücksitz. Sie wollen die Leiche haben.«

»Das verstehe ich nicht«, sagte Ferdy. »Wenn sie den Helikopter mit der Leiche am Steuer hier abstürzen lassen wollen — wie kommen die anderen dann zurück?«

»Weißt du was, Ferdy — jetzt dauert es gar nicht mehr lange, und dann wirst du herausfinden, wie die Geschichte mit dem Weihnachtsmann wirklich ist.«

»Laßt den Quatsch, ihr zwei! Helft mit lieber mit diesem verdammten Kadaver.«

Die Russen halfen uns jedenfalls nicht. Stok beobachtete uns durch ein Nachtsicht-Gerät, das an die Energieversorgung des Helikopters angeschlossen war. Sicherlich brauchten sie derartige Anlagen auch für den Seenotrettungsdienst in der Arktis, aber es kam mir dennoch merkwürdig vor, und ich fühlte mich deswegen nicht weniger auf dem Präsentierteller.

Als wir noch ungefähr zehn Meter von dem Hubschrauber entfernt waren, sagte ich zu Schlegel: »Sollte nicht zunächst einer von uns hingehen und Remoziva identifizieren, damit wir sicher sind?«

»Was macht das schon aus? Wir brauchen diese Leiche doch sowieso nicht mehr.«

Ich blieb einen Augenblick stehen. »Natürlich. Aber diese Leute wollen sie vielleicht als Beweismittel gegen Remoziva. Vielleicht sind sie vom Sicherheitsdienst und haben unseren Freund schon vorläufig festgenommen.«

»Wieder gut nachgedacht, Pat«, sagte Schlegel. »Aber wenn mein Freund, der Admiral, bereits verhaftet ist, dann macht eine uniformierte Leiche in Uniform mit einem Nierenleiden auch keinen großen Unterschied mehr, so oder so.«

»Bitte — Sie zahlen für die Beerdigung, also sind Sie der Chef.« Wir hoben die Leiche wieder auf und trugen sie bis zur Tür im Rumpf des Hubschraubers. Da spürte ich plötzlich, wie eine Hand von hinten meinen Gürtel packte. Und als ob das ein Signal gewesen wäre, schlug der neben Stok stehende Russe Ferdy ins Gesicht. Ferdy hatte sich gerade über die Leiche gebeugt, um sie mit den Füßen voran in den Helikopter zu befördern, und jetzt richtete er sich hastig auf. Der nach ihm gezielte Schlag war an seiner Schulter abgerutscht — aber seine Gegenattacke, die saß: Der Russe taumelte zurück gegen die offene Tür, die mit lautem Dröhnen gegen das Blech des Rumpfes schlug. Seine Pelzmütze verrutschte, und ich erkannte ihn als einen der Männer, die seinerzeit mit Stok bei mir in der Wohnung gewesen waren.

Der Pilot war auf der anderen Seite der Maschine zu Boden gesprungen. Ich machte einen Schritt über den Rahmen der Landekufen, aber Schlegel zerrte mich zurück und trat dann rasch beiseite. In der Hand hielt er plötzlich eine Signalpistole, die er über seinen Kopf hielt und abfeuerte. Der Knall war sehr laut, und hoch über uns erschien ein riesiges, rotes Licht, das die ganze Welt mit einem sanften rosafarbenen Hauch überzog.

Die zwei Männer vom Rücksitz drängten sich in der Tür und hatten Ferdys Arm gepackt, während Stok noch mit ihm rang. Es sah fast lustig aus, denn Ferdy und der Russe schwankten und rutschten hin und her wie zwei betrunkene Ballett-Tänzer.

Nachdem Schlegel seine Signalpatrone abgefeuert hatte, mußte der Pilot rasch wieder in seinen Sitz geklettert sein, denn plötzlich rückte er die Kupplung ein, und die beiden riesigen, in entgegengesetzter Richtung laufenden Rotoren begannen dröhnend durch die Luft zu peitschen. Nur sehr wenige Hubschrauber haben tatsächlich ihre Rotoren so niedrig, daß ein unter ihnen am Boden stehender Mann von ihnen erfaßt werden könnte — aber niemand kann dem Drang widerstehen, sich doch zu bücken, wenn die Schraubenblätter über ihm im Kreis herumfauchen: Als der Pilot Gas gab, duckte Stok sich und befürchtete gleichzeitig, daß die Maschine ohne ihn starten könnte, denn er streckte seinen Arm nach oben aus, um sich in die Kabine ziehen zu lassen. Jetzt wurde Ferdy nur noch von einem der Männer in der Tür festgehalten, und zwar gleichfalls am Arm, während sich die Maschine unsicher vom Boden hob und in kaum einem Meter Höhe hin und her schwankte, weil der nervöse Pilot versuchte, erst das Gleichgewicht wiederherzustellen. Ferdy hing von der Seite herab, seine Beine ruderten in der Luft, um einen Halt auf dem Landekufen-Rahmen zu finden.

»Hilf mir, Pat! Hilf mir!«

Ich stand ganz dicht neben ihm. Die Leiche war bereits mit einem dumpfen Ton auf das Eis zurückgefallen. Ich warf den einen Handschuh weg, suchte in der Tasche nach Masons kleiner .22er-Pistole und zog sie heraus. Inzwischen hing Ferdy mit den Beinen schon ein ganzes Stück in der Luft, mit einem Sprung konnte ich ihn gerade noch erreichen und mich mit beiden Armen um seine Waden klammern. Er überkreuzte scherenförmig die Füße, um mir mehr Halt zu geben, und dadurch bekam ich einen Arm frei und konnte die Pistole heben. Die Motoren des Hubschraubers dröhnten auf, und wir hoben uns rasch in den dunklen, arktischen Himmel.

Der Helikopter schwankte immer noch, während er Höhe gewann. Dann drehte er sich plötzlich um sich selbst — vielleicht um mich abzuschütteln — und neigte sich zur Seite. Ich erhaschte einen Blick auf Schlegel, der allein in der grauen Einöde stand und heftig mit den Armen ruderte. Es wirkte wie ein vergeblicher Versuch, mir auch jetzt noch irgendwelche Befehle zu erteilen. Ein Nebelfetzen umhüllte mich sekundenlang, und dann sah ich plötzlich das U-Boot, unnatürlich nah, während wir über das Eis dahinjagten. Es wiegte sich im Wasser, das jetzt dunkelgrau erschien: ein schlanker, schwarzer Wal, umgeben von zersplittertem Eis und mit einer Gruppe von Seeleuten auf dem Vordeck, die aussahen, als ob sie gerade mit dem Speckschneiden beginnen wollten.

Hinterher wurde mir klar, daß ich wahrscheinlich am besten durch den dünnen Aluminiumrumpf auf den Piloten geschossen hätte, oder sogar einfach nur auf die Rotorachse oder die Motoren. Aber im Augenblick hatte ich nur den Mann im Kopf, der

Ferdy festhielt, und so feuerte ich alle meine Patronen in seiner Richtung ab. Ein schriller Schmerzensschrei übertönte den Motorenlärm, und dann spürte ich, daß ich fiel. Krampfhaft umklammerte ich Ferdys Beine und hielt mich eisern fest — aber ich fiel immer noch, und fiel immer weiter.

Ich wußte nicht, ob ich Sekunden, Minuten oder Stunden hier gelegen hatte. Anscheinend hatte ich mich unbewußt bewegt, denn es war ein scharfer Schmerz im Arm, der mich wieder zu Bewußtsein brachte.

»Ferdy. Ferdy!«

Er bewegte sich nicht. Auf seinem Gesicht klebte Blut, das ihm aus der Nase gelaufen war, und einer seiner Stiefel lag in einem so merkwürdigen Winkel zum Körper, daß ich einen Knöchelbruch vermutete.

Ein Knöchel, natürlich ausgerechnet ein Knöchel — was sonst! Ich war nicht davon überzeugt, daß ich Ferdy auch nur zwanzig Meter weit tragen könnte — selbst wenn ich gewußt hätte, in welcher Richtung das U-Boot lag, oder ob es überhaupt noch da war.

Schlegel würde nach uns suchen. Dessen war ich sicher. Was er auch sonst für unangenehme Eigenschaften hatte — er gab jedenfalls nicht so schnell etwas auf.

»Ferdy.« Er regte sich ein wenig und stöhnte.

»Der Mond stand doch vorhin im Nordosten, richtig?«

Ferdy nickte nicht gerade, aber er verzog seine Gesichtsmuskeln, als ob er es versucht hätte. Ich sah mir wieder den Himmel an. Hin und wieder gaben die schnell dahinjagenden niedrigen Wolken einen kurzen Blick auf den Mond frei. Und eine Handvoll Sterne war auch manchmal zu sehen, aber wie mit allen Sternen hatte ich auch mit denen hier keine Schwierigkeit, sie sofort in den Großen Wagen zu verwandeln und den äußersten Deichselstern in beliebiger Richtung zeigen zu lassen. So war es mir noch nie gelungen, Himmelsrichtungen festzustellen. Unsere einzige Chance war Ferdy, der sich mit solchen Sachen auskannte.

»Das U-Boot, Ferdy.«

Wieder diese leichte Muskelbewegung in seinem Gesicht.

»Meinst du, das U-Boot liegt vielleicht in dieser Richtung?«

Er blickte auf den Mond und dann auf meine Hand, die dicht vor seinem Gesicht war. Der Wind heulte so laut, daß ich mein Ohr direkt an seinen Mund halten mußte, um ihn zu verstehen. Es klang wie: »Mehr...« Also hielt ich meine Hand weiter über sein Gesicht und drehte sie so lange hin und her, bis ich an der Bewegung seiner Augen erkennen konnte, daß ich nun seiner Meinung nach die richtige Richtung hatte. Dann stand ich ganz langsam auf, untersuchte meine eigenen Knochen und die Ferdys dazu. Er war immer noch halb bewußtlos, aber der gebrochene Knöchel war die einzige Verletzung, die ich finden konnte. Ihn im Feuerwehrgriff auf den Rücken zu nehmen, war eine lange und schwierige Unternehmung, aber der Schmerz in seinem Knöchel brachte ihn dafür fast wieder in die Welt zurück.

»Leg mich wieder hin«, flüsterte Ferdy, während ich über das Eis stolperte und ihn halb trug und halb hinter mir herscheifte. Seine Arme lagen um meinen Nacken, und nur hin und wieder gab er mit dem gesunden Fuß ein wenig Hilfe.

»Leg mich wieder hin. Laß mich sterben«, sagte Ferdy.

»Hör zu, Ferdy«, sagte ich. »Genau das wird uns allen beiden passieren, wenn du dich nicht zusammennimmst.«

»Leg mich hin«, sagte Ferdy wieder, und dann kam ein langes, schmerzvolles Stöhnen.

»Links, rechts — links, rechts — links, rechts!« rief ich laut im Takt meiner unsicheren Schritte. Mit ›rechts‹ konnte er natürlich nicht viel anfangen, aber wenn ich ihn noch ein bißchen weiter ärgerte, brachte ich ihn vielleicht so weit, gelegentlich wenigstens mit dem linken Fuß nachzuhelfen.

Aber es war natürlich ein Witz — ich wußte genau, daß wir nicht einmal so weit kommen würden, wie ich jetzt sehen konnte. Und augenscheinlich war das U-Boot weiter entfernt als das. Ich blieb stehen. Aber allein die Mühe, Ferdy zu stützen, verbrauchte mehr von meiner Kraft, als ich mir leisten konnte.

»Schlegel wird sicher nach uns suchen«, sagte ich.

Ferdy stöhnte wieder, als ob er damit seinen festen Willen andeuten wolle, lieber hier auf dem Eis zu sterben, als von dem schrecklichen Kerl Schlegel gerettet zu werden.

»Links, rechts — links, rechts — links, rechts!« Ich arbeitete mich weiter vorwärts.

Hin und wieder hüllte uns der graue Nebel so vollständig ein, daß wir stehenbleiben und warten mußten, bis der Wind uns wieder den Weg wies.

»Herrgott noch mal, Ferdy, mach dich doch ein bißchen leichter!«

»Zimttoast«, sagte Ferdy.

»Völlig richtig, verdammt noch mal«, sagte ich. »Das kann nur der verflixte Zimttoast sein.«

Manchmal blieb ich stehen, auch wenn der Nebel mich nicht dazu zwang. Ich mußte einfach Atem schöpfen, und mit der Zeit wurden diese Stops immer häufiger. Aber wenigstens verlangte Ferdy nicht mehr ununterbrochen, daß ich ihn hier in der Eiswüste aussetzen sollte. Das war ein gutes Zeichen, dachte ich, und möglicherweise hatte der Gedanke an frischen Zimttoast dabei auch eine Rolle gespielt.

Es wurde immer dunkler, und ich hatte immer mehr Angst, die Richtung zu verlieren — so wie ich inzwischen schon mein Zeitgefühl völlig verloren hatte.

Einmal kam es mir so vor, als könnte ich das Schrillen von Trillerpfeifen hören. Ich blieb stehen. »Horch, Ferdy: Trillerpfeifen!«

Aber dann war es doch nur das Sirren des Windes, der über die scharfen Eiskanten dahinwehte.

»Links, rechts — links, rechts!«

Ich krächzte die Worte inzwischen eher für mich selbst hervor als für Ferdy. Mit aller mir noch zur Verfügung stehenden Willenskraft befahl ich meinen Füßen, weiter durch den knirschenden Schnee zu waten. Es wurde noch dunkler, und immer öfter rannte ich gegen die Eiszacken, die aus dem Dunst auf uns zukamen wie Schiffe, die über das neblige Meer dampfen. »Hier kommt schon wieder eins, Ferdy«, sagte ich, und: »Links, rechts — links, rechts — links, rechts! Nicht nachlassen! Du hältst dich ausgezeichnet, alter Junge!«

Noch mehr Schiffe kamen im Geleitzug auf uns zu, und diesmal schossen sie sogar rote Leuchtraketen ab. »Links, rechts — links, rechts — links, rechts!« Und der Wind klang wieder wie Trillerpfeifen — aber es war ja nur der Wind. Und Ferdy und ich, wir schoben uns zwischen den Schiffen hindurch, auch wenn die Eisblöcke manchmal sogar noch ein paar Grad auf uns zudrehten, um uns zu rammen, oder wenn die vereisten Schiffe an meinen Kleidern zerrten. Links, rechts — links, rechts! Hoch die Flossen, Ferdy, verdammt noch mal, und trag doch zur Abwechslung mal deine zweihundert Pfund Zimttoast selbst, ein gesundes Bein hast du doch noch!«

Hochkant gestellte Eisbrocken — so groß wie Menschen — säumten jetzt rechts und links den Weg. Es war schwierig, zwischen ihnen hindurchzukommen. Ich benutzte die Hände, um mich gegen sie abzustützen, denn jetzt kam es mir schon so vor, als ob sie mir im Dämmerlicht den Weg vertreten wollten.

»Jetzt ist es nicht mehr weit, Ferdy«, lockte ich. »Ich kann den verdammten Toast schon beinahe riechen.«

»Sind die alle beide verrückt?« Das war die Stimme des Kapitäns.

»Links, rechts — links, rechts«, sagte ich und schob mich zwischen den Eisblöcken durch, aber irgendwie blieb ich an etwas hängen, denn ich bemerkte plötzlich, daß ich schon eine ganze Weile nur noch auf der Stelle trat.

»Helfen Sie mir mit dem Großen hier.« Das war die Stimme des Doktors. »Tot — schon vor langer Zeit gestorben.«

Schlegels Stimme sagte: »Keine Schutzbrille — schneeblind und offensichtlich im Schock. Haben Sie eine Spritze dabei, Doktor?«

Irgendwo in der Nähe stieg plötzlich eine Signalrakete auf — ich konnte sie ganz deutlich sehen. Ich begann zu zerren, um mich von dem Eisblock loszumachen.

»Reine Kraftverschwendung«, sagte Schlegels Stimme. »Da trägt er ihn diese ganze Strecke — in dem Zustand!«

»Als sie losgingen, war er vermutlich noch nicht tot.«

»Da haben Sie vielleicht recht, Doktor.«

»Lassen Sie Foxwell los!« Es war Schlegel, der mir da ins Ohr schrie, und diesmal war sein Gesicht direkt vor meinen Augen. »Sie blöder Kerl, lassen Sie ihn los, sage ich!«

> PRINTOUT (rosa Gesamt-Ausdruckbogen) ist das Ende des Spiels. Nachgeordnete, aufgelaufene und noch abzuwickelnde Spielhandlungen, die nicht in PRINTOUT erscheinen, gehören nicht mehr zum Spiel.
>
> REGELN: ›TACWARGAME‹. STUDIEN-CENTER, LONDON.

KAPITEL EINUNDZWANZIG

Schon mehrere Male war es mir so erschienen, als sei mein Bewußtsein zurückgekehrt, und jetzt fand ich mich plötzlich in einer schneeweißen, verschwommenen Welt aus Äther und Desinfektionsgerüchen wieder. Hinter dem Fenster schien eine strahlende Sonne auf dunkelgrüne Kiefern, deren Zweige sich unter der Last einer dicken Schneeschicht senkten.

Irgend jemand ließ die Jalousie herab, so daß der Raum von dämmrigem, schattenlosem Licht erfüllt war. Ich sah einen Tisch mit Obst, Blumen und Zeitungen in einer unlesbaren Schrift. Am Fußende des Bettes saß ein Mann, den ich irgendwoher kannte. Er trug einen dunklen Anzug, und sein Gesicht war von Alterslinien durchfurcht. Dann verschwamm er wieder.

»Er wacht wieder auf.«

»Pat!«

Ich stöhnte. Jetzt kam eine zweite Gestalt in mein Blickfeld, sie stand über mir am Kopfende des Betts wie die Sonne über der Polarwüste. »Wachen Sie auf, mein kleiner Liebling, wir haben auch noch ein paar andere Dinge zu tun!«

»Ich werde ihm etwas Tee eingießen«, sagte Dawlish. »Es gibt nichts, was belebender wirkt, als eine gute Tasse Tee. Sicherlich hat er hier noch keinen bekommen, seit er eingeliefert worden ist.«

»Wo bin ich?« fragte ich. Eigentlich wollte ich diese typisch dumme Frage auf keinen Fall stellen — aber ich hätte eben doch ganz gern gewußt, wo ich mich befand.

Schlegel lächelte. »Kirkenes — in Norwegen. Ein norwegischer Hubschrauber hat Sie vor ein paar Tagen vom U-Boot hierhergeflogen.«

»Stimmt das auch?« fragte ich Dawlish.

Dawlish sagte: »Wir haben uns Sorgen gemacht.«

»Das kann ich mir gut vorstellen«, sagte ich. »Immerhin müßte die Regierung eine Versicherungssumme von ungefähr zehntausend Pfund für mich zahlen.«

»Offensichtlich geht es ihm schon wieder besser«, sagte Schlegel.

»Wenn Sie lieber möchten, daß wir Sie alleinlassen...«, machte sich Dawlish erbötig.

Ich schüttelte ganz vorsichtig den Kopf, für den Fall, daß er sonst vielleicht herunterfiel und unter den Nachttisch rollte, wo wir ihn dann mit einem Stock wieder hervorholen müßten. »Wo ist Ferdy?«

»Sie wissen doch schon, wo Ferdy ist«, sagte Schlegel. Sie haben wirklich Ihr Bestes getan — aber Ferdy ist nun einmal tot.«

»Und wofür?« sagte ich. »Zum Teufel noch mal, wofür mußte er denn sterben?«

Dawlish strich die englische Zeitung glatt, die er auf dem Schoß liegen hatte. Die Schlagzeile lautete: DEUTSCHLANDKONFERENZ ABGEBROCHEN WEIL KATJA GEHT.

Dawlish sagte: »Stoks Leute haben Remozivas Schwester gestern morgen verhaftet. War ja auch eigentlich das einzige, was sie tun konnten.«

Ich blickte von Schlegel zu Dawlish und dann wieder zurück. »Darum ging es also — die deutsche Wiedervereinigung.«

»Das sind schon recht mißtrauische Leute, da drüben«, sagte Dawlish. »Sie waren einfach nicht davon überzeugt, daß der Admiral zu uns überlaufen wollte, ehe sie nicht die Leiche sahen, die Sie mitgebracht hatten. Sie sind eben vermutlich Zyniker, wie Sie auch, Pat.«

»Der arme Ferdy.«

»Es ist nur Colonel Schlegel zu verdanken, daß wenigstens Sie gerettet worden sind«, fuhr Dawlish fort. »Er hatte die Idee, es mit Radar zu versuchen, und zwang den Kapitän einfach dazu, trotz der Nähe der russischen Peilstationen sein Gerät einzuschalten.«

»Vom Sicherheitsstandpunkt aus sehr unklug, Colonel«, sagte ich.

»Wir haben Ihnen ein wenig Obst mitgebracht«, sagte Schlegel. »Möchten Sie eine Weintraube?«

»Nein, danke«, sagte ich.

»Ich habe Ihnen ja gleich gesagt, daß er kein Obst will«, meinte Schlegel.

»Er wird es schon essen«, sagte Dawlish. »Wenn man es recht bedenkt — ich würde selbst eigentlich auch ganz gern ein Träubchen zu mir nehmen.« Und er aß gleich zwei, eine nach der anderen.

»Sie haben die Russen dazu ermuntert, sich Ferdy zu schnappen«, beschuldigte ich Schlegel.

»Diese Trauben sind wirklich gut«, sagte Dawlish. »Um diese Jahreszeit kommen sie sicher aus dem Treibhaus, aber sie sind wirklich wundervoll süß.«

»Sie dreckiger Kerl«, sagte ich.

»Ferdy war bis über die Ohren in Tollivers Plan verwickelt«, erwiderte Schlegel. »Er hätte gar nicht mitzukommen brauchen, aber er bestand darauf.«

»Und Sie zwei — Sie haben also in geheimem Einverständnis die ganze Sache miteinander laufen lassen? Als Komplicen?«

»Geheimes Einverständnis?« fragte Dawlish. »Wollen Sie bestimmt keine Weintraube? Nein? Ich sollte sie Ihnen wirklich nicht alle wegessen.« Aber dann nahm er sich gleich noch eine. »Also, ›Geheimes Einverständnis‹ und ›Komplicen‹ wären nun wirklich nicht die Ausdrücke, die ich hier wählen würde. Colonel Schlegel wurde uns geschickt, um bei der Erledigung der Tolliver-Komplikation zu helfen — und wir sind für seine Hilfe sehr dankbar.«

». . . schon verstanden«, sagte ich. »Man benutzte Colonel Schlegel, um Tolliver eins über den Schädel zu geben. Und falls Tolliver sich beim Innenminister beschwert, kann man immer sagen, es wäre der CIA gewesen. Sauber ausgedacht, aber nicht besonders eindrucksvoll.«

»Tolliver hätte Sie beinahe umbringen lassen«, sagte Schlegel. »Sie haben also wirklich keinen Grund, diesem Drecksack nachzuweinen.«

»Na, ich bin sicher, daß er inzwischen Gelegenheit hat, das zu bereuen.«

»Er ist ein für allemal diskreditiert«, sagte Dawlish. »Und das war alles, was wir wollten.«

»Und die ganze Schmutzarbeit hat dabei der russische Sicherheitsdienst geleistet«, erwiderte ich und nahm die Zeitung in die Hand.

ZWEI NEUE IM SOWJETISCHEN POLITBÜRO, DREI AUSSCHLÜSSE.

Moskau (Reuter). Die erste Säuberung im Politbüro seit Nikita Chruschtschows Sturz wurde heute am Ende einer zweitägigen Beratung des Zentralkomitees bekanntgegeben.

Beobachter in Moskau sind der Auffassung, daß die neue Zusammensetzung das Ende aller Hoffnungen für den Vertrag über eine deutsche Föderation bedeutet.

Ich schob die Zeitung wieder beiseite. Unter ›Letzte Meldungen‹ war noch zu lesen, daß die D-Mark gegenüber dem Dollar und dem britischen Pfund bereits zu fallen begonnen hatte. Das war es also. Ein wiedervereinigtes Deutschland hätte den Status quo gestört. Sein landwirtschaftlich produktiver Osten hätte der französischen Landwirtschaft geschadet, mit dem Erfolg, daß die französischen Kommunisten gestärkt worden wären. Es war viel günstiger, statt dessen Westdeutschland im Rahmen des gemeinsamen Marktes mit der landwirtschaftlichen Überproduktion der anderen Länder beliefern zu können. Westdeutschlands Beitrag zur NATO — so ungefähr ein Drittel der gesamten NATO-Streitkräfte — hätte unter diesem neuen Vertrag wahrscheinlich auch abgebaut werden müssen. Die amerikanischen Streitkräfte in Deutschland hätten gleichfalls abziehen müssen, aber nach Frankreich konnten sie auch nicht, weil Frankreich nicht zur NATO gehörte. Und das gerade in einer Zeit, in der die USA ihre Armee wieder völlig auf Freiwilligen-Basis umstellen wollten. Der Rückzug Amerikas aus Europa wäre höchstwahrscheinlich die Folge gewesen. Und das wiederum gerade in dem Moment, in dem die Russen ihr großes Aufrüstungsprogramm im Rahmen des Fünfjahresplanes abgeschlossen hatten. Ja — das war schon das Leben von ein paar Agenten wert.

Sie betrachteten mich beide aufmerksam, während ich zu Ende las. »Und die Russen haben sämtliche Remozivas einfach nur deswegen verhaftet, weil wir das Rendezvous mit dem Hubschrauber eingehalten haben?«

»Sippenhaft — so nannten das doch die Deutschen, nicht?« sagte Dawlish. »Die Kollektiv-Verantwortung der Familie für die Handlungen eines einzelnen Familien-Angehörigen.«

»Und Ihnen macht es nichts aus, daß Sie hier mitgeholfen haben, ein paar völlig unschuldige Menschen ins Gefängnis zu bringen?«

»Aber Sie sehen das völlig falsch, mein Lieber. Es waren keine britischen Polizisten, die neulich morgens alle Leute namens Remoziva verhaftet haben, sondern es waren russisch-kommunistische. Und diejenigen, die von ihnen verhaftet wurden, arbeiteten mit aller Energie daran, genau jenes System zu stärken, zu verbessern und zu erweitern, das eben Leute mitten in der Nacht verhaften läßt, nur weil sie möglicherweise vielleicht Staatsfeinde sind. Ich habe nicht die Absicht, mir deswegen schlaflose Nächte zu machen.«

»Und das Ganze nur, um die Wiedervereinigung zu torpedieren, wie?« fragte ich.

»Das Außenministerium hat einen Analog-Computer, müssen Sie wissen.«

»Was soll denn das nun wieder bedeuten?«

»Bedeuten soll es überhaupt nichts. Es ist eine schlichte Tatsache. Sie haben da mal die deutsche Wiedervereinigung durchgespielt, und das Resultat gefiel ihnen gar nicht. Überhaupt nicht.«

Ich nahm mir eine meiner rasch weniger werdenden Weintrauben. Dawlish sagte: »Es ist natürlich klar, daß Sie sich jetzt ein wenig deprimiert fühlen. Das sind die Medikamente. Sie waren ziemlich schlimm zugerichtet, wissen Sie.«

»Weiß Marjorie, daß ich hier bin?«

»Ich habe versucht, sie zu erreichen, Pat. Im Krankenhaus ist sie nicht mehr.« Sein Ton war mit einemmal sanfter geworden. »Und es scheint, daß sie zu Hause auch Milch und Brötchen abbestellt hat.«

»Ist sie vielleicht nach Los Angeles gegangen?«

»Wir sind noch nicht sicher«, sagte Dawlish und versuchte, mir das möglichst schonend beizubringen. »Wir haben gerade jetzt erst die Adresse ihrer Familie in Wales herausgefunden. Ganz schön schwierig auszusprechen, der Ort dort. Vielleicht ist sie dorthin gefahren.«

»Nein«, sagte ich, »lassen Sie nur. Kein Problem.«

Ich wandte mich von meinen Besuchern ab. Einen Augenblick lang sah ich die Tapete vor mir, die ich nun doch nicht mehr erneuert hatte, und hörte Marjories Stimme, wie sie mich bei der Rückkehr von einer Reise begrüßte. Die verdammten Bücher über Anämie waren jetzt sicher alle aus dem Bücherregal verschwunden, aber in den Ritzen zwischen den Sofakissen würde ich wohl noch lange einzelne Haarklammern finden.

Das Selbstmitleid überfiel mich, griff nach meinem Frühstück und drehte mir fast den Magen um. Es tat doch weh. Und wenn jemand sagen wollte, daß ich mir diese Wunde ja schließlich selbst beigebracht hätte, dann könnte ich nur antworten: Deswegen tut es auch nicht weniger weh. Ferdy war nicht mehr da, und Marjorie auch nicht. Meine ganze kleine, gemütliche Welt, die ich mir aufgebaut hatte, seit ich aus dem Dienst ausgeschieden war, hatte mit einem Schlag aufgehört zu existieren. Als ob sie nie gewesen wäre.

»Behandelt man Sie hier gut?« fragte Dawlish.

»Saure Heringe zum Frühstück«, antwortete ich.

»Der Grund, aus dem ich frage«, sagte Dawlish, »ist nämlich der folgende — wir haben da ein kleines Problem ... eine Sache, die mit der nationalen Sicherheit zu tun hat ...«

Ich hätte mir eigentlich denken sollen, daß ein Mann wie Dawlish nicht eigens nach Norwegen fliegt, nur um jemandem Weintrauben ans Krankenbett zu bringen.